AF397613

Amy Myers ist eine britische Autorin mehrerer erfolgreicher Krimi-Reihen, darunter die Nell Drury ermittelt-Reihe, die in den 1920er Jahren spielt, und die zeitgenössische Marsh & Daughter ermitteln-Reihe. Sie schreibt auch kurze Kriminalgeschichten für Zeitschriften und Anthologien. Gemeinsam mit ihrem Mann lebt sie in der wunderschönen Gegend von Kent in Südengland, wo viele ihrer Romane angesiedelt sind.

NELL DRURY

und die Kunst des Todes

AMY MYERS

Danksagung

Kent ist für seine stattlichen Herrenhäuser bekannt und die Gegend, in der das fiktive Wychbourne Court gelegen ist, besticht unter anderem mit dem prächtigen Knole Park, Ightham Mote, Sissinghurst Castle und Hever Castle. Die Geschichte von Wychbourne Court geht auf die Zeit der Normannen zurück und darüber hinaus. Nell Drury wurde dort zur Chefköchin und residierenden Ermittlerin, was ich meiner Verlegerin Kate Lyall Grant von Severn House und meiner Literaturagentin Sara Keane zu verdanken habe. *Die Kunst des Todes* ist Nells dritter Fall. Die Familie und Angestellten sind in diesem Band beinahe unverändert und in dieser Geschichte rückt Mr Briggs, Lord Ansleys Diener, in den Vordergrund. Die Idee für seine Figur verdanke ich Steve Finnis, dem Ehrenamtler im Royal West Kent Museum in Maidstone, der mir zu Beginn der Reihe so ausführlich Auskunft über das zehnte Bataillon in 1918 gegeben hat. Durch diese Einblicke nahm die Figur des Mr Briggs' vor meinem inneren Auge Form an. Vielen Dank, Steve. Kein Roman sollte direkt von Papier oder Bildschirm in den Druck gehen und ich habe das Glück, Sara Porter als meine Lektorin zu haben, deren aufmerksamer Blick zusammen mit dem ihrer großartigen Kollegin Katherine Laidler dem Roman den letzten Schliff verpasst hat. Ich danke allen erwähnten, dass Wychbourne Court mir ein zweites Zuhause geworden ist (wobei ich es zum Glück nicht mit Nells Kochkünsten aufnehmen muss).

Wychbourne Court

Mitglieder der Ansley-Familie
Lord (Gerald) Ansley, der 8. Marquess Ansley
Lady (Gertrude) Ansley, die Marchioness Ansley
Lord Richard Ansley, einer der drei Söhne
Dowager Lady Ansley, bekannt als Lady Enid
Lady Clarice, Lord Ansleys Schwester
Die höhergestellten Bediensteten
Nell Drury, Chefköchin
Charles Briggs, Lord Ansleys Kammerdiener
Florence Fielding, Hausdame
Frederick Peters, Butler
Jenny Smith, Lady Ansleys Kammerzofe
Gäste, Besucher und Nachbarn
Sir Gilbert Saddler, Künstler und Eigentümer von Spitalfrith Manor
Lady Saddler (Lisette Rennard), Sir Gilberts Ehefrau
Petra Saddler, Sir Gilberts Tochter
Vincent Finch, Künstler
Gert Radley, Künstlerin
Pierre Christophe, Künstler
Thora Huntley-Doran, Dichterin
Lance Merryman, Künstler und Designer
Joe Carter, Gärtner von Spitalfrith
Freddie Carter, Joes Sohn
Constable Robin Gurney, Dorfpolizist
Jean-Paul Girarde, Zauberkünstler
und
Chefinspektor Alexander Melbray vom Scotland Yard

Kapitel 1

Nicht schon wieder! Nell seufzte. Verflixte Fliederbeeren, das war nun schon mindestens das dritte Mal, dass sie Michel gesagt hatte, dass die roten Johannisbeeren noch mehr gezuckert werden mussten. Für gewöhnlich war er ein grandioser Vorspeisenkoch, doch ganz offensichtlich waren seine Gedanken woanders, als dabei, den sommerlichen Lunch für die Gäste von Lord und Lady Ansley hier auf Wychbourne Court vorzubereiten. Genau genommen waren sie Lady Enids Gäste – die verwitwete Mutter Seiner Lordschaft –, die, wie Nell wusste, angeordnet hatte, dass das Essen auf Wychbourne Court und nicht in ihrem nahe gelegenen Dower House stattfand.

„Wir empfangen die neuen Eigentümer von Spitalfrith Manor", hatte Lady Ansley Nell erklärt. „Offen gestanden, habe ich meine Vorbehalte ihnen gegenüber", fügte sie unbesonnen hinzu.

Das hatte Nell neugierig gemacht. Seit einigen Wochen hatten im Dorf Gerüchte kursiert und vor einer Woche, Ende Juli, waren die neuen Nachbarn endlich eingetroffen – was sogleich die nächste Welle von Gerüchten entfacht hatte. Obwohl es nun 1926 war und der Krieg vor acht Jahren geendet hatte, gab es noch immer kleine Dörfer wie Wychbourne, die die Außenwelt argwöhnisch beäugten. Es amüsierte sie, dass sie noch immer als Neuankömmling gesehen wurde, obgleich sie seit fast zwei Jahren Köchin auf Wychbourne Court war.

„Es tut mir leid, Miss Drury", sagte Michel niedergeschlagen und eilte mit der Zuckerzange herbei, um den Fehler zu beheben.

„Er ist verliebt", flüsterte Kitty, Nells zweite Vorspeisenköchin, und kicherte.

„In der Küche ist keine Zeit übrig zum Verliebtsein", sagte Nell bestimmt. „Also legt los. Und zwar flott." Zumindest waren die zweiundzwanzigjährige Kitty und Michel nicht ineinander verliebt. Kitty wurde von einem Bauernburschen aus dem Dorf umworben und war gegen Michels unermüdlichen Hang, sich urplötzlich hoffnungslos und Hals über Kopf zu verlieben, zum Glück immun. Michel war etwa in Kittys Alter und Nell waren einige nächtliche Abwesenheiten nicht entgangen (Michels spätem Auftauchen oder seiner Abwesenheit beim Frühstück im Bedienstetensaal nach zu urteilen).

Einen Moment lang war alles ruhig, abgesehen vom Klappern der Kochtöpfe, Pfannen und Kessel sowie den schlagenden Rührbesen und dem Fleischwolf, denn das Küchenpersonal konzentrierte sich auf seine Aufgaben. Doch es hielt nicht lange an.

„Ich habe gehört, dass sie Künstler sind, drüben in Spitalfrith", platzte eines der Küchenmädchen heraus.

„Bestimmt ganz lustige", schnaubte Mrs Squires, Nells Beiköchin. „Sicherlich keine echten Künstler. Bloß solche, die nicht einmal malen können, was sie vor sich haben. Die Lady ist ein Modell, habe ich gehört."

„Eines ohne Kleidung?", fragte Michel nun interessiert.

„So ein Quatsch", gab Kitty empört von sich. „Der Herr, der zum Mittag kommt, ist ein Sir. Und er ist ein Freund von Lady Enid. Er wird die Dame also bitten, die Kleidung anzubehalten."

„Ich wette, Lady Enid hat er nicht ohne Kleidung gemalt." Jemand kicherte.

„Das reicht", verlangte Nell und musste selbst ein Kichern unterdrücken. „Das Mittagessen steht an. Macht euch an den Steinbutt!" Die Arbeit in der Küche nahm wieder Fahrt auf.

Es hielt Nell jedoch nicht davon ab, selbst über die neuen Nachbarn nachzudenken. Im großen Saal hing ein eindrucksvolles Porträt der Witwe (oder Lady Enid, wie sie genannt werden wollte), welches Sir Gilbert Saddler 1894 als junger Mann gemalt hatte, damals als Lady Enid noch die amtierende Marchioness Ansley war. Auf dem Porträt war sie definitiv vollkommen bekleidet und das in prächtigem Samt und Juwelen.

Sir Gilbert war der neue Eigentümer von Spitalfrith Manor, dem Herrenhaus, um dessen Anwesen sich ein kleines Dörfchen zusammengedrängter Cottages entlang der Straße nach Sevenoaks scharte. Spitalfrith Manor lag am Rande von Wychbourne und im Vergleich zu Wychbourne Court war das Anwesen recht klein. Im Besitz eines Witwers, dessen einziger Sohn jung verstorben war, hatte das Herrenhaus viele Jahre in einer Art Schlummer verbracht. Als der Witwer dann vor einem Jahr starb, wurde das Anwesen verkauft, wie auch die dazugehörigen Cottages. Auch im verschlafenen, ländlichen Kent hatte sich das Leben seit dem Krieg stark verändert. Überall im Land waren die großen Anwesen durch den Verlust ihrer Erben oder durch die Erbschaftssteuern angeschlagen und wurden entweder Stück für Stück verkauft oder schrumpften, bis sie nicht mehr tragfähig waren.

Auch die Familie Ansley kämpfte um das Bestehen ihres Anwesens und beobachtete sorgenvoll die Entwicklungen um das Schicksal von Spitalfrith Manor. Würde eine Schule daraus werden? Ein öffentliches Gebäude? Ein Hauptquartier der Sozialisten? (Das war die Hoffnung Lady Sophys, der jüngsten Tochter der Ansleys, die sich für die Arbeiterpartei einsetzte.) Oder würde es weiterhin ein Privathaus bleiben? Und wenn Letzteres, wer würde dort einziehen? Bis vor zwei Wochen war nicht einmal Lord Ansley, der achte Marquess Ansley, in der Lage, eine Antwort darauf zu geben. Dabei war er für gewöhnlich eine Quelle unerschöpflichen Wissens durch das House of Lords, dem britischen Oberhaus, sowie durch die Londoner Clubs.

Vor zwei Wochen hatten sie die Nachricht erhalten und die Gerüchte hatten sich prompt vervielfacht. Mr Peters, dem Butler von Wychbourne Court, war nicht entgangen, dass entgegen der Regeln der Etikette, Sir Gilbert und seine Familie nicht auf die Einladung geantwortet hatten, die die Ansleys ihnen zu ihrer Ankunft geschickt hatten. Und trotzdem kamen sie nun zum Lunch. Auch wenn es Nell kaum überraschte, amüsierte es sie doch, wie sehr dies als Unverschämtheit angesehen wurde. Wie nur, fragte Mr Peters die anderen höhergestellten Bediensteten grimmig, waren sie nun also eingeladen worden? Nicht einmal er war informiert worden, bevor das gemeinsame Essen verabredet worden war.

„Das ist mit Sicherheit Lady Enids Tun“, hatte er düster gesagt. „Und diese Lady Saddler ist eine Ausländerin. Französin. Wahrscheinlich wird sie nicht einmal selbst eine Einladung aussprechen. Sie weiß nicht, was sich gehört.“

Nell hatte Mühe, keine Miene zu verziehen. Derartige Verstöße gegen die herrschenden Anstandsregeln waren nicht mehr die gesellschaftlichen Verbrechen, die sie vor dem Krieg gewesen wären, doch von manchen wurden sie noch immer als solche wahrgenommen. Auf Wychbourne Court taten die Ansleys ihr Möglichstes, sich an die neuen Zeiten anzupassen. Ihr Sohn Lord Richard half seinem Vater dabei, das Anwesen zu verwalten und sein lebhafter Frohsinn machte ihn im Dorf sehr beliebt. Seine ältere Schwester Lady Helen brachte die Spur Londoner Glamour der jungen Londoner Elite mit sich und auch wenn Lady Sophy im Dorf als eher „merkwürdig“ galt, hielt man sie für harmlos. Seit der Generalstreik im Mai aufgegeben wurde, war sie auffallend still hinsichtlich des Themas Sozialismus gewesen, wenn man von einigen heftigen Ausbrüchen über die Lohnkürzungen der Bergarbeiter und die Arbeitslosigkeit absah.

Jetzt, da das umstrittene Mittagessen nur noch eine Dreiviertelstunde hin war, zwang Nell sich, sich an ihre eigenen Vorgaben zu halten. Komm in die Puschen und leg los, sagte sie sich. Sie musste nach dem Entenbraten sehen, die Ackerbohnen wollten gekocht werden, die Wachteleier mussten vorbereitet werden und die Artischockenböden waren noch nicht gefüllt. Der Gärtner Mr Fairweather hatte im Küchengarten auf magische Art und Weise einige späte Erdbeeren produziert und gerade waren einige Himbeeren in der Spülküche, um auf Maden geprüft zu werden.

Nell erlaubte sich, sich vorsichtig auf die Schulter zu klopfen. In ihrem Hoheitsgebiet war alles unter Kontrolle, doch Lady Ansleys Sorgen blieben bestehen. Da Lady Ansley sonst eine besonders gütige Person war, nahm Nell ihre Sorgen sehr ernst. Als sie mit dem Menü des Tages Lady Ansley für ihre Genehmigung aufgesucht hatte, hatte diese Nell gebeten, während des Mittagessens in der Anrichte, dem Raum, in dem die zu servierenden Speisen warteten, hinausgebracht zu werden, zu warten und das Mittagessen zu überblicken. Lady Ansley richtete nur selten solche Bitten an Nell und dieses Mal war sie sehr offen. Wieso?

„Ich wüsste gerne, was Sie von ihnen halten, Nell", hatte sie gesagt. „Es ist falsch, Leute nach Gerüchten zu verurteilen und Lady Enid spricht in höchsten Tönen von Sir Gilbert, auch wenn sie seine neue Ehefrau noch nicht kennengelernt hat. Sie ist ein französisches Modell, soweit ich es verstehe, und sie war eine Kriegsheldin als Spionin gegen die Deutschen, die Lille besetzt hatten. Ich habe mir sagen lassen, dass sie bei den Dorfbewohnern bisher nicht sehr beliebt ist, aber vielleicht liegt das am Krieg. Vielleicht ist sie deshalb fremden Gesichtern gegenüber skeptisch."

Nell wollte gerade gehen, als Lady Ansley hastig hinzufügte: „Spitalfrith Manor war immer schon ein eigenartiger Ort, als würde es gar nicht zum Dorf von Wychbourne gehören. Einige Dorfbewohner sagen, dass es Pech anzieht, oder gar den Teufel, aber das ist sicherlich nur Aberglaube, nicht wahr? Ich stimme ihnen ja zu, dass der vorherige Eigentümer, Sie werden sich nicht an ihn erinnern, ein trauriges Leben geführt hat und so auch der Eigentümer vor ihm. Doch es war nicht ihre Schuld und gewiss nicht die des Anwesens. Trotz alledem kann ich bei all den Gerüchten, die über Lady Saddler kursieren, nicht umher, mich zu sorgen.“

Das war also Lady Saddler. Nell beobachtete sie fasziniert durch die Luke der Anrichte, als die Lady ins Esszimmer trat. In ihrer vorherigen Anstellung im *Carlton Hotel* in London hatte Nell Menschen aller Nationen gesehen und mit ihnen zusammengearbeitet. Sie kannte die schicken französischen Moden, doch eine so seltsame Dame hatte sie noch nie gesehen. Sie war schlank und schlangenartig geschmeidig, das modische Seidenkleid schmiegte sich an ihre Figur wie eine Schlangenhaut, was ein passender Vergleich war, so wie Lady Saddler in den Raum schlängelte. Ihr dunkles Haar war zu einem strengen Dutt geknotet, ihr Gesicht war wie das einer Puppe geschminkt. Nein, nicht wie eine Puppe, es war zu starr und maskenhaft, dachte Nell. Die Augen waren dick mit Kajal umrandet und die Lippen stark geschminkt. Ihr Gesicht war nicht gerade freundlich, doch es faszinierte Nell. Sie konnte den Blick nicht abwenden. Lady Saddler sprach nur selten und doch stand sie im Mittelpunkt der Aufmerksamkeit.

Lady Saddler war Anfang dreißig, schätzte Nell. Sir Gilbert hingegen war deutlich älter, sicherlich über fünfzig. Er schien ihr nicht gewachsen zu sein und ständig zu überlegen, wie er mit seiner eindrucksvollen Frau um die Aufmerksamkeit konkurrieren konnte. Sie war das genaue Gegenteil seiner plumpen, doch scheinbar umgänglichen Art und dem Aussehen, das eher an Lewis Carrolls Father William erinnerte. Sir Gilbert hatte, wie Nell wusste, eine Tochter aus erster Ehe, die jedoch nicht anwesend war, da sie in London lebte.

Ihr erster Eindruck der neuen Nachbarn? Es herrschte kein Zweifel, dachte Nell. Kriegsheldin hin oder her, Lady Saddler wirkte eindeutig wie der Kuckuck im Nest. Sie würde kein Mitleid mit den Küken haben. Vielleicht war Miss Petra Saddler deshalb lieber in London geblieben.

Lady Ansley fiel es schwer, die Unterhaltung am Leben zu halten und ohne die geringste Regung von Lady Saddler war es Sir Gilbert überlassen, die Lage zu meistern. „Ein prächtiges Anwesen habt Ihr hier", merkte er an, als die unangenehme Stille sich wieder ausbreitete.

Lord Ansleys Mundwinkel zuckten bei den wenig überzeugenden Worten. „Vielen Dank", antwortete er ernst.

Nun brachte auch Lady Saddler sich ein. „Versailles est plus grand", kommentierte sie abschätzig.

Auf in den Kampf, Lady Enid, dachte Nell und ermunterte die Witwe in Gedanken. Ihr könnt es mit ihr aufnehmen.

Und das tat Lady Enid auch. Sie warf dem Gast einen Blick zu, der schon Generationen von Ladenbesitzern und Familien bezwungen hatte. „Versailles mag ein prächtiger Bau sein, jedoch kein Privathaus im Gegensatz zu Wychbourne."

Die Attacke erzielte jedoch keine Wirkung. Lady Saddler ignorierte das Gesagte. Kein gutes Zeichen, dachte Nell und fragte sich, ob sie entsetzt sein oder applaudieren sollte.

Sich der Atmosphäre überhaupt nicht bewusst, lief Lady Clarice, Lord Ansleys Schwester, gerade ins Fettnäpfchen hinein. „Wir haben mehr Geister auf Wychbourne Court als Versailles. Ich glaube, dass Versailles nur die arme Königin Marie Antoinette aufweisen kann, die natürlich geköpft wurde, doch ihr Geist und die Geister ihres Hofes spuken noch im Petit Trianon. Ich gebe Ihnen gerne die Tour der Geister von Wychbourne. Und genauso der Ihren – ich habe Grund zur Annahme, dass Spitalfrith –"

Nell erstarrte. Das war kaum der taktvollste Weg, eine freundliche Atmosphäre herzustellen. Lady Clarices Faszination für Geister wurde auf Wychbourne Court von allen stillschweigend hingenommen, auch wenn sich sonst niemand weiter für Geister interessierte.

„Meine liebe Clarice", Lady Enid maßregelte ihre Tochter, „ich zweifle nicht daran, dass Sir Gilbert und Lady Saddler sich für unsere Geister und gewiss auch ihre eigenen interessieren, doch erlaube ihnen doch ein wenig Zeit, ihr neues Zuhause zu genießen, bevor du sie mit der spektakulären Geschichte des Hauses verwöhnst."

„Aber natürlich, Mutter", murmelte Lady Clarice, von der Abfuhr niedergeschlagen. Nell hatte Lady Clarice gern. Sie war nun Anfang fünfzig und lebte auf Wychbourne Court, da sie nie geheiratet hatte, was am Tod ihres Verlobten im Zweiten Burenkrieg lag. Die Geister von Wychbourne waren ihre Leidenschaft, weshalb sie oft alles andere ausblendete und so wurde ihre schlanke, entschlossene Figur oft auf der verzweifelten Suche nach einem bestimmten Gespenst in den vielen Korridoren von Wychbourne Court gesehen. Dies war jedoch das erste Mal, dass Nell von Geistern auf Spitalfrith hörte.

„Es gibt Geister auf Spitalfrith?", fragte Sir Gilbert, seiner Pflicht als höflicher Gast nachkommend. „Ich habe bisher noch keine gesehen. Hast du etwas bemerkt, meine Liebe?", wandte er sich an seine Frau.

Da Lady Saddler schwieg, sprach er rasch weiter. „Ein Jammer, dass Geister nicht gezeichnet werden können, oder, Lisette?" Er brachte ein leichtes Lächeln zustande, doch die Mundwinkel seiner Frau rührten sich nicht, wie Nell bemerkte.

Lady Saddler war wohl eine Frau, die man besser nicht verärgerte, entschied Nell für sich und fragte sich, was Robert, der Diener, der mit der ausdruckslosen Miene darauf wartete, die Ente zu servieren, wohl dachte. Er hatte sein gewohntes Pokerface aufgesetzt, aber es bestand kein Zweifel daran, dass er seine Beobachtungen später im Bedienstetensaal zum Ausdruck bringen würde.

Lady Ansley ergriff die Chance sogleich, das Gespräch in eine andere Richtung zu steuern. „Ich hoffe sehr, dass Sie in Spitalfrith und Wychbourne viele andere Dinge zu malen finden werden, Sir Gilbert."

Volle Punktzahl für Lady Ansley, dachte Nell erleichtert. Zurück zu sichereren Themen.

Sir Gilbert strahlte. „Das werden die Clerries haben."

Nell blinzelte verwirrt. Zu früh gefreut. Wer oder was?

„Wer genau sind das? Mein lieber Gilbert, erzählen Sie uns mehr davon", sagte Lady Enid in einem kühleren Ton.

„Die Clerries – oder, formeller ausgedrückt, die Artistes de Cler – verdanken ihren Namen dem großen General Joseph Gustav Cler, der in der Schlacht bei Magenta zwischen Napoleon III. und den Italienern fiel", erklärte Sir Gilbert enthusiastisch. „Er war außerdem ein Künstler. Der Gründer der Clerries, Monsieur Pierre Christophe, ist ein großer Bewunderer seines Talents und hat es zu seinem künstlerischen Ziel gemacht, die Wahrheit wiederzugeben."

„Ich nehme doch an, dass dies keine dieser Avantgarde-Bewegungen ist", kommentierte Lady Enid eisig. „Sie sind ein bekannter Akademiker, Gilbert. Gewiss halten Sie solche Bewegungen für schlichtweg temporäre Störungen des rechten Weges der Kunst."

Zu Nells Belustigung errötete Sir Gilbert so sehr, dass er einer gekochten Garnele glich. Er bemühte sich sehr, eine zufriedenstellende Antwort zu formulieren. „Ich experimentiere derzeit mit den Prinzipien der Clerries, denn ..."

Lady Saddlers gelangweilte Stimme unterbrach ihn. „Wahrheit. La vérité? So etwas gibt es in der Kunst nicht."

„Alle Kunst ist Wahrheit", warf Lady Clarice eifrig ein. „Ich erinnere mich an Adelaide, den Geist von ..."

Ihre Mutter winkte schnell ab. „Gilbert, erklären Sie bitte", verlangte sie nun. „Zählen Sie sich zu diesen Artistes de Cler?"

„Das tue ich", antwortete er nervös. „Nach dem Krieg fuhr ich nach Paris und suchte Inspiration, um die

Vision, die wir Künstler in den 1890er-Jahren hatten,
wiederzuerlangen. Doch sie war so vielen anderen
Kunstformen gewichen – Kubismus, Fauvismus, Ex-
pressionismus und nun Surrealismus -, dass ich trotz
des Lebens, der Energie und der Freude der Kunst heutzutage, das Gefühl hatte, vom Weg abgekommen zu
sein."

Nell erschien dies wie eine gut einstudierte Rede, aber
dann fing Sir Gilbert an zu strahlen. „Und dann fand
ich ihn. Endlich verstand ich, dass ich, wenn ich alles
bis aufs Skelett reduzierte, ich zu einer essentiellen
Wahrheit gelangte, ganz gleich, ob es die eines Körpers,
eines Blattes oder der Vorstellung selbst war." Sir Gilbert sah sich ganz offenbar zufrieden mit seiner Erklärung um.

Für einen kurzen Augenblick stellte Nell sich ihre Küche bis aufs Skelett reduziert vor. Was war wohl die es-
senzielle Wahrheit eines Trifle?, fragte Nell sich, während sie in der Anrichte die Desserts vorbereitete.
Kehrte man zur Sahne, zum Pudding zurück oder noch
weiter? Oder wurde das Trifle erst aufs Skelett reduziert, wenn es gegessen wurde? Nimm das ernst, sagte
sie sich. Steckte in einem kargen Baum mehr Wahrheit
als in einem belaubten? Entsprachen nicht beide der
Wahrheit? Oder musste man die Rinde auch entfernen? Ganz gleich, entschied Nell, sie würde sich lieber
auf ihr Trifle konzentrieren, ob es nun der Wahrheit
entsprach oder nicht.

Verwirrt beobachtete sie die höflichen, wenn auch
ausdruckslosen Mienen der Ansleys, genau wie wohl
auch Sir Gilbert, denn er fügte hastig hinzu: „Unsere
Freunde, die uns zum Fest in zwei Wochen besuchen,

werden die Artistes de Cler ausführlicher beschreiben können. Und wir werden nächstes Jahr in der Academy of Modern Art in London eine Ausstellung ihrer Werke veranstalten."

„Das steht noch nicht fest", unterbrach Lady Saddler ihn ruhig.

Sie lächelte, doch es war kein freundliches Lächeln, bei dem einem warm ums Herz wurde. Vielmehr erinnerte es an das Lächeln eines Krokodils, dachte Nell und schämte sich sogleich dafür, schlecht von einer Kriegsheldin zu denken. Der Krieg veränderte Menschen und zerstörte Leben. Doch was hatte es mit dem Fest auf sich?

Sir Gilberts plötzliches Selbstvertrauen war wie verpufft. „Wie meine liebe Frau schon sagt, steht es noch nicht fest", sagte er unglücklich.

Nell schauderte. Etwas Eigenartiges schwang mit, als er ‚liebe Frau' sagte, ganz abgesehen von ihrem Auftreten.

„Sie erwähnten ein Fest, Sir Gilbert. Darf ich fragen, was das ist?", fragte Lord Ansley rasch und gab dem Diener Robert das Signal, nun das Dessert zu servieren.

„Aber ja." Sir Gilbert warf seiner Frau einen flüchtigen Blick zu und fing begeistert an zu erzählen. „In zwei Wochen, am Samstag, den einundzwanzigsten August, werden wir auf Spitalfrith Manor das allererste *Festival de Cler* ausrichten. Sogar Monsieur Christophe selbst wird uns die Ehre erweisen, teilzunehmen, genau wie noch weitere der Clerries. Selbstverständlich hat er Afrika als Thema auserkoren und wir Künstler werden unsere Werke ausstellen."

Afrika in Wychbourne? Nell hatte Schwierigkeiten, sich so etwas vorzustellen und gleichzeitig zu beobachten, ob ihr Eisbecher, Pfirsich Melba, bei den Gästen auf Zuspruch traf. Was meinte Sir Gilbert wohl mit ‚selbstverständlich‘? Was um alles in der Welt würden die Dorfbewohner Wychbournes wohl von dem Thema und den Künstlern halten? Sie versuchte, die Vorstellung einer Gruppe unbekleideter Skelette, die durch das Dorf zogen, zu verscheuchen.

„Wird es Schamanen geben?“, fragte Lady Clarice begeistert.

Sir Gilbert blickte ausdruckslos drein. „Das kann ich noch nicht mit Sicherheit sagen“, antwortete er verhalten. Vielleicht war er sich der mangelnden Unterstützung seiner Frau bewusst oder aber er wusste genauso wenig wie Nell, was Schamanen waren. „Aber Afrika ist gewiss einer der Eckpfeiler der Kunst der Clerries.“

„Wieso das?“, fragte Lady Clarice interessiert. „Liegt es an Josephine Baker, die Paris im Sturm erobert?“

Auf Lady Clarice war wie immer Verlass, genau das zu auszusprechen, was alle anderen sich insgeheim fragten, dachte Nell.

„Möglicherweise“, erwiderte Sir Gilbert trübselig. „Denken Sie an Gauguins Werke. Afrika ist unbefleckt vom westlichen Leben und seinen Komplikationen. Man findet die Natur dort in ihrer rohsten Form, enthüllt vom Trubel des modernen Lebens.“

Wie die Zeitungen berichteten, erinnerte sich Nell, war ‚enthüllt‘ wohl nur zutreffend, wenn man Josephine Bakers knappe Kostüme bedachte. Die amerikanische Sängerin hatte Paris in der Tat durch Tanz und Gesang im Sturm erobert. Glücklicherweise konnte Nell sich jedoch keinen Grund vorstellen, ihre Kochkunst derartig zu enthüllen und dort etwas auf ein Minimum zu reduzieren. Genauso wenig konnte sie bei genauerer Überlegung das Argument in den Absichten der Clerries erkennen. Sollte denn nicht jedes Kunstwerk die Wahrheit reflektieren?

„Jeder in Wychbourne ist zu unserem Fest eingeladen", fuhr Sir Gilbert fort. „Einschließlich aller hier auf Wychbourne Court." Er lächelte den Gastgebern unsicher zu. „Jeden Standes", fügte er hinzu. „Von den Aristokraten bis zum einfachen Bediensteten."

Einfache Bedienstete? Nell hatte Mühe, nicht zu prusten vor Lachen, als sie sich vorstellte, wie Robert die Worte später zweifelsohne im Bedienstetensaal wiedergeben würde. Dann zuckte sie erneut, als sie Lady Saddlers Gesichtsausdruck sah. Sie starrte ihren Mann mit einem Blick voller Verachtung an. Was war nur los auf Spitalfrith?

„Einfache Bedienstete, so hat er uns genannt", verkündete Robert später am Nachmittag empört im Bedienstetensaal. „So ein Mumpitz! Diese Zeiten sind lange vorbei. Da ist also seine feine Wahrheit, das hätte ich dem alten Knacker gern gesagt."

Nell konnte ihn gut verstehen. Robert war für gewöhnlich ein sanftmütiger Riese von einem Mann und außerdem geduldig. Sein Ärger war untypisch, aber verständlich. Auch auf Wychbourne Court verschwanden die Unterschiede zwischen den Bediensteten und die höhergestellten Bediensteten wurden nicht mehr so genannt, obwohl die Hierarchie bestehen blieb. Gleichwohl waren die Interaktionen zwischen der Familie und den Bediensteten enger. Der Krieg hatte ihnen allen gezeigt, dass jeder, ganz gleich des Ranges, eine Aufgabe zu tun hatte, weil Gas, Bajonette und Granaten auch keine Unterschiede machten.

Die höhergestellten Bediensteten aßen früher unter sich im Salon des Butlers, doch nun aßen sie häufig mit den anderen Bediensteten zusammen. Vor dem Krieg hatte man im Bedienstetensaal die Mahlzeiten still zu sich genommen, doch nun hatte jeder das Recht zu sprechen und heute machten gleich einige davon Gebrauch. Es ging offenbar noch immer um die moderne Kunst, als Nell sich zum Abendessen dazugesellte.

„In Sevenoaks habe ich letzte Woche ein Bild im Schaufenster gesehen", sagte Kitty. „Es hieß *Lady with Grapes*, dabei waren es nur einige wulstige, ausgebeulte Formen und Quadrate. Und keine Lady weit und breit."

„Wülste hab ich selbst schon genug, davon brauche ich nicht mehr", kommentierte Mrs Fielding, die Hausdame, ungewohnt heiter. Es war ein offenes Geheimnis, dass Mr Peters und sie ganz vernarrt ineinander waren, auch wenn niemand in aller Öffentlichkeit darüber sprach.

„Ich vermute, der Künstler hat einfach experimentiert", warf Nell ein. „Das tun wir heutzutage auf alle möglichen Arten und es macht das Leben interessant."

„Womit werden denn diese Künstler auf Spitalfrith experimentieren?", fragte Mrs Fielding nun wieder auf ihre typisch bissige Art.

„Das Leben nach dem Krieg", antwortete Michel ernst. Sein Vater war bei der Schlacht um Verdun gefallen und er war im Alter von fünfzehn Jahren mit seiner Mutter nach England gekommen.

„Oder sie experimentieren mit Skeletten, wie Robert erzählt hat“, schlug die aufgeweckte Kitty vor. „Vielleicht gibt es ja welche auf Spitalfrith Manor.“

„Das Anwesen ist alt und gruselig“, stimmte Mrs Fielding ein. „Ich habe Ihre Ladyschaft jedoch gefragt, ob ich zum Fest gehen kann.“

„Vielleicht würde Mr Peters auch gerne hingehen“, schlug Robert unschuldig vor. „Schließlich können wir alle hingehen. Das hat der alte Bursche selbst gesagt“, betonte Robert.

Zu Nells Überraschung schien Mr Briggs, Lord Ansleys Diener, zuzuhören. Mr Briggs musste um die dreißig sein und litt unter Kriegsschäden, sodass er noch immer in einem eigenen Krieg lebte. Er achtete nur selten darauf, was um ihn herum passierte. Auch jetzt verhielt er sich wie gewohnt in solchen Situationen.

Er schob seinen Stuhl zurück, stand auf und salutierte. „Corporal G/26420, Sir“, stieß er hervor.

Dann setzte er sich wieder, was nach einem solchen Ausbruch selten war. Jenny Smith eilte zu ihm hinüber und hob seine Serviette auf und überredete ihn einfühlsam, seinen Kuchen weiterzuessen. Jenny hatte frischen Wind nach Wychbourne gebracht, als sie aus London herkam und als Lady Ansleys Kammerzofe anfing. Da sie so attraktiv und quirlig wie Mary Pickford in den Hollywoodfilmen war, hatte Lord Richard rasch ein Auge auf sie geworfen – jedoch hatte sie ihn ebenso schnell abgeschüttelt, auch wenn sie sich noch gut zu verstehen schienen.

„Wie sollen wir denn alle zum Fest gehen können?“, meldete sich Muriel, eines der Spülmädchen, zu Wort. „Wir müssen schließlich arbeiten.“

„Lady Ansley hat gesagt, dass alle die Erlaubnis haben, hinzugehen", antwortete Mrs Fielding wichtigtuerisch. „Jene von euch, die wünschen, das Fest zu besuchen, können dies tun, wenn die Aufgaben erledigt sind."

Was hatte es mit Mrs Fieldings entgegenkommender Art auf sich? Man höre und staune!, dachte Nell. Mit Sicherheit lag es daran, dass Mr Peters anwesend war.

„Worum geht es bei dem Fest denn?", fragte Jenny, die wie Nell feststellte, in ihren Gedanken nun Jenny und nicht mehr Miss Smith hieß.

„Lady Ansley hat mir gesagt, dass die Künstler über ihre Werke sprechen werden und diese präsentieren", verkündete Mrs Fielding in einem Tonfall, der sie spüren lassen sollte, dass sie Lady Ansleys Vertrauen genoss.

„Wozu sollen sie darüber sprechen, wenn wir sie sehen können?", fragte Kitty zaghaft.

„Weil ihre Werke uns nichts sagen werden", lachte Jenny. „Sie zeichnen alle möglichen bunten Farben und Formen."

„Sehr schmale Formen, wenn alles bis auf das Skelett reduziert ist", fügte Nell hinzu.

Kitty sah noch immer besorgt aus. „Aber wozu sollen wir es dann angucken, wenn es nichts zu bedeuten hat? Ich habe einen Druck von einem schönen Bild von Knole Park gesehen, auf dem ein Feld und Schafe zu sehen waren. Es ist von Sir Gilbert und hängt bei meiner Tante im Haus. Und das bedeutet mir etwas, weil ich schon einmal dort war."

„Ich vermute, Sir Gilbert hat es gemalt, als er noch jünger war", erklärte Jenny. „Nun will er avantgardistisch sein, um mit der Zeit zu gehen und mit Picasso und Matisse mitzuhalten.“

Nell warf ihr einen Blick zu. Jenny entpuppte sich tatsächlich als eine pfiffige Kammerzofe. Sie hatte nicht nur Lord Richards Interesse auf sich gezogen, sie erwies sich auch als bewandert in der modernen Kunst. Obwohl sie nun sechs Monate mit ihr zusammengearbeitet hatte, wusste Nell nur wenig über sie, außer, dass sie über eine Londoner Agentur nach Wychbourne Court vermittelt worden war. Sogar im verschlafenen Wychbourne schwanden die Zeiten, in denen die Hausangestellten noch aus dem Dorf angestellt wurden.

„Das ist la vérité“, intonierte Robert feierlich. „Das Skelett eines Körpers, eines Blattes. Ich frage mich, ob sie je Bücklinge zeichnen! Die haben jede Menge Gräten!“

„Das ist allerdings wahr“, stimmte Jenny ihm zu und das Spülmädchen Muriel kicherte. „Aber ich bezweifle, dass in Paris viele Bücklinge gezeichnet werden und schließlich wird all die neue Kunst dort erträumt. Waren Sie jemals in Paris, Miss Drury?“

„Noch nicht“, antwortete Nell ihr vergnügt. „Aber dort kommen die Clerries her.“

‚Paris‘ rief ihr eine unbehagliche Erinnerung ins Gedächtnis, auch wenn es eine glückliche Erinnerung war. Eines Tages, so hatten Alex Melbray und sie sich geeinigt, wollten sie die Champs-Élysées hinunter- und entlang der Seine spazieren, was eine Metapher für eine engere Beziehung war, wie sie sich durchaus bewusst war. Wieder stiegen Zweifel in ihr auf, denn sie konnte das Seilziehen in ihrem Inneren nicht lösen. Sollte sie ihre Arbeit aufgeben, wie sie es müsste, weil

Alex ein Chefinspektor bei Scotland Yard war? Oder sollte sie Alex aufgeben? Natürlich gesetzt den Fall, dass er sie nicht vorher aufgab. „Und außerdem", sprach sie schnell weiter, „hat Sir Gilbert seine neue Frau dort kennengelernt."

„Der arme alte Bursche. Er tut mir wirklich leid", sagte Robert aufrichtig.

„Sir Gilbert hat wohl nach dem Krieg einige Jahre in Paris verbracht", setzte Nell schnell wieder an. „Sie stand damals Modell, vielleicht auch für ihn."

„Ist sie auch eine der Clerries?", fragte Kitty.

„Ich glaube nicht. Aber es mag bloß mein Eindruck sein", fügte Nell hastig hinzu, als sie zu spät merkte, dass Mr Briggs leise vor sich hin sang, was ein Zeichen war, dass ihn etwas bekümmerte.

„Mademoiselle from Armetières, parlez-vous ... "

„Alles ist in Ordnung, Mr Briggs. Sie sind hier sicher", sagte Jenny sanft, als er die Zeilen immer wieder wiederholte.

Nell machte sich Sorgen um Mr Briggs. Seine Reaktion auf das Geschehen war ungewöhnlich, denn zumeist war Mr Briggs zwar körperlich zu den Mahlzeiten anwesend, geistig jedoch nicht. Lag es an der Unterhaltung über Frankreich, dass er so aufgebracht war?

Eine Zeit lang nahm Mr Briggs weder Jenny noch sonst jemanden wahr. Dann hörte er abrupt auf, stand auf, salutierte wieder und verließ den Tisch.

„Er hat sein Dessert noch nicht aufgegessen." Muriel sah ihm besorgt hinterher. „Geht es ihm gut?"

„Ich werde nach ihm sehen", bot Nell an. „Wahrscheinlich ist er nur zu seinem abendlichen

Spaziergang aufgebrochen, um die Nachtigall singen zu hören.“

Doch der Abend verlief nicht wie erwartet. Von Mr Briggs war am Hinterausgang des Bedienstetenflügels, der zu den östlichen Gärten führte, keine Spur, also ging Nell weiter zum Eingang für Lieferanten, der zum Küchengarten führte.

Auch hier keine Spur von Mr Briggs. Sie wollte gerade wieder hineingehen, als sie ihn sein Fahrrad über den Hof schieben sah, was zu solch einer späten Uhrzeit merkwürdig war. Auch wenn er abends oft ausging, ging er doch normalerweise zu Fuß. Besorgt eilte Nell über den Hof, doch sie kam zu spät. Er war schon auf dem Rad und radelte in die Nacht davon. Sie lief ums Haus herum und sah ihn noch die Hauptstraße ins Dorf entlangradeln und hörte die Worte, die er sang, vielleicht an sie gerichtet, vielleicht an sich selbst: „Die Vögel, die singen ... die Singvögel ... “

Alles war in Ordnung, dachte Nell beruhigt, als sie in den Bedienstetensaal zurückkehrte. Mr Briggs schien einfach nur in das Wäldchen am Rande des Anwesens zu radeln und dort den Nachtigallen zu lauschen. Und dass er mit dem Rad fuhr, musste einfach nur ein spontaner Einfall gewesen sein. Mehr nicht.

Kapitel 2

„Nach Spitalfrith Manor werden Kokosnüsse und alle möglichen anderen komischen Dinge geliefert", berichtete Kitty begeistert. „Das hat mir Mr Fairweather erzählt. Der alte Gärtner von Spitalfrith war hier und wollte einige Ananasfrüchte von ihm stibitzen." Kittys Freund war einer der Gärtnergehilfen von Wychbourne Court und Kittys Interesse, in den Gemüsegarten zu gehen und mit Mr Fairweather zu handeln, war seitdem deutlich gestiegen.

Es waren bloß noch zwei Tage, bis die Künstler ihre Werke und deren afrikanische Pracht feierlich präsentieren würden. Verquerer und verquerer, um es mit den Worten von *Alice im Wunderland* zu sagen, dachte Nell. Ob die Clerries Alice wohl erstaunt hätten, wenn die Kunstwerke wirklich dem entsprachen, wie über sie geredet wurde?

„Ich hoffe, er hat keine herausgerückt", sagte sie bestürzt. Die Ananaspflanzen und die abgedeckten Gruben, in denen Mr Fairweather sie den Winter über hielt, waren äußerst wertvoll. Das Obst war auf dem Markt wahrscheinlich günstiger zu erstehen, aber er hing an den alten Gruben und kümmerte sich gewissenhaft darum. Und das Ergebnis war exzellent.

Kitty kicherte. „Aber natürlich nicht. Sie wissen doch, wie er ist."

Das wusste Nell in der Tat. Sie musste sich stets die größte Mühe geben, ihn davon zu überzeugen, ihr auch nur irgendetwas aus dem Küchengarten zu überlassen. Für Mr Fairweather musste alles stets perfekt sein, bevor er auch nur eine einzige Bohne herausrückte. Das stellte allerdings häufig ein Problem dar, weil in seinen Augen nie etwas perfekt genug war.

„Ich habe gehört, dass sie Affen zum Anwesen gebracht haben. Lebendige Affen, so wie im Filmtheater", sagte Kitty.

„Vielleicht schneit auch noch der Weihnachtsmann herein", entgegnete Nell. Wie passten Affen denn zu den Clerries? Was würde wohl als Nächstes eintreffen? Vielleicht ein paar Gorillas? Oder ein Elefant, so groß wie der berühmte Jumbo? Aber eines nach dem anderen. „Wie wäre es, wenn wir uns an das Quittenkompott zum Schwein für das Abendessen machen?", fragte sie vielsagend. „Hättest du nicht Lust?"

In der Küche herrschte wieder Betriebsamkeit und alles summte eifrig vor sich hin, wie die neuen Netzleitungen, die endlich installiert worden waren. Endlich musste sie sich nicht mehr auf das alte Stromaggregat verlassen, nur noch im äußersten Notfall, und es war ihr eine Freude, mit dem Elektroherd zu arbeiten, auch wenn Nell ihren alten Kohlenofen noch so sehr liebte.

Es war kaum ein Wunder, dass Spitalfrith Manor für so viel Aufruhr in der Küche sorgte, schließlich war das ganze Dorf aufgeregt und gespannt, selbst die Ansleys konnten sich dem Drama nicht entziehen.

„Was zum Teufel geht nur vor sich, Nell?", hatte Lady Ansley sie erst am Morgen ganz unverblümt gefragt, als Nell ihr das Menü des Tages präsentierte. „Ich habe das Gefühl, ich sollte Sir Gilbert und Lady Saddler meine Unterstützung anbieten, und doch hält mich etwas davon ab. Mein Mann findet leider, offen gesagt, keinen Gefallen an den neuen Nachbarn und ich kann es ihm nicht verübeln", sagte Lady Ansley kläglich. „Mir geht es nicht anders."

Das überraschte Nell kaum. Lady Ansley war in den 1890er-Jahren als Gaiety Girl am Theater gewesen und hatte sich in ihre neue Rolle als Marchioness Ansley perfekt eingefunden, sodass dies einer der seltenen Momente von Offenheit in solchen Angelegenheiten war. Nell teilte jedoch ihr Unbehagen. Irgendetwas war an Spitalfrith seltsam. Der frühere trostlose Ruf war plötzlich etwas Düstererem gewichen und das Fest legte sich oberflächlich wie eine Schicht Zuckerguss darüber. Sie wusste jedoch auch, dass Lord Ansley die Situation still beobachten würde, bevor er Wychbourne Court in eine Situation brachte, die sie später bereuen würden.

„Außerdem haben wir keine offizielle Einladung zu diesem Kunstfest erhalten", sprach Lady Ansley weiter. „Bloß diese alles umfassende mündliche Erwähnung beim Lunch. Wäre Lady Enid nicht mit Sir Gilbert befreundet, würde ich keinen weiteren Gedanken daran verschwenden, doch ich fürchte, wir sollten alle anwesend sein."

„Aber ja", murmelte Nell und fragte sich, was die Witwe wohl vom Kunstverständnis der Clerries halten würde, wenn sie die Werke sah. Afrika und die Clerries hatten rein gar nichts mit Sir Gilberts Porträt von vor dreißig Jahren gemein, das sie als viktorianische Frau in ihrer Glanzzeit zeigte. Jetzt, wo sie so darüber nachdachte, fragte Nell sich, was sie selbst überhaupt von der neuen Avantgardekunst hielt. War es nur eine vorübergehende Modeerscheinung oder würden die Artistes de Cler sich behaupten? Ob die neuen Künstler in

Paris, Picasso und die Dadaisten, sie anerkennen würden?

In solchen Überlegungen versunken, hatte Nell den längeren Weg zurück in den Ostflügel genommen und ging die große Prunktreppe hinab, um im großen Saal noch einmal einen Blick auf das Porträt der Witwe zu werfen. Das Viktorianische Zeitalter war zwar vorüber, doch das Gemälde war noch immer überwältigend. Lady Enid saß darauf majestätisch im Abendkleid und mit Juwelen reichlich behangen – sie trug sogar ein Diadem – und ihre Hand ruhte auf einem Hund, der stolz an ihrer Seite saß. Nell hatte versucht, sich die Witwe bis auf die Knochenstruktur reduziert vorzustellen, doch das galt mit Sicherheit als lèse-majesté, Majestätsbeleidigung, und Lady Enid schien so schon von ihrem Porträt auf einen hinabzustarren, als könne sie Gedanken lesen.

Als sie in der Küche ankam, ging das Geplauder über das Fest am Samstag weiter, bis es schon fast Zeit für das Mittagessen war und sich alle aufgrund der zu servierenden Mahlzeit wieder auf die Arbeit konzentrierten. Sobald sie jedoch wieder im Bedienstetensaal waren, plapperten sie munter weiter.

„Wir schmieden alle Pläne, wie wir hingehen können, Miss Drury“, erzählte Kitty Nell aufgeregt. „Natürlich haben wir das Mrs Fielding zu verdanken“, fügte sie diplomatisch hinzu, denn auch sie musste gesehen haben, wie Mrs Fielding schon entrüstet die Luft einzog. „Wir werden in Zweiergrüppchen gehen. Eine Gruppe um drei Uhr, die andere um halb sechs.“

Der Bedienstetensaal hatte mehr als vierzig Plätze, obwohl sie nur selten alle zur selben Zeit dort waren.

Heute waren jedoch beinahe alle Stühle besetzt, sogar ein oder zwei Gärtner waren da. Sie waren sonst nur selten im Ostflügel und aßen für gewöhnlich mit Mr Ramsay, der für die Ställe und Garagen verantwortlich war. Die anderen Angestellten kamen und gingen, wie es sich mit ihren Pflichten vereinbaren ließ. Mr Briggs aß meist lieber im Pug's Parlour, wie das Zimmer des Butlers auch genannt wurde, wo früher die höhergestellten Bediensteten gegessen hatten. Inzwischen aß er jedoch sein Mittagessen trotz des Trubels im Bedienstetensaal.

„Wann werden Sie zum Fest gehen, Mr Briggs?" Jenny Smith schien offenbar zu versuchen, ihn mit der allgemeinen Begeisterung anstecken zu wollen, doch Mr Briggs starrte sie nur irritiert an. Herrje! Das Warnsignal kannte Nell nur zu gut.

„Das Kunstfest auf Spitalfrith Manor", ermunterte sie ihn.

Mr Briggs sah verwirrt drein, dann lächelte er in die Runde und verließ langsam den Saal. Er hatte nicht wie sonst manchmal seinen Namen gerufen und sein Gehen schien niemanden zu besorgen, bis auf Nell, wobei Jenny auch verblüfft aussah. Was an Jennys Frage hatte ihn bloß so durcheinandergebracht? Vielleicht hatte es ihm aber auch einfach nur zu viel abverlangt.

Die Unterhaltung am Tisch war längst zu einem anderen Thema übergegangen, aber noch immer ging es um das bevorstehende Ereignis. Mrs Fielding schien am meisten über Spitalfrith zu wissen.

„Mr Peters hat mir erzählt, dass er vom Telegrammboten gehört hat, dass die Gäste heute im Herrenhaus eintreffen. Und was für Gäste!", betonte sie bedeutungsvoll. „Einer hat am Bahnhof von Sevenoaks bereits nach einer Droschke gefragt. Eine äußerst merkwürdige Person. Er trug einen knallgelben Anzug."

„Gelb?", wiederholte Kitty ungläubig.

„Sonnengelb, hat Mr Peters sich sagen lassen. Und schlimmer noch!" Mrs Fieldings Publikum schnappte nach Luft, als sie weitersprach: „An seinem knallgelben Hut steckte eine Feder."

Auf dem Land gab es zu viele Bäume, entschied Lance Merryman, und zupfte ein Blatt von seinem herrlichen neuen gelben Jackett. Vermutlich hatte er für die Fahrt mit der Droschke doppelt so viel zahlen müssen wie üblich, denn einige der anderen Droschkenfahrer hatten nur einen Blick auf seine modische Kleidung geworfen und entschieden, dass sie seinem Wunsch leider nicht nachkommen können. Ihr Pech! Hier war er nun also - auf Spitalfrith Manor -, draußen auf dem Lande, das so völlig anders war als seine Heimat London oder aber Paris, wo er inzwischen weilte. Jedoch hoffentlich nicht mehr viel länger. Er klammerte sich an die Hoffnung, dass nicht einmal Gilbert töricht genug war, um zuzulassen, dass etwas (oder gar jemand) die Ausstellung der Artistes de Cler in der Londoner Academy of Modern Art, die für das nächste Jahr geplant war, stören würde. London war inzwischen der Dreh- und Angelpunkt der Kunst. Paris mochte die Heimat hervorragender Modeschöpfer wie Molyneux sein, doch er, Lance Merryman, würde London regieren. Seine Entwürfe würden das *Fashion Tomorrow Magazine* im Sturm erobern und die *Vogue* würde ihm die Tür einrennen. Lance sah sich um, als die Droschke davonfuhr und ihn mit seinem Gepäck auf dem Vorhof zurückließ, wo er nun auf einen Diener wartete, der ihn hereinbat. Die vielen Bäume bildeten eine Art ausladendes Dach über dem Vorhof. Wirklich sehr ländlich. Bäume waren ihm als Konzept im Sinne der Artistes de Cler durchaus recht und für das Motiv Afrika waren sie noch besser – Diamanten glitzerten geradezu auf den Blätter, meine Lieben, und Löwen schlenderten zwischen den kahlen Baumstämmen umher –, London würde sein Eldorado sein. Sein Plan hatte nur einen Haken: das abscheuliche Schreckgespenst Lisette, die ihm seinen Aufenthalt in Paris ruiniert hatte, indem sie über seine Kollektion gelästert hatte. Da sie inzwischen den armen Gilbert geheiratet hatte, würde sie zweifellos weiter über seine Kreationen herziehen, doch nach der Ausstellung im nächsten Jahr würde er sich von den Artistes de Cler abwenden können.

Durch die Bäume auf dem Vorhof sah er eine elegante, statueske Gestalt auf sich zukommen. Einen Moment lang fürchtete er, dass es Lisette sein könnte, doch zu seiner Erleichterung war es Miss Huntley-Doran, die liebe Thora, Dichterin und Verlobte des ach so noblen Begründers der Clerries, Pierre Christophe – dem er selbstverständlich zu größter Hochachtung verpflichtet war. Da offenbar kein Diener aus dem Haus herbeieilte, um sein Gepäck zu tragen, war er froh, nun zumindest nicht mehr allein in dieser eigenartigen Welt der Felder und Wälder zu sein.

„Miss Huntley-Doran – Thora!", begrüßte er sie überschwänglich und kleidete sie gedanklich um, wobei er ihr unseliges violettes Jumperkleid durch eine seiner seidenen Kreationen ersetzte. „Können wir uns nicht glücklich schätzen, hier von ländlicher Idylle umgeben zu sein?" Die vornehme Thora war stets freundlich zu ihm, ganz im Gegensatz zu Pierre, der ihn wie einen Hofnarren behandelte.

Thora sah verunsichert aus. „Können wir das?", fragte sie. „Inspiriert dich das wirklich, Lance? Ich persönlich empfinde Hampstead künstlerisch anregender. Haben Sie mein Klagelied *Elegy to a Fallen Hero* vielleicht gelesen? Ich habe es dort geschrieben und nachdem Pierre es gelesen hatte, fragte er mich sogleich, ob ich mich den Artistes de Cler anschließe."

„Dein dichterisches Talent ist außerordentlich", murmelte Lance diplomatisch. In seinen Augen war Pierres einziges Ziel, was Thora anbelangte, sich in ihre reiche Familie einzuheiraten. „Ist der gute Pierre schon hier? Sicherlich –"

„Möglicherweise", unterbrach Thora mit verärgertem Blick. „Haben Sie schon Lisette gesehen?"

Er schauderte. „Unsere werte Gastgeberin?" Mehr brachte er nicht über die Lippen. „Noch nicht", fügte er schließlich hinzu und dann begriff er, was Thora befürchtete: dass der großartige Pierre mit der schlangengleichen Frau zusammen war. Nein, wie amüsant, dachte er. Natürlich hatte es lauter Gerüchte über Lisette und Pierre gegeben ...

Pierre Christophe hielt vor Spitalfrith Manor an und betrachtete das graue, alles andere als inspirierend aussehende Herrenhaus, wobei seine Hand lässig auf der Tür seines nagelneuen 14/60 Lagonda lag. Nun, zumindest die nächsten fünf Tage war der Wagen seiner. Er konnte es sich nicht leisten, ihn länger zu mieten, aber mit dem Zug zu fahren, kam nicht infrage. Der schnittige Lagonda verkörperte die Prinzipien der Artistes de Cler und Thora würde ihn sicherlich vergöttern – so unglücklich es auch war, dass er ihn nur vorübergehend besaß. Aber er war schließlich der Begründer der clerrischen Strömung und da Kunst ein Geschäft war, konnte er solche elenden Angelegenheiten wie das Geld nicht außen vor lassen. Manchmal, sagte er sich, musste man nun einmal welches ausgeben, ohne groß Rücksicht auf das Bankkonto zu nehmen.

Er hatte so einige Bedenken, was diesen Besuch anbelangte. Zunächst musste er Gilbert einschärfen, wie wichtig es war, dass die Künstler bei der Ausstellung im nächsten Jahr vertreten waren. Obwohl Gilbert ein Mitglied der Artistes de Cler war, neigte er doch manchmal zu seinem alten Zeichenstil und außerdem zeigte er sich vom Wert der clerrischen Strömung nicht ausreichend überzeugt. Einige der anderen Künstler – insbesondere Lance Merryman – hatten kein Fingerspitzengefühl. Lance würde sicherlich in üblich extravaganter Kleidung auftauchen und Pierre schüttelte es bei dem Gedanken, dass seine Thora zugleich Gast mit einem so bunt gekleideten Schmetterling war. Lances Privatleben war seine eigene Angelegenheit, aber er sollte jene um sich herum berücksichtigen. Thoras Familie würde davon nicht begeistert sein.

Pierres zweite Sorge galt Thora selbst. Alles hing von seiner neuen Verlobten ab – seiner neuen reichen Verlobten -, die nun aufrichtig an die Prinzipien der Artistes de Cler glaubte. Da sie keine Malerin, sondern eine Dichterin war, hatte es viel Geduld gekostet, ihr zu erklären, wie gut ihre Gedichte zur Denkweise der

Clerries passten. Nichts durfte beim Fest am Samstag schiefgehen, genauso wie bei der Planung der Ausstellung der Academy of Modern Art im nächsten Jahr in London Kensington. Seine Karriere hing davon ab.

Dies brachte ihn zu seiner dritten Sorge und dem eigentlichen Hauptproblem: die Gegenwart von Lisette Rennard, seiner ehemaligen Geliebten und Modell, die nun Lady Saddler hieß. Er stieg aus dem Wagen. Hätte er nur früher gewusst, dass Gilbert sie vor zwei Monaten geheiratet hatte, dann hätte er Thora nicht überredet, ihn an diesem Wochenende zu begleiten. Er hatte gewusst, dass Lisette für Gilbert in Paris Modell gestanden hatte, aber sie zu heiraten, und zumal so kurz, nachdem er sie in beiden Rollen aus seinem Leben verbannt hatte, war ein Schock gewesen. Und nun würde sie die Gastgeberin auf Spitalfrith Manor sein. Er hatte gehofft, dass sie Anstand haben und den Artistes de Cler fernbleiben würde, jetzt da seine Verlobung mit Thora bekanntgegeben war, doch es war hoffnungslos. Lisette würde anwesend sein. Die Frau mit den dunklen Augen und dem dunklen, glänzenden Haar, das ihr über die schmalen Schultern fiel, wenn sie es nicht zu einem eleganten Dutt gedreht hatte, um die wundersamen Konturen ihres Gesichts zu betonen. Ihr Körper war hager, sie das perfekte Modell und die perfekte Geliebte. Doch nicht die perfekte Frau, um sie in der Nähe zu haben, wenn die Zukünftige bei einem war und diese altmodischere Moralvorstellungen hatte.

Zumindest würde Lisette gewiss keine Gefahr für die Ausstellung im nächsten Jahr darstellen, tröstete er sich. Die anderen anwesenden Künstler, die dieses Wochenende dabei waren – Thora, Lance, Vinny Finch,

Gert Radley und Gilbert selbst –, würden eifrig darüber reden und nicht einmal Lisette konnte etwas dagegen tun.

„Pierre, mon cher! Bonjour!" Er sah Gilbert ihm entgegenwatscheln, die Arme weit ausgebreitet. „Willkommen auf Spitalfrith Manor."

Von Lisette war glücklicherweise keine Spur zu sehen, doch sie war bestimmt nicht weit und wartete nur, ihren dunklen Schatten über ihn zu werfen. Pierre machte sich darauf gefasst.

Nell schäumte vor Wut. Das gesamte Dorf schien wie besessen von diesem Fest. Sie hatte sich beim Metzger beschweren müssen, weil er ihr Wadschinken statt Spannrippen geliefert hatte. Normalerweise war Mr Podland stets peinlich genau und nun schien er so beschämt, dass er vermutlich am liebsten im Boden versunken wäre.

„Entschuldigen Sie bitte, Miss Drury. Die große Lieferung für Spitalfrith Manor hat mich ziemlich abgelenkt", druckste er herum. „Und ich habe keine Würstchen mehr. Dreihundert Stück wollten sie haben. Mit Gekröse drin, was auch immer das ist. Sie bekommen also die gute alte Schweinswurst. Und Shrimps wollten sie haben. Ich habe ihnen gesagt, dass wir August haben. Da gibt es keine Shrimps. Und außerdem bin ich Metzger und kein Fischhändler. Ich werde ihnen also schöne Schinken-Blätterteig-Teilchen machen. Sir Gilbert sagte, das würde auch gehen, also bekommen sie nun diese."

Nell versuchte, möglichst mitfühlend zu klingen, doch in Gedanken stellte sie sich schon vor, was Mrs

Squires sagen würde, wenn sie erfuhr, dass sie die bestellten Würstchen für das Mittagessen der Bediensteten nicht bekommen hatte. Mrs Squires war jedoch weit und breit nicht zu sehen, als Nell sie in der Küche suchte.

„Sie ist nach Spitalfrith. Hilft dort Mrs Hayward“, trällerte Kitty. „Mrs Fielding sagt, das sollten wir alle tun.“

Nell stöhnte. Es war Donnerstag und das Fest begann erst Samstag. Dabei standen vorher erst einmal solche Dinge wie der Nachmittagstee und das Abendessen der Bediensteten an - die normalerweise Mrs Squires Aufgaben waren - und dann sollte es noch Pommes dauphine für die Familie geben.

„Ich kümmere mich darum“, rief Michel und eilte zum Herd, wobei er über die Tabletts mit dem Fleisch stolperte, die Kitty neben sich auf dem Boden abgestellt hatte.

Nell schloss die Augen und zählte bis zehn. „Das hier ist eine Küche und kein Zirkus“, schrie sie, als Michel sich aufrichtete und dabei rückwärts in Muriel lief, sodass sie das Geschirr, das sie aus der Spülküche trug, fallen ließ.

Ausgerechnet in diesem Augenblick tauchte plötzlich Lady Clarice auf, was auf Wychbourne Court alles andere als gewöhnlich war. Es gab eine unausgesprochene Regel, dass die Familie nicht ohne ausreichend Vorwarnung in den Ostflügel kam, doch es hatte keinen solchen Hinweis gegeben. Lady Clarice war ganz rot im Gesicht und schien dringend etwas mitteilen zu wollen.

„Miss Drury, hätten Sie einen Moment, um von höchst erfreulichen Neuigkeiten zu erfahren?“, fragte sie, wartete jedoch nicht, bevor sie weitersprach. „Ich habe ein wenig über Spitalfrith Manor recherchiert und habe eine äußerst aufregende Entdeckung gemacht."

Verfluchte Fischgräten, was war denn nun wieder los? Nell zwang sich, ein Lächeln aufzusetzen und verließ die chaotische Küche, um Lady Clarice in die Kammer zu begleiten, die dem Chefkoch zustand und liebevoll der Kochtopf genannt wurde.

„Ich weiß, Sie werden sich freuen", fuhr Lady Clarice fort, als Nell ihr einen Platz an dem kleinen Tisch anbot, auf dem wie immer lauter Schreibutensilien und Kochbücher lagen.

Das klang unheilvoll, dachte Nell beklommen.

„Auf Spitalfrith gibt es wirklich einen Geist und, oh, Miss Drury, es ist der Geist eines Soldaten. Gewiss ist es mein geliebter Jasper. Er lebte einige Jahre dort, bevor er in diesen schrecklichen Krieg mit den Buren zog. Nach seinem Tod verließen seine Eltern Spitalfrith, doch nun bin ich sicher, dass Jasper dort spukt. Er wird mich am Samstag dort erwarten und ich vermute, er wird nicht im Haus sein – obwohl ich es selbstverständlich auch erkunden werde –, sondern an dem Ort, an dem er mir den Hof machte." Sie errötete.

Nell nahm all ihren Mut zusammen, um sie auf die Enttäuschung vorzubereiten. „Es werden sehr viele Leute dort sein, Lady Clarice. Das könnte ihn möglicherweise abschrecken. Und wir werden uns dort nur bei Tageslicht und außerhalb des Hauses aufhalten, seien Sie nicht zu enttäuscht, wenn er nicht auftaucht."

Lady Clarice lächelte. „Jasper wird einen Weg finden."

Als sie in die Küche zurückkam, sah sie ihre Sorgen bestätigt. In ihrer Abwesenheit war die Küche nicht fleißig bei der Arbeit gewesen oder auch nur die Bruchstücke aufgeräumt worden. Im Gegenteil, es herrschte völliger Stillstand und Jenny Smith schwang eine Rede über ein Thema, mit dem sie bestens vertraut und offensichtlich auf neuestem Stand war: Lord Richards Liebesleben.

„Vielleicht einundzwanzig oder zweiundzwanzig, würde ich vermuten", erzählte Jenny ihrem neugierigen Publikum. „Nicht groß – nicht hübsch und sieht aus, als hätte sie ihren eigenen Willen. Die Sorte, bei der man zweimal hinsieht, oder noch viel öfter, wenn man Lord Richard heißt."

Es brachte ihr einige Lacher ein, doch Nells Anwesenheit erinnerte das Küchenpersonal an seine eigentlichen Aufgaben. Jenny lachte. „Entschuldigen Sie, Nell. Aber bei all dem, was sich auf Spitalfrith tut, ist es nahezu unvermeidlich, dass Lord Richard es auf jemanden, die mit dem morgigen Fest zu tun hat, abgesehen hat."

„Und dieses Fräulein ist?", fragte Nell und warf einen Blick auf Kitty, um zu sehen, wie sie mit den Pfirsichen au vin blanc für das Abendessen vorankam.

„Sir Gilberts Tochter, Petra. Lord Richard hat sie getroffen – oder wohl eher erspäht –, als sie heute Morgen am Bahnhof von Sevenoaks ankam und hat sie nach Spitalfrith gefahren."

Das arme Mädchen, dachte Nell. „Wirkte sie, als könne sie ihrer Stiefmutter die Stirn bieten? Denn das wird sie müssen."

„Die kurze Antwort darauf lautet ‚Ja‘“, antwortete Jenny. „Ob sie jedoch gewinnt, das ist eine ganz andere Frage.“

„Nein, Vater“, sagte Petra Saddler bestimmt. „Ich werde nicht für die Clerries Modell stehen.“

Sie war auf die Bitte ihres Vaters hin aus London angereist, doch das ging zu weit. Allein die Vorstellung, beim *Festival de Cler* am Samstag Modell zu stehen, während das gesamte Dorf kicherte, war nicht nach ihrem Geschmack und sie war sich dessen wohl bewusst, dass dieser Vorschlag von der Schlange ausging, die genau wusste, wie sehr sie die Idee hassen würde. (Die Schlange war ihr Spitzname für ihre Stiefmutter – Madame Lisette Rennard, wie sie hieß, bevor ihr armer Papa sie dummerweise geheiratet hatte.) Petra hatte ihr Bestes gegeben, den Clerries gegenüber höflich zu sein, als sie ihren Vater in Paris besucht und seine neuen Freunde kennengelernt hatte. Aber waren sie wirklich Freunde? In ihren Augen hatten sie ihn von seiner wahren Berufung abgebracht. Sahen sie denn nicht, dass sie in eine dunkle Gasse tappten, die nirgendwo hinführte? Die Clerries hatten ihm das Gefühl gegeben, seine Arbeit müsse avantgardistisch sein, anstatt bei seiner Berufung zu bleiben, wie die Künstler Sir William Orpen oder der verstorbene John Singer Sargent.

Ihr Vater sah sie perplex an. „Ich kann nicht verstehen, wieso du so unwillig bist. Das ist eine Ehre.“

„Von einer Gruppe Fremder angestarrt zu werden, während ich in einem flatterigen griechischen Kostüm friere, ist keine Ehre. Besonders nicht, wenn es im nächsten Jahr bei der Ausstellung gezeigt –“

„Aber wenn die Clerries dein wahres Ich zeichnen –"

„Du kennst mein wahres Ich doch gar nicht", sagte sie verärgert. „Keiner dieser Leute kennt mich oder will mein wahres Ich kennenlernen. Nicht einmal ich kenne mein wahres Ich und was das Fest am Samstag anbelangt und die Ausstellung nächstes Jahr –"

„Ach, daran habe ich so meine Zweifel, meine Liebe", sagte er noch nervöser als zuvor schon. „Deine Stiefmama hält es für …"

„Zum allerletzten Mal. Sie mag rechtlich meine Stiefmutter sein, doch ich sehe sie nicht als solche an, Papa."

„Wenn du sie nur etwas besser kennenlernen würdest …"

Sie besser kennenlernen? Petra schauderte. Wie sollte man sich mit einer Schlange anfreunden? Und nun schien es so, als hätte ihr Vater seine Meinung hinsichtlich der Ausstellung in der Academy of Modern Art geändert und das vermutlich, weil die Schlange nicht zu den Clerries gehörte, sondern nur für sie Modell gestanden hatte. Es stimmte, dass die Ausstellung Petra nicht im Geringsten kümmerte, doch manchen dieser komischen Gäste ging es wohl anders. Und ihrem Vater würde es wohl auch nicht gerade guttun, wenn die Ausstellung nach all dem Trara abgesagt würde. Er steckte so tief in seiner Arbeit für die Clerries, dass ein Rückzug nun schlimmer war, als es durchzuziehen.

Das Wochenende würde noch schrecklicher werden, als sie es befürchtet hatte. Soweit sie es beurteilen konnte, war Vinny Finch ein großer, stiller Mann. Er hatte ihr bei der Ankunft des letzten verrückten Künstlers zugezwinkert und wirkte, als sei er der einzige der fünf Gäste bei Verstand. Die gerade eingetroffene Gert

Radley marschierte die Auffahrt in festem Schuhwerk, einem schweren Rock und einem Rucksack auf dem Rücken entlang.

„Einen schönen Nachmittag", trällerte Miss Radley ihnen entgegen und schüttelte ihre Hände energisch, als sie und Papa einander begrüßten. (Keine Spur von der Schlange.) Miss Radley war augenscheinlich die älteste der Clerries, bis auf Papa – vielleicht um die fünfzig – und war definitiv merkwürdig. Sie hatte kurze graue Haare und trug dazu noch einen alten Filzhut. Zumindest war sie ein Mensch, dachte Petra sich. Sie musste die Künstlerin sein, deren Gemälde vor ein oder zwei Stunden dank des Fuhrunternehmens Carter Paterson eingetroffen waren.

Petra fühlte sich bereits in Spitalfrith gefangen. Ihr Leben spielte in London, nicht hier. Sie war zweiundzwanzig Jahre alt und an ihrem letzten Geburtstag hatte sie Zugang zum Treuhandfonds erhalten, den ihre Mutter ihr hinterlassen hatte. Zwei Monate, nachdem die Schlange aufgetaucht war, hatte sie ihr eigenes Apartment in Chelsea bezogen und ihr Leben begonnen, was heißen sollte, dass sie nun an der Royal Academy of Dramatic Art war. Das hatte zwar bedeutet, Papa mit der Schlange hierzulassen, doch sie hatte sich entschlossen, ihn sehr genau im Auge zu behalten. Und besonders an diesem Wochenende.

„Die Zelte werden morgen gebracht", hatte ihr Vater erklärt, als sie eingetroffen war. „Und am Nachmittag wird alles vorbereitet sein, sodass am Samstagmorgen noch genug Zeit für ungeplante Dramen bleibt." Er hielt inne. „Du wirst dich doch benehmen, oder, Petra?"

Sie seufzte. „Nur für dich, Pa." Dramen? Die Schlange würde sich die größte Mühe geben, welche zu kreieren und es Petra überlassen, sich den Gästen gegenüber vorbildlich zu benehmen. Neben Mr Finch und Miss Radley waren da noch der überschwängliche Pierre Christophe, der darauf brannte, sie alle zu beeindrucken, der wahnsinnige Lance Merryman, der wie ein Grashüpfer herumzappelte, und die verträumte Thora Huntley-Doran –, die Petras Meinung nach allesamt verrückt waren. Für ihren Vater würde sie alles tun – bis auf nett zur Schlange zu sein. Schon jetzt fühlte sie sich wie Cinderella, die in der Küche festsaß, während ihre Stiefmutter uneingeschränkt herrschte, dabei war es erst Donnerstag. Vater schien den Makeln der Schlage gegenüber blind. Er war völlig vernarrt in die Frau. Die Schlange hatte die Dreistigkeit besessen, vorzuschlagen, dass sie, da sie keine Künstlerin war, das Geschirr spülen könne, da ihre Haushälterin und das eine Hausmädchen schon genug zu tun hatten. Petra hatte sie darauf hingewiesen, dass sie ihr helfen könne, da Lisette selbst keine Künstlerin war.

Und nun glitt die Schlange auf sie zu, bereit, ihre Beute in einem Stück herunterzuschlingen. Wäre es nicht schön, wenn ein Magier mit den Finger schnipsen und sie einfach verschwinden lassen würde?

„Hier sind wir nun, Gert. Wird es klappen, dieses Fest am Samstag? Sich in einem Atelier in Paris zu treffen, wo man einfach gehen kann, ist eine Sache", merkte Vinny Finch an und sah sich im trostlosen Salon von Spitalfrith Manor um, „aber nun ist Gilbert mit Lisette verheiratet und wir sind hier bis Montag gefangen. Bist du zufrieden damit?"

Wahrlich, Sir Gilbert und Lisette wohnten erst seit einer oder zwei Wochen hier, aber der düstere, wenngleich modische Dekor mit den Möbelstücken auf Streichholzbeinen und den beinahe nackten Wänden, abgesehen von einem Druck oder einem Gemälde hier oder da – darunter keines von Gilberts herausragenden Werken, wie Gert auffiel –, hatte seine Wirkung und die war nicht einladend.

„Nein", grunzte sie. „Ich werde dafür sorgen, dass sie sich nie wieder einem meiner Werke nähert."

Gert sah an den Clerries nur einen Nachteil: Lisette Rennard, die jetzt Saddler hieß. Vielleicht war es ihr eigener Fehler gewesen, Lisette als Modell auszuwählen. Sie hatte ein Modell gewollt, das den Starrsinn, der die neu benannte Art-Deco-Bewegung vorantrieb, einfing und sie sollte für ein großes Plakat für die Pariser *Exposition Internationale des Arts Décoratifs* im letzten Jahr posieren. Das Plakat sollte das Eden der Zukunft darstellen. Was sich mit ihren Pinselstrichen jedoch zeigte, war nicht Eva, sondern das Element der Schlange. Lisette hatte das Werk in ihrem Atelier gesehen und es vollständig zerstört, bevor jemand anders einen Blick darauf werfen konnte. Und dann hatte Pierre Christophe das Motiv gestohlen.

Hach ja, zumindest war Vinny einer der Guten, dachte Gert. Er war Teil der Clerries, doch er lebte lieber in England und besuchte die Gruppe häufig. Für sie war es genau anders herum: Sie lebte in Paris, besuchte London jedoch oft. Sie glaubten allerdings beide an die Ziele der Clerries. Irgendwie hatte Vinny es geschafft, die Clerries zusammenzuschweißen, etwas, das Pierre Christophe nie konnte, und das, obwohl Vinny nicht immer bei ihnen in Paris gewesen war. Man konnte es in seinen Werken sehen. Ob sie Krieg oder Frieden zeigten, Porträts oder Landschaften, schwang immer eine tief bewegende Traurigkeit in seinen Werken mit, die sie nachempfinden konnte, obwohl sie entschlossen war, in ihrer eigenen Arbeit nach vorne zu blicken. Schließlich waren dies ja nun einmal die 1920er-Jahre.

„Dein Bild von Eden", bemerkte Vinny. „Ich habe von dem Desaster gehört."

„Das beste Werk, das ich je gemalt habe. Der arme alte Gilbert."

„Du magst ja behaupten, wir sollten voranmarschieren, Gert, doch dein Krieg ist nicht vorbei. Er wütet in dir weiter."

Sie dachte darüber nach. „Ich war eine Kriegsmalerin, so wie Gilbert. Selbst wenn man nach vorne sieht, vergisst man nicht, wie der Krieg war. Was hast du während des Kriegs getan?"

„Spionage – vornehmlich in Montreuil. Ob wir nun im Schützengraben waren oder nicht, Gert, der Krieg hat uns alle auf unterschiedliche Art und Weise mitgenommen. Lisette war eine Kriegsheldin, Pierre hat mir erzählt, dass er in Verdun war, Lance war Sanitätssoldat und Thora arbeitete in den letzten Monaten des Kriegs als Krankenschwester."

„Und nun marschieren wir hier in Lisettes Haus voran. Das Leben ist schon eine lustige Sache, findest du nicht auch?"

Da radelte Mr Briggs wieder durch das Dorf, bemerkte Nell, als sie im Lebensmittelladen aus dem Fenster sah. Bei dem Anblick vergaß sie alle Gedanken an das Poulet à la Provençal. Es war doch erst kurz nach halb sechs. Wo fuhr er also hin? Heute musste sein freier Tag sein. Lord Ansley würde sich gleich zum Abendessen umkleiden und Mr Briggs war dann für gewöhnlich zur Stelle. Stattdessen war er gerade durch die Tore von Wychbourne Court gefahren und radelte nun die Straße nach Sevenoaks hinunter.

„Tut er das häufig?", fragte sie Mr Turnbill, den Lebensmittelhändler, der seit vierzig Jahren sein Geschäft im Dorf hatte und eine der besten Quellen jeglichen Informationen war, wenn es um das Dorf und seine Bewohner ging. Natürlich hatte auch er alle Hände mit den Bestellungen von Spitalfrith Manor zu tun.

Mr Turnbill hielt jedoch kurz inne und ließ von den Garibaldi-Keksen von Peek Freans ab, die er gerade in eine große Papiertüte schaufelte. Beschäftigt oder nicht, bevor er ansetzte, etwas vom Wychbourne-Klatsch zu erzählen, machte er immer eine kurze Pause, obwohl Nell vermutete, dass diese bloß eine Kunstpause war, denn er teilte seine Weisheiten, oder wie man es auch nennen wollte, nur zu gerne. „Alle ein bis zwei Wochen", sagte er. „Aber diese Woche, glaube ich, ist er jeden Tag gefahren, wenn auch nur für knapp eine Stunde und dann fährt er zurück. Ein ziemlich komischer Vogel, der arme Kerl – völlig durcheinander im Oberstübchen."

Die Straße nach Sevenoaks führte an Spitalfrith vorbei, aber warum, fragte Nell sich, sollte Mr Briggs dorthin fahren? „Wissen Sie, wo er hinfährt?"

„Er besucht einen Freund, hat er mir erzählt. Er war aufgebraucht."

Einen Freund? Die meisten Bediensteten auf Wychbourne Court hatten Freunde außerhalb des Herrenhauses, wieso war sie also überrascht, dass auch Mr Briggs einen hatte? Wohl weil sie sich sein Leben als ein ruhiges vorgestellt hatte, das sich gänzlich um Wychbourne drehte.

„Wo lebt sein Freund?", fragte sie neugierig. Sie hatte das Gefühl, die Antwort bereits zu wissen und sie hatte recht.

„Spitalfrith. Er ist mit Freddie Carter, dem Sohn von Joe Carter, dem Gärtner dort, befreundet."

Nell erinnerte sich an Joe. Sie hatte ihn einige Male im Dorf gesehen, als das Herrenhaus leer stand und erinnerte sich, dass jemand erwähnt hatte, dass er einen Sohn hat, als sie neu in Wychbourne war. Sie konnte sich allerdings nicht entsinnen, ihn je im Dorf gesehen zu haben, was merkwürdig war.

„Arbeitet Freddie auch im Herrenhaus?", fragte sie.

Mr Turnbill zuckte mit den Schultern. „Er tut, was er kann, der Freddie. Hat im Krieg ein Bein verloren und noch ein wenig mehr, deshalb kann er Joe nicht viel helfen – nur hier und da. Gedanklich ist er noch immer in Frankreich, wenn Sie wissen, was ich meine. Joe hat ihm eine Werkstatt gebaut, damit Freddie Schlosserarbeiten für seinen Vater übernehmen kann und dann sind da noch seine Holzfiguren. Er verkauft auch welche, wenn man das Arbeit nennen kann."

Nell sah es definitiv als Arbeit an, denn die Figuren hatte sie bei einer Gärtnerei-Veranstaltung zum

Verkauf angeboten gesehen und war sehr beeindruckt gewesen.

„Freddie bleibt viel für sich", sprach Mr Turnbill weiter. „Sein Vater bringt seine Schnitzereien her und verkauft sie. Freddie trifft man nicht im Dorf an, nicht einmal in der Kirche."

Das musste der Grund sein, wieso Mr Briggs und er Freunde waren, erkannte Nell. Mr Briggs war gedanklich auch noch in Frankreich. Da fiel ihr auf, dass sie sich so an die alten Sitten auf Wychbourne Court gewöhnt hatte, dass man ihn als höhergestellten Bediensteten niemals beim Vornamen ansprach. Wie hieß er denn mit Vornamen? Charles? Das kam ihr bekannt vor. Sie tröstete sich, dass sie Mrs Fielding auch nie als Florence ansprach – tatsächlich graute sie sich auch davor, wie diese darauf reagieren würde.

„Ich werde am Samstag beim Fest nach Freddie Ausschau halten", sagte sie. „Werden Sie hingehen, Mr Turnbill?"

„Ich vermute, das gesamte Dorf wird hingehen, so viel wie alle darüber reden. Über nichts anderes wird mehr geredet, als den Lastwagen und diesen Lastwagen mit Dampfantrieb, und dann natürlich den guten alten Pferdewagen. Jeder verdammte Wichtigtuer der Gegend scheint herzukommen, um sich anzugucken, was sich in Spitalfrith tut. Wohlbemerkt weiß niemand so genau, was dort vor sich geht, aber das werden wir wohl alle bald herausfinden, nicht wahr?"

Wieso sollte sie auf Samstag warten, um mehr herauszufinden?, dachte Nell, als sie den Laden verließ. Sie konnte doch nach Spitalfrith spazieren, nachdem das Abendessen auf Wychbourne Court serviert war und vielleicht sah sie Mr Briggs dort. Sie hatte sowieso vorgehabt, spazieren zu gehen. Und wenn sie den Wanderweg entlang des Flusses nahm, würde sie zurück auf Wychbourne Court sein, bevor es dunkel wurde. Das war heute genau das Richtige, entschied sie sich, doch dann musste sie plötzlich traurig daran denken, wie sie mit Alex Melbray am Teich von Wychbourne gesessen hatte.

War es Liebe oder eine enge Freundschaft, die sie verband? Sie würde sich der Prüfung stellen müssen, doch vorerst schob sie das Problem vor sich her. Sie steckte es in eine Papiertüte und kochte es, so wie in den alten Rezepten von einem Enkel des berühmten Kochs Alexis Soyer. So war es erträglicher, versuchte sie, sich einzureden.

In der frühen Abendsonne boten die ausladenden Bäume Nell auf dem Weg nach Sevenoaks angenehmen Schatten und die Ufer entlang der Straße trumpften mit ihren farbenfrohen zottigen Weidenröschen auf. Sie genoss den Spaziergang und erreichte die rotbraune Mauer, die Spitalfrith Manor abgrenzte, zügiger als sie erwartet hatte. Erst dann erinnerte sie sich daran, dass das Anwesen einen Hintereingang hatte, den man über einen Pfad erreichte, an dem sie gerade vorbeigekommen war. Das Cottage des Gärtners lag nicht weit von dem Tor entfernt und wenn Mr Turnbill recht hatte, war es möglich, dass Mr Briggs noch dort war.

Als sie das Tor durchschritten hatte und in den Park des Anwesens kam, konnte sie ein Wäldchen sehen und Treibhäuser sowie die Küchengärten zu ihrer

Rechten. Zu ihrer Linken befand sich das Cottage des Gärtners, das einen eigenen Garten hatte. Im Vorgarten war eine bunte Mischung aus Blumen und Gemüse zu sehen und außerdem zwei Schuppen, einer am Haus und einer weiter hinten im Garten. In einem davon musste Freddies Werkstatt sein, vermutete sie. Hinter dem Cottage gab es wohlmöglich noch einen Garten zwischen dem Haus und der Grenzmauer, doch der Zaun und die Büsche versperrten ihr die Sicht.

Als sie näher kam, sah sie, dass Mr Briggs tatsächlich hier sein musste, denn sie konnte sein Fahrrad am Zaun lehnen sehen. Er war jedoch nirgendwo auszumachen. Im vorderen Schuppen war niemand. Sie zögerte. Sollte sie weiter nach ihm suchen? Es ging sie nichts an, was Mr Briggs in seiner Freizeit tat. Die Frage wurde ihr beantwortet, als Joe Carter aus dem Schuppen am anderen Ende des Gartens trat.

„Was wollen Sie?", fragte er mürrisch, als sie auf ihn zuging.

Sie erkannte den drahtigen alten Mann – er musste über sechzig sein - sofort wieder. Sie hatte ihn gelegentlich im *Coach and Horses Inn* gesehen. Er musterte sie mit einem aufmerksamem Blick.

„Ich suche nach Mr Briggs. Ich habe mir Sorgen um ihn gemacht", sagte Nell. Auf Wychbourne Court wusste niemand, wo er war, als sie aufgebrochen war.

„Sie sind die Köchin von Wychbourne Court, Miss." Als sie nickte, sprach er weiter: „Charlie hat von Ihnen erzählt."

„Er hat von mir erzählt?", fragte sie überrascht. „Er sagt auf Wychbourne Court kaum etwas bis auf seinen Rang und seine Nummer."

„Hier auch nicht. Mein Freddie genauso wenig. Das liegt am Krieg, Miss. Sie verstehen einander. Sie können durch das Tor dort gehen. Es wird ihnen nichts ausmachen.“ Er deutete zum Durchgang zwischen dem Cottage und der Werkstatt. „Gehen Sie schweigend hin, Miss, und kommen Sie singend zurück.“

Was für ein merkwürdiger Ausdruck, dachte sie, aber irgendwie nett. Sie ging durch das Tor, obwohl sie nicht die geringste Idee hatte, was er damit gemeint hatte. Seine Erlaubnis hatte sie jedoch ermutigt, weiterzugehen. Es herrschte Stille und keine Stimmen waren zu hören, erst recht kein Gesang. Sie sperrte das Tor vorsichtig auf und ging hinein.

Zunächst sah sie nichts bis auf leuchtend bunte Blumen und Büsche vor sich unter einen Säulengang aus Holzpfeilern, an dem Büsche wuchsen und Pflanzen rankten. Die bunten Blumen und Büsche gingen in den Säulengang über, dass sie wie eine Weiterführung des restlichen Gartens darum wirkten. Das einzige Geräusch war das leise Plätschern eines kleinen angelegten Wasserfalls, der in einen Bach zwischen den Büschen floss. Ein schmaler befestigter Weg trennte die prachtvollen Rabatten, in denen sie zwischen den Blumen nun Vögel sah. Mr Briggs kniete vor einigen strahlenden Dahlien und neben ihm hockte ein junger, blonder Mann, der Freddie sein musste. Beide Männer hatten ihr den Rücken zugekehrt und sie noch nicht bemerkt.

Nell blinzelte. Das glaubt mir doch kein Mensch, flüsterte sie schockiert. Irgendetwas war eigenartig an den Büschen und den Vögeln. Zum einen bewegten sie sich nicht und als sie genauer hinsah, merkte sie, dass gar nicht alle Büsche und Blumen lebendige, wachsende Pflanzen waren. Manche waren echt, aber zwischen ihnen steckten Kreationen aus geschnitztem Holz, deren Blätter angemalt waren. Sie hatte es kaum ganz begriffen, da bemerkte sie immer mehr Vögel. In den Büschen neben ihr saßen Amseln und Drosseln. Sie konnte ein Rotkehlchen allein in einem Busch sitzen sehen und da war eine Blaumeise, eine Drossel, eine Goldammer, Finken und noch viele mehr. Alle stumm, aus Holz geschnitzt und bemalt.

Nell stand sprachlos da und staunte über die Schönheit, die sie umgab. Mr Briggs und Freddie arbeiteten sich den Säulengang entlang. Zuerst fingen die Vögel in einem Busch an zu singen, dann im nächsten und dann sang eine Nachtigall. Sie schloss die Augen und war von Vogelgesang umgeben. ‚Kommen Sie singend zurück‘ hatte Joe Carter gesagt und schon jetzt kam es ihr vor, als würde sie in eine Welt des Gesangs mitgenommen. Als ein Busch verstummte, ging ein anderer an und stieg in den Chor einer nimmer endenden Melodie ein.

Als sie schließlich verstummte, schlenderte Mr Briggs lächelnd auf sie zu.

„Freddie. Singende Vögel“, sagte er, in einem so seltenen Versuch zu kommunizieren. Vielleicht konnte er nur in diesem Garten über etwas anderes als seinen Namen, Rang und seine Nummer sprechen, überlegte Nell.

Mr Briggs drehte sich um und nickte Freddie zu, als versichere er ihm, dass sie keine Gefahr darstellte und Freddie näherte sich ihnen zögerlich, wobei er sich stark auf seinen Gehstock lehnte. Er sah sie jedoch nervös an.

„Was halten Sie davon, Miss?", fragte er schüchtern.

„Es ist ein Garten des Friedens", antwortete Nell. Überall in diesem verzauberten Garten steckte Frieden, durch den Gesang der Vögel, die Vögel selbst und die Blumen und Büsche. Dieser Garten war aus Liebe angelegt, verstand sie plötzlich. Das war jemands Garten Eden. Vermutlich Freddies und er schien Mr Briggs erlaubt zu haben, diesen mit ihm zu teilen. War es so?

So wollte gerne mehr Fragen stellen, doch sie wusste, dass es nichts brachte. Dies war kein Moment, um nach Antworten zu suchen. Sie war privilegiert, diesen geheimen Garten betreten dürfen zu haben, aber sie war nicht Teil dessen und sollte gehen. Mr Briggs und Freddie waren schon wieder dazu übergegangen, sich den Vögeln zuzuwenden. Als sie durch das Tor zurück in die reale Welt hinaustrat, kam Joe auf sie zu.

„Haben Sie gehört, die singenden Vögel, was?", grunzte er.

„Das habe ich. Es sind Singvogelautomaten, oder? Hat Ihr Sohn sie hergestellt? Er ist sehr talentiert", brachte Nell hervor, noch immer halb im Gesang der Figuren versunken. Die Worte wurden dem, was sie gehört hatte, nicht gerecht, doch Joe musste zufrieden gewesen sein, denn er sprach weiter. „Mr Danson hat es ihm beigebracht. Vor diesem Sir Gilbert hat das Anwesen ihm gehört. Wurde ihm von den Bontems drüben in Frankreich vor dem Krieg beigebracht. Hat versucht, es seinem Sohn beizubringen, dem jungen Mr Danson, das Schnitzen, aber der hatte kein Talent, also hat er es

meinem Freddie beigebracht, als der noch ein junger
Bursche war."

Nell zögerte, doch dann fragte sie mutig: „Hat es einen
Grund, dass Freddie den Garten so liebevoll gestaltet?"

„Vielleicht."

„Dann ist es also ein Geheimnis. Seins und Mr
Briggs?"

Joe starrte sie an. „Seins. Charlie Briggs hilft ihm. Der
Krieg stellt Dinge mit einem an. Hat er mit meinem Freddie."

„Der Verlust des Beins?"

„Das und Schlimmeres. Freddie hatte ein Mädchen
kennengelernt. Französin. Eine Sängerin. Sie waren
verliebt. Er sagte ihr, sie solle nach dem Krieg nach England kommen und er würde ihr einen Garten voller singender Vögel anlegen."

„Und das hat er getan. Was ist passiert?"

„Marie-Hélène kam nie an."

„Lernte sie jemand anderes kennen?"

„Nein, Miss. Sie starb."

Kapitel 3

Sie hatte die Mousse für das heutige Mittagessen noch gar nicht vorbereitet, fiel Nell ein, als ihre Gedanken wieder zum friedlichen Garten mit den singenden Holzfiguren abschweiften. Was würde das morgen nur für ein hektischer Tag werden, wenn die Avantgardisten versuchen würden, ihre wohl unerklärlichen Werke einem lauten, aufgeregten Besucherstrom zu erklären?

Der Gesang der Vögel ging ihr nicht aus dem Kopf. Als sie am Abend nach Wychbourne Court zurückgekehrt war, war die Melodie mit dem Gezwitscher und Abendliedern der lebendigen Vögel verschmolzen. Es war ein einsamer Spaziergang gewesen. Der Baumüberhang und das Gebüsch entlang der Straße kamen ihr fast bedrohlich vor, als würden sie jede ihrer Bewegungen beobachten. Papperlapapp, hatte sie sich entschieden gesagt. Vielleicht war das Geraschel nicht der Wind sondern die Affen, die sie auf Spitalfrith importiert hatten, oder aber einer von Lady Clarices Geistern, der ihrer mütterlichen Obhut entflohen war. Wieso ging ihr Spitalfrith mit all seinen Rätseln nicht aus dem Kopf?

Komm in die Gänge, befahl Nell sich. Vergiss die Affen, vergiss die Geister und konzentrier dich auf die Mousse. Und wo waren überhaupt die Gurken, die sie bei Mr Fairweather bestellt – Verzeihung, erbeten – hatte? Weit und breit keine Spur davon. Konzentrier dich auf das Festgelage der Ansleys und nicht auf das Fest der Clerries am Samstag.

Da tauchte Mr Peters auf, was ein seltenes Ereignis war, da normalerweise ein Diener seine Anweisungen überbrachte. „Zwei Personen weniger zum Mittagessen", verkündete er. „Lady Helen bleibt in London und Mr Beringer wird auch nicht herkommen."

Natürlich nicht, dachte Nell resigniert. Rex Beringer war ein häufiger Besucher, was seiner unerwiderten Liebe zu Lady Helen geschuldet war. Leider warb er nach dem Motto ‚Nur ein Wort und ich komme gelaufen' um sie. Wieso merkte er nur nicht, dass Lady Sophy, mit der er so gerne über die Vorteile und Nachteile des Sozialismus diskutierte, eine viel geeignetere Partnerin für ihn war? *Und wieso schenkst du nicht der Mousse mehr Beachtung, anstatt alle Fehler der Welt korrigieren zu wollen, Nell Drury?* Sie folgte ihrem eigenen Rat. Schließlich hatte sie bereits ihr Bestes gegeben, Mr Beringer taktvoll in die richtige Richtung zu stoßen und hatte gehofft, dabei auch Erfolg zu haben, bis sie von dieser Neuigkeit hörte.

Und dann war da noch Mr Briggs, um den sie sich sorgte. Sie hatte am letzten Abend eine Seite von ihm gesehen, die auf Wychbourne Court wohl niemand kannte, und am Frühstückstisch war er heute morgen so zurückgezogen, als hätte es den gestrigen Tag nie gegeben.

„Was ist mit Ihnen, Mr Briggs?", hatte sie ihn gefragt und den Moment genutzt, als alle in Diskussionen über Affen und ob es genug Sandwiches geben würde, vertieft waren. „Werden Sie das Fest besuchen?"

Er hatte ihr nicht geantwortet, obwohl er zeigte, dass er sie gehört hatte. Er hatte gelächelt. Sie entschied, die Geschichte der Singvogelautomaten für sich zu behalten. Sie waren Mr Briggs' Geheimnis und Welten vom Fest und den Affen entfernt.

Wenn sie die Stunden Schlaf nicht mitzählte, musste sie noch zweiunddreißig Stunden dieser Quälerei über sich ergehen lassen, schätzte Petra Saddler ab. Es war Mittagszeit am Freitag und vor Montagmorgen würden die Clerries Spitalfrith nicht verlassen. Das bedeutete, dass sie bis dahin hierbleiben musste, um ihren Vater zu beschützen. Wenn doch nur die Schlange am Montag auch verschwinden würde. Vermutlich würde sie Pläne schmieden, um das morgige Fest zu ruinieren und dann noch wie üblich sich in Haushaltsangelegenheiten einmischen. Da sie auf französische Küche bestanden hatte, war sie prompt mit Mrs Hayward aneinander gerasselt. Sie war keine gute Haushälterin, aber sie war die einzige, die sie hatten. Sie hatte Petra mit grimmiger Miene erklärt, dass ihr geschätztes Kochbuch mit den alten Rezepten ihrer Großmutter alles Nötige beinhaltete. Die Rezepte waren voller schlauer Ratschläge, was man zu tun hatte, wenn jemand an Cholera erkrankte, versagte jedoch, wenn es darum ging, eine Gruppe zu bewirtschaften, die internationale Kochkunst gewohnt war. Die Chancen, dass beim Fest morgen Erfrischungen gereicht werden würden, sahen genauso wenig rosig aus.

Auch ihr Vater schien untypisch nervös, was nicht gerade half. „Der morgige Tag wird großartig werden", warf er in die schweigende Runde am Esstisch. „Und heute Nachmittag werden wir die Freude haben, die Zelte draußen aufzustellen." Niemand antwortete.

Hilflos fragte er: „Sollen wir für den Kaffee in den Salon hinübergehen?"

„Wir werden hierbleiben. Lass noch einen Dekanter vom Burgunder bringen, Gilbert", verlangte die Schlange in gelangweiltem Ton.

Petra machte sich darauf gefasst, eingreifen zu müssen, denn sie wusste genauso gut wie ihr Vater, dass niemand kommen würde, um ihnen mehr Wein zu bringen. Hayward, der Ehemann der Haushälterin, übernahm mehrere Aufgaben, darunter sprang er als ihr Sommelier und Butler ein. Er würde nicht so schnell aufzutreiben sein. Sollte sie hinauseilen und den verflixten Wein selbst suchen? Als sie sich gerade entschieden hatte, rettete Vinny Finch sie, indem er die Etikette ignorierte.

„Ich schlage vor, dass wir uns wohl in den Salon zum Kaffee zurückziehen, so wie du vorschlugst, Gilbert", sagte er ruhig. „Es gibt am Nachmittag viel zu tun, aber vielleicht nehmen wir am Abend ein Glas von dem ganz ausgezeichneten Cognac, den ich gestern erspäht habe. Das würde den Tag herrlich abrunden."

Sir Gilberts Miene hellte sich auf, als alle bereitwillig aufstanden. Im Raum lag genug Spannung in der Luft, um einen Heißluftballon abheben zu lassen, dachte Petra. Eine andere Sitzordnung und mehr Abstand würden sicherlich helfen. Einzeln waren die Clerries verrückt, aber erträglich. Alle an einem Tisch versammelt und dazu die unverhohlene Geringschätzung der Schlange, war eine ganz andere Angelegenheit.

„Vielen Dank", flüsterte sie Vinny zu.

„Die Katze geht ihre eigenen Wege, meinst du nicht auch?", murmelte er.

„Ich wünschte es", antwortete sie hitzig. „Dass sie unseren Weg teilt, ist wogegen ich Einwand erhebe." Petra hatte bei ihren Besuchen in Paris viele der Clerries kennengelernt, doch Vinny und Gert hatten Ähnlichkeiten mit echten Menschen.

Als sie alle im Salon waren, nahm Petra allen Mut zusammen. Obwohl sie ihr bestes Tageskleid trug, das aus einem gewellten Oberteil und einem Plisseerock bestand, fühlte sie sich im Vergleich mit der Schlange, die sich gelangweilt elegant auf dem Sofa räkelte, wie eine Vogelscheuche. Da nützte es auch nichts, dass die Schlange in ihrem eng anliegenden Kleid wie ein Korkenzieher aussah. Doch nun lag es an Petra, dafür zu sorgen, dass die Gesellschaft ein Erfolg wurde. Auch einige ihrer Gäste sahen aus, als fühlten sie sich unbehaglich. Lance Merryman saß auf einen schmalen Platz auf dem Sofa eingequetscht, sodass seine extravagante Hausjacke aus blauer Seide noch absurder aussah. Sie waren eine merkwürdige Mischung: Gerd Radley trug kühn eine Hose, Thora sah wie ein unzufriedener Laternenpfahl aus, so wie sie in ihrem gestrickten Jumperkleid die Arme auf den Lehnen ihres Stuhls abgelegt hatte. Pierre Christophe sah wie ein griechischer Held aus, den man von seinem Hochsitz gestoßen hatte. Zum Glück sah Vinny völlig normal aus.

Nun war Petra an der Reihe, die Situation vor beklemmender Stille zu bewahren. „Werdet ihr alle die Gemälde präsentieren, die ihr plant, bei der Ausstellung der Academy of Modern Art im nächsten Jahr auszustellen?", erkundigte sie sich. Zu spät erkannte sie ihren Fehler und fügte in Gedanken ein ‚Entschuldige, Vater' hinzu, als sie sah, wie die Augen der Schlange funkelten. Sie war zusammengekauert, bereit, jeden Augenblick anzugreifen.

Die Clerries jedoch gingen erleichtert auf das Thema ein. „Ja, vielleicht", sagte Monsieur Christophe und sah begeistert zu seiner Verlobten, „doch wie können wir wissen, was la vertié, die Wahrheit, ist, wenn sie sich in den nächsten Monaten offenbaren könnte? Wahrheit ist la vie und das Leben schreitet immer voran, auch wenn man die Vergangenheit dann mit mehr Klarheit zu betrachten vermag."

Und was genau sollte dieses Geschwafel nun bedeuten? Petra konnte sich gerade so ein Kichern verkneifen und brachte eine gemurmelte Antwort zustande, dass sie ihn genau verstünde. Wenn es doch nur so wäre!

Miss Radley, die darauf bestanden hatte, dass Petra sie Gert nannte, schien ganz ihrer Meinung zu sein, denn sie schnaubte laut. „Wir haben alle unsere eigene Wahrnehmung der Wahrheit, nicht wahr, Lisette?"

Petra entging weder der feindselige Blick, den Gert der Schlange zuwarf, noch der Sarkasmus in ihrer Stimme. Was hatte das alles nur zu bedeuten?

Die Schlange starrte Gert nur an und unerwarteter Weise war es der lebhafte Lance Merrymann, der die Unterhaltung wieder aufnahm. „Die Ausstellung nächstes Jahr wird großartig werden, meine Lieben. Ich werde meine ‚Frühling trifft Sommer'-Entwürfe für das Magazin ‚Chic' präsentieren und dafür habe ich mich von dir, meine liebe Lisette, inspirieren lassen. Jeder Entwurf wird sich an die Form der Wahrheit schmiegen."

Petra mochte Lance, trotz seiner abscheulichen Kleidung und seiner Ideen, denn sie vermutete, dass seine clerrischen Prinzipien – von denen sie genauso wenig verstand wie Peter Pan es wohl getan hätte – für ihn bloß Mittel zum Zweck waren.

Die Schlange neigte den Kopf elegant, doch ihre Miene veränderte sich unheilvollerweise nicht, was Petra Sorgen bereitete. Denn das hieß, dass die Schlange ihre Beute noch immer im Blick hielt.

Vinny rückte als Nächster in den Mittelpunkt. „Meine Arbeit mit den Artistes de Cler", verkündete er, „offenbart die Zukunft und macht Andeutungen auf die Vergangenheit. Die Wahrheit kann in vielen Formen erkannt werden und mein Werk für die Ausstellung wird dies vermitteln."

Er sprach auf so feierliche Weise, dass Petra ihm fast glaubte, doch dann zwinkerte Vinny ihr zu und sie durchschaute sein Spiel. Doch die Schlange musste ein Ass im Ärmel haben. Zu Petras Entsetzen konnte sie dabei zusehen, wie die Maske des hexenhaften Gesichts sich zu bewegen begann und ihr Blick durch den Raum wanderte.

„Pardonnez-moi", setzte sie an.

Petra schreckte auf. Der bebende Tonfall der Schlange war ein Warnsignal.

„Ich bedauere sehr", sprach die Schlange weiter, „dass diese Ausstellung der Akademie – wie ich Gilbert bereits erklärt habe – nicht stattfinden wird."

Petra erstarrte. Deshalb sah ihr Vater also so nervös aus. Mit aschfahlem Gesicht sagte er zu seiner Frau: „Meine Liebe, wie ich dir bereits erklärt habe, kann ich die Ausstellung nicht absagen."

„Aber ich kann es tun", schnurrte die Schlange weich. „Das Thema dieser Ausstellung sollte der Krieg sein, nicht wahr?"

Stille. Petra konnte ihr Herz rasen hören.

„Non. Wie könnt ihr darüber malen, wenn keiner von euch weiß, worum es im Krieg geht? Ihr habt nicht in einem besetzten Gebiet gelebt, wo wir kein Essen hatten, wo wir Hunger und Tod fürchteten, das Klopfen an der Tür, den Beschuss. Wir waren machtlos, der Feind hatte die Kontrolle. Keiner von euch malt die Wahrheit. Du, Pierre, warst in einem Büro weit hinter der Front in Verdun. Du, Vinny, warst genauso sicher in einem Büro, hast nicht einmal im Schützengraben gekämpft. Du, Lance, wurdest ausgemustert und hast in einem Krankenhaus genauso weit von der Front entfernt gearbeitet. Du, Gert, warst als Kriegsmalerin sicher. Du, Gilbert, warst viel zu alt, um zu kämpfen. Wie sollt ihr die Wahrheit des Kriegs kennen? Ihr alle habt mich als Modell für eure Werke benutzt, doch ich gebe euch keine Erlaubnis, sie auszustellen."

Petra war entsetzt. Ihr armer, armer Vater. Und die armen Gäste. Sie alle waren von der fürchterlichen Frau abhängig. Sie würde all ihre Karrieren ruinieren, wenn sie die Ausstellung im nächsten Jahr verhinderte. Die Schlange mochte durch ihr Tun in Lille eine Kriegsheldin gewesen sein, doch das lag in der Vergangenheit. Nun zählte das Hier und Jetzt. Petra wartete auf zornige Einwände, doch nichts geschah. Vinny schien ihr höflich zuzuhören, Lance schien zu erstarrt, um etwas zu sagen, Gert Radley schien vor Wut zu rasen und Thora war vollkommen überfordert. Einzig und allein Pierre versuchte zu widersprechen.

„Mais non. Das kannst du nicht tun, Lisette. Du wusstest genau, dass die Porträts ausgestellt werden würden."

„Das wusste ich nicht", sagte die Schlange kühl.

Petra verkniff sich ihre Antwort – das würde der Schlange nur in die Hände spielen – und stattdessen versuchte sie eine andere Taktik. „Es gibt viele traurige Kriegsgeschichten, Madame Lisette", sagte sie, „und Ihre ist eine davon. Sie haben trotz aller Risiken mutig gehandelt und das ist es, was die Clerries in ihren Werken gedenken wollen. Sie erfassen die Wahrheit des Kriegs genauso wie der Sohn Ihres Gärtners es mit seinen Singvogelautomaten getan hat."

„Sehr wahr, meine Liebe", sagte Sir Gilbert eifrig.

Petra sah das Funkeln in den Augen der Schlange. Irgendetwas, das sie gesagt hatte, musste die Schlange an einer empfindlichen Stelle getroffen haben. Was immer sie plante, sie war nicht mehr aufzuhalten.

„Es wird nächstes Jahr keine Ausstellung geben", wiederholte die Schlange ruhig. „Ich habe die Akademie schon darüber informiert, dass ich meine Zustimmung nicht gebe und ich in keiner Form gezeigt werde."

„Aber dann werden wir der Akademie beweisen, dass du bezahlt wurdest, um Modell zu stehen und keine Rechte daran hast, was wir mit unseren Werken tun", sagte Pierre verbissen.

„Und dann werde ich meine Geschichte erzählen. Vom Hunger und der Not, von der Angst, die ich hatte, den Gefahren, die ich in Kauf nahm, als ich all die Bewegungen der Truppenzüge festgehalten habe und sie hergeschickt habe, sicher nach England, damit ihr die nötigen Informationen hattet, um die vorrückenden

Deutschen zu bekämpfen. Stell dir das vor, stell dir mich als junges Mädchen vor, die im Café des Feindes sang, Informationen sammelte, während die betrunkenen Offiziere prahlten. Ich werde der Akademie erzählen, dass ich gezwungen war, für euch zu arbeiten, um mir einen Hungerlohn zu verdienen, von dem ich nach dem Krieg lebte. Erzählen, dass ich meine Kleider nicht hatte ablegen wollen, wie ihr Artistes de Cler es verlangt habt und dass ihr meine Situation schamlos ausgenutzt habt, insbesondere du, Pierre. Und genauso wird es mit den Zeitungsredakteuren laufen", fügte sie ruhig hinzu. „Ich werde ihnen erklären, dass die Arbeit der Artistes de Cler nicht die Wahrheit ist. Ihr habt mich zwingen können, mich bis auf die Knochen zu entblößen, doch dort findet ihr weder die Wahrheit des Kriegs noch irgendeine Wahrheit, außer eure eigene Gier", schloss sie.

Petra blickte schockiert in die fassungslosen Gesichter, inklusive dem ihres Vaters. Und was hatte es mit der höhnischen Bemerkung Monsieur Christophe gegenüber auf sich?

Er war jedoch der erste, der sich berappelte. „Lisette, du weißt nicht, was du da sagst. Wir haben keine derartigen Dinge getan und dich nicht gezwungen, gegen deinen Willen Modell zu stehen. Solche Dinge nun zu behaupten, ist falsch. Ma chère" – er drehte sich zu Thora und küsste ihre Hand – „das ist völliger Unfug." Er lächelte ihr zu und der versteinerte Ausdruck auf ihrem Gesicht legte sich.

Lance war das Elend auf das Gesicht geschrieben. „Lisette, Darling", brachte er gerade so heraus, „überdenke es noch einmal. Meine Mode muss doch gesehen werden und du kannst mich kaum beschuldigen, dass ich dich und deinen Körper ausgenutzt habe."

Gert würde jeden Moment durch die Decke gehen, dachte Petra und machte sich darauf gefasst. Sie musste ihrem Vater zuliebe eingreifen. „Die Ausstellung der Academy of Modern Art ist erst im nächsten Jahr, Madame Lisette. Aber wir veranstalten morgen immer noch unser Fest, wo alle ihre Werke präsentieren. Danach überdenken Sie ihre Entscheidung noch einmal, Madame. Wäre das nicht eine vernünftige Idee?", startete sie einen letzten verzweifelten Versuch.

„Oui", antwortete Pierre Christophe sogleich und Lance, Vinny und Gert nickten.

Petra entspannt sich ein wenig, auch wenn die Schlange schwieg und ihr Vater noch immer gebeutelt aussah.

„Ich bin noch nicht sicher, was morgen anbelangt", sagte die Schlange dann.

Nach einer langen Pause fügte sie dann zu: „Ich stimme zu. Wychbourne wird die Wahrheit sehen."

Seufzer der Erleichterung waren zu hören, doch Petra konnte nicht aufatmen. Was um alles auf der Welt hatte die Schlange vor? Es würde Ärger geben, soviel stand fest.

Das ist ja Jazz, stellte Nell begeistert fest. Das ist Louis Armstrong. ‚Everybody Loves My Baby'. Damit hatte sie bei einem Fest von Malern nicht gerechnet, aber wieso heutzutage denn nicht? Sie konnte die Musik schon hören, als sie die Straße nach Sevenoaks am späten Samstagnachmittag entlangging. Inzwischen würde das Fest in vollem Gange sein. Sie hatte sich entschieden, lieber später hinzugehen anstatt am frühen Nachmittag, was auch daran lag, dass Lady Ansley um ein Buffet für das späte Abendessen gebeten hatte, aber auch weil sie so frei entscheiden konnte, wann sie gehen wollte.

Nells Laune stieg, sie würde den Abend genießen. Die anfänglichen Sorgen waren verflogen. Was konnte denn schon schiefgehen an einem Samstagabend, den sie mit spannenden Menschen verbrachte?

Als Beweis kamen ihr zwei Turteltäubchen entgegengeschlendert. Mrs Fielding und Mr Peter kamen von Spitalfrith zurück und hielten erstaunlicherweise Händchen. Sie hielten es nicht einmal für nötig, hastig loszulassen, als sie Nell sahen. Sie entschied, dass sie richtigliegen musste. Es würde ein vergnüglicher Besuch werden.

„Nun ja", sagte Mrs Fielding, die noch immer die Hand ihres Liebsten hielt, „es ist nicht, was wir erwartet haben. Sie werden Augen machen!"

Zu Nells Verwunderung lachte Mrs Fielding sogar. Und auch Mr Peters gluckste. „Es war wirklich etwas ganz Besonderes."

„Warten Sie es nur ab, Miss Drury. Es ist schockierend. Wirklich schockierend", fügte Mrs Fielding hinzu.

Sie sah nicht besonders schockiert aus, dachte Nell. Eher im Gegenteil. Sie sah Mr Peters ihr zuzwinkern, was ihre Vermutung bestätigte.

Eine weitere Bemerkung konnte Mrs Fielding sich nicht verkneifen: „Lord Richard hat es natürlich auf Miss Saddler abgesehen, auch wenn sie nicht seinem Stand entspricht."

Nell war gespannt, die neue Liebe seines Lebens zu sehen zu bekommen. Sie würde nach den beiden Ausschau halten, wann immer sie nicht damit beschäftigt war, Lady Saddler im Blick zu behalten. Als sie das Eingangstor erreichte, stand dieses weit offen und da niemand zu sehen war, dessen Aufgabe es war, die eintreffenden Gäste zu begrüßen, ging Nell einfach hinein. Sogleich traf sie die Enttäuschung. Sie konnte keine afrikanischen Tänzer sehen, auch keine Jazzmusiker und auch keine aufstrebenden Monets oder Matisses, die über den Rasen vor dem Herrenhaus schlenderten – bloß eine Menge Automobile auf dem Vorhof. Das Fest musste sich hinter dem Haus abspielen, denn sie konnte leise Musik aus der Richtung hören.

Als sie um die Ecke kam, sah sie es endlich! Afrika! Der Dschungel zeichnete sich im Hintergrund ab und da war ein sandiger Streifen Wüste, der hindurchführte. Wie erstaunlich! Der restliche freie Garten war mit großen Zelten gefüllt und überall schwirrten Menschen umher. Die Jazzband spielte von irgendwo, doch sie konnte sie nicht sehen. Was sie jedoch sah, waren der Eiscremestand und die Stände mit verschiedenem Essen.

Bei einem solchen Gedränge gab es nur eine Wahl, sagte Nell sich. Einfach reinstürzen.

Sie holte tief Luft und ging zum ersten Zelt. Hier wurden die Werke von Monsieur Christophe, dem Gründer der Artistes de Cler, ausgestellt, verkündete der leuchtend rote Schriftzug über dem Zelt – und er war sogar persönlich da. Wo hätte sie ihre Runde besser starten können? Sie hatte während ihrer Zeit im ‚Carlton‘ in London viele Menschen wie Monsieur Christophe gesehen: groß, stattlich, klassisch griechische Gesichtszüge und die Ausstrahlung eines Mannes, der unwillkürlich das Kommando hatte.

Er war in eine Unterhaltung vertieft, als Nell das Zelt betrat, was ihr einen Augenblick Zeit gab, die merkwürdigen Bilder zu betrachten. Einige waren schwarzweiße Silhouetten von Soldaten, manche zeigten eindeutig Lady Saddler, jedoch anders gekleidet, als Nell sie zuletzt gesehen hatte und auf manchen gar nicht bekleidet. Nell hatte einmal gelesen, dass bei Skeletten von Jagdtieren die Augen enger beieinanderstanden und ihr fiel auf, dass die Augen in Lady Saddlers maskenhaftem Gesicht in der Tat sehr eng beieinanderstanden. Auf welches Beutetier hatte sie es abgesehen, fragte Nell sich. Es gab auch noch weitere Bilder, auf denen Lady Saddler nicht zu sehen war, doch das Bild, das Nells Aufmerksamkeit am meisten auf sich zog, zeigte sie nur zu deutlich. Zwischen den Bäumen und Blüten Edens bäumte sich ihre sehnige Gestalt wie eine Schlange auf, die ihr Opfer nicht aus den Augen ließ.

„Madame, meine Kunstwerke interessieren Sie?“ Monsieur Christophe kam zu Nell hinüber.

„Das tun sie“, sagte sie. „Dieses hier besonders.“

Er lächelte ihr freundlich zu. „Im Leben gibt es immer eine Schlange, nicht wahr?“

„Haben Sie es während des Kriegs gemalt?“

„Nein, nach dem Krieg. Doch er ist noch immer da, nicht? Die Schlange ist überall um uns herum.“

Sie vermutete, dass er recht haben mochte, doch er hatte sich schon einem anderen Besucher zugewandt. Sie warf der Schlange noch einen Blick zu – ja, das war zweifellos Lady Saddler.

Das Zelt von Lance Merryman war völlig anders. Die gezeichneten Damen – für die Modemagazine, wie er ihr erklärte – waren dürr wie Skelette, aber sie waren in faszinierende Kleider gehüllt anstatt als Objekte, auf denen der Künstler versuchte, seine Philosophie zu ergründen, zu dienen. Als sie fragte, wie seine Entwürfe mit den Regeln der Artistes de Cler zusammenpassten, erklärte er geschickt, wie Damen – und in der Tat auch Herren – ihre Kleidung wählten, nicht um sich zu verstecken, sondern um ihr wahres Ich zu offenbaren.

Nell entschied, darüber nachzudenken. „Trifft das auch auf mich zu?", fragte sie.

„Aber ja, Madame. Sie tragen dieses reizende rosenfarbene Kleid. Sie streben nach der Zukunft und es ist ein Indiz, dass Ihr Herz bereits vergeben ist."

War das ein Zufallstreffer?, fragte sie sich entsetzt. „War Lady Saddler eines Ihrer Modelle?", fragte sie interessiert. „Spiegeln ihre Kleider ihre Zukunft wieder?"

Das Lächeln auf Mr Merrymans Gesicht verschwand und er lachte gekünstelt. „Vielleicht. Heute trägt sie schwarz. Wie viele Damen, ist sie todschick zurechtgemacht."

Die Dame war also nicht beliebt bei ihren Gästen, dachte Nell und ging weiter zum Zelt von Vincent Finch. Seine Kunst war spannend. Einige der Leinwände zeigten glückliche, feiernde Tänzerinnen – rank und schlank wie Bohnenstangen und ihre kaleidoskopisch bunten Gestalten waren über graue Dunstwolken gelegt. Andere Bilder waren düsterer. Eines traf sie besonders. Ein Harlekin stand dort erhobenen Hauptes und beobachtete, was in der Finsternis um ihn herum vor sich ging: In der schlammigen Szene war ein großer

Tümpel zu sehen und eine verwelkte Rose. Die zarte, schlanke Figur im Hintergrund war vermutlich seine Colombina, dann waren da noch ein Hügel und etwas, das wie ein Pferd ohne Reiter aussah, welches durch den Matsch trottete. Es war wirklich äußerst düster.

„Kein Vogel singt", kommentierte sie es, als der Künstler zu ihr trat.

„Wieso sagen Sie das?", fragte er.

Sie dachte scharf nach. „Es ist aus einer Ballade von Keats", erinnerte sie sich.

Er lächelte. „Bedenken Sie, dass der Künstler vielleicht mehr zu sehen vermag als der Dichter. Vielleicht sehen die kriegsmüden Augen des Harlekins Gespenster. Vielleicht brauchen wir alle im Leben einen Hügel, um die stillen, ruhigen Wasser am Fuße zu betrachten, wenn wir unter der Belle Dame sans Merci, die wir Schicksal nennen, leiden. Dort singen keine Vögel. Und doch sangen die Vögel weiter, als die Männer in den Schützengräben auf die Schlacht warteten."

„Aber sehnt sich der Harlekin nicht nach seiner Colombina?", fragte Nell verwirrt.

„Wer weiß das schon? Ich bin nur der Künstler. Vielleicht sehnt er sich danach, durch die neue Welt zu tanzen, doch er kann die alte nicht abschütteln. Das ist Wahrheit, so wie die Artistes de Cler es sehen."

Als sie das Zelt von Miss Radley erreichte, hatte Nell bereits entschieden, dass es sinnlos war, zu ergründen, worum es in der Kunst der Clerries ging. Nicht einmal die Künstler schienen es klar beantworten zu können und ihre Werke konnten gegensätzlicher kaum sein. Nell beschloss daher lieber zu überlegen, ob was sie sah, gute Gemälde waren. Und Gert Radleys Gemälde waren gut – wenn auch nicht alle Porträtierten mit den Ergebnissen glücklich sein mochten. Wieder tauchte Lady Saddler in einigen Werken auf, wobei sie nun in exotischem Rot und Purpurfarben gekleidet war.

„Ich glaube, dass Kleidung Teil des wahren Ichs des Mannes – und der Frau – ist“, sagte Miss Radley schroff.

„Was ist mit des Kaisers neue Kleider?“, fragte Nell geschickt. „Seine Höflinge sahen die Wahrheit erst, als sie verschwanden.“

Miss Radley lachte. „Na, nun haben Sie mich. Aber nehmen wir es als Herausforderung. Der Kaiser wählte seine Kleidung und das muss doch etwas über sein wahres Ich aussagen. Ich hörte, Sie sind die Chefköchin auf Wychbourne Court, darum beantworten Sie mir diese Frage, Miss Drury. Sollte eines Ihrer Gerichte als wahr bewertet werden basierend auf den einzelnen Zutaten, die Sie gewählt haben, oder als Gesamtes? Bewerten Sie meine Gemälde also auch als Ganzes, wenn ich bitten darf.“ Sie zögerte. „Miss Drury, ich habe von Ihrem Heldenmut, den Gaiety-Theatre-Mordfall zu lösen, gehört.“

„Die Polizei hat den Fall gelöst“, sagte Nell kleinlaut. „Ich habe bloß geholfen.“

„Nun, das ist ein Thema für eine Clerry.“ Miss Radley sprach voller Begeisterung. „Ist die Polizei die Wahrheit und jene, die sie verhaften, Unwahrheit oder sind sie sich alle treu und wahr, egal ob gut oder schlecht? Ist es Wahrheit oder Moral, die zählt?“

Nell dachte weiter darüber nach, als sie ging. Der Unterschied zwischen der Kunst der Clerries und ihrer Arbeit war, dass erstere Raum für Diskussion ließ, doch bei ihrer Arbeit war die Grübelei begrenzt. Ihre

Kreationen mussten zu einer festen Uhrzeit serviert werden und außerdem mussten die Zutaten zusammenpassen. Das schien auf die Clerries nicht zuzutreffen. Jeder von ihnen hatte seine eigene Version der Wahrheit.

„Miss Drury, haben Sie Miss Saddler schon kennengelernt?" Lord Richard unterbrach ihren Gedanken. Vor ihr stand eine junge Frau, die vielleicht Anfang zwanzig war. Das war also Sir Gilberts Tochter, Petra. Nicht gerade Lord Richards üblicher Typ. Miss Saddler wirkte, als ob sie genau wie Jenny Smith ihren eigenen Kopf hatte.

„Sie sollten Sich den Dschungel ansehen", sagte Miss Saddler unvermittelt, nachdem sie die Formalitäten hinter sich gebracht hatten.

„Unerschrocken bis zuletzt. Ich schlüpfe sogleich in die Stiefel", antwortete Nell.

„Halten Sie die Augen nach Josephine Baker auf", wies Lord Richard sie an.

„Ist sie aus Paris vorbeigekommen?" Einen Moment lang fiel Nell darauf hinein, dann sammelte sie sich. Die amerikanische Tänzerin und Sängerin, über deren knappe Kostüme alle Leute sprachen oder die manchmal ganz verschwanden, würde sich wohl kaum für einen Auftritt auf Spitalfrith Manor entscheiden.

„Ich wünschte es", sagte Miss Saddler hitzig. „Unsere persönliche Josephine Baker ist allerdings die neue Frau meines Vaters. Nehmen Sie Platz und sehen Sie sich den Auftritt an, Miss Drury. Folgen Sie einfach dem Pfad in den Dschungel und lauschen Sie dem Knurren."

Der Ausdruck auf Miss Saddlers Gesicht bestätigte Nells Vermutung, dass Miss Saddler und ihre Stiefmutter sich nicht grün waren. All die Schlangen in den Gemälden deuteten darauf hin, dass der Eindruck, den Nell beim Mittagessen auf Wychbourne Court gehabt hatte, stimmte. Nun trat Ihre Ladyschaft im Dschungel auf. Was, um Himmels willen, ging nur vor sich? Vielleicht stimmten Kittys Geschichten von den Affen. Zwischen den falschen Pfauen und Papageien in den Bäumen war ihr ein echter Affe oder zwei davon nur zu recht. Vielleicht auch ein Löwe oder Tiger.

Der Pfad führte Nell zu einer Lichtung, auf der Sitze und eine behelfsmäßige Bühne aufgebaut waren. Als sie ankam, tat sich gerade nichts. Die Band machte Pause – eine Raucherpause, so wie sie an den Bäumen abseits der Bühne lungerten. Und ja, sie konnte tatsächlich zwei Affen sehen. Einer blickte von einem Baum herab, wo er in einem rasch hergerichteten Käfig saß. Der zweite Affe lauste ihm den Rücken. Zumindest würden sie nicht aus den Bäumen springen können, wenn Nell nach Hause ging. Heute Nacht würde es keine unheimlichen Begegnungen geben.

Als sie wie etwa hundert andere Gäste Platz nahm, stimmte die Band ‚Bye Bye Blues‘ an, aber noch immer war ‚Josephine Baker‘ nicht zu erblicken. Sie warteten jedoch nicht lange, bis Lady Saddler die Bühne betrat. Nicht, dass man sie sofort erkannt hätte. Ihr Haar war unter einem großen perlenbesetzten Kopfschmuck versteckt und das spärliche Kostüm war knapper als der kürzeste Badeanzug, den Nell je gesehen hatte. Die hochhackigen Schuhe betonten ihre langen Beine und sie zielte offenbar genau darauf ab, die Welt zu schockieren.

Nach einem kurzen, wilden Tanz stoppte die Musik abrupt und sie sprach mit rauchiger Stimme: „Während des Kriegs sang ich für den Feind, obwohl ich ihn verabscheute. Ich erfuhr von seinen Geheimnissen und gab sie dem britischen Geheimdienst weiter, sodass ich nun für euch in Frieden singen kann."

Und dann spielte die Band weiter und sie fing an, mit derselben hypnotischen Stimme zu singen. „It had to be you …"

Nell schauderte und fragte sich, ob Lord und Lady Ansley den gleichen außergewöhnlichen Auftritt gesehen hatten. Wahrhaftig, Lady Ansley war in den 1890ern eines der Gaiety Girls gewesen, doch im Wesentlichen lag damals der Reiz bloß darin, hin und wieder kurz den Blick auf einen Knöchel zu erhaschen. Lady Saddler konnte diesen merkwürdigen Auftritt nur aus einem Grund hinlegen, entschied Nell. Ihre Ladyschaft wollte eindeutig jemandem eine lange Nase drehen.

Wie war das noch gleich mit der Kunst der Clerries?, dachte sie und beobachtete fasziniert, wie Lady Saddler weiter das wenig bedeckende Kostüm zur Schau stellte. Diese Frau dachte offenbar, dass sie mit allem davonkam, egal wie sehr sie gegen die Gepflogenheiten verstieß und sich über dem Recht sah.

Es dämmerte schon, doch noch immer liefen eine Menge Besucher herum und unterhielten sich bei Getränken auf der Terrasse, obwohl das Fest eigentlich schon um neun Uhr geendet hatte. Keiner schien es eilig zu haben und nach allem, was sie gesehen und gehört hatte, war Nell gespannt, wie sich der Abend entwickeln würde. Die Clerries, wie Miss Radley die Künstler genannt hatte, und ihre Gastgeberin hatten ganz klar nichts füreinander übrig.

Als sie zur Terrasse kam, konnte Nell Mr Peters und Mrs Fielding sehen, die auf einen zweiten Besuch zurückgekehrt sein mussten. Sie genossen ihre gemeinsame Zeit außerhalb von Wychbourne ganz offensichtlich und tranken wagemutig Cocktails auf der Terrasse und sahen dabei sehr zufrieden mit sich aus. Da winkte Miss Saddler sie zu Lord Richard und sich an ihren Tisch. Lord und Lady Ansley waren jedoch nirgendwo zu sehen. Nell vermutete, dass sie früher als geplant gegangen waren.

„Wie hat Ihnen die Aufführung im Dschungel gefallen?", fragte Lord Richard sie.

„Es war sehr – nun – primitiv", sagte Nell, ohne das Gesicht zu verziehen.

„Ich habe Mr Briggs vorhin gesehen. Ich frage mich, was er davon hält", sagte er dahin.

Mr Briggs? Nell war davon ausgegangen, dass er bei den Carters sein würde. „War er bei der Aufführung?", fragte sie.

„Er lief dort herum und wirkte ganz zufrieden, also habe ich ihn nicht gestört", sagte Lord Richard. „Aber Peters hat ihn später nicht auf Wychbourne Court gesehen und auch jetzt weiß niemand, wo er ist. Es ist Viertel nach neun und er ist nicht zum Dienst erschienen."

„Ich werde nach ihm sehen", sagte Nell beunruhigt. „Vielleicht ist er beim Gärtner und seinem Sohn."

Als sie losging, nahm ihr Unbehagen zu. Es wurde nun wirklich dunkel und es waren nicht mehr viele Besucher da und außerdem wirkten das Wäldchen und die schattigen Pfade am anderen Ende des Anwesens nicht mehr so einladend wie noch am Nachmittag. Auf eine gruselige Art und Weise kam es Nell so vor, als würde die Nacht verkünden, dass etwas auf Spitalfrith nicht stimmte. Unfug, dachte sie und eilte hinüber zu Freddie Carters singendem Garten, um ihre Mission möglichst rasch zu erfüllen. Zum Glück hatte sie daran gedacht, eine Taschenlampe mitzunehmen.

Als sie das letzte Stück des Holzpfades zum Cottage erreichte, sah sie jemanden auf sich zueilen, der ganz offensichtlich in großer Not war und den Weg entlangstolperte. Zu ihrem Entsetzen erkannte sie, dass es Lady Clarice war.

„Was ist passiert?", rief Nell, als Lady Clarice sich erleichtert an ihr festhielt und schwer atmete.

„Er ist hier", rief sie und schluchzte dabei. Erleichtert stellte Nell fest, dass sie aufgeregt und nicht verängstigt war.

„Wer ist hier?"

„Jasper!", keuchte Lady Clarice.

Moment mal, sagte Nell sich. Der echte Jasper war vor beinahe dreißig Jahren gestorben und mit Sicherheit war es auch kein Geist, so sehr Lady Clarice es auch hoffen mochte. „Ihr habt jemanden gesehen, der Euch an ihn erinnert?", fragte sie sanft.

Lady Clarice schüttelte ungeduldig den Kopf. „Es war Jasper selbst. Sein Geist. Er ist zu mir gekommen."

Nun machte Nell sich noch mehr Sorgen. Auch wenn die Vorstellungskraft vieles vollbrachte, musste etwas passiert sein, überlegte Nell und stellte sich vor, wie Geisterhände die arme Lady Clarice umarmt hatten. In der Nähe gab es einen Baumstumpf und Nell führte Lady Clarice dorthin und setzte sich zu ihr. „Hat er Euch auch auf Wychbourne Court besucht?"

„Nein. Er liebte Spitalfrith, wissen Sie. Wie ich Ihnen erzählt habe, hat er hier um mich geworben."

„Ist er heute auf Euch zugekommen?"

„Nein, ich habe ihn in den Büschen in der Nähe unseres besonderen Tals flüstern gehört. Ich habe keinerlei Zweifel, Nell. Ich habe seine Gegenwart gespürt und er hat mir zugeflüstert. ‚Clarice, Clarice', hat er geflüstert, so wie früher. Ich habe gewartet, aber er kam nicht näher. Aber er war es, Nell. Ich weiß es. Nur er hat meinen Namen so ausgesprochen."

Nell begleitete Lady Clarice zur Terrasse zurück, die noch immer in Erinnerungen schwelgte. Ein Glück, dass Lord Richard noch da war und sich sofort um seine Tante kümmern konnte. Ausgerechnet er konnte sich in Krisensituationen am besten um seine Tante kümmern. Er neckte sie leicht, ohne sich über sie lustig zu machen und tröstete sie aufrichtig.

Nachdem sie sie in die Obhut ihres Neffen gegeben hatte, machte Nell sich leicht aufgewühlt wieder auf den Weg zum Cottage der Carters. Sie wusste, dass es unnötig war, sich Sorgen um Mr Briggs zu machen. Er wusste schließlich genau, wie er nach Hause kam und war wohl einfach noch bei Freddie. Aus irgendeinem Grund war sie trotzdem angespannt.

Sie war noch besorgter, als sie das Haus der Carters erreichte. Im Cottage brannte kein Licht. Es war erst kurz nach halb neun. Waren sie schon zu Bett gegangen? Mithilfe ihrer Taschenlampe bahnte sie sich den Weg zum Tor und wollte es gerade öffnen, als sie ein durchdringendes Heulen hörte, das aus dem Garten ertönte. Das Heulen erklang wieder und wieder und Nell zwang sich, das Tor zu öffnen, um herauszufinden, welch schrecklichen Dinge im Garten vor sich gingen.

Im spärlichen Licht erkannte sie Mr Briggs. Er stand in der Mitte des Säulengangs, hatte den Kopf zurückgeworfen und schluchzte und heulte kummervoll.

Was um alles auf der Welt hatte das ausgelöst? Was stimmte bloß nicht? Sie eilte zu ihm hinüber und stolperte fast auf dem Pfad. Die Balance wiedergefunden, sah sie sich um und mit zunehmender Fassungslosigkeit verstand sie den Grund seines Kummers.

Alles im Säulengang der Schönheit war zerstört worden. Es gab keine Singvogelautomaten mehr, keine mit viel Liebe geschnitzten Büsche und Blumen. Sie alle waren zerschlagen und die Trümmer lagen überall verstreut. Sie konnte einen einzelnen Holzvogel sehen, der noch ganz war und aussah, als verspotte er die hilflosen Zuschauer.

Wieder war ein Weinen zu hören, doch sie merkte, dass es ihre eigene Stimme war, während sie sich den Weg zwischen den verstreuten Trümmern zu Mr Briggs bahnte. Er nahm sie nicht wahr, als sie ihren Arm um ihn legte und versuchte, ihn aus dem Garten zu führen. Er rührte sich nicht vom Fleck. Unter Tränen versprach sie, schnellstmöglich zurück zu sein, denn sie wusste, dass sie sich Hilfe holen musste. Tränenüberströmt taumelte sie mit der Taschenlampe in der Hand den Pfad zum Herrenhaus zurück. Sie konnte sein Heulen noch immer hören.

Kapitel 4

Nicht einmal all der Kakao der ganzen Welt hätte gereicht, um ein Wunder zu bewirken und ihr friedlichen Schlaf zu bringen. Der Albtraum dessen, was sie erlebt hatte, weigerte sich zu verschwinden: die Erinnerungen an das Heulen und den Garten, der in tausend Teile zerschlagen war. Nell war zum Herrenhaus zurückgeeilt und hatte um Hilfe gerufen, da all ihr Flehen Mr Briggs nicht dazu hatte bewegen können, den Garten zu verlassen. Welch ein Glück, dass Lord Richard noch bei Lady Clarice und Miss Saddler war, als sie ankam. Als sie Mr Briggs zuletzt gesehen hatte, saß er stumm neben Lord Richard und Lady Clarice auf dem Rücksitz des Lea-Francis, dem Lieblingsautomobil von Lord Richard, das an Nell auf dem Rückweg nach Wychbourne Court vorbeifuhr. Mr Briggs' Bezug zum modernen Leben war so schon schwach, ohne einem solchen Schrecken ausgesetzt zu sein und Nell würde sich die größte Mühe geben, ihm zu helfen.

Am Vorabend waren so viele Menschen noch auf der Terrasse gewesen, dass die Nachricht sich schnell verbreitet haben musste, denn das Frühstück der Bediensteten war bei Weitem nicht so ruhig wie sonst. Natürlich hatten alle das Fest besucht und das hätte auch so für genug angeregte Unterhaltungen gesorgt, doch das darauffolgende Ereignis würde für noch mehr Gesprächsstoff sorgen. Dass Mr Briggs abwesend war, konnte nichts Gutes bedeuten. Als er nach zwanzig Minuten noch immer fehlte, wurde es Nell schwer ums Herz. Unter den gegebenen Umständen sollte sie wohl besser Mr Peters hinzuziehen, beschloss sie und murmelte flüchtig eine Entschuldigung, dann machte sie sich auf die Suche. Sie fand ihn in seinem Büro im großen Saal, wo er tagsüber meist anzutreffen war, da er von dort aus Lord Ansley stets zur Hand war, dessen Arbeitszimmer im Nebenzimmer lag.

Mr Peters war genauso beunruhigt wie sie selbst. „Mr Briggs – ", setzte sie an, doch er unterbrach sie.

„Er ist nicht auf seinem Zimmer, Miss Drury. Ich habe gerade nachgeschaut." Als er sprach, klingelte das Telefon und er wirkte immer alarmierter, während er zuhörte.

„Das war Seine Lordschaft", sagte er und hängte den Hörer auf. „Er bittet uns beide sofort in sein Arbeitszimmer. Mr Briggs ist nicht im Ankleidezimmer Seiner Lordschaft erschienen und geht nicht ans Haustelefon."

Es wurde immer schlimmer, dachte Nell und eine schreckliche Vermutung nach der nächsten kam ihr in den Sinn. War er nach Spitalfrith zurückgekehrt? War er spazieren gegangen? War er Freddie besuchen? Mr Briggs war nur einmal verschwunden, seitdem sie auf Wychbourne arbeitete. Sie fanden ihn die Straße nach Tonbridge marschieren, möglicherweise im Glaube, er würde nach Frankreich zurückkehren.

„Ist Mr Briggs aufgetaucht?" Lord Ansley stand in der Tür seines Arbeitszimmer im Obergeschoss und wartete auf sie. Normalerweise war er in Notfällen immer ruhig, aber es war deutlich, dass er sich Sorgen machte.

„Nein, Ihre Lordschaft", antwortete Mr Peters. „Als ich in seinem Zimmer nachgesehen habe, war das Bett ordentlich gemacht."

„Richard sagt, er habe ihn zu seinem Zimmer begleitet und hat mir die Situation geschildert“, sagte Lord Ansley, der Nell und Mr Peters in sein Arbeitszimmer geleitete und die Tür schloss. „Wenn er so aufgebracht war, wie mein Sohn ihn beschreibt, dann wäre es möglich, dass er gleich wieder nach Spitalfrith gegangen ist, als er allein war“, sagte er hoffnungsvoll.

Nell klammerte sich an diese Möglichkeit. Natürlich, so musste es gewesen sein. „Er könnte bei Freddie und Joe Carter sein“, schlug sie vor. „Jedoch wurden beide gestern nicht in ihrem Cottage gesehen. Zumindest nicht, als ich dort ankam, was um etwa halb neun oder etwas später war.“

„Richard sagte etwas von einem zerstörten Garten“, sagte Lord Ansley. „Was hat es damit auf sich?“

„Es ist der Garten hinter dem Cottage der Carters. Mr Briggs hat dort mit Freddie gearbeitet“, versuchte Nell zu erklären. „Dort gibt es einen Säulengang in einem Garten voller Singvogelautomaten zwischen geschnitzten Blumen und Büschen, die sich mit den echten Pflanzen vermischen – oder eher vermischten. Als ich Mr Briggs gestern dort vorfand, waren sie alle zerstört worden und er heulte schmerzerfüllt.“

Sie wusste, dass ihre Beschreibung holperig war, aber wie konnte sie schon in wenigen Worten die wunderbaren Melodien, die sie am Donnerstagabend gehört hatte, beschreiben oder gar welchen Effekt das Desaster gehabt hatte?

Lord Ansley hatte ihr jedoch aufmerksam zugehört. „Wieso war Mr Briggs so bestürzt, wenn es Freddie Carters Garten ist?“, fragte er nach, fast so als wäre er ein Anklagevertreter. Sie sah, wie beunruhigt auch er war.

„Könnte es einen anderen Grund geben, weshalb er so mitgenommen war?", fragte er weiter. „Wäre es möglich, dass Freddie oder sein Vater selbst die Figuren zertrümmert haben und Briggs verärgert war, als er davon erfahren hat?"

„Das kann ich mir nicht vorstellen. Wieso sollten sie das tun?", gab Nell zurück. Sie zwang sich hinzuzufügen: „Die Situation könnte jedoch schlimmer sein."

Lord Ansley begriff sofort. „Wollen Sie sagen, dass Briggs sie zerstört haben und es dann bereut haben könnte?"

Schließlich siegte die Vernunft. „Nein", sagte Nell ruhig. „Wieso sollten die Carters oder Mr Briggs so etwas tun? Mr Briggs würde niemals eine Person oder solch hübsche Dinge verletzen." Sie erinnerte sich daran, wie er schon so häufig ganz sorgfältig Bienen und andere Insekten aus dem Haus ins Freie gebracht hatte. „Er rettet Leben, er zerstört sie nicht."

Lord Ansley schwieg einen Moment lang. „Wussten Sie, dass Briggs in Frontberichten erwähnt wurde? Er ging in Somme unter Beschuss ins Niemandsland hinaus und brachte einen schwerverletzten Mann mit sich zurück. Mein Sohn Noel hat mir von Briggs erzählt, als ich ihn das letzte Mal gesehen habe. Sie waren in einem Bataillon." Lord Ansley brach abrupt ab.

Er sprach nur selten von seinem zweiten Sohn, Noel, der in Passendale gestorben war. Dass er nun von ihm sprach, zeigte, wie sehr er sich um Mr Briggs sorgte.

„Ich werde Sir Gilbert anrufen", sagte er, und dann fahre ich nach Spitalfrith, um nach Briggs zu suchen."

„Dürfte ich mit Euch kommen?", fragte Nell sofort.

Lord Ansley nickte. „Ich würde mich freuen, wenn Sie mitkämen, Nell. Richard würde sonst mitkommen, aber vielleicht fühlt sich Mr Briggs in Ihrer Gesellschaft wohler."

„Ich bringe etwas Teegebäck mit", sagte Nell und ging gedanklich die Menüs des heutigen Tages und ihren Arbeitsplan durch. Als sie Lord Ansleys irritierten Blick sah, fügte sie schnell hinzu: „Das mag er sehr gerne und wir haben gestern welches gebacken."

„Dann bringen Sie Teegebäck für uns alle drei mit. Vielleicht hilft es Briggs, sich zu entspannen." Er hielt inne. „Darf ich Sie um einen Gefallen bitten, Nell? Auf Spitalfrith mit unserem Rolls-Royce aufzutauchen, wäre zu förmlich. Wir wollen nicht, dass Briggs das Gefühl hat, dass unser Besuch etwas Ungewöhnliches ist. Wir müssen es so normal wie möglich aussehen lassen."

Nell verstand sofort. „Wir nehmen meinen Ford, an den ist er gewöhnt."

Als sie schließlich in der Küche ankam, gab Nell rasch einige Anweisungen und eilte gleich weiter in den Hof, um den Ford ums Haus zum Vordereingang zu fahren, wo Lord Ansley schon unruhig auf sie wartete.

„Ich mache mir immer mehr Sorgen, Nell", sagte er, als er in den Ford stieg. „In Spitalfrith ging niemand ans Telefon." Lord Ansley trug seinen alten sommerlichen Blazer, was helfen würde, für Briggs alles ganz normal erscheinen zu lassen.

„Das ist eigenartig", sagte sie. Jeder in Wychbourne wusste, wie eigensinnig die Haushälterin von Spitalfrith war. Mrs Haywards Ruf war noch schlimmer als der von Mrs Fielding. Trotzdem hätte jemand den Anruf annehmen müssen. Und wenn es Petra selbst war.

„In der Tat", stimmte Lord Ansley ihr zu, „aber dem gestrigen Fest nach zu urteilen, haben sie ein eigentümliches Grüppchen von Gästen dort. Richard scheint sich gut mit Miss Saddler zu verstehen, daher hat er gestern eine Menge über die Gäste erfahren. Leider hat er auch von einem unglücklichen Zwischenfall gestern Morgen gehört, in den meine Schwester verwickelt ist. Offenbar hatte sie die Absicht gehabt, im Haus nach Geistern zu suchen und das Personal zu befragen, was Lady Saddler stark empört hat. Miss Saddler hat sich wohl für meine Schwester eingesetzt und sich mit ihrer Stiefmutter angelegt, denn sie hat ihr erklärt, sie würde meine Schwester durch das Haus führen, was Lady Saddler noch mehr verärgert haben muss, wie ich fürchte. Später, so hat Richard mir erzählt, ist meine Schwester wohl aus irgendeinem Grund ganz allein durch die Gärten gestreift. Ich erzähle Ihnen dies im Vertrauen, Nell, denn ich weiß, dass Sie stets ein Auge auf meine exzentrische Schwester haben."

Sollte sie etwas sagen?, fragte Nell sich. Nein, entschied sie. Jaspers Geist und was Lady Clarice ihr erzählt hatte, sollte ein Geheimnis zwischen ihnen bleiben, auch wenn es wahrscheinlich war, dass Lady Clarice die Geschichte höchstwahrscheinlich bereits Lord Richard und Miss Saddler erzählt hatte.

„Am gestrigen Abend war vieles merkwürdig", kommentierte Nell, als sie mit dem Ford durch das Dorf fuhren. „Das Fest hätte ein freudiger Anlass sein sollen, doch irgendwie war es das nicht."

„Meine Frau sieht das auch so. Sie sagte, es kam ihr wie eine Generalprobe ohne Dirigent und Musik vor.“

„Und mit einem nicht geprobten tragischen Schluss“, sagte Nell schlicht. „Hunderte Menschen strömten durch die Tore und jeder einzelne von ihnen könnte die Vögel zertrümmert haben. Der Schaden könnte jederzeit vor halb zehn verursacht worden sein.“

„Sir Gilbert sollte das untersuchen lassen.“ Er warf ihr einen raschen Blick zu. „Aber Briggs hat oberste Priorität. Angenommen wir finden ihn hier, würden Sie ihn nach Hause fahren? Ich werde zu Fuß zurückkehren, nachdem ich Sir Gilbert gesprochen habe.“

„Dann parke ich am Gartentor“, sagte Nell. „Dort –“

Sie verstummte vor Schreck, als sie sah, dass der Weg entlang der Mauer um das Anwesen bereits als Parkplatz genutzt wurde. Sie konnte mindestens vier weitere Automobile sehen – und allesamt waren sie unverwechselbare Wagen, wie Nell mit Erschrecken feststellte.

„Das sind Polizeiwagen“, sagte Lord Ansley scharf, „und auch noch ein Leichenwagen. Was zum Teufel geht hier vor sich? Hier geht es um mehr als nur einen zerstörten Garten. Stellen Sie den Ford hier ab, Nell. Wir werden herausfinden, was los ist.“

Er war im Handumdrehen vom Beifahrersitz gesprungen und lief den Weg zurück, dass Nell ihm hinterhereilen musste, bis sie am Tor vom neuen Dorfpolizisten, dem einsatzfreudigen Constable Robin Gurney, aufgehalten wurden. Er war ein schlaksiger junger Mann, erst um die zwanzig Jahre alt und Nell wusste, wie ernst er seine Arbeit nahm. Jetzt sah er jedoch schlichtweg verängstigt aus.

„Niemand darf hinein, Ihre Lordschaft“, setzte er nervös an.

„Ich bin niemand“, antwortete Lord Ansley grimmig. „Was ist hier passiert, Constable?“

„Es wurde eine Leiche gefunden, Ihre Lordschaft.“

Nell blieb der Atem weg. Nicht Mr Briggs. Oh, bitte nicht Mr Briggs.

„Wessen Leiche?“, verlange Lord Ansley.

„Das darf ich nicht sagen, Ihre Lordschaft“, sagte er kläglich.

„Dann werden wir es herausfinden.“ Lord Ansley ging schnurstracks an ihm vorbei und bedeutete Nell, ihm zu folgen. Sie klammerte sich an ihre Tüte mit Teegebäck und fürchtete sich immer mehr vor dem, was sie sehen würden.

Als sie auf das Cottage zukamen, sahen sie eine Gruppe von etwa einem Duzend Menschen, darunter ein Polizist in Uniform, die an der Haustür stand. Sir Gilbert war nirgendwo zu sehen, doch Nell erkannte einige Gesichter vom Fest. Unheilvollerweise standen weitere Polizisten an der anderen Seite des Gartens am Schuppen. Lord Ansley steuerte direkt auf sie zu und Nell verstand, wieso. Zwei von ihnen waren eindeutig Polizisten in Zivil und einer sah aus wie Inspektor Farrell von der Polizeistation in Sevenoaks. Er war ein kleiner, korpulenter Mann, dessen Art so borstig war wie sein Bart. Nell erstarrte vor Angst. Dass er hier war, bedeutete, dass es kein gewöhnlicher Tod war. Bitte lass es nicht Mr Briggs sein. Aber wenn er es nicht war, warum war er dann verschwunden? Wurde er gerade verhört? Und wo waren Joe und Freddie Carter? Das Cottage war nicht mehr dunkel und verlassen wie noch am Vorabend.

Lord Ansley vergeudete keine Zeit und ging direkt auf den Inspektor zu, der ihn mit versteinerter Miene ansah. „Können Sie mir sagen, was hier vor sich geht, Inspektor? Ist mein Kammerdiener Briggs involviert? Und wo ist Sir Gilbert?"

„Nicht hier, mein Lord. Nicht unter diesen Umständen."

„Welchen Umständen?"

„Seine Frau, Sir. Lady Saddler. Sie wurde tot aufgefunden, Sir. Im Garten hinter diesem Tor." Er zeigte in die Gasse, wo das Tor zum hinteren Garten war.

Lady Saddler? Dieser Schreck war schlimm genug, doch wieso, fragte Nell sich, waren so viele Polizisten hier? Was hatte sie ausgerechnet in diesem Garten getan – inmitten all der zertrümmerten Vögel?

Lord Ansley sah genauso schockiert aus. „Tot? Hier?"

„Ja, Sir. Meine Männer tragen die Leiche gerade heraus."

Das Tor öffnete sich und zwei Polizisten trugen eine Krankentrage hinaus. Zu Nells Entsetzen verrutschte das Tuch leicht, sodass Lady Saddlers Leiche einen schrecklichen Moment lang nur zu gut zu erkennen war, bevor das Tuch wieder zurechtgezogen wurde. Ihre Augen hatte geradeaus gestarrt, am Hals waren furchtbare Würgemale und die Zunge ragte aus den blauen Lippen. Tot? Dies war schlimmer, dachte Nell. Es musste Mord gewesen sein und die schrecklichen Verwicklungen versetzten sie in einen Zustand des Schocks.

Lord Ansley schien genauso entgeistert und als er sich etwas erholt hatte, wendete er sich nüchtern an den Inspektor: „Dies ist eine schreckliche Angelegenheit. Ich vermute, Sie befürchten einen Mord und sollte dies der Fall sein, nehme ich an, Sie werden Scotland Yard hinzuziehen, da Sir Gilbert ein neu Zugezogener in Spitalfrith ist?“

„Das wird nicht nötig sein, Ihre Lordschaft. Wir haben unseren Mann.“ Der Inspektor sah verlegen aus und Nell hatte eine schreckliche Vorahnung. Nein. Das konnte nicht sein. Es mussten Freddie oder Joe sein. „Mr Charles Briggs, Ihre Lordschaft“, sprach der Inspektor weiter. „Ihr Kammerdiener.“

Es war also die schlimmste Option. Wie konnte das passiert sein? Da erinnerte Nell sich an den zerstörten Garten und die Vögel, die nicht mehr singen würden. War es möglich, dass – nein, selbst wenn das Gemetzel Lady Saddlers Werk war, wäre sie nicht hierher zurückgekehrt, erst recht nicht nachts. Oder war die Leiche die ganze Zeit schon da gewesen, als Nell versucht hatte, Mr Briggs zum Gehen zu überreden?

„Sie haben ihn verhaftet?“ Die Wut stand Lord Ansley ins Gesicht geschrieben. „Sie sind nicht auf die Idee gekommen, mich vorher anzurufen?“

„Es war keine Zeit, Ihre Lordschaft. Wir haben mit dem Polizeipräsidenten Rücksprache gehalten. Briggs ist schuldig. Er hat es selbst gesagt. Er ist im Cottage mit meinem Sergeant.“

Nell war erschüttert. Mr Briggs hatte gestanden? Es wurde immer schlimmer.

„Sie werden mich sofort zu ihm bringen, Inspektor. Mr Briggs ist kriegsgeschädigt und braucht sofort einen

Verteidiger." Lord Ansley wandte sich an Nell. „Miss Drury, Sie müssen einige Telefonate führen."

Nell wusste, dass Lord Ansley nur einen Anruf im Sinn hatte. Sie musste Chefinspektor Alex Melbray anrufen.

Als sie ihren Ford erreichte, holte Nell kurz Luft, bevor sie nach Wychbourne zurückfuhr, noch immer wie betäubt vom Schock. Dann tadelte sie sich. Erst vor zwei Tagen war der Garten noch ein verzauberter Ort gewesen und nun lag er völlig verwahrlost in Trümmern und Lady Saddler war dort tot aufgefunden worden. Ihre Priorität war nun der verzweifelte Versuch, Mr Briggs zu helfen. An einem Sonntag würde Alex Melbray vielleicht im Dienst sein, also würde sie es auf seiner privaten Telefonleitung probieren.

Sie musste es jedoch vorsichtig angehen. Alex würde auf einen leidenschaftlichen Appell nicht positiv reagieren. Nicht, wenn er von Lord Ansley kam und erst recht nicht von ihr. Also besser kein leidenschaftlicher Appell. Eine Begründung war besser. Da Scotland Yard formell von der Polizei von Kent – nicht von Nell Drury - gebeten werden musste, sich einzuschalten, würde Alex' erste Frage lauten: Welche Beweise hast du, dass die Verhaftung von Mr Briggs ein Irrtum ist? Die Antwort: Sie hatte keine. Woher auch?

Denk logisch, sagte sie sich. Zunächst einmal stellte sich die Frage, was Lady Saddler nachts oder am frühen Morgen in einem Garten getan hatte, in dem einst Vögel gesungen hatten. Die Antwort – angenommen es gab keine Absprache mit den Carters oder Mr Briggs: Es gab keinen offensichtlichen Grund. Zweitens – konnte

Mr Briggs ein Motiv haben, sie umbringen zu wollen? Wohl nur, wenn er glaubte, dass sie Freddies Vogelgarten zerstört hatte, aber wieso sollte sie das getan haben? Lady Saddler hatte gewiss wie eine niederträchtig Frau ausgesehen, aber wieso sollte sie ausgerechnet den Garten zerstört haben?

Drittens – und das war vielleicht der beste Weg, um Alex zu überzeugen, dass er hier gebraucht wurde, war das Motiv. Freddie oder sein Vater würden am stärksten verärgert sein, dass der Garten ruiniert wurde – ja, die Carters, nicht aber Mr Briggs, so gern er auch Freddie mit den Singvogelautomaten geholfen hatte. Wo waren Freddie und sein Vater am gestrigen Abend gewesen und waren sie schon zurückgekehrt? Es waren eindeutig Menschen im Cottage, aber wer?

Nell wägte die Vor- und Nachteile ab, als sie zögerlich wegfuhr. Das Tor von Spitalfrith Manor wurde nicht bewacht. Musste sie nicht mehr wissen, um Alex anrufen zu können? Ja, durchaus. Und ein paar Minuten würden keinen Unterschied machen.

Sie sah, dass einige der Automobile schon abgefahren waren und eilte zurück zum Cottage. Das Grüppchen hatte sich aufgelöst und die Polizisten waren entweder fort oder im Cottage, sodass sie ungesehen in den Garten huschen konnte. Ärgerlicherweise wurde das Tor zum Garten nun von Constable Gurney bewacht. Nur weiter, sagte sie sich. Sie versicherte dem Wachmann, dass sie die Erlaubnis des Inspektors habe, und ging mutig weiter, hielt dann jedoch inne und fragte mit der autoritärsten Stimme, die sie zustande brachte: „Wo genau wurde die Leiche gefunden? Wissen Sie das? Seine Lordschaft hat mich gebeten, das zu prüfen."

Sie warf ihm den gleichen Blick zu, den sie benutzte, wenn sie versuchte, Mr Fairweather zu überzeugen, ihr welches von seinem Gemüse zu überlassen – mit anderen Worten, sie tat, als verneige sie sich vor seinem Wissen. Und tatsächlich funktionierte es.

„Hier drüben, Miss", zeigte Constable Gurney ihr stolz und deutete zum Säulengang. „Ich war als erster hier, müssen Sie wissen. Der Inspektor hat mich zum Tor geschickt, aber ich habe sie gefunden." In seiner Stimme schwang ein Hauch Genugtuung mit. „Sir Gilberts Tochter hat um halb acht angerufen. Hat gesagt, dass die Frau ihres Vaters verschwunden ist und ob ich Ausschau halten kann. Also bin ich auf die Suche gegangen, zuerst auf dem Anwesen, aber sie sagten, das haben sie schon getan. Also dachte ich, die Carters haben sie vielleicht gesehen, denn sie stehen immer früh auf. Aber keiner hat die Tür geöffnet, aber das Tor stand offen und da lag sie. Tot und ganz zusammengekrümmt. Und dieser Kerl, Briggs, stand bei ihr."

Er blickte sich um, falls seine Vorgesetzten in der Nähe standen, dann führte er sie den Weg entlang auf dem Laub, wo verblühte Blumen und zerschlagene Schnitzereien verstreut lagen, bis sie die Mitte des Säulengangs erreichten. Vier Pfade trafen hier aufeinander und eine Eros-Statue zeigte mit dem Pfeil auf die Stelle, an der die Leiche gelegen haben musste.

Nell konnte sich genau vorstellen, wie der Leichnam dort gelegen hatte, aber er war definitiv nicht gestern Abend dort gewesen. Als sie in den Garten kam, um Mr Briggs zum Gehen zu überreden, hätte sie ihn gesehen.

„Wurde sie mit einem Schal, einem Strick oder mit den Händen erdrosselt?“, brachte sie mit Mühe über die Lippen und versuchte, die Vorstellung zu vertreiben.

„Mit einem Seil. Der Doktor vermutet, dass es zwischen gestern elf Uhr und heute Morgen um vier passiert ist, aber das wird er später bestätigen können“, sagte Constable Gurney mit wichtigtuerischer Miene. „Ich musste zum Herrenhaus gehen, um Sevenoaks anzurufen und als ich zurückkam, um hier zu warten, haben die Carters mit diesem Briggs geredet. ‚He, was soll das werden?‘, habe ich gefragt. ‚Geht ins Haus und wartet, und ich bleibe bei der Leiche.‘ Sie hatte den Strick noch um den Hals, Miss.“ Er zeigte zur Mauer am Ende des Gartens. „Da ist er rüber, vermuten sie“, fügte er hinzu. „Ein starker Mann, dieser Briggs.“

„Noch ist er nicht schuldig gesprochen“, sagte Nell nachdrücklich.

„Er hat gesagt, er war es.“ Constable Gurney war empört. „Ich habe es gehört.“

„Was hat er genau gesagt?“, verlangte Nell. Das bestätigte zu ihrem Entsetzen, was der Inspektor gesagt hatte. Trotzdem konnte sie es nicht glauben. Da musste ein Irrtum vorliegen.

„Was ich Ihnen gerade gesagt habe. Er war es.“

So unglaublich es auch war, merkte Nell, dass sie hier nicht weiterkommen würde. *Geh die Situation Zutat für Zutat durch.*

„Hat Mr Briggs gesagt, was sie getan hat, um dies zu verdienen?“

„Sie muss natürlich den Ort zertrümmert haben.“ Er wedelte mit dem Arm herum und deutete auf all die Trümmer. „Darum hat dieser Briggs sie umgebracht.“

„Und das hat er Ihnen erzählt?“

„Nicht mit so vielen Worten, aber es ergibt Sinn, oder?“

Noch einmal von Anfang, dachte Nell grimmig, als sie zu ihrem Wagen zurückging. Wieso sollte Mr Briggs sich so über Freddies zerstörten Garten aufgeregt haben und warum zur garstigen Gartennelke sollte er annehmen, dass Lady Saddler dafür verantwortlich war, außer wenn er sie dabei gesehen hatte? Die ganze Geschichte hatte größere Lücken als ein Apfelkuchen ohne die Blätterteigdecke. Sie hatte selbst gesehen, wie aufgebracht Mr Briggs wegen des zerstörten Gartens gewesen war, aber da lag noch keine Leiche unter der Statue. Lord Richard hatte ihn nach Wychbourne zurückgebracht. Warum war er zurückgekehrt und wann?

Sie ging es gedanklich noch einmal durch. War Lady Saddler zurückgekehrt, nachdem sie den Garten zuvor zerstört hatte? Wieso sollte sie das tun? Das war, wie Nell erleichtert aufging, der Beweis, den sie benötigte. In der Tat war Lady Saddler der Beweis. Aus irgendeinem Grund war Mr Briggs später in den Garten zurückgekehrt und aus irgendeinem Grund hatte Lady Saddler dasselbe getan. Sie hatten doch wohl keine Absprache getroffen, sich dort zu treffen? Sich zufällig dort zu treffen, war allerdings kaum realistisch.

Es gab nur eine mögliche Erklärung: Was, wenn Lady Saddler nicht im Garten erdrosselt worden war, sondern der Mörder Mr Briggs oder Freddie die Schuld in die Schuhe schieben wollte?

Nun ein wenig hoffnungsvoller, überlegte sie weiter. Der Mörder musste Lady Saddler hergelockt haben oder sie woanders umgebracht haben. Das Gartentor war wahrscheinlich nicht verschlossen gewesen, aber wenn doch – hätte der Mörder die Leiche über die Gartenmauer schaffen können? Nein, das hätte Spuren hinterlassen. Hatten Joe Carter oder sein Sohn versucht, sie umzubringen in all dem Gemetzel, das sie veranstaltet hatte, und waren dann fortgegangen, um ein Alibi zu haben und am nächsten Morgen früh zurück zu kommen? Nein, das schien ihr zu kalkuliert und außerdem – warum um alles auf der Welt sollte Lady Saddler auf den Rat ihres Gärtners hören, wenn sie nachts oder bei Tagesanbruch in seinen Garten kam? Es ergab einfach keinen Sinn.

Zurück zum Anfang: Wenn der Mörder sie an einem anderen Ort auf dem Anwesen umgebracht hatte und entschied, die Leiche aus irgendeinem Grund hier zu platzieren, wie hatte er sie hergebracht? Körper sind schließlich schwer. Mit einem Karren? Und wieso hier, wenn sie genauso sicher anderen Orts auf dem Anwesen gefunden worden wäre? Nell kam nicht weiter. Sie hatte eine Art Beweis – auch wenn es eher eine Liste von Alternativen war. Möglichkeiten, die jedoch alle weit davon entfernt waren, dass Mr Briggs tatsächlich ein Mörder war.

Was genau tat man, fragte Petra sich, wenn man selbst unter Schock stand, aber man verpflichtet war, das Kommando zu übernehmen, besonders wenn die Person, die am meisten litt, ihr Vater war? Mrs Hayward war überraschend hilfsbereit gewesen und hatte ein altes Rezept für eine Tasse Milch mit Rum herausgeholt und dann den nächsten Arzt gerufen. Das

Getränk hatte ihrem Vater geholfen, sich etwas zu beruhigen und nun ruhte er auf seinem Zimmer, wobei Petra bezweifelte, dass er schlief. Sie selbst hatte noch nicht verarbeitet, dass die Schlange umgebracht worden war und sie sagte sich, sie musste sich auf ihren Vater konzentrieren.

Was die Gäste anbelangte, war es Petra ganz gleich, was sie taten, solange sie Vater nicht verärgerten. Zwei von ihnen waren zum Gottesdienst gegangen und die anderen versuchten, sich zu beschäftigen, indem sie ihre Werke aus den Zelten holten und verpackten. Einige von ihnen wollten aus Rücksicht so schnell wie möglich abreisen und die anderen wollten Gilbert zuliebe unbedingt bleiben. Es war ganz egal, denn der Inspektor hatte sie gebeten, alle Gäste hier zu behalten, aber wie war die Etikette, Gäste zu bewirten, wenn die Gastgeberin umgebracht worden war?

Die Lösung lag ganz nah. Lord Richard stand im Tageswohnzimmer und wollte helfen. Er sah fast wie ein völlig Fremder aus, statt des üblichen Sportsakkos und der Flanellhose war er fein angezogen. Ob er so in die Kirche ging oder es seine Trauerkleidung war, wusste sie nicht, aber er hätte auch eine dieser weiten Hosen, die die Studenten in Oxford trugen, anhaben können und es hätte sie nicht gestört. Sie war nur froh, ihn zu sehen.

„Um Himmels willen, Petra", sagte er, als sie mit ihrem Dilemma herausplatzte. „Das lässt sich einfach regeln. Du kannst nicht all die Clerries hier unterbringen. Schick sie alle nach Wychbourne Court."

Er hatte ihre Hände in seine genommen und sein Angebot schien ihr wie ein Geschenk des Himmels, doch sie riss sich zusammen. „Das kann ich doch nicht tun“, sagte sie entsetzt. „Das ist ein prima Vorschlag, doch ich müsste deine Eltern um Erlaubnis fragen.“

„Sorg dich nicht darum. Ich werde mit ihnen sprechen. Wie geht es Sir Gilbert?“

„Er ist in schlechter Verfassung“, sagte sie schlicht. „Es wird ihm besser gehen, wenn der Schock vorüber ist. Bei Papa weiß man nie so recht. Er schien sie zu verehren, aber manchmal habe ich mich gefragt, wie tief es wirklich ging und ob es wie mit der clerrischen Kunst ist – etwas, das ihn fasziniert hat und er später merkte, dass es nicht zu ihm passt.“

„Beim Fest gestern habe ich es jedoch so verstanden, dass er die Meinung seiner Frau hinsichtlich der Ausstellung im nächsten Jahr teilte.“

„Nein, das war nur Madame Lisettes Idee, nicht seine. Du weißt, dass ich mich nicht mit ihr verstanden habe, frag mich also nicht, ob mich ihr Tod mitnimmt, denn das tut er nicht. Oder er wird es nicht, sobald der Schock vorüber ist.“

Er griff ihre Hände fester, ließ sie dann jedoch los und sah verlegen aus. Sein Blick sagte ‚Das ist nicht der richtige Ort dafür‘ und Petra wollte am liebsten lachen. Vielleicht lag auch das am Schock. Sie versuchte, es ihm zu erklären.

„Niemand außer meinem armen alten Pa mochte Madame Lisette wirklich, Richard. Ein Mord ist natürlich etwas Schreckliches, deshalb halten sich alle so bedeckt, was gruselig ist. Thora hat Dichtungen über das Leben und den Tod von sich gegeben, aber ihr Verlobter sagt keinen Ton. Wie ich herausfand – natürlich nicht von meinem Vater –, war Lisette Pierres Modell und seine Geliebte, was die Situation für ihn doppelt schwierig macht. Besonders weil Thora nun, gelinde gesagt, misstrauisch ist, was die Geliebte angeht, da Madame Lisette deutliche Anspielungen gemacht hat."

„Ein schlechter Auftritt", stimmte Richard ihr zu. „Wie haben die anderen Gäste reagiert?"

„Gert Radley war geradeheraus. Ich mag sie sehr", antwortete Petra. „Sie kam zu mir und sagte: ‚Wir wissen beide, was wir von Lisette hielten. Trotzdem wollten wir beide nicht, dass dies passiert.' Lance Merryman zwitscherte sein Beileid und ich glaube, er war erleichtert, dass sie nun nicht mehr unter uns ist. Vinny Finch verstand am besten, wie ich mich fühle. Sie müssen sich alle fragen, was nun aus der Ausstellung im nächsten Jahr wird. Vielleicht wird Vater sie nun doch durchführen, wenn er sich von diesem Albtraum erholt hat."

„Das hängt vielleicht davon ab, wie der Albtraum endet", sagte Richard.

Petra antwortete nicht, doch sie wusste genau, worauf er anspielte: Wenn dieser Mann, Briggs, sich als unschuldig entpuppte, war der wahre Mörder noch hier unter den Clerries auf Spitalfrith.

Es dauerte immer endlos lange, bis ein Ferngespräch durchgestellt wurde, schäumte Nell vor Wut, und noch länger, wenn es ein so einschüchterndes Ferngespräch war, wie Alex Melbray anzurufen. Endlich hörte sie den Telefonisten wieder, der Scotland Yard in der Leitung hatte, nur um wenige Augenblicke später zu erfahren, dass Chefinspektor Melbray heute nicht im Dienst war. Beim Anruf auf Alex' privater Telefonnummer dauerte es noch länger, bis sie seine Stimme hörte. Sie stellte sich vor, wie er in seiner Wohnung in London saß und in den kleinen Garten hinausblickte, den er so liebte.

„Nell?" Alex klang erfreut, von ihr zu hören, aber ob das noch sein würde, wenn er vom Grund ihres Anrufs erfuhr, war eine ganz andere Sache. „Picknick?", fragte er hoffnungsvoll. „Oder eine Leiche?", witzelte er dann.

Nell wappnete sich. „Letzteres."

Stille. „Erzähl", sagte er schließlich in einem distanzierten Tonfall. Er hörte ihr, ohne sie zu unterbrechen, zu und als sie fertig war, antwortete er genau, wie sie vermutet hatte. „Du weißt, dass ich mich nicht einmischen kann, wenn die Polizei von Sevenoaks nicht darum bittet, selbst wenn es mein Bereich ist." Alex war Scotland Yards Detective Chief Inspektor für diesen Teil von Kent.

Nell spielte ihre letzte Karte. „Es gibt Ermittlungsansätze, die die Ortspolizei nicht untersucht und ich habe Beweise." Ausgesprochen klang ihr ‚Beweis' immer fadenscheiniger.

Wieder herrschte Stille. „Vielleicht braucht die Polizei von Sevenoaks nichts Weiteres, da sie das Geständnis von Mr Briggs haben. Aber erzähl mir von diesem Beweis", sagte er. Froh, dass sie sich vorsorglich etwas zurechtgelegt hatte, fing sie an zu erzählen.

„Ich habe Mr Briggs dort im Garten gegen halb zehn am Abend gesehen. Der Garten war zerstört worden und dort, wo die Leiche am nächsten Morgen gegen acht Uhr gefunden wurde, lag niemand. Als Mr Briggs von Wychbourne nach Spitalfrith zurückgegangen ist, egal wann das war, könnte er bloß gehofft haben, dass Freddie und Joe Carter zurückgekehrt waren. Am

Morgen war sein Bett noch gemacht, er könnte also die ganze Nacht wach gesessen und sich um die Carters gesorgt haben, die nach Hause kommen und den zerstörten Garten vorfinden würden. Wahrscheinlich ist er früh am Morgen zurückgegangen, um sie zu warnen."

Ja, so musste es gewesen sein. „Wieso sollte Lady Saddler schon nachts oder früh morgens den Gärtner oder Mr Briggs treffen – oder jemanden anders? Das ergibt keinen Sinn."

„Was, wenn Briggs sie woanders getroffen, sie umgebracht und sie dann aus Rache in den Garten gebracht hat, den sie zerstört hat. Wenn sie das getan hat."

Nell war schachmatt gesetzt. Dann sammelte sie sich. „Lord Richard hat Mr Briggs nach Hause gebracht, als Lady Saddler noch lebte – oder zumindest nicht im Garten war. Das Fest war gerade zu Ende, aber es waren noch einige Leute da. Warum sollte Mr Briggs früher zurückgehen, als er die Carters dort erwarten konnte? Er kann keine Absprache mit Lady Saddler getroffen haben."

Stille. „Ich spreche mit Scotland Yard und mit der Polizei von Sevenoaks, mit dem Polizeipräsidenten auch", sagte er dann. „Möglicherweise könnte ich darauf hinweisen, dass so angesehene Gäste anwesend sind, darunter Fremde, sodass sie Vorsicht walten lassen sollten."

Das heiterte Nell sogleich auf. „So klingt das doch nach einer wunderbaren Soße zum Sonntagsbraten."

„Leider besteht der Braten bloß aus Fett und kaum magerem Fleisch", erwiderte er. „Und, Nell", fügte er hinzu, als sie sich erleichtert ein wenig entspannte, „pass auf, dass keiner der Gäste auf Spitalfrith

verschwindet, bevor ich morgen eintreffe. Falls ich eintreffe. Falls Sevenoaks zustimmt."

Kapitel 5

Schlechte Neuigkeiten verbreiteten sich schneller als verschüttete Milch. Trotzdem war Nell überrascht, wie schnell die Nachricht vom Mord und der Verhaftung Wychbourne Court erreicht hatten. In der Küche herrschte schon Bestürzung und Wut, als sie von ihrem Telefonat mit Alex zurückkehrte.

„Was wird nur aus Mr Briggs?", rief Kitty und ließ ihren Schneebesen fallen, sodass die Sahnespritzer Tisch, Boden und ihre gerade noch saubere Schürze zierten.

„Er kann es nicht getan haben", stimmte Mrs Squires ein und eilte herbei, um die Sahne aufzuwischen. „Er würde keiner Fliege was zuleide tun."

„Warum sollte er eine Ladyschaft umbringen?", fragte der Lampenjunge Jimmy, der in der Tür stand.

„Dieser Robin Gurney hatte es auf ihn abgesehen, seitdem Mr Briggs ihn im letzten Monat mit dem Fahrrad angefahren hat", warf das Spülmädchen Muriel ein.

„Ich wette, Seiner Lordschaft wird das gar nicht gefallen", sagte Robert amüsiert. „Nun wird er seine Hemden selbst bügeln müssen."

Dies und noch mehr wurde Nell entgegengeschleudert und gerade lief noch ein weiteres Spülmädchen herbei, um die neuesten Nachrichten zu hören.

Höchste Zeit, die Truppe wieder an die Arbeit zu schicken. „Genug Gerede, kommen wir zur Sache", rief Nell in das Stimmengewirr. „Nur zu schreien, wenn die Kartoffeln überkochen, bringt doch nichts. Wir müssen etwas unternehmen, um ihm zu helfen."

„Und was?", brach Kitty die Stille.

„Zunächst einmal“, sagte Nell und ihre Gedanken rasten, „können wir kein Omelette machen, wenn wir vorher nicht die Pfanne erhitzen. Übersetzt bedeutet das, dass jeder von uns, der gestern beim Fest war, festhalten muss, wo er war, wen er gesehen hat und vor allem, ob Mr Briggs unter diesen Personen war. Einverstanden?“

Sie blickte in unsichere Gesichter und sah sie zögerlich nicken. Einige der Jüngeren – und einige nicht so junge – konnten kaum lesen und schreiben. Nell wusste, dass sie viel von ihnen verlangte, doch es war unerlässlich.

„Lady Saddler wurde ermordet“, sprach sie entschieden weiter. „Entweder wurde sie gestern am späten Abend oder heute in der Früh umgebracht. Wenn ihr sie gestern dort gesehen habt und wenn sie mit jemandem gesprochen hat, wäre das für die Polizei sehr nützlich zu wissen.“

„Ich habe sie ohne ihre Kleidung tanzen sehen“, meldete Michel sich zu Wort. Nell warf ihm einen bösen Blick zu. „Ich vermute, das haben wir alle während einer dieser Vorstellungen, die später zu ihrem Mord führten.“

„Mord“, flüsterte Kitty. „Die arme Frau. Sie ist gerade erst aus dem fernen Frankreich hergezogen und nun ist sie tot. Es ist schrecklich, nicht wahr?“

„Das ist es, aber wir wissen alle, dass Mr Briggs nicht dafür verantwortlich ist“, antwortete Nell. „Lord Richard hat ihn gestern gegen zehn Uhr zurückgefahren, aber aus irgendeinem Grund ist er nach Spitalfrith zurückgegangen – entweder in der Nacht oder früh morgens. Hat jemand von euch ihn gesehen oder gehört?"

Leise murmelnd sahen sie einander an. „Nein, Miss Drury", sagte Kitty. „Wir haben darüber geredet, aber niemand hat ihn gesehen."

„War jemand von euch in der Nähe des Cottages der Carters oder hat Freddie und Joe Carter gesehen, als ihr beim Fest wart? Das Cottage liegt an der hinteren Grundstücksmauer und hat einen eigenen Garten drum herum." Wieder Kopfschütteln. „Die Polizei", sprach Nell hartnäckig weiter, „könnte möglicherweise jeden von euch um Informationen bitten. Je schneller ihr sie aufschreibt, desto genauer werden sie wahrscheinlich sein."

„Warum das?", murmelte Michel.

„Weil ihr euch miteinander unterhaltet", erklärte Nell ihm, „und dann werden eure eigenen Erinnerungen immer ungenauer." Sie blickte noch immer in verständnislose Gesichter. Sie versuchte es anders. „Stellt euch vor, ihr häuft alle Zutaten für jedes Tagesmenü auf einen Berg und dann müsst ihr alles heraussuchen, das ihr braucht. Höchstwahrscheinlich ist dann alles voller Mehl. Erinnerst du dich an das Maronendessert, als du vergessen hast, die Makronen in Rum einzulegen, Michel?", fragte sie vielsagend.

Ganz offensichtlich erinnerte er sich, denn Michel sagte nichts mehr. Trotzdem hatte sie das allgemeine Widerstreben bemerkt und Nell sah sich in der Küche um und hoffte auf einen Einfall. Und ihr kam einer, als sie die Staffelei sah, auf der sonst die Menüs und Arbeitspläne standen. „Ich stelle die Staffelei auf und trage eure Namen, Uhrzeiten und Spalten ein, sodass ihr nur ankreuzen müsst, ob ihr Mr Briggs oder Lady Saddler oder jemand anderes auf Spitalfrith gesehen habt. Wenn ihr etwas angekreuzt habt, kann die Polizei sich entscheiden, ob sie mit euch sprechen möchte."

Nun nickten mehr Menschen zustimmend, was zumindest ein Anfang war, dachte Nell. „Und nun", sagte sie laut an, „wird das Mittagessen zubereitet."

Doch statt ihren Worten Taten folgen zu lassen und das Mittagessen zu organisieren, konnte sie nicht umher, sich Sorgen zu machen, wann sie von Lord Ansley hören würde. Er würde doch das Haustelefon nutzen und sie informieren, oder? Es war fast Mittag und Zeit für das Essen der Bediensteten, doch Nell saß wie auf glühenden Kohlen und konnte nicht stillsitzen. Als der Anruf endlich kam, hatte sie sich gerade für ein schnelles Sandwich in Pug's Parlour niedergelassen. Sie schob es von sich und eilte durch den großen Saal zum Geschäftszimmer im Erdgeschoss. Ihre Angst wuchs mit jedem Schritt und die Tatsache, dass er an einem Sonntag in sein Geschäftszimmer zurückgekehrt war anstatt in sein privates Arbeitszimmer, war kein gutes Zeichen.

Der Blick in Lord Anselys Gesicht verriet alles. Er schritt aufgebracht im Zimmer auf und ab.

„Ich konnte nichts tun, Nell, außer meine Einwände deutlich zum Ausdruck zu bringen, dass sie den armen Briggs nach Sevenoaks wegbringen. Ich werde sofort dorthin fahren. Haben Sie Melbray angerufen?"

„Ja, Lord Ansley. Er telefoniert mit Inspektor Farrell und dem Polizeipräsidenten, auch wenn er nicht sicher ist, ob sie zustimmen werden, dass Scotland Yard den Fall übernimmt."

„Aber er wird es versuchen?"

„Ja, er sagte, er würde vielleicht die Karte spielen, dass Sevenoaks nicht die Verantwortung in einem Fall übernehmen möchte, in dem eine ausländische Tote sowie berühmte Namen involviert sind."

„Das ist sehr diplomatisch von ihm. Es hängt davon ab, was Sevenoaks für Beweise hat."

„Haben sie denn welche – außer diesem sogenannten Geständnis?", fragte Nell unsicher.

„Sie haben mir erklärt, dass sie Briggs gefragt haben, was geschehen ist und seine Antwort war ‚Ich war es'."

Genau wie Constable Gurney gesagt hatte, jedoch konnte Nell es noch immer nicht glauben. „War Mr Briggs anwesend, als Ihr mit der Polizei gesprochen habt?"

„Leider ja. Er hat es nicht abgestritten, dass er es gesagt hat. Er starrte mich nur an, als ob ich sein befehlshabender Offizier sei und das Kommando übernehmen würde", sagte Lord Ansley verbittert. „Wenn ich das nur tun könnte. Im Moment können wir nicht mehr tun, als auf Melbray zu warten und vielleicht noch meine Anwälte informieren."

„Inspektor Melbray hat auch bestätigt, dass alle Gäste auf Spitalfrith bleiben sollten", sagte Nell.

„Nun", setzte Lord Ansley an, „es scheint, so wie Richard es mir erzählte, werden wir die Gäste hier beherbergen. Jedenfalls ließ die Polizei von Sevenoaks sich nicht umstimmen, die Gäste gehen zu lassen, da sie noch weitere Aussagen brauchen könnten. Zuerst muss ich jedoch meiner Frau eröffnen, dass wir fünf Artistes de Cler für einige Tage hierhaben werden."

„Vielleicht langt es ihnen Knochen zum Essen vorsetzen, schließlich glauben sie daran, Dinge in ihrer Kunst bis auf ihr Skelett zu reduzieren", schaffte Nell es zu scherzen.

Ein kurzes Lächeln huschte über Lord Ansleys Gesicht. „Lady Saddler war mir nicht sonderlich sympathisch und ich vermute, dass ich nicht der Einzige bin, egal ob sie nun eine Kriegsheldin war oder nicht. Trotzdem ist dieser Horror für sich schlimm genug, auch ohne den Umstand, dass Briggs darin verwickelt ist." Er zögerte. „Sie glauben doch nicht – "

„Nein", antwortete Nell rasch. „Ich glaube nicht, dass Mr Briggs sie umgebracht haben könnte, selbst wenn sie diejenige war, die den Garten seines Freundes zerstört hat."

Bevor Lord Ansley antworten konnte, wurden sie von einem Klopfen an der Tür unterbrochen. Lady Clarice trat herein und brannte offensichtlich darauf, etwas zu erzählen. Nell hielt den Atem an. Nicht wieder Jasper, flehte sie still.

„Gerald, ich muss dich bitten –" Dann erblickte sie Nell. „Miss Drury, ich bin froh, Sie zu sehen. Sie können es beweisen, schließlich waren Sie dort, was bedeutet, dass ich es der Polizei sagen sollte, nicht wahr, Gerald?"

Lord Ansley sah erschrocken aus, was kaum überraschend war. „Die Polizei? Beweise bezüglich Lady Saddler, Clarice?"

„Miss Drury kann es bestätigen, Gerald. Ich habe gestern Abend Jasper getroffen", antwortete sie zu Lord Ansleys deutlich sichtbarer Erleichterung – und auch Nells. „Ich ging den Weg zum Garten entlang, wo dieser schreckliche Mord passiert ist", sprach Lady Clarice weiter. „Der Garten muss voller singender Vogelfiguren sein, von denen Miss Saddler mir erzählt hat. Wie schade, dass sie alle zerstört wurden. Ich habe Lady Saddler am Nachmittag auf dem Weg dorthin gesehen, als ich in den Wald ging, um das Tal zu suchen, wo Jasper und ich so glücklich waren. Sie war am Morgen äußerst unfreundlich gewesen, als Miss Saddler mich durch das Haus geführt hat und als ich Lady Saddler am Nachmittag sah, wollte ich ihr erklären, was für ein wunderbarer Mensch Jasper gewesen ist. Aber sie war schon am Gartentor des Gärtners angekommen und so habe ich die Chance verpasst. Als es dann dunkel wurde, ging ich los, um Jasper zu treffen und ich habe ihn gesehen, nicht wahr, Nell?"

„Das haben Sie mir erzählt", sagte Nell sanft. „Und ich habe sie auf dem Weg getroffen, aber da war es schon kurz vor halb zehn und Lady Saddler lebte noch."

Lord Ansleys Geduld wurde eindeutig auf die Probe gestellt. „Jasper ist ein Geist, oder, Clarice?"

„Aber natürlich ist er das, Gerald", erwiderte Lady Clarice verärgert. „Das weiß ich doch. Aber gestern Abend war er lebendig. Er kam von der anderen Seite des Cottages und war auf dem Weg zu unserem Tal. Er sprach durch die Büsche zu mir und ich habe ihn sofort gespürt. Er kam aus der Dunkelheit und ich bin sicher, dass er seine Hand ausgestreckt hat, aber etwas muss ihn erschreckt haben, denn er verschwand plötzlich. Aber er war da. Wirklich. Er hat meinen Namen geflüstert. Und dann sah ich Sie auf mich zukommen, Nell. Haben Sie ihn auch gesehen?"

„Nein, aber es war ein merkwürdiger Abend", sagte sie diplomatisch. „Und er muss für Euch dort gewesen sein, nicht mich, Lady Clarice."

Lady Clarice wandte sich ihr zu. „O ja, es war merkwürdig. Sollte ich es also der Polizei erzählen? Jasper könnte den Mord mitbekommen haben und wir könnten eine Séance abhalten. Vielleicht hat er Lady Saddler gesehen?"

„Er kann es nicht gesehen haben, außer sie kamen beide später am Abend wieder." Nell warf Lord Ansley einen Blick zu. Er nickte, was bedeutete, dass sie den richtigen Weg gewählt hatte. Hoffentlich würde niemand je wieder eine Séance erwähnen. „Ich war gegen halb zehn am Cottage der Carters", sprach sie weiter, „und habe den Garten zerstört vorgefunden. Aber Lady Saddler war nicht dort. Der Mord geschah erst viel später, frühestens um elf Uhr." Das hatte der Polizeiarzt laut Constable Gurney gesagt und würde sicherlich Jaspers Unschuld beweisen, sollte die Polizei glauben, dass Jasper kein Geist, sondern ein irdischer Zeuge war.

Lady Clarice sah erleichtert aus. „Jasper würde ihr niemals Leid antun. Das weiß ich. Heißt das, dass es keinen Grund gibt, dass ich der Polizei von ihm berichte?"

„Vielleicht könntet Ihr, Lord Ansley, einfach erwähnen, dass Lady Clarice Lady Saddler am Nachmittag gesehen hat und wo das war", sagte Nell und hoffte, dass er mitspielen würde. Ihr erschien das ein wichtiger Hinweis. Wieso sollte Lady Saddler das Cottage der Carters am Nachmittag besuchen? Wenn sie für die Zerstörung verantwortlich war, konnte das doch nicht schon am frühen Nachmittag passiert sein. Hätte das nicht

Konsequenzen gehabt, bevor der zerstörte Garten am Abend entdeckt wurde?

Lady Clarices Geschichte warf noch mehr Fragen auf.

„Eine hervorragende Idee, Miss Drury", sagte Lord Ansley ernst. „Ich werde das übernehmen und in deinem Namen mit der Polizei sprechen, Clarice."

Nell war sich sicher, dass sie sich beide dieselbe Frage stellten. Wen hatte Clarice letzte Nacht wirklich gesehen?

Nachdem sie Lady Clarice beruhigt hatten und das Mittagessen vorüber war, widmete Nell sich der Staffelei und bereitete eine große Pappe mit Namen und Spalten vor. Sie war sich vollkommen bewusst, dass Alex ihre Initiative nicht begrüßen würde, aber trotzdem hatte sie das Gefühl, eine Lanze für Mr Briggs zu brechen.

Es musste doch etwas geben, das sie tun konnte. Wie schlecht musste es dem armen Freddie Carter und Joe gehen, da Freddies Garten zerstört und jemand vor ihrer Haustür umgebracht worden war? Petra Saddler war die einzige Person auf Spitalfrith, die an ihre missliche Lage denken würde, überlegte Nell. Sicherlich hat sie aber alle Hände voll zu tun, sich um ihren Vater zu kümmern und zu alles zu organisieren, damit die Gäste von Spitalfrith nach Wychbourne Court umziehen können.

Sie würde die Carters selbst besuchen und ihnen ein Abendessen bringen, entschied Nell. Schon wahr, es ließ sie wie eine Karikatur einer viktorianischen Dame erscheinen, die Almosen an die Armen austeilt, aber scherte sie sich einen feuchten Kehricht darum? Nein.

Sie schämte sich jedoch für den Gedanken, dass es interessant wäre, herauszufinden, wo die Carters am Vorabend gewesen waren und wieso. Sie schob die Gewissensbisse jedoch beiseite. Ganz gleich wie wohltätig ihre Absichten sein mochten, würde Alex nicht erfreut sein, wenn er von dem Besuch erfuhr.

Sie hielt den Essenskorb fest in den Armen und machte sich auf das Aufeinandertreffen gefasst, als sie die Eingangspforte zum Cottage aufstieß und auf die Haustür zuging. Ein Teil von ihr rechnete damit, dass Constable Gurney ihr in den Weg sprang, doch von der Polizei war keine Spur zu sehen, vermutlich da sie der Ansicht waren, dass sie den Fall gelöst hatten. Sie hatte einen Blick auf die Säulen über die Gartenmauer erhascht, aber mehr nicht. Im Garten hinter dem Haus war kein Ton zu hören gewesen und die schreckliche Zerstörung musste noch unberührt dort liegen, schließlich war es nun ein Tatort.

Als sie an der Tür klopfte, bereute sie plötzlich, dass sie den Weg auf sich genommen hatte und kam sich albern vor, wie sie mit dem Korb voll verschiedener Fleischsorten, Obst und Brot hier herumstand. Vielleicht hatte Mrs Hayward ja bereits nach ihnen gesehen. Ihrem Klopfen folgte eine so lange Stille, dass sie gerade gehen wollte, als die Tür sich öffnete und Joe Carter mit geröteten Augen und einem verdrießlichen Gesichtsausdruck vor ihr stand.

„Ich wollte nach Ihnen und Freddie sehen, nach dem schrecklichen Morgen, den Sie gehabt haben müssen. Ich habe Ihnen etwas Verpflegung mitgebracht.“ Die Worte klangen abgedroschen und unzulänglich, aber zu ihrer Erleichterung nahm er sie scheinbar gut auf, denn er nickte und nahm ihr den Korb ab.

„Sie haben ihn mitgenommen. Haben Charlie Briggs mitgenommen", sagte er.

„Es ist völlig unmöglich, dass er an einem Mord schuld ist", sagte Nell beschwichtigend.

Einen angespannten Moment lang dachte sie, dass er ihr nicht zustimmen würde, doch dann grummelte er: „Er könnte niemals auf jemanden losgehen, der alte Charlie."

„Das muss Freddie schrecklich aufgebracht haben. Wie geht es ihm?"

Wieder grummelte er. „Kommen Sie mit und sehen Sie selbst. Dann sehen Sie, wie es ihm geht."

Nell folgte ihm in einen Raum, der eindeutig ihr Wohnzimmer war. Sie erkannte den blonden Freddie, den sie am Donnerstagabend kurz gesehen hatte und sah nun auch sein ganzes Gesicht, wobei ihr auffiel, dass sie ihn hin und wieder im Dorf gesehen hatte. Er saß auf dem Boden, wo er neben dem Fenster kauerte und weder sie noch seinen Vater wahrnahm. Er hielt eine hölzerne Amsel in der Hand und strich gelegentlich darüber.

„Ist das der einzige Vogel, der überlebt hat?", fragte sie vorsichtig. Keine Antwort

„Sprichst nicht viel, nicht wahr, Freddie?" Auch seinem Vater antwortete er nicht.

„Ich arbeite in der Küche auf Wychbourne Court und wir wollen alle helfen", sagte Nell. Schon beim Sprechen merkte sie, wie zwecklos die Worte waren. Sie hockte sich neben ihn und streckte die Hand aus, um den Vogel zu streicheln, wie er es tat. Zuerst dachte sie, er würde ihre Hand wegschieben, aber er tat es nicht. Er strich weiter über die Holzfigur.

Sie stand wieder auf und riskierte noch einen Versuch. „Wenn Charlie wieder bei uns ist, kann er helfen, deinen Garten wieder instand zu setzen."

Dieses Mal war sie zu weit gegangen. Freddie zuckte und wendete den Kopf ab. Sein Vater meldete sich zu Wort: „Belassen Sie es besser dabei, Miss. Wir waren gestern bei meiner Schwester drüben in Mill Lane und es ist alles ein ziemlicher Schock für ihn. Leichen und Polizei und all das."

„Das erklärt, wieso Ihr Cottage dunkel war, als ich gestern gegen halb zehn herkam. Das Fest muss sehr laut gewesen sein. Sind Sie deshalb fortgegangen?" War sie wieder zu weit gegangen? Vermutlich, denn Joe starrte sie an.

„Wir sind nach dem Abendessen gegangen", sagte er schließlich. „Gegen halb sieben oder sieben war das."

„Und da war der Garten noch nicht zerstört?"

„Vielleicht war er es, vielleicht nicht." Joe starrte sie zornig an.

Sie war zu weit gekommen, um jetzt aufzuhören. „Glauben Sie, Lady Saddler könnte den Garten zerstört haben?"

Seine Miene verzog sich und er knurrte: „Vielleicht war sie es."

„Hat Charlie Briggs Ihnen das erzählt?", fragte Nell rasch.

Wieder warf Joe ihr einen wütenden Blick zu. „Sie sollten besser gehen, Miss. Danke für das Futter."

Damit war sie entlassen. Irgendwie musste sie noch mehr von ihnen erfahren können, überlegte sie, aber sie wusste, dass sie hier heute keine weiteren Antworten bekommen würde. Als sie ging, konnte sie Freddies traurige Stimme hören, verstand aber nur einen Namen: ‚Marie-Hélène‘.

„Nun, meine Lieben, von einem Fest zu Mord zu einem majestätischen Landsitz. Dabei heißt es immer, auf dem Land passiere nichts.“ Lance Merryman sah sich unsicher in ihrer vorübergehenden Unterkunft auf Wychbourne Court um. Den Clerries wurde der Blaue Salon zugeteilt, damit sie unter sich sein und sich frei unterhalten konnten. Zu freundlich. Hier saßen sie nun alle, schick gekleidet für ein Abendessen, als würden sie in seinem Stück von Noel Coward mitspielen, dachte er. So gütig es auch vom Marquess und der Marchioness war, sie zu beherbergen, war es doch gleichzeitig behindernd. Es stimmte, dass sie die Schrecken des Tages hier untereinander bereden konnten, da nur die Clerries hier im Salon waren, doch das war in Lances Augen ein zweifelhafter Segen.

Die arme Lisette war brutal ermordet worden und so fürchterlich das war, fühlte man sich unwohl bei dem Gedanken, dass ihr aller Lebensunterhalt (außer vielleicht jener der lieben Thora) davon abhängig gewesen war, dass sie aus der Gleichung verschwand. Wenn Gilbert erstmal den Schock verarbeitet hatte und die Situation überdenken konnte, würde die Londoner Ausstellung möglicherweise doch stattfinden, aber noch wagte keiner von ihnen es, sich unverhohlen zu freuen, auch nicht untereinander. So viel Erleichterung sie auch verspüren mochten, war doch der Mord das bewegendste Thema des Tages. Die Zukunft mochte rosiger aussehen, aber die Gegenwart war es definitiv nicht. Polizisten würden zumindest nach Zeugenaussagen fragen und erst wenn dieser Verbrecher Briggs schuldig gesprochen war, würden sie sich wohler fühlen. Welchen Grund auch immer er gehabt hatte, die gute Lisette umzubringen, hatten doch alle hier in diesem zauberhaften Salon Versammelten genauso gute Gründe gehabt, sie aus dem Weg zu räumen. Lance fiel auf, wie erstaunlich dringend alle das Abendessen und nicht den Mord erörtern wollten. Ihm selbst erging es jedoch nicht anders.

„Ein Haus dieser Größe muss eine anständige Küche haben", sagte Gert in die Stille.

„Eine hervorragende Köchin, hat Miss Saddler mir versichert", antwortete Thora.

„Wunderbar – zumindest das ist eine Entschädigung", flötete Lance.

„Dafür, dass jemand ermordet wurde?", fragte Vinny ruhig. „Sie stand für uns alle Modell."

Lance schmollte. Wieso musste Vinny alles ruinieren? Er hatte eine Entschädigung, Wychbourne nicht für seine aktuelle Heimat Paris verlassen zu können, gemeint, wohingegen Vinny darauf versessen schien, die Unterhaltung unangenehm in Richtung seiner Ängste treiben zu wollen.

Als nächste musste Thora sich einbringen. Seit Lisettes Gefühlsausbruch hatte sie Pierre deutlich weniger Aufmerksamkeit entgegengebracht, war Lance aufgefallen und wenn er die Situation richtig einschätzte, war Pierre gut daran gelegen, sein Gurren und seine Liebkosungen zu verdoppeln, um den Schaden einzugrenzen.

„Sie stand hauptsächlich für dich Modell, Pierre“, warf Thora ihm vor. „Trauerst du um sie?“

Nun wurde es interessant! Wie grandios, ein so heikles Thema gerade jetzt öffentlich anzuschneiden!, lachte Lance in sich hinein. Wie würde Pierre darauf reagieren, wenn es so deutlich war, dass Thora an der Wahl ihres Verlobten anfing zu zweifeln?

„O ja, erzähl, Pierre! Wir suchen alle nach der Wahrheit“, sagte er feixend.

Pierre starrte ihn wütend an und – wie so oft – überraschte ihn dann. Anstelle seiner üblichen kriecherischen Unterwürfigkeit seiner Zukünftigen gegenüber, erhob er sich nach einer kurzen Pause und stand wie ein perfekter griechischer Held da. Lance war wie gelähmt. Pierres Haltung glich einem berühmten Gemälde von Sir Edwin Landseer: Er war der ‚Monarch of the Glen‘, er war der Hirsch.

„Mes amis, ma chère Thora“, setzte er an, „wir Artistes de Cler sind in der Tat nach der Wahrheit Suchende, nicht nur mit unseren Pinseln, sondern auch in der Inspiration, die sie antreibt. Nun haben wir den Schlüssel zu unserer Arbeit verloren, unser Modell Lisette. Ob ich um sie traure? Ja, denn ich traure um die Inspiration, die mein bestes Werk, ‚Eden‘ produzierte. Ich traure um die Inspiration meiner Meisterwerke ‚Freude‘ und ‚Der Tanz‘ und zwanzig weitere Leinwände, die ohne sie nicht existieren würden. Sie war unser Weg zur Wahrheit.“

Nur Gert wagte es, darauf zu antworten. „Ein Weg zur Wahrheit, schon möglich. Aber was Lisette zu einem so großartigen Modell machte – abgesehen von ihrem Aussehen und ihrer Figur –, war ihre Vielschichtigkeit.

Trug man eine Schicht ab, fand man die Wahrheit – oder war es wirklich so? Am nächsten Tag konnte es schon anders sein. Das war so interessant an ihr."

Im Hinblick des Schrecks der letzten Nacht war es wohl gut, dass Gert nicht ihr eigenes Gemälde ‚Eden' erwähnte, das Lisette zerstört hatte, nur weil sie sich nicht elegant genug porträtiert fand. In seinen Entwürfen hatte er Lisettes gewundene Eleganz effektvoll herausgearbeitet. Er, Lance Merryman, war schließlich ein Mitglied der Schneiderinnung Chambre Syndical de la Haute Couture. Die gestufte Spitze seines Meisterwerks mit dem diagonal verlaufenden Ausschnitt hatte das Beste aus Lisette herausgeholt und sein Favorit, ein blaues Strandkleid aus Leinen, in dem Lisette sich der Sonne entgegengereckt hatte, war in Cannes ein voller Erfolg. Er würde jedoch mühelos ein anderes Modell finden, wenn er nach London zurückzog – jetzt wo Lisette mit ihren Drohungen und Forderungen ihm nicht mehr im Weg stand.

„Lisette war vielschichtig", stimmte Vinny zu. „Eine Sängerin, die mutig ihr Leben riskierte, um den Briten Informationen zukommen zu lassen, uns allen eine Freundin in Paris, mit der wir nach der Arbeit im Atelier Cafés und Restaurants besuchten, die Frau, die Gilbert erst vor zwei Monaten geheiratet hat und die ihm so viel Glück gebracht hat, die Tänzerin, die uns gestern Afrika bescherte."

„Oui, Lisette war ein ganz besonderes Modell", sagte Pierre. „Aber bloß ein Modell, ma chère Thora", fügte er klugerweise hinzu.

Thora antwortete nicht darauf und Lance beschloss, dass er sich nicht länger zurückhalten konnte, in das

Schauspiel einzusteigen. „Wege zur Wahrheit scheinen für dich ein Labyrinth zu sein, Pierre. Als ich Lisette das erste Mal in Paris traf – du hattest schon die Artistes de Cler gegründet –, stand Lisette lediglich für ihre Liebhaber Modell.“

Die Andeutung entging weder Pierre noch Thora.

Pierre reagierte zuerst. „Das war zu der Zeit, als ich dich davor rettete, bloß ein erfolgloser Künstler und Designer zu bleiben, Lance.“

„Vorsicht, Lance. Das Dreherchen der Zeit bringt seine gerechte Vergeltung herbei“, warnte Gert ihn.

Vielleicht war er zu weit gegangen, dachte er reumütig, aber nun war es ganz gleich. „Drei Jahre ist das her, Pierre. Zur gleichen Zeit wurde Lisette deine Geliebte.“

Wie befriedigend das war. Lance zweifelte nur kurz. Machte er einen Fehler, dass er Pierre verärgerte? Nein. Pierre konnte ihn nicht davon abhalten, an der Ausstellung im nächsten Jahr teilzunehmen, wenn sie stattfand, denn schließlich war er der einzige Designer unter ihnen und Pierre brauchte die Aufmerksamkeit, die seine Entwürfe erregten. Er konnte ihn höchstens aus Rache bei den Clerries rausschmeißen. Aber auch das stellte kein Problem dar, denn nach der Ausstellung würde er ihre Unterstützung eh nicht mehr brauchen, hatte er sich ausgerechnet. Er würde die Londoner Modewelt im Sturm erobern. Bis dahin …

„Ich nehme an, dass das nicht stimmt, Pierre.“ Thora sah ihn eisig an.

„Das war lange, bevor ich dich traf, ma chère“, sagte Pierre händeringend. Plötzlich war er kein ‚Monarch of the Glen‘ mehr. Jetzt ähnelte er eher dem in die Enge getriebenen Hirsch aus ‚The Stag at Bay‘, der von den Wölfen angegriffen wurde, stellte Lance freudig fest.

„Bevor wir einander hier in Stücke reißen“, schritt Vinny ruhig ein, „sollten wir uns in Erinnerung rufen, wie wichtig die Ausstellung im nächsten Jahr ist, die wir hoffentlich wieder beleben können. Wichtiger aber, sollten wir daran denken, dass Lisette ermordet wurde und auch wenn ein Mann verhaftet worden ist, ist es nicht lange her, dass wir sie alle mit Freuden tot gewünscht haben.“

Von der Seite ertönte ein höfliches Hüsteln und Lance sah einen Butler in der Tür stehen, woraufhin er irres Verlangen verspürte zu lachen. „Das Abendessen wird gleich serviert, meine Damen und Herren“, kündigte Peters an.

An diesem düsteren Montagmorgen kam Nell ihr Kochtopf, die kleine Kammer des Chefkochs, noch mehr wie ein Zufluchtsort als sonst vor. Die Stube war ein hervorragender Ort, um einen klaren Gedanken zu fassen. Sie war sich sicher, dass Mr Briggs unschuldig war, aber das warf zwei Fragen auf. Warum hatte er offenbar gestanden und - noch wichtiger – wer hatte Lady Saddler umgebracht? Die Antwort konnte zugegebenermaßen Freddie oder sein Vater sein, weil sie ihre singenden Vögel zerstört hatte. Die Schwester, wie Nell von Mrs Squires erfuhr, war Mrs Golding, die im Chimney Cottage in der Mill Lane wohnte. Dies war nicht weit von Spitalfrith entfernt und einer von ihnen konnte aus welchem Grund auch immer nach Hause zurückgekehrt sein. Wenn es spät am Abend oder früh morgens gewesen war, könnte das erklären, wieso Mr

Briggs nach Spitalfrith zurückgekehrt war, nachdem Lord Richard ihn nach Hause gefahren hatte. Ihr kam der Gedanke, dass die Carters möglicherweise gar nicht in die Mill Lane gegangen waren, sondern sich nur im Cottage versteckt haben könnten, bis Lady Saddler am Abend oder am frühen Morgen zurückkehren würde. Verflixte Fliederbeeren, das ergab doch keinen Sinn! Warum um Himmels willen sollte Lady Saddler sich nachts zurückschleichen und Freddie oder Joe treffen, erst recht wenn sie Freddies Garten zerstört hatte? Nein, sie hatte gewiss jemand anders treffen wollen: ihren Mörder.

Fangen wir nochmal von vorne an. Warum hatte sie den Garten für das Treffen gewählt oder war sie woanders ermordet worden? „Verfluchte, verflixte Fliederbeeren!", murmelte sie.

„Macht das Menü Ärger, Nell?" Durch das offene Fenster schaute Alex Melbray herein.

Kapitel 6

„Sevenoaks hat also zugestimmt?", fragte Nell freudig und öffnete Alex die Tür des Dienstboteneingangs. Ihre gemischten Gefühlte wühlten sie nun wieder auf. Wieso war sie nur so sehr um Worte verlegen? Sie hatte Alex seit ihrer letzten Begegnung auf Wychbourne Court in London getroffen und nun wusste sie plötzlich nicht weiter. Jetzt, wo er wieder hier auf Wychbourne Court war, strampelte sich ab wie ein gestrandeter Wal, obwohl sie so sehr gewollt hatte, dass er herkommt.

Sie riss sich zusammen und führte ihn zum Kochtopf. Dem gestärkten Kragen und Filzhut nach zu urteilen, war Alex schon bei der Arbeit. Heute war kein Tag für legere Blazer. Und das bedeutete, dass sie sich wenigstens in einem Punkt entspannen konnte, sagte Nell sich. Vorerst würden sie nichts Privates besprechen müssen. Zumindest vorerst würde sie sich sagen können, dass Alex in seiner Rolle als Polizeibeamter bloß ein bekanntes Gesicht aus der Vergangenheit war, jedenfalls versuchte sie, sich das einzureden.

Es funktionierte nicht. Er war nicht einfach nur ein weiterer Polizist. Er war Alex mit den scharfen Augen, die im Nu liebevoll Wärme ausstrahlten konnten, dessen Lachen ihr Herz hüpfen ließ und der sie zum Kichern brachte. Doch nicht heute. Auch wenn er etwa in Größe und Statur dem Diener Robert ähnelte, schien Alex' Ausstrahlung den Raum zu dominieren, insbesondere wenn er keinen Meter entfernt saß. Oder war es ihre Schuld, dass sie so dachte?

„Sevenoaks, genauer gesagt, Inspektor Farrell, hat zugestimmt“, erzählte er. „Es mag daran gelegen haben, dass ich darauf hingewiesen habe, dass das sogenannte Geständnis, die Worte die Mr Briggs gesagt hat, nur von einem Constable wiedergegeben wurden und dass Mr Briggs kriegsgeschädigt ist, ist ein wichtiger Faktor. Sie waren anderer Meinung. Ich habe allerdings auch meine Bekanntschaft mit Lord Haig erwähnt“, sprach er, ohne eine Miene zu verziehen, weiter, „und er ist bekannt dafür, sich unermüdlich für Veteranen einzusetzen. Außerdem könnte deine Beobachtung, dass der französische Botschafter hinzugezogen werden müsste, ihre Entscheidung beeinflusst haben, sodass in Einverständnis des Polizeipräsidenten entschieden wurde, dass Scotland Yard die Ermittlung leiten sollte. Inspektor Farrell bestand trotzdem darauf, Briggs mindestens noch einen Tag länger in Gewahrsam zu behalten, bis wir die Lage beurteilt haben. Das erscheint mir annehmbar.“

Nell hatte Mühe, nicht sofort etwas einzuwenden. Alex hatte natürlich recht. Die Polizei musste sichergehen, dass Mr Briggs unschuldig war, aber nur die Vorstellung, dass er in Haft saß, quälte sie. Jetzt, da Alex zuständig war und Lord Ansley ihm sicherlich dicht auf den Fersen war und auf Mr Briggs Freilassung pochte, merkte Nell plötzlich, dass sie nichts tun konnte, um zu helfen, ohne ihnen auf die Zehen zu treten. Wie erging es Mr Briggs wohl in einer Zelle eingesperrt? Sie ertrug es nicht, daran zu denken, besonders da sie ihm nicht helfen konnte.

Sie wechselte rasch das Thema. „Bleibst du in Spitalfrith?“, fragte sie vorsichtig.

Er grinste. „Das *Coach and Horses Inn* schien angemessener. Lady Ansley bot an, ich könne hier auf Wychbourne Court …“

„Aber –“

„Eben. Ich habe mir sagen lassen, dass die Gäste von Spitalfrith hier untergebracht werden und da sie Zeugen sind, wäre das unangebracht.“

„Wie lange wirst du hierbleiben?“ Eine dumme Frage, wie ihr sofort einfiel, aber er ließ sie glimpflich davonkommen.

„Ich werde sogleich mit den Vernehmungen anfangen. Lord Ansley hat mir zwei Räume zur Verfügung gestellt und mein Team trifft jeden Augenblick ein.“

„Stehen die Künstler aus Spitalfrith unter Verdacht?“ Noch eine sinnlose Frage. Es hatte ihr gründlich die Sprache verschlagen.

Vielleicht ging es Alex genauso, denn als er antwortete, schien er noch förmlicher als sonst: „Zurzeit steht das ganze Dorf Wychbourne unter Verdacht, wobei es sicher kein Zufall sein kann, dass Lady Saddler kurz nach dem Fest, zu dem ihre Pariser Freunde auf ihrem Anwesen anwesend waren, ermordet wurde. Aber“, fügte er hinzu, wohlmöglich ihre Frustration erahnend, „ich habe gehört, dass das Seil, mit dem sie erdrosselt wurde, von einem der Nebengebäude des Herrenhauses stammt.“

„Aus dem Schuppen der Carters?“, fragte Nell erschrocken.

„Nein, eines am Herrenhaus selbst.“ Alex sah sie durchdringend an. „Die Frage kam ziemlich prompt. Gibt es einen Grund dafür?“

„Aber natürlich", gab sie genauso schnell zurück. „Mr Briggs hat keinen Zugang zu den Nebengebäuden des Herrenhauses." Und sie vermutete, dass wohl weder Freddie noch Joe es von dort genommen hatten.

„Theoretisch könnte Mr Briggs sich Zugang verschafft haben. Inspektor Farrell sagte, dass jeder, der das Fest besucht hat und gewiss die Bediensteten – auch die Gärtner –, Zugang zu den Nebengebäuden durch das Herrenhaus hatte. Die Türen waren nicht verschlossen."

„Aber einen Strick von dort zu besorgen, würde bedeuten, dass es im Voraus geplant war", antwortete Nell erwartungsvoll. Zu erwartungsvoll.

„Möglicherweise", sagte er trocken. „Aber Charles Briggs, Freddie Carter und sein Vater haben es vielleicht gemeinsam geplant. Ich habe gehört, dass die Carters über Nacht fort waren, was auch für Planung spricht. Sie könnten zurückgekehrt sein, um den Mord zu begehen."

„Das habe ich auch überlegt –"

„Hast du das, Nell?"

Sie ignorierte das Warnsignal. „Ja, aber wenn die Carters wussten, dass Lady Saddler die Vögel zerstört hatte und möglicherweise zurückkommen würde, wären sie nicht fortgegangen und Mr Briggs –"

„Nell", unterbrach er sie sanft. „Wir sollten nicht so darüber reden. Ich hoffe, dass der Fall dazu führt, dass Mr Briggs freigelassen wird, aber dies kann keine gemeinsame Ermittlung werden."

Sie versteifte sich. „Natürlich nicht, aber als ich ihnen gestern etwas zum Abendessen gebracht habe, sagte er –"

„Erzähl mir ganz genau, was er gesagt hat“, unterbrach er sie. „Wort für Wort. Und, Nell, du kannst nicht meine Arbeit übernehmen. Das ist mein Fall.“

„Einverstanden“, schaffte sie zu sagen und machte sich Vorwürfe, dass sie wie beim Angriff der leichten Brigade einfach über die Grenzen in sein Gebiet vorgeprescht war. Das Private und das Berufliche mussten getrennt bleiben und doch, wimmernde Würstchen noch mal, hatte er sie in der Vergangenheit ja auch um Hilfe gebeten. Außerdem hatte sie ihm etwas zu bieten – auch wenn sie sich noch darüber klar werden musste, was das genau war! „Ich fürchte, wir haben den Punkt erreicht, an dem die Gerinnung einsetzt“, sagte sie leichthin.

„Du willst doch aber nicht, dass wir gerinnen, oder?“, Alex sah sie erschrocken an. Da war endlich ihr Alex wieder.

Doch nur einen Moment lang. Sie erinnerte sich irritiert, dass er von einigen Wochen in London kein Problem damit gehabt hatte, über einen Fall zu sprechen, den er leitete. Was war nun anders? Widerwillig musste sie sich eingestehen, dass sie die Antwort kannte. Der Fall von Wychbourne war kaum begonnen und er wusste noch nicht, in welche Richtung er sich entwickeln würde. Wollte sie etwa, dass ihre Beziehung gerann, so zart, wie sie war? Verlieren, was sie sich aufbauten? Zusehen, wie er in die Arme einer anderen davonging, weil sie sich nicht zwischen der Arbeit, die sie liebte, und zu ihm nach London zu ziehen, entscheiden konnte? Wie wäre ihr Leben wohl ohne ihn? Sie würde immer älter und in ihren Gewohnheiten festgefahren werden und irgendwann selbst gerinnen.

„Nein, das will ich nicht", antwortete sie.

„Dann rühr nicht zu fest."

Die Vorbereitungen für das Mittagessen und das Servieren lenkten sie eine Weile von Alex ab. Nun war alles in Ordnung. Es war ihr so leicht vorgekommen, ihm zuzustimmen – und sie hatte es so gemeint. Besonders, wenn sie in seinen Armen war und seine Lippen ihre berührten. Natürlich, überlegte sie glücklich, konnte man immer mehr Öl ins Eigelb rühren und mehr Zitronensaft hinzugeben, bis die Gerinnung einsetzte. Die Kunst eine perfekte Mayonnaise zu machen bestand darin, zu wissen, wann man aufhören musste.

Aber genug vom Gerinnen. Sie hatte die richtige Ebene getroffen, um Alex genau zu erzählen, was Joe und Freddie gesagt hatten, nun musste sie einen kühlen Kopf behalten. Es gab Schritte, die sie jedoch unternehmen könnte, und wenn es Mr Briggs half, würde sie es versuchen müssen. Die Tatsache, dass Lady Saddler die Carters besucht hatte und höchstwahrscheinlich die Person war, die den Garten zerstört hatte, deutete darauf hin, dass sie dort umgebracht wurde. Aber was, wenn nicht?

Zurück zu ihrer vorherigen Theorie. Wenn sie nicht dort umgebracht worden war, wieso sollte sie jemand dorthin geschafft haben, als sie tot war? Um die Schuld Joe, Freddie und dadurch zufällig auch Mr Briggs zuzuschieben? Oder vielleicht hatte der Mörder gesehen, wie sie den Garten zerstört hatte und wollte ein Zeichen setzen, indem er ihre Leiche dorthin zurückbrachte? Als letztes kam ihr noch, dass die Leiche dort platziert wurde, um von Spitalfrith Manor und den Gästen abzulenken.

Jawohl! Aber das richtete den Scheinwerfer wieder auf Alex' mögliche Verdächtige – die Gäste, die zurzeit auf Wychbourne Court untergebracht wurden sowie vermutlich Miss Saddler und Sir Gilbert. In Hinblick auf die Uhrzeit zu der Lady Saddler umgebracht worden war, war die Theorie hinfällig, dass jemand von außerhalb sie erdrosselt hatte – so kam Nell wieder zum gleichen Schluss: Jemand musste sich mit Lady Saddler verabredet haben. Natürlich könnte das mit einem der Gäste gewesen sein, vielleicht gab es also etwas, das sie tun könnte. Schuldbewusst merkte Nell, wie sie immer dichter der Grenze entgegenschlitterte und zwang sich, sich wieder der Vorbereitung des Abendessens zu widmen.

„Nell, sind sie gerade beschäftigt?" Jenny Smith steckte den Kopf durch die Tür.

„Bloß mit den Menüs", antwortete Nell möglichst heiter.

„Gut. Petra Saddler würde Sie gerne am Nachmittag sprechen."

Nell blinzelte verwirrt. „Wieso denn mich?"

„Sie hat zunächst mich gefragt, da ich sie am Samstagabend mit Lord Richard getroffen hatte. Sie wollte, dass ich nach Spitalfrith komme, doch ich habe ihr gesagt, dass Sie die richtige Person sind, wenn sie über den Mord reden möchte. Und darum geht es auch. Sie kann der Polizei nicht genau erklären, was ihr Sorgen bereitet und sie hat bloß einige unbeantwortete Fragen. Mädchengespräche."

Bloß unbeantwortete Fragen, dachte Nell unruhig, obwohl sich die Einladung als nützlich entpuppen könnte. „Wie kann ich ihr dabei helfen?" Und wie sollte sie das mit ihrer Absprache mit Alex vereinbaren?

„Ich habe keinen blassen Schimmer. Sie muss sich um ihren Vater sorgen, mal abgesehen davon, dass Lord Richard sie nebenbei anschmachtet. Ist Ihnen das auch aufgefallen?"

„Es ist kaum zu übersehen", sagte Nell. „Das wissen Sie doch genau."

Jenny lachte. „Er kann einfach nicht die Luft anhalten. Alles für die wahre Liebe natürlich, wobei die eine wahre Liebe bei ihm eine kurzzeitige Angelegenheit sein kann. Ich konnte es mit einem Lachen abtun, als er in mich verknallt war, aber Petra mag nicht so abgeklärt sein."

„Ich besuche sie so bald wie möglich", versprach Nell und ging gedanklich die Abendessensplanung durch. Das unerwartete Eintreffen der fünf Gäste hatte gestern ihre Menüs durcheinandergeworfen, aber das ausgetauschte provenzalische Haschee war schon in der Mache, also konnte sie einen kurzen Besuch auf Spitalfrith Manor einrichten, wenn sie den Wagen nahm.

Das Herrenhaus wirkte wie ein vollkommen anderer Ort, verglichen mit Samstag. Es war still und niemand war zu sehen, als sie ihren Ford neben dem Haus parkte. Es war schwer vorstellbar, dass erst vor zwei Tagen Äffchen und eine Jazzband auf dem Anwesen in vollem Gange gewesen waren.

Miss Saddler öffnete die Tür auf das Läuten hin selbst. Sie sah übernächtigt und angespannt aus. „Vielen

Dank, dass Sie hergekommen sind, Miss Drury. Miss Smith sagte, Sie würden wohl nichts dagegen haben."

„Nein, gar nicht. Wir sorgen uns alle um Sie und Ihren Vater."

„Er ist auf, doch sehr still, was mich noch mehr beunruhigt. Dieses alte Haus hilft da nicht. Es erinnert mich an das unfreundliche, alte Internat, in dem ich eine Zeit lang gelebt habe."

Sie führte Nell auf die Terrasse, wo noch immer die Tische und Stühle vom Fest standen. Es war ein trostloser Anblick und erinnerte sie nur zu lebhaft an die schrecklichen Dinge, die sich seitdem ereignet hatten. Sie konnte auch die Zelte noch sehen, doch nichts bewegte sich. Die lastende Stille unterstrich die düstere Atmosphäre auf Spitalfrith Manor zusätzlich.

„Sind die Gemälde und Zeichnungen noch in den Zelten?", fragte Nell.

„Nein. Nachdem sie den Kammerdiener verhaftet haben, sagte die Polizei, dass die Kunstwerke reingebracht werden können. Die leeren Zelte zu sehen, macht es allerdings nur noch schlimmer, besonders mit dem Waldgebiet dahinter. Irgendwas daran ist geradezu unheimlich."

Nell stimmte ihr zu. „Das sind Wälder oft. Als ich den Pfad entlang der Mauer nach Spitalfrith gelaufen bin – der am Spital Wood vorbeiführt –, hatte ich das Gefühl, mich würden Dutzende Augenpaare beobachten."

„Ich weiß, welchen Pfad Sie meinen. Der Wald ist mir auch unheimlich", sagte Miss Saddler. „Ich wusste nicht, ob es bloß Einbildung war oder ob es an den zusätzlichen Arbeitern lag, die für die Getreideernte in der Gegend sind. Ich habe gehört, dass einige von ihnen in speziellen Scheunen schlafen, aber es gibt auch einige Zelte auf dem Spital-Hof auf der anderen Seite des Walds."

Konnte das der Grund für ihr mulmiges Gefühl am Donnerstagabend sein?, fragte Nell sich. Die Grenzmauer von Spitalfrith war niedrig genug, um die Anlage zugänglich zu machen, auch wenn das Tor verschlossen war. Konnte einer dieser Arbeiter Lady Saddler umgebracht haben? Nell verwarf die Idee, denn Lady Saddler wäre wohl kaum spät abends oder früh am Morgen hinausgegangen, um einen Fremden zu treffen. Gut, es war eindeutig, dass Sir Gilbert und sie in getrennten Zimmern schliefen, doch ein solcher Streifzug ergab keinen Sinn. Und dann gab es natürlich noch Jasper zu berücksichtigen!

„Ich weiß, Sie haben von Lady Clarice und ihren Geistern gehört", sagte Nell. „Sie war sicher, Jasper am Samstagabend getroffen zu haben, aber vermutlich war es dann jemand sehr Lebendiges, nicht?"

Das brachte Miss Saddler zum Lachen. „Ja, ich habe das Gefühl, Jasper bereits zu kennen, nachdem ich Lady Clarice all die möglichen geisterhaften Orte im Haus gezeigt habe. Sie hatte das Haus nicht mehr betreten, seit Jasper in den Neunzigern um sie geworben hatte, darum gefiel es ihr sehr, das Haus zu erkunden. Es schwirren alle möglichen Geister umher, hat sie mir erklärt."

„Auch Jasper?"

„Es wurde in Erwägung gezogen", sagte Miss Saddler ernst. Sie zögerte. „Haben Sie unsere Gäste schon getroffen, nun dass sie auf Wychbourne Court sind?"

„Ich habe nur sie gesehen", sagte sie und fügte gedanklich ein ‚bisher' zum Satz hinzu. Das würde Alex' Regeln nicht brechen.

„Monsieur Christophe lehnt die Formlosigkeit ab, die Künstlergruppe als Clerries zu bezeichnen, doch so heißen sie bei mir. Miss Drury", fuhr Miss Saddler fort, „Ich möchte Sie um Ihre Meinung bitten, ob ich der Polizei sagen sollte, welch tiefe Abneigung sie alle gegenüber Madame Lisette hatten, so wie auch ich. Alle hatten dafür gute Gründe. Am Freitag brachte sie das Fass endgültig zum Überlaufen, als alle herausfanden, dass sie meinen armen Vater gezwungen hatte, die Ausstellung der Kunstwerke im nächsten Jahr in London abzusagen, was die Karrieren der Künstler gefährden würde – und natürlich genau ihre Absicht war."

„Wieso sollte sie das wollen, Miss Saddler?", fragte Nell. Sie beschloss, dass sie ihre Gastgeberin mochte und darüber hinaus erwies sich der Besuch schon jetzt als äußerst erfolgreich.

„Nennen Sie mich Petra. Das mag ich lieber und habe dann das Gefühl freier sprechen zu können." Sie runzelte die Stirn. „Ich bin nicht sicher, warum sie es getan hat. Ich habe Paris zu einigen Anlässen besucht und sie alle dort kennengelernt, daher weiß ich, wovon ich rede. Man muss nur eins und eins zusammenzählen, um zu erkennen, dass sie einen Groll gegen alle Clerries hegt. Ihre Prestige mag gerade zunehmen, aber sie müssen international bekannt werden, nicht nur in Paris ihre Werke ausstellen, so wichtig das auch sein mag. Die Londoner Ausstellung macht den Unterschied aus zwischen in einer Dachstube zu hungern und einem goldenen Weg voraus für was immer sie auch malen.

Mein Vater ist jedoch einer der Clerries, weshalb mich ihre Haltung wundert. Ich habe das Gefühl, dass sie sich nicht in den Gemälden und Zeichnungen mochte – was für ein Modell eigenartig ist. Besonders die Darstellungen, die ihren Charakter widerspiegelten, schienen ihr zu missfallen. Schlangenhaft. Jetzt, da die Werke der Clerries wahrgenommen werden, stiftet sie Unruhe. Vielleicht hat es mit dem Krieg zu tun – sie hat in Lille Informationen des Feindes an England weitergegeben. Sie könnte sich Feinde gemacht haben, die allzu kumpelhaft mit den Deutschen waren. Ergibt das Sinn?"

Nell dachte darüber nach. „Möglicherweise", sagte sie. „Es ist wie bei einer Waage alles eine Frage der Balance. Das Gewicht geht auf einer Seite herunter, so wie als die Clerries sie für ihre Taten während des Kriegs bewundert haben müssen. Aber wenn man ihre Karrieren auf der anderen Seite hinzufügt, die Waage sich allerdings nicht ausbalanciert, dann kracht eine Seite zu Boden."

„So scheint es, aber ich fürchte, dass noch mehr dahintersteckt, Nell. Deshalb wollte ich mit Ihnen oder Jenny sprechen, um herauszufinden, was für die Polizei relevant sein könnte. Schließlich haben sie anscheinend den Mörder verhaftet, sodass die Clerries keine offiziellen Verdächtigen sind."

„Offizielle?", wiederholte Nell. „Glauben Sie, sie könnten verdächtigt werden?"

„Ich wüsste nicht, wieso ein Kammerdiener von Wychbourne Court Madame Lisette mitten in der Nacht umbringen wollen sollte", sagte Petra. „Sie etwa?"

„Nein, und da ich Mr Briggs kenne, bin ich sicher, dass er es nicht getan haben kann." Gott sei Dank, zumindest eine Person auf Spitalfrith Manor hielt ihn für unschuldig. „Noch ist er nicht verurteilt worden, was eine gute Nachricht ist. Sprechen Sie mit der Polizei, sie müssen wissen, dass es weitere Verdächtige gibt. Um wen handelt es sich?"

Petra sah erleichtert aus. „Ich danke Ihnen, Nell. Sie sind wie Figuren einer Automatenuhr in meinem Kopf gekreiselt. War er es? War sie es? Und so weiter und so fort. Zunächst einmal ist da Monsieur Pierre selbst, der offenbar seine Zukunft sichern möchte, indem er reich heiratet, falls die dämliche Öffentlichkeit seine Kunst nicht als Meisterwerke ansieht, für die er sie hält."

„Und, sind es Meisterwerke?", fragte Nell amüsiert. Sie erinnerte sich lebhaft daran, besonders Monsieur Christophes Gemälde der Schlange im Paradies. Es war gut, aber würde es in hundert Jahren noch Bestand haben?

„Thora glaubt leidenschaftlich daran, aber sie ist bis über beide Ohren verliebt in ihn. Wenn sie herausfindet, dass er tatsächlich Madame Lisettes Liebhaber war, dann werden da die Fetzen fliegen. Sie stammt aus einer alten Offiziersfamilie, die Fremden gegenüber sehr skeptisch ist und ihn niemals akzeptieren würde. Aber ich vermute, dass ihre Zuneigung die letzten Tage über gelitten haben muss und beinahe all ihre Gedichte geben ihre wenig zärtlichen Gefühle Madame Lisette gegenüber preis. Dann ist da noch Lance Merryman, lieb aber hilflos. Er hat alle Karten auf die Ausstellung gesetzt. Die Nachricht der abgesagten Ausstellung hat das Miezekätzchen Lance die Krallen ausfahren lassen, die er definitiv hat. Vinny Finch und Gert Radley sind schwierig auszumachen. Vinny ist kein Selbstdarsteller, aber er glaubt voll und ganz an die Clerries und zweifelsohne sah er Madame Lisette als die Zerstörerin in den eigenen Reihen. Gert Radley hatte einen gesunden Hass auf sie und machte keinen Hehl daraus. Aus irgendeinem Grund hat Madame Lisette eines von Gerts Porträts für die renommierte Pariser Exposition Internationale des Arts Décoratif letztes Jahr zerstört.“

„Ich habe mich am Samstag beim Fest mit ihr unterhalten“, erinnerte Nell sich. „Sie ist eine interessante Frau und auch gescheit. Was sieht sie in den Clerries?“

„Ich bin mir nicht sicher“, antwortete Petra. „Vielleicht hofft sie, dass es sie voranbringt. Einer Bewegung anzugehören, bringt öffentliche Aufmerksamkeit und sie wird älter. Nimmt man sie alle zusammen, haben alle fünf unserer werten Clerries gute Gründe, um Madame Lisette tot zu wünschen. Ich habe meinen Vater natürlich ausgenommen, da ich bezweifle, dass er überhaupt wusste, was die meiste Zeit vor sich ging. Er wird von den anderen Clerries als der Schlüssel zu ihrer Anerkennung geschätzt - und genau aus dem Grund heiratete sie –“

„Meine liebes Kind –“

Nell blickte auf und zu ihrem Entsetzen sah sie Sir Gilbert in der Tür stehen. Er musste sie überhört haben und Petra sah verständlicherweise beschämt aus. Sir Gilbert war auch so schon todunglücklich, ohne die verletzenden Worte seiner Tochter zu hören. Er sah jedoch nicht verärgert aus, bloß müde. Dem Himmel sei Dank.

„Es tut mir leid, Vater“, sagte Petra reumütig.

„Glaubst du, ich wusste nicht, wieso Lisette mich geheiratet hat, meine Liebe? Natürlich wusste ich das, aber unsere Ehe war mehr als das. Ich wünschte“, fügte er verdrossen hinzu, „du hättest sie besser kennengelernt.“

„Wie Pierre?“, fragte Petra leichtsinnig, zu Nells Entgeisterung. Petra musste entschieden haben, dass es Zeit für die Wahrheit war, egal ob dies der richtige Zeitpunkt war oder nicht.

„Pierre ist natürlich ihr Geliebter gewesen“, sagte Sir Gilbert müde. „Alle Clerries wussten das, bis auf Thora. Aber Lisette entschied sich, ihn nicht zu heiraten. Doch nun haben ihre Feinde zugeschlagen.“

Was sollte das bedeuten?, fragte Nell sich, aber Petra ließ sich nicht entmutigen.

„Sie hat sich entschieden, hierherzukommen, Vater“, gab Petra zu bedenken. „Und sie wusste, wer die Gäste sein würden.“

„In der Tat. Wir haben viele Anwesen besichtigt, aber auch wenn sie zunächst Zweifel hatte, war sie doch mit meiner Entscheidung zufrieden. Lisette war daran gewöhnt, zwischen Feinden zu leben“, erklärte er schlicht. „Wie du weißt, hat sie in Lille für die Freiheit gekämpft, denn die Stadt war während des Kriegs unter der Kontrolle der deutschen Armee. Ihre Eltern wurden aus der Stadt deportiert und starben auf dem Land vor Hunger, aber sie blieb in Lille. Sie war eine mutige Frau und hatte Glück, nicht gefangen genommen und vom Feind erschossen worden zu sein.“

Dieses Mal konnte Sir Gilbert nicht die Haltung bewahren. Die Gesichtszüge entglitten ihm und nun sah man ihm sein Alter an, dachte Nell mitleidig.

Unauffällig zog sie sich zurück. Er war völlig fassungslos, wie sich die Dinge entwickelt hatten und brauchte dringend Zeit allein mit seiner Tochter, die Nell eine Menge Stoff zum Nachdenken geliefert hatte. Die Clerries, die eine schräge Truppe waren, mussten die Hauptverdächtigen sein. Sie hatten triftige Gründe, warum einige von ihnen sich Lady Saddler wohl fortgewünscht hätten.

Das Abendessen im *Coach and Horses Inn* war eine willkommene Abwechslung vom Essen der Bediensteten. Es war schon spät und Nell und Alex waren die einzigen Gäste im dunkel getäfelten Esszimmer der Gaststätte. Vermutlich war das der einzige Grund, weshalb sie als Frau überhaupt diese heiligen Hallen hatte betreten dürfen.

„Hammelbraten und Kohl. Das muss ein arger Abstieg für dich sein, Nell", bemerkte Alex.

„Ganz und gar nicht. Es erinnert mich an meine Jugend. Damals habe ich den Karren meines Vaters zum Spitalfields Market geschoben. Hammel und Kohl wäre damals eine Götterspeise gewesen. Hin und wieder hatten wir einen Knochen zu nagen", scherzte sie.

„Du wirst noch zum Clerry. Die Wahrheit des Hammels aufgedeckt."

„Wo fängst du morgen an, Alex?", fragte sie und im Nachhinein fiel ihr auf, dass sie sich auf dünnem Eis bewegte. Sie hatte es bereits zum Einreißen gebracht, indem sie mit Petra gesprochen hatte. Auf der andere Seite hatte sie keine Wahl gehabt, deshalb zählte es eigentlich nicht.

„Bei den Carters", antwortete er. „Sie stehen im Mittelpunkt der Ermittlung. Unter anderem werde ich den Clerries verkünden, dass sie noch mindestens einen weiteren Tag bleiben müssen. Ich hoffe, das richtet kein Chaos in der Küche an."

„Auf Wychbourne Court bringt nichts meine Küche aus der Ruhe", antwortete sie würdevoll und verdrängte die Erinnerung an den Fisch, der gestern das Wort ‚Krise' geradezu lächerlich erscheinen ließ. Sie hielt es nicht länger aus und musste einfach fragen: „Ist Mr Briggs –"

„Ob die Anklage fallen gelassen wird?", vervollständigte Alex ihre Frage. „Noch nicht. Ich brauche mehr Zeit mit den Carters."

„Aber wenn er unschuldig ist und sie nicht zu Hause waren –"

„Liebste Nell, ich wiederhole noch einmal, dass sie im Mittelpunkt der Ermittlung stehen. Die Leiche wurde in ihrem Garten gefunden. Der Garten war zerstört, vermutlich durch Lady Saddler. Sie könnten Sie ermordet haben, wenn sie sie für verantwortlich hielten."

So weit, so gut. „Aber wenn sie sie nicht umgebracht haben?"

„Wie dir sicherlich klar ist, müssen wir hinterfragen, warum die Leiche dort war und ob sie woanders ermordet wurde." Er hüstelte. „Ich bedauere, dass das *Coach and Horses Inn* keinen Wein ausschenkt. Einen Apfelwein vielleicht?", fragte er höflich.

„Vielen Dank." Sie nahm die deutliche Anspielung kleinlaut hin. Sie würde über keine Grenzen mehr versehentlich steigen.

„Aber zunächst werde ich mir die Anklage gegen Charles Briggs genauer ansehen", sprach er weiter und als er sah, dass sie zum Reden ansetzte, fügte er hastig hinzu, „und mir selbst ein Bild davon machen."

Die Worte ‚Kann ich helfen?' lagen ihr auf der Zunge, aber sie sprach sie nicht aus.

Kapitel 7

Wieso hatte sie noch nichts von Alex gehört? Erwartete sie zu viel? Das letzte, das er zu ihr gesagt hatte, als er sie nach ihrem Abendessen im *Coach and Horses Inn* zurück nach Wychbourne Court begleitete, war, dass er sie über Neuigkeiten von Mr Briggs auf dem Laufenden halten würde und dass es morgen, am Dienstag, vielleicht Neuigkeiten geben würde. Nun war schon Dienstagnachmittag und Nell hatte kein Sterbenswörtchen gehört. Sie wusste auch nicht, wie es den Gästen von Spitalfrith Manor ergangen war, die vermutlich alle von Alex' Team verhört worden waren.

Das Mittagessen war den größtenteils stillen Gästen serviert worden, was darauf hindeutete, dass die Gruppe sich alles andere als einig war. Bei ihrem Besuch im Servierzimmer konnte Nell an Lady Anselys verhaltener Stimme ablesen, dass sie nervös war, was kaum überraschte. Leichte Unterhaltung über das Fest am Samstag und die Zukunft der Clerries eignete sich nur bedingt als Gesprächsthema, wenn die Gastgeberin des Fests ihnen allen nicht aus dem Kopf ging, besonders da die Tages- und Abendzeitungen die Berichte Seite an Seite mit dem tragischen Tod des Hollywoodschauspielers Rudolph Valentino brachten.

Dank Mr Peters war die Küche bestens informiert in beiderlei Hinsicht und Nell hatte sich klugerweise nicht in den Trubel und die Tränen, die der Tod des letzteren verursachte, eingemischt und nichts bei den Spekulationen über Lady Saddler beigetragen. Erleichtert hatte Nell erfahren, dass die Haywards die bellenden

Zeitungshunde von ihrer Beute auf Spitalfrith Manor ferngehalten hatten. Nell vermutete, dass den Clerries etwas öffentliche Aufmerksamkeit willkommen gewesen wäre, aber Lord Ansley hatte höflich ein knappes Interview gegeben. Es war Lord Richard, der es auf sich nahm, als zurückhaltender Sprecher für Wychbourne und Spitalfrith einzustehen.

Nell wusste von Mr Peters, dass Lord und Lady Ansley Sir Gilbert und Petra gestern einen Beileidsbesuch abgestattet hatten, aber sie hatte nichts weiter darüber gehört. Aber warum sollte sie das auch? Sie war eine Köchin, rief sie sich in Erinnerung, wenn auch eine, die der Familie in Krisenzeiten hatte helfen können. So sehr sie darauf bedacht war, mehr über die Clerries herauszufinden, war es durch Alex' ‚Regeln‘, ihre eigenen Aufgaben und dass die Familie mehr für sich blieb, nicht so einfach. Bisher hatte es nur kurze Begegnungen gegeben, die kaum etwas Interessantes hervorgebracht hatten.

Ihre Neugierde, was die Clerries wohl mit ihrer Zeit anstellten, war jedoch nicht zu bändigen. Malten sie die ‚Wahrheit‘ der alten Milchkammer auf dem Anwesen? Offenbarten sie das Skelett der alten elisabethanischen Festhalle, die in den Gärten versteckt lag? Zeichneten sie Mr Fairweathers schlanke Figur? Und wenn ja, vielleicht könnte sie hinaus spazieren und ein Wörtchen mit ihnen wechseln ...

Nein! Denk an die ‚Regeln‘. Zunächst musste sie mehr über die aktuelle Situation erfahren, also hab Geduld, sagte sie sich.

Eine halbe Stunde später wurde ihre Geduld mit einem Anruf von Lord Ansley belohnt, doch seine

Stimme am Haustelefon sagte ihr, dass er keine frohen Neuigkeiten zu verkünden hatte.

„Chefinspektor Melbray hat mich wegen Briggs besucht, Nell", erzählte er ihr, kaum dass sie sein Arbeitszimmer betreten hatte.

Nell versteifte sich. Lord Ansley war sich ihrer Freundschaft zu Alex bewusst und seine Formalität, ihn ‚Chefinspektor' zu nennen, war ein unheilvolles Zeichen. „Klagen sie ihn an?"

„Noch nicht, aber es ist sehr wahrscheinlich, dass sie es jeden Augenblick tun werden. Constable Gurney ist sich sehr sicher, dass Briggs sagte, er sei verantwortlich, als er über Lady Saddlers Leiche stand."

„Aber die Worte könnten eine andere Bedeutung gehabt haben", sagte Nell verzweifelt.

„Zum Beispiel?"

Nell ging gedanklich eine Liste von Möglichkeiten durch, verwarf sie jedoch alle. Es blieb nur eine letzte Hoffnung: „Könnte er sich auf den Krieg bezogen haben? Normalerweise hängt alles, was er sagt, damit zusammen."

Einen Moment lang erhellte sich Lord Ansleys Miene. „Das wäre möglich – aber was würde er damals gestanden haben? Einen ähnlichen Mord während des Kriegs? Nein, wie könnte das sich ähneln? Ich fürchte, die Polizei glaubt, dass Briggs nach Spitalfrith zurückgekehrt ist, nachdem Richard ihn in seinem Zimmer allein gelassen hatte und dort blieb, bis ihn Gurney um acht Uhr morgens antraf. Vielleicht hat er die Leiche gefunden - oder wie die Polizei glaubt, Lady Saddler umgebracht – und hat dann darauf gewartet, dass die Carters nach Hause kommen. Sie kamen eine halbe

Stunde, nachdem Gurney eintraf, zurück. Es ändert jedoch nichts daran, dass Briggs diese fatalen Worte ausgesprochen hat, Nell.“

Alex kam erst nach halb fünf zu ihr und bis dahin hatte Nell schon alle Hoffnung, ihn zu sehen zu bekommen, aufgegeben und ihre Sorgen hatten stetig zugenommen. Als er endlich in den Kochtopf trat, konnte sie erkennen, dass auch er unter Druck stand, doch sie musste einfach wissen, was vor sich ging.

„Wurde Mr Briggs schon angeklagt?“, warf sie ihm entgegen.

„Nein, Nell.“

Die Anspannung legte sich. „Kommt er nach Hause?“

Ein Blick in sein Gesicht verriet ihr, dass Mr Briggs nicht nach Hause kam und der kurze Hoffnungsschimmer verschwand. „Lass uns spazieren gehen“, sagte er abrupt. „Wie sieht dein Arbeitsplan aus?“

Nell ging in Gedanken schnell das Menü für das Abendessen durch. Der Fruchtpudding wurde gerade zubereitet, die Consommé und die Seezunge waren vorbereitet, aber das Blankett vom Huhn noch nicht. „Alles fertig“, sagte sie trotzdem heiter. Die kleine Notlüge war für einen guten Zweck. Sie würde es später aufholen.

Der Nachmittag war noch warm und der Rittersporn und die Dahlien boten ein exotisches Spektakel vor der alten Rotklinkermauer des Gemüsegartens, doch Nell war nicht in der Stimmung, um sich daran zu erfreuen. Sie gingen zum Fluss hinunter, der zwar nicht breit war, aber der Wasserratte und dem Maulwurf wohl gefallen hätte, dachte Nell. Doch dies war nicht der richtige Moment für „Der Wind in den Weiden“. Sie vermutete, dass Romantik selbst an einem Nachmittag wie heute für Alex an zweiter Stelle stehen musste, doch vielleicht irrte sie sich, denn er fing nicht direkt an vom Fall Lady Saddler zu erzählen.

„Dieses Eishaus dort muss früher einmal enorm wichtig gewesen sein", überlegte Alex laut, als sie am Eishaus stehen blieben, das nah am Fluss in den Hügel gebaut war und heute kaum noch genutzt wurde. „Die Zeit geht immer voran und nun wurde es durch einfache Kühlschränke und Gefrierfächer ersetzt. Sein Glanz ist in der Tat vergangen. Wird es überhaupt noch genutzt?"

„Nicht seitdem ich auf Wychbourne Court arbeite", antwortete sie. „Es muss während des Kriegs nützlich gewesen sein und auch bis der Generator in Wychbourne zuverlässiger wurde."

„War Wychbourne Court während des Kriegs ein Lazarett oder eine Militärbasis?"

„Beides, habe ich gehört." Nell konnte sich nur schwer auf die Vergangenheit konzentrieren, wenn die Gegenwart so drängte. „Die Ansleys zogen damals in den Ostflügel, wo wir Bediensteten nun regieren. Der Westflügel war ein Krankenlager und das restliche Haus ein Hauptquartier der Offiziere."

„Ich weiß, dass einer ihrer Söhne im Krieg gefallen ist und ihr ältester Sohn ein fürchterliches Geheimnis zu sein scheint. Hast du ihn kennengelernt?"

„Lord Kenelm? Nur einmal flüchtig, als er Wychbourne einen Besuch abstattete. Er lebt jedoch hauptsächlich im Ausland, da er im Kolonialdienst ist, in der Dominion Division, meine ich."

„Wie ist er so?"

„Er hat stets eine gleichgütige Miene aufgesetzt, ist aber ganz angenehm. Jedoch ganz anders als Lord Richard. Er ist nicht gerade ein Mann des Volkes, er hat mehr von Lady Helen als von Lady Sophy."

„Hat er Kinder?"

„Noch nicht. Er hat vor drei Jahren geheiratet." Bitte sag mir, was los ist, flehte Nell in Gedanken.

Doch Alex ignorierte weiter, was sie beschäftigte. „Was glaubst du, wird mal aus Wychbourne werden? Wird er nach Lord Ansleys Tod hierher zurückkehren?"

Nell dachte darüber nach. „Ich vermute es, aber wie immer er sich auch entscheidet, wird er wohl wollen, dass Lord Richard weiterhin das Anwesen verwaltet."

„Ist das eine gute Idee?"

Sie wählte die Worte mit Bedacht. „Aktuell wohl nicht, aber Lord Richard ist im Dorf sehr beliebt, was genauso wichtig ist."

„Ich habe den Eindruck, dass er ein ziemlicher Frauenheld, ein richtiger ‚Ladykiller' ist – natürlich nicht wortwörtlich", fügte er schnell hinzu.

Da musste Nell lachen. „So sieht er sich ganz und gar nicht. Er ist überzeugt, dass er seiner einen wahren Liebe treu ergeben ist – der aktuellen großen Liebe." Langsam wurde sie sauer. So nett es war, mit Alex durch die Gärten und am Fluss entlangzuspazieren, wo ihnen nur die griechischen Götter und ihre Gespielinnen von ihren pittoresken steinernen Sockeln hinab zulächelten, war es jedoch an der Zeit, sich auf die moderne Welt zu konzentrieren.

„Wieso wolltest du wirklich mit mir rausgehen, Alex?", fragte sie.

„Hier ist es leichter zu reden."

Zurückweisung. ‚Pflücke die Knospe, solange es geht‘ war ein guter poetischer Ratschlag, aber Alex machte keine Anzeichen, dass er vorhatte, Rosen zu pflücken. Es hatte keinen Kuss, keine Umarmung und kein ‚lass mich dir von Mr Briggs erzählen‘ gegeben. Nun gut. Genug war genug.

„Du hast also schlechte Neuigkeiten“, sagte sie schlicht, als sie den Fluss erreichten. „Lord Ansley hat mir schon erzählt, dass Mr Briggs jeden Moment verurteilt werden könnte.“

Alex starrte auf das sich kräuselnde Wasser und sah sie nicht einmal an. „Wir haben um eine Verlängerung gebeten und Sevenoaks hat dem zugestimmt. Ich kann nichts dagegen tun, Nell, außer –“

„Du lässt uns doch nicht einfach hängen?“, platzte Nell heraus und wusste, dass es kindisch war. Sie sah, wie er die Lippen zusammenpresste.

„Nein, aber ich brauche Beweise, die das Gegenteil beweisen, Nell. Wenn Gurney nicht lügt, hat Briggs ihm gesagt, dass er schuldig ist. Die Leiche lag dort. Es kann keine Zweifel daran geben, was gemeint war.“

„Und du hast keine Beweise, die auf andere Verdächtige hinweisen?“ Wie die Clerries zum Beispiel?, fügte sie gedanklich hinzu, verkniff es sich aber, weiter zu stochern.

Er warf ihr einen Blick zu. „Das ist zu nah an der Grenze, die wir gezogen haben, Nell. Meine Arbeit und deine.“

Sie hatte es wieder geschafft, es zu vermasseln. Nell ärgerte sich über sich selbst und Alex musste es bemerkt haben, denn er nahm ihre Hand. „Du weißt, dass ich lieber mir dir zusammen wäre und das überall, nur nicht hier." Dann nahm er sie in den Arm und Nell vergaß alles um sich herum, lediglich den Duft der Rosen in den Gärten hinter ihnen und einen leichten Hauch des Flusses nahm sie noch wahr.

„Kennst du dieses mittelenglische Gedicht, das auf ‚Jesus Maria, daß ich meine Liebste wieder im Arm hätte und in meinem Bett läge‘ endet?", fragte er schließlich. „So geht es mir die ganze Zeit und du machst es mir nicht leicht, Nell. Was glaubst du, wie schwer es mir fällt, hier bei dir zu sein und so zu tun, als wärst du mein Sergeant, damit es in Ordnung ist, dass ich mit dir über den Fall spreche? Aber das bist du nicht und doch bin ich hier, also muss ich mich da durchlavieren, so gut ich nur kann. Ich schlage vor, wir setzen uns hier ans Flussufer wie zwei ruhige Menschen, Nell, und ich werde mit dir reden, als wärst du mein Sergeant, aber danach ..."

„Danach ..." Doch das war die Zukunft und bis dahin bot sich ihnen eine plötzlich prächtige Gegenwart. „Nur zu, Chef", sprach sein neu ernannter Sergeant Drury.

„Es scheint, dass sie eher in der Nacht als früh morgens ermordet wurde, den Beweisen zufolge vermutlich zwischen halb zwölf und Mitternacht. Es gibt keine Anzeichen auf einen sexuellen Übergriff und es besteht Einigkeit darüber, dass es unwahrscheinlich ist, dass ein Fremder zufällig vorbeigekommen ist und sie ermordet hat. Man ist sich außerdem einig, dass Lady Saddler einen guten Grund gehabt haben muss, um so spät dort zu sein, ob sie Mr Briggs dort treffen wollte oder nicht. Wenn sie den Garten zerstört hat, wieso sollte sie dann dorthin zurückkehren? Es gibt keinerlei

Beweise, dass sie den Garten zerstört hat, nur Anschuldigungen und Vermutungen."

Nell schwieg, denn nichts vom Gesagten konnte sie widersprechen.

„Die Carters haben uns erzählt, dass Lady Saddler sie am frühen Nachmittag besucht hat", sprach er weiter, „und sie hat ihnen vorgeschrieben, die Holzfiguren nicht während des Fests spielen zu lassen. Da das Alibi der Carters nachgewiesen ist, sieht es danach aus, dass die Gäste von Spitalfrith nun im Mittelpunkt stehen oder eine weitere nicht bekannte Person, die das Fest besucht, sich auf dem Gelände versteckte und sie ermordet hat. Da Lady Saddler neu im Dorf war, scheint Letzteres unwahrscheinlich. Bleiben also die Gäste. Was kannst du mir über sie erzählen, Nell? Und ausnahmsweise einmal nicht nur die Fakten – ich will deinen Eindruck hören."

Endlich! Sie versuchte, nicht zu eifrig zu klingen. „Als Sergeant oder als Zeugin?"

„Wie du magst. Geschätzte Hauptzeugin oder geschätzter Sergeant in der Ausbildung würde es wohl am besten treffen."

Nell errötete. Wollte Alex nur seine übermäßig strikten Regeln wiedergutmachen oder meinte er es ernst? „Wer zuerst?", fragte sie vorsichtig.

„Erzähl mir, was du von Sir Gilbert hältst, Sergeant."

Das war einfach. „Ich habe zu wenige Anhaltspunkte", antwortete sie ehrlich. „Er war seiner Frau wohl treu ergeben, die der Herr im Haus war. Er wirkt –", Nell zögerte, „wie ein gütiger Mann, aber seiner Frau und den Clerries nicht gewachsen."

„Wem? Ach, die Kunstbewegung, der sie angehören. Ich dachte, Pierre Christophe hat sie gegründet."

„Das hat er, aber Sir Gilbert scheint dafür verantwortlich, ob die Ausstellung bei der Londoner Academy of Modern Art im nächsten Jahr stattfindet. Sie wollten ihr Glück damit machen, bevor Lady Saddler drohte, die Ausstellung abzusagen."

„Wieso sollte sie das tun?"

„Wer weiß? Petra Saddler glaubt, dass sie nicht wollte, dass die Welt ihre Porträts sieht, obwohl sie den Clerries Modell gestanden hatte."

„Ist das wahrscheinlich?"

„Im Prinzip schon." Langsam wurde Nell mit dem Thema warm. „Auch wenn ich Lady Saddler kaum gesehen habe, wirkte sie nicht wie eine Frau, die Gewissensbisse hatte."

„Und ihre Stieftochter, Miss Saddler? Ich habe gehört, sie lebt in London, was für eine junge Frau ungewöhnlich ist, auch wenn sich die Dinge langsam ändern."

Damit traf er einen Nerv bei Nell. „Ich habe von vierzehn an nicht mehr zu Hause gelebt und außerdem weiß Petra, was sie tut. Sie mochte Lady Saddler so wenig, dass sie sie nicht als Stiefmutter ansah. Nun macht sie sich große Sorgen um ihren Vater. Und dann ist da noch Lord Richard", fügte Nell impulsiv hinzu.

„Was hat er damit zu tun?"

„Er hat ein Auge auf Miss Saddler geworfen und sie zu seiner neusten großen Liebe auserkoren. Ich übertreibe natürlich", sagte Nell schüchtern. „Oh, und außerdem ist sie selbst übrigens keine Clerry. Ich vermute, das weißt du bereits."

„Was ist mit jenen, die zu den Clerries gehören? Monsieur Christophe zum Beispiel."

„Der prächtige Pierre", murmelte Nell. „Gründer der Clerries und fest überzeugt, auch das Sagen zu haben." Sie versuchte, das Bild eines Platzhirsches, der einen Zylinder trug und auf einer mehrstöckigen Torte tanzend Ehrungen entgegennahm, aus ihren Gedanken zu verscheuchen.

„Verdient er den Rang denn?"

„Das kann ich nicht beurteilen. Er führt sich zumindest so auf." Ihr Platzhirsch verbeugte sich auf der Torte. „Für einige seiner Gemälde stand Lady Saddler Modell, wie auch für einige andere Clerries."

„So weit reduziert, dass nur einige Striche und ein Augenpaar übrig bleiben?"

„Nicht immer. Warte nur, bis du Gert Radleys Zeichnungen siehst. Sie ist vernünftig, wohingegen Pierre eine Rolle auf seiner ganz eigenen Bühne zu spielen scheint. Sie war allerdings wie besessen, wenn es um Lady Saddler ging", merkte Nell an. „Sie hatten nichts füreinander übrig. Ich habe gehört, dass –"

„Beweise Dritter sind nicht erlaubt, Sergeant."

„Ich habe gehört", wiederholte Nell entschieden, „dass Lady Saddler aus irgendeinem Grund Gerts Porträt von sich zerstört hat, vermutlich aus purer Rachsucht, weil sie nicht mochte, wie sie porträtiert wurde. Ich glaube nicht, dass Gert leicht verzeiht."

„Würde sie so weit gehen, ihren Feind umbringen zu wollen?"

„Unter gewissen Umständen vielleicht", sagte Nell skeptisch, dann ergänze sie rasch, „doch etwas wollen heißt nicht, dass man es auch tut."

„Natürlich. Was ist mit der theatralischen Thora?",
fragte Alex.

„Mächtig in Pierre verliebt", antwortete Nell prompt.
„Da gibt es im Moment jedoch so manche Zweifel. Sie
brennt außerdem sehr für ihre eigene Kunst. Sie sieht
sich als regierende Königin der Clerries. Sie ist jedoch
keine Künstlerin, die malt, sondern eine Dichterin."

„Kommt sie nach Keats?"

„Wordsworth von seiner schlechtesten Seite, vielleicht." Dann überdachte sie die Sache noch einmal.
„Das ist nicht fair. Ich weiß nicht genug, um mich über
die Clerries auszulassen. Wie soll ich nach kurzen Unterhaltungen und Beobachtungen von ihnen berichten
können?" Alex sah enttäuscht aus, dachte sie und es bestätigte sich sogleich.

„Das ist alles, was ich im Moment benötige. Danke,
Nell. Was ist mit Vinny Finch?"

„Er ist der Vernünftigste von ihnen. Er sollte das Sagen haben, wenn du mich fragst, aber er gibt sich mit
der Situation zufrieden. Ich habe keine Porträts von
Lady Saddler unter seinen Werken im Zelt gesehen,
aber sie könnte in anderer Form aufgetreten sein."

„Und der exotische Lance Merryman?"

„Wenn man nach seiner Kleidung geht, hat er nicht
alle Tassen im Schrank, aber mir tun die Lances dieser
Welt leid. Sie können ihre Kämpfe nicht selbst ausfech-
ten."

„Bist du dir da sicher? Wenn ihn etwas möglicherweise verärgert, würde er dann nicht vielleicht um sich
schlagen?"

Nell dachte darüber nach. „Ja, vielleicht würde er das
und vielleicht auch recht brutal."

„Würde er so weit gehen, jemanden umzubringen?"

„Das ist nicht fair."

„Denk an Charles Briggs, Nell. Du hilfst ihm, indem du versuchst, meine Fragen zu beantworten."

Sie starrte ihn zornig an. „Ja", sagte sie dann. „Aber –"

„Danke, Nell. Eine letzte Frage noch. Wie ist dein Eindruck von ihnen als Gruppe? Das ist eine zulässige Frage."

„Die Antwort ist einfach", sagte sie schnell. „Das Gelee der Gruppe hält nicht, soweit ich das beurteilen kann. Ich weiß, dass es in Paris noch mehr Clerries gibt, aber diese sechs, Sir Gilbert mit inbegriffen, führen die Bewegung an, sie sollten also immer zusammenhalten, aber zurzeit treten sie als unabhängige Individuen auf."

„Was glaubst du, woran das liegt? Am Mord?"

Noch ein Rätsel. „Möglicherweise, doch das hätte sie auch zusammenbringen können. Oder es könnte an der Ausstellung liegen, die sie an ihre individuellen Karrieren denken lässt. Die Ausstellung könnte nun vielleicht stattfinden, wenn Sir Gilbert sich entschließt, sie zu veranstalten."

„Aber wenn er es nicht tut, würde das jemanden freuen?"

„Was für eine merkwürdige Frage", antwortete Nell. „Petra Saddler vielleicht? Sie könnte sich insgeheim freuen, wenn die Ausstellung weiterhin nicht stattfindet, da sie den Artistes de Cler gewidmet sein sollte. Ich glaube jedoch nicht, dass sie dafür ihre Stiefmutter umbringen würde."

Zu Nells Erleichterung hakte Alex nicht weiter nach.

„Das bedeutet also", fasste Nell zusammen, „dass es mehrere weitere Personen gibt, die nicht traurig waren, dass Lady Saddler aus dem Weg geräumt wurde." Dann ergänzte sie mit Nachdruck: „Mr Briggs hatte allerdings kein Motiv." Außer, wenn sie die singenden Vögel zerstört hat, dachte sie, behielt den Gedanken jedoch für sich.

Aber Alex war die Auslassung natürlich nicht entgangen. „Du hast vergessen, dass er gewusst haben könnte, dass sie diese mechanischen Vögel zerstört hat."

Das war die Schwachstelle, auf die sie nichts erwidern konnte. Oder vielleicht doch? Sie sah einen Hoffnungsschimmer in seiner Argumentation, einen den sie aus den Augen verloren hatte. Sei vorsichtig, Nell, ermahnte sie sich. Dreh das Gas nicht zu weit auf. „Du glaubst also, dass der Mord ein spontaner Entschluss war?", fragte sie unschuldig.

„Ja. Der zeitliche Ablauf lässt sich nachvollziehen."

Tief einatmen, Nell. „Was ist mit dem Strick? Wie kann es ein spontaner Entschluss sein, wenn er sich daran erinnert und den Strick aus dem Nebengebäude geholt haben muss?"

Alex starrte sie wie angewurzelt an und all seine Gedanken spiegelten sich auf seinem Gesicht wider. „Das könnte es sein, Nell. Das könnte helfen. Aber ich bezweifle es."

„Aber warum?", rief sie gequält. „Das Nebengebäude, aus dem der Strick kommt, ist weit vom Garten entfernt."

Die Muskeln seines Kiefers zeichneten sich nun stark ab. „Das ändert nichts daran, dass Briggs gesagt hat ‚Ich war es'."

„Wir befinden uns in einer misslichen Lage", stellte Vinny Finch fest.

Jemand sollte etwas erwidern, doch Stille machte sich breit. Gert Radley entschied sich, dass sie es selbst tun würde. Ihre vier Begleiter rangen ganz offensichtlich damit, eine passende Antwort darauf zu finden. Oder zumindest erschien es ihr offensichtlich. Sie waren umringt von Mobiliar und Kunst in elegantem Stil, die ihrer eigenen Werke gänzlich unähnlich waren, doch sie hatte sich damit abgefunden, so lange so vornehm auf Wychbourne Court zu nächtigen, wie es nun einmal dauerte, Lisettes Mordfall zu lösen. Ihre Begleiter schienen die Verhaftung des Kammerdieners von Lord Ansley erleichtert aufgenommen zu haben, doch Gert war sich da nicht so sicher. Ihr wahr sehr wohl bewusst, dass Lisettes schrecklicher Tod in den Augen der Clerries keine so große Tragödie war, wie für den armen, alten Gilbert, der in die Hexe ganz vernarrt gewesen war.

„Ganz recht, Vinny", antwortete Gert. Es nützte nichts, um den heißen Brei herumzureden. „Aber jetzt, da Scotland Yard zur Hilfe gerufen wurde, wie kommen wir es aus diesem noblen Gefängnis heraus, in das uns der ach so zuvorkommende Inspektor verfrachtet hat? Herrenhäuser wie dieses sind ja schön und gut, aber sie sind wahre Festungen."

Nicht, dass der Garten, in dem sie gemütlich beisammensaßen, eine physische Festung darstellte, aber geistig schränkte Wychbourne sie sehr wohl ein. Waren sie hier eingepfercht, nur weil sie Zeuge einer Straftat waren? Das war so gut wie unmöglich. Lisette war ermordet worden und es brauchte keinen Sherlock Holmes, um sich zusammenzureimen, dass die Clerries darin verwickelt waren. Der Widerstand selbst gegen ihre wohlgewählten Worte amüsierte Gert reichlich. Sie interessierte sich nicht die Bohne dafür. Wer immer Lisette umgebracht hatte, hatte für sie alle gehandelt, ob nun einer von ihnen so weit gegangen war oder nicht.

Sie blickte in die Runde. An und für sich waren sie alle ganz anständig, aber nun in dieser außergewöhnlichen Situation kamen sie ihr fremd vor. Der Streit am Sonntag war erst der Auftakt gewesen.

„Willst du andeuten, dass wir selbst Tatverdächtige sind?", fragte Thora in einem kühlen Ton.

„Aber sicher", antwortete Gert sogleich. „Ihr habt gehört, was der Inspektor gesagt hat. Er hat nur ein kurzes Verhör durchgeführt, um unsere Bewegungen aufzunehmen. Er wird uns weiter verhören, wenn erst einmal der Kammerdiener freigelassen wurde."

„Aber war es wirklich so zuvorkommend, meine Lieben, wenn es uns verboten ist, abzureisen?", fragte Lance unruhig.

Gert blickte in aufmüpfige Gesichter. Da kam Ärger auf sie zu, soviel stand fest. Lance sah wie ein verschrecktes Kaninchen aus, Thora führte sich wie die Königin der Nacht auf, Vinny gab den Elder Statesman und Pierre räusperte sich. Pierre machte sich also bereit, seinen gedanklichen Thron der Überlegenheit zu besteigen.

„Mes amis, wenn wir den Inspektor das nächste Mal sehen, wird er uns verkünden, dass dieser Mr Briggs schuldig ist. Es handelt sich nur um eine Formalität, dass er uns befragt."

Auf diese Auslegung sprang Lance sofort an. „Wie immer hast du recht, Pierre." Er muss für gestern Wiedergutmachung leisten, dachte Gert hochamüsiert.

„Wahrscheinlich hast du recht", räumte Vinny ein. „Mir erschließt sich jedoch nicht, wieso ein Kammerdiener von Wychbourne Court eine Nachbarin umbringen wollen sollte, die gerade erst in das Dorf gezogen ist."

„Weil es offensichtlich Lisette war, die all die Holzvögel zerstört hat, die jemand in dem Garten geschnitzt hat", steuerte Thora bei. „Sie hatte nichts für Kunst oder meine Gedichte übrig."

„Lisette wurde nachts umgebracht", gab Vinny zu bedenken. „Eine ungewöhnliche Zeit für sie, um sich auf dem Anwesen herumzutreiben und sich um zerstörte Besitztümer zu sorgen."

Gert schnaubte. „Sie war eine eigenartige Frau. Scotland Yard muss aus gutem Grund hier sein. Sie müssen Zweifel an der Festnahme des Kammerdieners haben und wenn dem so ist, wird der Inspektor bald seine Krallen zeigen." Sollte sie es dabei belassen oder sich auf den Nerv der Sache stürzen, jetzt da Vinny es vorgemacht hatte? Gert traf eine Entscheidung. „Daran besteht kein Zweifel. Das würde uns alle zu Verdächtigen machen. Wir alle wollten Lisette insgeheim aus unserem Leben, wenn auch nicht aus ihrem eigenen Leben."

Sofort waren alle wie vermutet in Aufruhr.

Pierre war empört. „Mon dieu! Du beschuldigst uns etwa auch?"

„Das ist ziemlicher Unsinn, meine herzallerliebste Gert", rief Lance schrill.

„Wieso?", fragte Gert geradeheraus, als Thora und Vinny ebenso protestierten. „Wir alle haben darauf gezählt, dass Gilbert die Ausstellung in London arrangiert hat und hoffen nun, da sie tot ist, dass er die Ausstellung wieder aufleben lassen wird." Sie mussten der Tatsache ins Auge sehen.

„Glaubst du, das wird er tun?", fragte Lance aufgeregt.

„Danach können wir Gilbert derzeit nicht fragen", sagte Thora eisig. „Versuch doch nur einmal, den Anstand zu wahren, Lance."

Vinny schwieg wie üblich. Er hatte sich gestern deutlich zu Wort gemeldet und überdachte die Dinge stets zuerst genau, bevor er sie aussprach. „Ich gebe dir größtenteils recht, Gert", sagte er schließlich. „Aber du ignorierst einen Weg. Haben wir zur Genüge ergründet, wieso Lisette sich so gegen die Ausstellung einsetzte?"

„Das hat sie uns ausführlich erklärt", blaffte Thora. „Ihre unglücklichen Erfahrungen im besetzten Lille während des Kriegs."

„Und das hat dich überzeugt?", fragte er.

„Natürlich. Das war eine schreckliche Zeit."

„Vielleicht gab es weitere Gründe, dass sie so entschlossen war, die Ausstellung abzusagen", sagte Vinny. „Unser Ziel ist es, dass die Artistes de Cler sich in England etablieren und daraus eine weltweite Kunstbewegung wird. Nun steht fest, dass Lisette keine solchen Wunsch hegte. Warum? Vielleicht weil sie wollte, dass Gilbert seinen rechtmäßigen Platz in einer der neuen englischen Künstlergruppen – der London Group zum Beispiel – einnimmt. Dann wäre sie die Königin ihrer Gesellschaft gewesen. Wir haben Gilbert alle gern, aber ich bin sicher, dass ihr mir zustimmen werdet, dass sein Genie nicht in der clerrischen Kunst liegt, so großartig er auch für die öffentliche Bekanntmachung der Gruppe sein mag –“

„Idiot.“ Pierre sprang dramatisch auf. „Wie kannst du so etwas sagen? Du siehst die Wahrheit nicht.“

„Ganz im Gegenteil. Das tue ich. Gilberts Genie liegt in seiner englischen Art. Die Wirkung seiner Werke erzielt er, indem er die Details seines Subjekts erkennt, statt sie zu entfernen.“

Vinny hatte recht, überlegte Gert und dachte gründlich darüber nach.

„Selbst wenn dem so ist, Vinny, wieso sollte das uns beeinträchtigen?“, fragte Thora kühl.

„Wenn die Ausstellung abgesagt oder durch eine Ausstellung von Gilberts englischer Kunst ersetzt würde, die ganze Clerrie-Bewegung nicht nur Gilbert als ihr Aushängeschild verlieren, sondern auch gänzlich verkümmern würde.“

„Non!“, schrie Pierre. „Gilbert wäre ein herber Verlust, aber ich bin es, der les Artistes de Cler gegründet hat und ich würde sie wieder aufbauen.“

Da gibt es nur ein winziges Problem, dachte Gert, als Thora bedeutsam schwieg, genau wie Vinny und Lance bloß kicherte. Sie selbst dachte vor allem an die Pariser Ausstellung im letzten Jahr, nach der sie in ihr Atelier gefahren war, um ihr Meisterwerk auszustellen, nur um es zerstört vorzufinden. Die Leinwand war mit Farben beworfen und von Lisette, dem unergründlichen Modell, mit einem Messer attackiert worden. Dabei hatte sie Lisette als eine Freundin und Bewunderin ihrer Kunst gehalten. Es stimmte, dass sie Lisette als einsame Figur dargestellt hatte (laut Vinny wie Die Katze

geht ihre eigenen Wege von Kipling), aber da lag noch
etwas anderes in dem gemalten Werk, das Gert selbst
nicht ganz begriff. Das Porträt hatte eine Dimension,
die ihren Weg unaufgefordert durch den Pinsel auf die
Leinwand gefunden hatte. Unbarmherzigkeit! Lisette
hatte es gesehen und das ganze Gemälde zerstört.

„Ich bezweifle, dass du die Artistes de Cler überhaupt
wieder aufbauen könntest, Pierre", sagte sie. „Vielleicht
werden wir die nächste verschwundene Pariser Kunst-
strömung. Vielleicht hast du nicht unrecht, Vinny. Sie
mag nicht die Einzige gewesen sein, die den Erfolg der
Clerries dämpfen wollte."

Thora keuchte. „Willst du damit sagen, dass der liebe
Gilbert sie unterstützt hat und nicht den Mut hatte, es
uns zu sagen. Das kann nicht sein."

„Chérie, es wäre möglich", rief Pierre, wobei Gert genau sah, wie Thora vor dem Kosenamen zurück-
schreckte. „Er blieb in seinen Werken stets so britisch.
Er sieht die weite Welt dort draußen nicht."

„Nein, nicht Gilbert", sagte Vinny. „Jemand anders."

„Jemand, der sie spät am Abend getroffen hat, um es
zu besprechen, Vinny?", fragte Gert, neugierig, worauf
er hinauswollte. „Jemand, der sie vielleicht umgebracht
hat? Aber wenn ja, warum?"

„Vielleicht", antwortete er, „war es jemand, der nur
vorgab, ihre Ansichten zu teilen."

„Du kannst unmöglich glauben, dass es jemand von
uns war!", schrie Lance.

Sogar Gert war erschrocken. „Es ist sehr viel wahrscheinlicher, dass es jemand war, den sie in der Nacht
treffen wollte." Sie war sich bewusst, dass die Idee nun

im Raum stand. Es könnte jemand von ihnen gewesen sein.

Eine Küche hielt niemanden gefangen. Sie verlangte ständig Aufmerksamkeit, wenn sie ordentlich funktionieren sollte. Das war zumindest das Ideal und Nell konnte sich auf die Schulter klopfen, dass es in ihre Küche gerade ausgezeichnet lief – denn anders konnte man es nicht sagen. Ließ man den Fehlern eine Chance, geriet man schnell in eine heikle Lage. Eh bien, hätte Monsieur Escoffier gesagt. Heute war die Seezunge perfekt, der Fruchtpudding ein voller Triumpf und sogar das Blankett vom Huhn stieß auf Begeisterung. Mrs Fielding war zum Glück nicht anwesend und Mrs Squires hatte den Nachmittagstee und das Abendessen der Bediensteten unter Kontrolle. Alles war in Ordnung. Dies war ihr Königreich und zurzeit herrschte Frieden.

Doch Frieden durfte man niemals für selbstverständlich halten. Im Nu war er vergangen, als Jenny Smith mit einem Tablett von Lady Ansley zur Spülküche durch lief und in die Küche fragte: „Gibt es schon Neuigkeiten von Charlie Briggs?"

Nell wollte sie gerade an ihre Position erinnern, als Kitty sie von ihrer Arbeit am Tisch ablenkte. „Ich verstehe nicht, wieso die glauben, dass Lady Saddler nachts hinausgegangen ist, um mit unserem Mr Briggs zu sprechen."

Ein fataler Fehler. Sie vergaß den Herd und ein Kochtopf fing an, überzukochen. Kitty eilte hinüber, um den Kopf zu retten und Muriel stieß mit ihr zusammen. Jenny, die hinter ihnen herlief, prallte gegen die beiden, sodass Muriel das Gleichgewicht verlor und mitsamt der geschälten Pfirsiche und der gepellten Erbsen auf dem Küchenboden landete. Nell zählte rasch bis drei, dann lief sie hinüber. Sie war jedoch nicht die Einzige, die zur Hilfe eilte und so folgten weitere Zusammenstöße.

Als endlich die letzte Erbse aufgelesen war, Kittys und Muriels Tränen getrocknet waren, erzählte Muriel ihnen endlich, weshalb sie so aufgeregt aus der Spülküche geeilt war.

„Sie hat nicht Mr Briggs getroffen?", verkündete sie. „Es war jemand anders."

„Wovon redest du da Muriel?", fragte Nell erschöpft vom Versuch, die Kontrolle über die Küche zurückzuerlangen.

„Ich habe sie es sagen gehört, Miss Drury."

„Was?" Nell nahm ihre letzte Kraft zusammen. „Noch einmal langsam. Du hast gehört, wie Lady Saddler über ihre Bewegungen gesprochen hat? Woher weißt du, dass sie es war und nicht jemand anders?"

„Es war niemand anders, Miss Drury", antwortete Muriel verärgert. „Ich habe in der Küche von Spitalfrith beim Sandwiches belegen geholfen und habe Ihre Ladyschaft gehört, die im Nebenzimmer mit jemandem gesprochen hat. Die Fenster waren auf. Ich wusste, wer sie war und ich habe sie in den Raum gehen gesehen, als ich dort ankam. Sie hat gesagt, dass sie hier nicht über solche Dinge reden kann, aber dass sie sich nach dem Abendessen gegen elf Uhr oder so sprechen können."

Nell starrte sie ungläubig an. „Bist du dir sicher, Muriel? Waren sie wirklich im Haus oder draußen?" Das würde Mr Briggs ausschließen, wenn es drinnen war.

„Das hat sie nicht gesagt, aber drinnen, vermute ich, weil ich sie reingehen gesehen habe."

So weit, so gut. „Und wer war bei ihr?" Nell hielt die Luft an. Einer der Clerries. Plötzlich sah die Lage hoffnungsvoller aus. „Und bist du sicher, dass sie im Haus waren?" Draußen könnte es theoretisch Mr Briggs gewesen sein.

„Das weiß ich nicht. Ich habe nur ihre Stimme und ein leises Murmeln gehört."

„War es ein Mann oder eine Frau?", fragte Nell begierig.

„Weiß nicht. Es war ja im Nebenraum, also kann ich es nicht genau sagen. Aber sie waren sicher im Haus. Und Sie haben über ein Treffen nach elf Uhr gesprochen."

„Wieso hast du das niemandem erzählt?", fragte Nell gequält. Sie hatte sich die Informationen auf der Staffelei genau eingeprägt und dort stand nichts darüber.

„Es passte in keine der Spalten, Miss Drury und außerdem haben alle darüber geredet, dass Mr Briggs schon gestanden hat."

Muriel sah sie flehend an und Nell brachte es nicht über das Herz, mit ihr oder den anderen zu schimpfen. Stattdessen zählte sie bis zehn und fragte dann: „Erzählst du die Geschichte der Polizei, Muriel?"

„Aber ja doch." Muriel strahlte sie an.

So wurde da doch langsam etwas daraus, dachte Nell. Endlich hatte sie etwas, das sie Alex vorlegen konnte.

Einen Beweis – in Form von Muriel –, dass Lady Saddler mindestens eine Verabredung am späten Abend gehabt hatte und nicht mit Mr Briggs.

Sie fing fast vor Freude an zu singen, als sie den Weg zum *Coach and Horses Inn* entlanglief. Alex' Arbeitstag würde schon vorbei sein und sie war sicher, ihn dort anzutreffen. Nun würde alles gut werden.

Nicht alles. Wieder einmal musste sie sich mit Frank Hardcastle herumschlagen. „Der Inspektor ist an der Bar, Miss Drury", sagte der Wirt ihr.

„Ich muss ihn sofort sprechen." Sie würde ihm keine Gelegenheit bieten, ihr zu erklären, dass die Bar und das Esszimmer den Herren vorbehalten war.

„Das werde ich ihm sagen und sie können mit ihm im lauschigen Extrazimmer sprechen. Ich lasse niemanden sonst herein", fügte er selbstgefällig hinzu, als würden Alex und sie einander in die Arme fallen, sobald die Tür zufiel. Wenn es doch nur so wäre.

Nell gab es auf. Sie hatte schließlich nicht vor, die gesamte männliche Bevölkerung von Wychbourne zu verführen, also konnte sie auch im Nebenzimmer auf Alex warten. Sie zappelte unruhig herum, bis ein überrascht aussehender Alex hereintrat.

„Schön, dich zu sehen, Nell. Keine schlechten Neuigkeiten, hoffe ich?"

„Gute Neuigkeiten", sagte sie glücklich. „Ich habe einen Beweis, der Mr Briggs entlastet."

Er verstummte abrupt und schloss die Tür fest. „Erzähl mir davon."

„Ich habe eine Zeugin, die schwört, dass Lady Saddler jemand anders an jenem Abend nach elf Uhr treffen wollte und es kann nicht Mr Briggs gewesen sein."

Zu ihrer Enttäuschung blieb seine Miene ungerührt. Konnte er sich nicht einmal mit ihr freuen? „Einer der Künstler?", fragte er. „Und wo haben sie sich getroffen?"

„Ich weiß nicht wo oder wer, aber es war jemand, der mit Lady Saddler im Haus sprach und das kann nicht Mr Briggs gewesen sein."

„Wer ist die Zeugin?"

„Muriel, eines der Spülmädchen."

„Ich erinnere mich an sie", sagte er zu Nells Erleichterung. „Sie ist etwas schusselig, aber vertrauenswürdig, dachte ich. Ich werde dem nachgehen. Gut gemacht, Nell."

Sie grinste ihn an. „Und nun muss ich noch Lady Clarices Geist für dich finden", witzelte sie.

„Liebste Nell, wovon redest du da nur?"

„Der Geist – das war als ich am Samstagabend auf dem Weg zum Garten war und Lady Clarice auf mich zugelaufen kam. Sie erzählte mir aufgeredet, sie hätte gerade ihren verstorbenen Geliebten Jasper getroffen."

Er starrte sie ungläubig an. „Weißt du, Nell, Wychbourne ist wirklich eigen. Hier scheint man Geister als Verdächtige in Erwägung zu ziehen. Wer war es wirklich?"

„Das weiß ich nicht. Natürlich habe ich später überlegt, dass es jemand gewesen sein könnte, der in den Garten gegangen war und dort die zerstörten Vögel gesehen hat oder sie vielleicht selbst zerstört hat."

„Aber Lady Clarice kam allein aus dem Garten?"

Erschrocken verstand sie, worauf er hinauswollte. „Ja, aber sie kam nie dort an. Sie erwähnte den Garten nicht und muss umgedreht sein, als sie Jasper sah."

„Nicht Jasper. Seinen Geist", erinnerte er sie. Sein Lächeln verschwand. „Hast du irgendetwas gesehen, das sie fälschlicherweise für einen Geist gehalten haben könnte?"

„Nein, aber die Büsche und Bäume könnten ein Dutzend Menschen versteckt haben."

„Wieso glaubte sie, dass es ein Geist war?"

„Weil sie Jasper sehen wollte."

Er seufzte. „Warum zur Hölle erfahre ich erst jetzt davon?", fragte er halbwegs ruhig. „Schon wahr, ich habe Lady Clarice nicht verhört, aber du hast es bisher nicht erwähnt – nur, dass du in den Garten gingst."

„Aber es passierte so viel früher als der Mord, dass es irrelevant erschien", sagte sie bestürzt.

Es war offensichtlich nicht irrelevant für Alex, seinem Gesichtsausdruck nach zu schließen.

„Könnte es einer der Carters gewesen sein?"

„Im Cottage war es da schon dunkel, aber ich schätze, das wäre möglich."

Endlich gab er nach. „Kopf hoch. Das könnte das erste Mal sein, dass ein Geist vor Gericht aussagt."

Kapitel 8

So eine Aufforderung, nach Dower House zu kommen, durfte man nicht auf die leichte Schulter nehmen. Wenn Ihre Majestät (oder in diesem Fall die Witwe, Lady Enid) rief, gehorchte man, selbst wenn die Bayrische Creme mit Himbeeren für das Mittagessen noch nicht gemacht war. Nell machte sich auf eine herausfordernde Begegnung gefasst und war froh, dass Arthur Fontenoy, der Nachbar der Witwe und Erzfeind (in Lady Endis Augen), sich in Schottland aufhielt, sodass er von diesem ungewöhnlichen Ereignis nichts erfuhr. Ein gutes Verhältnis zwischen Nell und seiner Nachbarin würde ihn zweifelsohne amüsieren.

Die herausfordernde Begegnung begann nur Sekunden, nachdem Nell an der Tür geläutet hatte. Mr Robins, Lady Enids Butler, musste diese würdevolle und unfreundliche Haltung als Teil seiner andauernden Konkurrenz mit Mr Peters einstudiert haben, entschied Nell, als er ihr die Tür öffnete und sie ihm gehorsam ihren Namen sagte. Egal, wie oft sie einander sonst in der Woche über den Weg liefen, das Ritual musste bewahrt werden.

Von Mr Peters aus gab es keine Konkurrenz mit Mr Robins. Er herrschte unangefochten auf Wychbourne Court und soweit Nell es beurteilen konnte, war es Mr Robins, der nach Gleichrangigkeit strebte. Welch ein Jammer es doch war, dass Rotkehlchen solch fröhliche Kerlchen waren und der gleichnamige Mr Robins offenbar glaubte, dass ein überlegener, hochmütiger Blick ein essenzieller Bestandteil seiner Stellung war –

oder vielleicht war es einfach sein Naturell, dachte Nell, als sie ihm brav in das Tageswohnzimmer folgte.

„Miss Drury, Ihre Ladyschaft."

Bei so viel Pomp und Feierlichkeit fühlte sich Nell wie ein Mitglied des Königshauses, als sie auf Lady Enid zuging, die sich von ihrem Sessel erhob. Sie sah heute besonders majestätisch aus, doch Nell hatte sich auf die Schlacht gefasst gemacht – was sich als unnötig entpuppte, denn die Witwe lächelte zur Begrüßung. Was zur glucksenden Gans hatte es damit wieder auf sich? Nell entschied, Vorsicht walten zu lassen. Es war weithin bekannt, dass Lady Enid niemals lächelte.

„Ich freue mich, Sie zu sehen, Miss Drury." Das Lächeln wurde breiter. Gleich würde sie noch anfangen zu lachen.

Es war erschreckend. Sollte sie zurücklächeln?

„Mir scheint, dass wir Kolleginnen sind, Nell – wenn ich Sie so anreden darf", sprach die Witwe weiter.

War sie wach oder träumte sie? Nell setzte ein interessiertes Gesicht auf und signalisierte, dass sie nichts mehr erfreuen würde.

„Chefinspektor Melbray war mir zutiefst verbunden für die Informationen, die ich ihm mitteilen konnte. Es war bloß ein Schnipsel", fügte Lady Enid bescheiden hinzu, „aber ich hoffe, dass es Mr Briggs in seiner Notlage hilft."

„Das sind sehr gute Neuigkeiten", sagte Nell freundlich und erholte sich langsam vom Schreck der Begrüßung. Dem Himmel sei Dank für was immer dies für eine Information war. „Dürft Ihr mir sagen, was es war?"

„Das kann ich gerne. Ich habe die Erlaubnis des Inspektors. Es betrifft den Bauernjungen, der unsere Milch jeden Tag früh am Morgen bringt. Ich bin nicht gewohnt, mich mit ihm zu unterhalten, aber durch die aktuelle unglückliche Situation entschied ich, es zu tun. Er schien den Eindruck zu haben, ich sei ein Küchenmädchen, als er verlangte zu erfahren, wo meine aufzufüllenden Flaschen waren. Ich konnte ihm in dieser Hinsicht nicht helfen und schickte ihn zum Dienstboteneingang, doch dann erzählte er mir, dass der Mord an Lady Saddler ein merkwürdiges Ereignis sei und unser Mr Briggs ein Heuchler sei. Zu seiner Überraschung widersprach ich ihm und er erklärte mir, dass er es getan haben müsse, weil er gesehen hat, wie Mr Briggs am Sonntagmorgen gegen sieben Uhr Wychbourne Court verließ. Der Junge meinte, er hätte einen merkwürdigen Gesichtsausdruck gehabt.“

Lady Enid lehnte sich stolz strahlend zurück – kein Wunder, dachte Nell. „Am Sonntagmorgen?“, wiederholte sie. „Aber das bedeutet –“

„Ja, Miss Drury. Mir wurde gesagt, dass Lady Saddler in der Nacht etwa gegen halb zwölf oder Mitternacht starb. Mr Briggs, so scheint es mir, ist höchstwahrscheinlich nicht mitten in der Nacht nach Spitalfrith gegangen oder geradelt, um einen Mord zu begehen, dann nach Wychbourne zurückgekehrt, um sich dann um sieben zu einem weiteren Besuch im Garten zu entschließen, um nachzusehen, ob die Leiche der armen Frau noch dort ist.“

„Manchmal kommt die Erlösung in unerwarteter Gestalt. Lady Enid, Scotland Yard hat in Ihnen eine weitere Lady Molly“, sagte Nell dankbar.

„Vielen Dank. Ich lese keine solch billigen Romane, aber ich höre ihre Heldentaten sind sehr beliebt. Ich habe mir sagen lassen, dass Mr Briggs' Bett letzte Samstagnacht nicht genutzt wurde, aber da mein Enkel Richard ihn in sein Zimmer begleitet hat, ist es gut möglich, dass er nach dem Schock, den er erlitten hat, sitzen blieb. Das würde das Bett erklären und auch seinen frühen Aufbruch am nächsten Morgen."

„Ihr könntet seine Unschuld bewiesen haben, Lady Enid. Das wird ihn sicher entlasten."

„Inspektor Melbray weigerte sich, darüber eine Aussage zu treffen, aber es besteht kein Zweifel, dass es geholfen haben muss. Aus diesem Grund, Miss Drury, habe ich entschieden, dass es meine Pflicht ist, mich für die Angelegenheit zu interessieren."

Wow! Nell sah die Warnflagge wild flattern. Nun waren Diplomatie und Eifer gefragt. „Das wäre höchst erfreulich", sagte sie freundlich. Solange sie hier gerade nicht auf ein Desaster zusteuerten, dachte Nell.

„Der andere Grund, weshalb ich um Ihre Anwesenheit gebeten hatte, Miss Drury, ist, dass ich um Ihre Hilfe in einer anderen Sache bitten möchte."

Die Warnflagge flatterte noch stärker. Nell wartete, was nun noch kommen würde.

„Wie sie wissen, ist meine Tochter Clarice an den übernatürlichen Erscheinungen von Wychbourne Court interessiert", sagte Lady Enid. „Seit Kurzem interessiert sie sich aus gleichem Grund für Spitalfrith Manor und hat – in meinen Augen – törichterweise nicht nur Miss Saddler, sondern schlimmer noch Sir Gilbert darauf angesprochen. Natürlich ist er bestürzt über den Verlust seiner Frau und hat gefragt, ob Sie ihn möglichst bald besuchen würden. Er weiß, wie viel Verständnis Sie für das Hobby meiner Tochter haben und würde es gerne mit Ihnen bereden." Sie lächelte wieder.

Spitalfrith machte ohne seine Gäste einen noch verloreneren Eindruck, dachte Nell, als sie an der Tür läutete. Eine schöne Nummer war das. Die Köchin von Wychbourne Court trat - mit ausdrücklicher Erlaubnis von Lord Ansley – in die Welt von Sir Arthur Conan Doyle ein. Die Tür wurde von Petra aufgemacht, deren Miene sich sogleich erhellte, als sie Nell sah.

„Mein Vater ist sehr dankbar, Nell. Er will dir etwas erzählen, dass er nicht einmal mir sagen will. Er tickt im Moment nicht ganz richtig, aber ich weiß, du wirst vorsichtig vorgehen."

Nell folgte ihr in ein Wohnzimmer im Obergeschoss, wo Sir Gilbert an einem Tisch voller Briefe und Zeitungen saß. Er sah in sich zusammengesunken aus, als er aufstand, was eine sichtliche Herausforderung darstellte. Was konnte an den Geistern so wichtig sein, dass er sich in solch einer Situation darum Sorgen machte?

„Wie schön, dass Sie es einrichten konnten, Miss Drury", begrüßte er sie. „Ich musste mit Seiner Lordschaft ein Wort wechseln und fragen, ob ich Sie entwenden darf. Zu gut von ihm, auf sein coq au vin zu verzichten, nicht?"

„Für das Mittagessen ist alles vorbereitet", versicherte Nell ihm, wobei die noch immer nicht zubereitete Bayrische Creme ihr durch den Kopf spukte. „Ich habe zwei sehr gute Vorspeisenköche."

„Na das ist doch genau das Richtige“, sagte er vage. „Die Jugend, was? Kommen heute überall hin.“ Er schwieg einen Moment lang. „Ich habe gestern mit diesem Chefinspektor Melbray gesprochen. Hat empfohlen, ich solle mit Ihnen sprechen. Lady Enid sagte das auch. Mit meiner Tochter kann ich nicht reden – nicht darüber.“

Merkwürdig, dachte Nell. „Geht es um die Geister?“, fragte sie vorsichtig, als sich wieder Stille ausbreitete.

Er sah sie verdutzt an. „Geister? Ach, Sie meinen Lady Clarice. Nein, es geht nicht um sie – nun, doch, schon, aber die meiste Zeit kann ich nicht klar denken. Ich frage mich ständig, wer meine Frau umgebracht hat. Es ist so unwirklich – ich frage mich, wer das wollen könnte. Sie war eine reizende Frau. Hat so viel im Krieg getan, um anderen zu helfen und hat uns Clerries auf Kurs gehalten. Und dann kommt sie hierher und jemand bringt sie um. Es ist ein Mysterium, Miss Drury. Was hat Lisette so spät abends draußen getan? Ich war zu Bett gegangen – getrennte Schlafzimmer, müssen Sie wissen. Ich fragte mich das und dann plötzlich kam mir die Antwort.“

Was kam nun? Nell hielt den Atem an. Sir Gilbert schien nicht so sehr an ihrer Meinung interessiert, eher an einer Zuhörerin. Das erklärte, wieso Alex und Lady Enid sie vorgeschlagen hatten, auch wenn es bedeutete, dass Alex wohl annahm, dass bei dem Treffen nichts Bedeutsames herauskommen würde. Aber vielleicht würde etwas für sie wichtig sein. Was immer sie über die verstorbene Lady Saddler oder die Clerries in Erfahrung brachte, konnte helfen, Mr Briggs zu entlasten.

„Während des Kriegs arbeitete Lisette spät abends“, erklärte Sir Gilbert ihr. „Sie gab nicht nur Informationen über die Bewegungen der feindlichen Züge und Truppen weiter, sie sang in Clubs und schnappte dort Geheimnisse auf, wenn der Feind beschwipst war. Sie erinnerte sich daran, nachts draußen zu sein, wenn alles still war und man die Wahrheit am Himmel flackern sah. Deshalb mochte sie die Clerries, sagte sie. Man sah die Dinge so klar wie die Sterne. Das ist der einzige Grund, der mir einfällt, wieso sie Samstagabend so spät draußen gewesen sein könnte.“

Lady Saddler hatte die Clerries gemocht? So hatte sie das nicht verstanden, dachte Nell.

„Außerdem“, sprach er weiter, „gibt es auf dem Spital-Hof all die Arbeiter, die zur Ernte hier sind und in Hütten schlafen. Einer von ihnen könnte meine Frau umgebracht haben. Dieser Inspektor hat nach unseren Gästen gefragt, aber ich kann mir nicht vorstellen, dass einer von ihnen Lisette umgebracht hat. Es muss einer der Erntehelfer gewesen sein. Ein ungeheurer Haufen, diese Burschen.“

So froh Nell auch war, dass Alex selbst bei den Clerries nachgeforscht hatte, kamen Nell sofort weitere Fragen in den Sinn. Wenn Sir Gilbert recht hatte, erklärte dies noch lange nicht, wieso seine Frau in dem Garten gewesen war oder wieso ein Hilfsarbeiter sie umbringen würde. Man hatte keinen sexuellen Übergriff oder Raubüberfall festgestellt.

„Haben Sie Chefinspektor Melbray von Ihrer Theorie berichtet?“, fragte sie.

„Zu versessen, seinen eigenen Ideen zu folgen, um meine zu hören“, murrte er.

Nun verstand sie. Sie war tatsächlich als Zuhörerin hier, doch eine mit einer Aufgabe. Es war eine reine Vermutung, doch sicherlich würde Alex erwarten, dass sie aus seinen weitschweifenden Kommentaren etwas Relevantes herauszog. Nun gut. Das gab ihr eine freiere Hand.

„Ihre Frau muss eine große Bewunderin Ihrer Kunst gewesen sein, Sir Gilbert, nicht nur ihrer Arbeiten mit den Artistes de Cler. Es scheint daher seltsam, dass sie die Ausstellung in London absagen wollte."

Zu ihrer Erleichterung antwortete er nach kurzem Zögern. „Lisette sagte, es sei mir zuliebe. In meinen Porträts und anderen Werken versuche ich, die Dinge klar zu sehen. Sehen Sie sich mein Porträt von Lady Enid an. Ich habe es in vierundneunzig gemalt und es zeigt sie so klar, dass es ein clerrisches Werk ist. Mein Ansatz entspricht dem Prinzip. Heutzutage, schätze ich, sollte ich einen Schritt weiter gehen und malen, was nicht da ist." Als er in sich hineinlachte, freute Nell sich. Er schien glücklicher, jetzt wo er wieder auf sicherem Terrain war.

„Was ich sagen will", fuhr er fort, „ist, dass ein Künstler die Wahrheit eines Gemäldes sehen kann, auch wenn sie nicht immer für den Betrachter offensichtlich ist. Das ist, wieso wir die Clerries brauchen. Zumindest sagte Lisette das. Manchmal frage ich mich, ob Petra nicht recht hat." Er sah Nell direkt an. „Das ist es, was ich gerne wüsste, Miss Drury. Habe ich etwas in meinen Porträts von Lisette übersehen? Hat es jemand klarer gesehen als ich? Etwas hat sie spät in der Nacht nach draußen geführt. Was war es?"

Nun wurde es brenzlig, dachte Nell alarmiert. Wie konnte sie das sinnvoll beantworten, wenn er sie so hoffnungsvoll ansah? Wie konnte sie helfen? Sag die Wahrheit. „Keiner von uns kann das, Sir Gilbert", antwortete sie. „Aber wir alle können sie und was sie im Krieg geleistet hat, erinnern. Und irgendwie wird die Wahrheit herauskommen."

Ergab das Sinn? Ob es das tat oder nicht, er schien etwas getröstet. Er nickte.

„Sie sagen, dass es dieser Kammerdiener Briggs war, der sie umgebracht hat. Glauben Sie das?"

„Nein", sagte Nell.

Er seufzte. „Ich auch nicht, Miss Drury. Wissen Sie, wer es tat?"

„Ich weiß es nicht, aber Chefinspektor Melbray wird es herausfinden."

„Vielen Dank, Miss Drury. Vergeben sie mir. Ich werde alt und schwafele. Sie kamen her, um über Lady Clarice und ihren Geist zu reden. Ich höre, Sie haben sie am Samstagabend getroffen, als sie dachte, einen Geist im Garten getroffen zu haben."

Das war ein sichereres Gesprächsthema. „Sie glaubte, Jasper Montjoy gesehen zu haben", erklärte Nell. „Er war ihr Verlobter, der auf Spitalfrith lebte. Er fiel im Zweiten Burenkrieg."

„Aber wieso", Sir Gilbert sah verwirrt aus, „glaubte sie dann, dass er nachts in meinem Garten auftauchen würde? Das kann nichts mit dem Tod meiner Frau zu tun haben, denn Lady Clarice sagte, sie habe ihn gegen neun Uhr am Abend getroffen. Sie fragte, ob sie möglichst bald wieder durch die Gärten spazieren könne, falls er wieder auftaucht. Sie befürchtete, dass er aufgeben und verschwinden könnte, wenn sie nicht bald zurückkehrt. Sie glaubte außerdem, dass es mir helfen könne, wenn dieser Jasper zurückkehrt, weil er wohlmöglich zu verstehen geben könnte, wer Lisette umgebracht hat. Mir fällt es schwer, das zu glauben, aber ich möchte sie nicht von ihren Spaziergängen abhalten, so exzentrisch es mir auch erscheint. Doch ich finde, sie sollte nicht allein umherwandern. Ich würde ja Petra fragen, aber Sie kennen sie besser."

„Wann will sie herkommen?", fragte Nell bang. Sicherlich nicht heute Abend, wenn sie die Menüs für morgen vorbereiten musste.

„Heute Abend. Seine Lordschaft hat dem zugestimmt." Sir Gilbert sah sie sorgenvoll an. „Werden Sie mitgehen?"

Sie brachte so viel Begeisterung, wie sie nur konnte, auf. „Aber natürlich." Nie war ihr noch weniger danach gewesen, mit Lady Clarice durch den dunklen Wald zu wandeln. „Wenn wir den gleichen Weg wie am letzten Samstag nehmen, wäre es sinnvoll Freddie und Joe Carter Bescheid zu geben", schlug sie vor.

Er sah sie ausdruckslos an, verstand dann aber ihren Gedankengang. „Na logisch. Ich werde Hayward sagen, dass sie mit Ihnen sprechen soll. Die Dämmerung ist Ihnen recht?" Er hielt kurz inne. „Ich muss doch nicht dabei sein, oder?"

Das löste zumindest eines ihrer Probleme. „Nein, Sir Gilbert. Je weniger Menschen dabei sind, desto besser."

„Ich glaube fest daran, dass Jasper sich zeigen wird", erklärte Lady Clarice begierig, als Nell sie im großen Saal traf, um das große Abenteuer anzutreten.

Tatsächlich war Lady Clarice in Jodhpurs und unergründlicher Weise einem Sonnenhut gekleidet, dass man sie glatt für eine der unerschütterlichen viktorianischen reisenden Frauen halten können, oder eher einer Hollywooddame, die die Wüste durchquerte, um ihren eigenen Scheich, ihren Rudolph Valentino, zu finden. Sein Tod wurde in der Küche noch immer schwer beklagt.

„Und wenn er sich nicht zeigt?", fragte Nell vorsichtig und machte sich auf etwas gefasst. „Es könnte sein, dass es am letzten Samstag nicht Jasper war."

Lady Clarice machte ihrer Ungeduld Luft. „Meine liebe Nell, natürlich war es Jasper. Er zeigte sich, weil ich dort war und heute ist der Jahrestag des Tages, an dem wir uns verlobten. Ich weiß, dass Sie skeptisch sind, Nell, doch ich habe Ihnen gegenüber einen Vorteil. Ich weiß, dass Jasper sich zeigen wird, wissen Sie, daher können Sie mich nicht verärgern, egal wie sicher sie sind, dass ich falschliege. Er wird sich in unserem Tal zeigen, bei unserem Eschenhain."

Sie fing an, das alte Volkslied leise zu singen. „Um uns her läuteten die Glockenblumen vor Fröhlichkeit,

Ach! ich hatte keine Ahnung, wie bald wir uns würden trennen müssen."

Nells Verärgerung über den wahnwitzigen Abend verpuffte und ihr kamen die Tränen. Vielleicht konnte diese Unternehmung, so verrückt es auch alles klang, doch etwas mit dem Mord an Lady Saddler zu tun haben.

„Soll ich Euch hinfahren, Lady Clarice?", fragte sie.

„Nein", sagte diese bestimmt. „Fahren Sie hin, ich werde nach Spitalfrith gehen, so wie ich es vor all den

Jahren tat. Ich will mich fühlen wie mit zwanzig, als ich summend zu Jasper ging."

Nell fühlte sich gedemütigt. Lady Clarice glaubte wirklich, dass ihr Liebster auf sie warten würde. Wenn er nicht auftauchen würde, so sehr Lady Clarice auch daran glaubte, hoffte Nell doch, dass etwas passieren würde, das Lady Clarice von seiner Anwesenheit überzeugte.

Sie parkte ihren Wagen am ihr inzwischen vertrauten Wegrand hinter den Gärten von Spitalfrith Manor und lief den Weg hinauf, der am Cottage der Carters vorbeiführte durch den Wald zum Herrenhaus. Als sie den Ort erreichte, an dem Lady Clarice glaubte Jasper gesehen zu haben, blieb sie stehen. Weit und breit keine Spur von Lady Clarice. Sie erschauderte. Obwohl noch August war, fröstelte sie als sie auf dem Pfad wartete, der sie nicht an den Zweiten Burenkrieg denken ließ, sondern an die Schrecken des letzten Samstags. Nein, denk an Jasper und seinen möglichen Geist. Sie dachte an die zwei Damen aus Oxford, die den Schlosspark um das Petit Trianon besucht und in ihrem daraus entstandenen Buch nicht nur eine detaillierte Beschreibung der Gärten, wie sie zu Zeiten Marie Antoinettes aussahen, sondern auch Geistererscheinungen festgehalten hatten. Die unglückselige Königin und ihre Hofdamen saßen auf dem Rasen und taten, als wären sie Bäuerinnen. Einbildung oder nicht, hier auf Spitalfrith fiel es leicht, zu glauben, Jasper könnte jeden Moment auftauchen.

Als sie endlich Schritte hörte, eilte sie erleichtert Lady Clarice entgegen, doch den Pfad hinauf war niemand zu sehen. Nells Herz pochte wild. Was sollte sie tun?

Wie konnte eine moderne Frau wie sie vor etwas Angst haben, das wohlmöglich bloß ein Kaninchen oder ein Eichhörnchen war? Mit Sicherheit war es kein Geist, sagte sie sich. Oder etwa doch? Oder trieb sich der Mörder noch immer im Wald umher? Sei mutig wie ein Soldat, Nell, das hatte ihre Mutter früher immer gesagt. Soldaten. Was für ein verrückter Gedanke. Konnte Jasper wirklich ein Vierteljahrhundert später aus dem Zweiten Burenkrieg hierher zurückgekehrt sein?

Denk logisch, Mädchen, befahl Nell sich. Zunächst musste sie Lady Clarice finden. Sie musste inzwischen angekommen sein und vermutlich wartete sie in ihrem Tal - wo immer das auch war. Es konnte nicht weit sein, aber Nell wagte es nicht, nach ihr zu rufen aus Angst, sie könne Jasper (Lady Clarices Meinung nach) verschrecken. Sie erkundete die Pfade in der Nähe und duckte sich unter Ästen hinweg und streifte Gebüsch. Noch immer sah sie nichts bis auf die düstere Atmosphäre des nächtlichen Walds. Schließlich hörte sie einen Schrei – es klang nach Freude, nicht nach Angst – nicht weit entfernt. Sie folgte dem Laut und erreichte eine kleine verwilderte Lichtung, wo glücklicherweise Lady Clarice stand.

Sie blickte freudig zu Nell auf. „Ich habe ihn gehört, Nell. Ich habe ihn gehört. Darüber besteht kein Zweifel."

Gott sei Dank. „Das ist wundervoll, Lady Clarice." Frag sie nicht, ob sie ihn gesehen hat, frag gar nichts. Überlass es ihr, überlegte sich Nell. Vermutlich hatte sie bloß Nells Schritte gehört.

„Ich habe ihn verschwinden sehen, aber es macht mir nichts." Lady Clarice stolperte über die eigenen Worte vor Aufregung. „Er kam als dunkle Gestalt aus dem Schatten auf mich zu." Sie zeigte auf einen anderen Pfad und Nell erstarrte. Das war nicht die Richtung, aus der sie gekommen war.

„Er wollte sich nähern", erzählte Lady Clarice freudestrahlend weiter, „doch er konnte nicht. Er wurde zurückgehalten. Aber er kam auf mich zu. Ich lief ihm nach, obwohl es so dunkel war. Ich hörte seine Schritte, aber er verschwand, also kam ich hierher zurück, wo wir einst so glücklich waren. Ach, Nell, und nun bin ich wieder glücklich."

Hörte seine Schritte? Machten Geister denn Geräusche? Nell riss sich am Riemen. Morgen schon würde auch Lady Clarice wieder ganz die Alte sein. Doch erstmal musste sie mit dem heutigen Abend fertigwerden und Nell dachte an den Mord an Lady Saddler und dass Mr Briggs dringend freigelassen werden musste. Konnte dieser ‚Geist' einer der Carters sein, fragte sie sich. Nein, es war zu spät am Abend und er wäre auch nicht verschwunden. Er hätte mit Lady Clarice gesprochen. Es könnte, überlegte sie, ein Besucher der Carters gewesen sein, aber dafür waren sie wohl zu weit vom Cottage der Carters entfernt. Wilddiebe? Das Anwesen erschien ihr nicht groß genug, um welche anzulocken.

Nell wappnete sich. „Würden Sie einen Augenblick lang hier warten, Lady Clarice? Ich werde Jasper folgen, wenn sie mir die Richtung zeigen, in die er lief."

Zum Glück erhob Lady Clarice keine Einwände gegen dieses offensichtlich aussichtslose Vorhaben. Sie ist wirklich verrückt, dachte Nell liebevoll, dass es ihr wohl ganz natürlich vorkam, dass die Chefköchin von

Wychbourne Court nachts im Wald nach einem verschwundenen Geist suchte.

„Ich werde ganz zufrieden in unserem Tal sein", versicherte Lady Clarice ihr, als sie Nell die Richtung zeigte, in die Jasper verschwunden war. Nell ließ sie auf einem Baumstamm sitzend zurück, offenbar ganz zufrieden, dort allein ihren Erinnerungen nachzuhängen.

Nell schritt den Weg entlang, der zum Wäldchen führte, in dem das Fest stattgefunden hatte. Wenn dieser Geist doch ein Mensch war, würde er nach dem kurzen Auftritt im Tal wieder auf den Hauptpfad zurückgekehrt sein und wenn es ein Eindringling war - vielleicht einer der Gelegenheitsarbeiter, die Sir Gilbert erwähnt hatte –, würde er zum hinteren Tor eilen und nicht wie ein Geist durch den Wald streichen, wenn sie das Verhalten von Geistern richtig verstanden hatte. Mit ihrer Schlussfolgerung zufrieden, ging Nell durch das Tor und überlegte, was ihr nächster Schritt sein sollte.

Stille. Kein Vogel sang. Das waren die Worte, die Keats in ‚La Belle Dame sans Merci‘ verwendet hatte. War das ominös, in Angesicht von Lady Saddlers Tod? Unsinn, sagte Nell sich. Die Vögel schliefen, wie sie es sollten. Sie blickte den Weg auf und ab, konnte jedoch in beiden Richtungen nichts sehen, das darauf hindeutete, dass hier jemand kürzlich vorbeigekommen war. Wieso auch? Der Weg führte nur zur Straße nach Wychbourne und in die andere Richtung nach Spitalfrith. Doch auf der anderen Seite des Tors gab es noch einen schmalen Trampelpfad, den sie erst jetzt wahrnahm und der vermutlich durch den Spital-Wald zum Spital-Hof führte und auch zu den Feldern, wo die

Arbeiter untergebracht sein mussten. Sie folgte dem Weg, froh, dass sie daran gedacht hatte, ihre Taschenlampe wieder mitzunehmen – jedoch nicht um sie auf Geister zu richten, darauf hatte Lady Clarice bestanden. Geister hassten Taschenlampen so sehr wie Kerzenlicht.

Eine leichte Brise bewegte die Schatten im Gebüsch und die Äste und das letzte Licht der untergehenden Sonne verschwand. Warum um alles auf der Welt stolperte sie hier über Wurzeln und Gestrüpp auf diesem schmalen Trampelpfad? Bisher war kein Geist aufgetaucht. Plötzlich blieb sie stehen. Tiere konnten Gefahr spüren und genauso konnten Menschen das auch. Und haargenau das Gefühl hatte sie jetzt. Der sechste Sinn. Bei des Däumchens Juckerei, wie die Hexen in „Macbeth“ sangen. Doch es waren nicht die Daumen, die kribbelten, es waren ihre Ohren. Sie stand still und sah sich um. Die Schatten der Bäume wurden dunkler und veränderten ihre Formen. Nein, nur eine Figur und die stürzte auf sie zu – oder zumindest kam es ihr so vor, als sie angsterfüllt zurückwich. Das war kein Geist. Es war ein Mann, der von der Böschung am Wegrand herabsprang.

„Bonjour, Madame.“

Unerschrockene Frauen fallen nicht in Ohnmacht. Du hast keine Angst. Nicht du, Nell.

„Bonjour, Monsieur“, antwortete sie mit gespielter Leichtigkeit, obwohl sie innerlich zitterte.

Er stand nur einen knappen halben Meter entfernt. Das ist kein Räuber, der gleich sein Messer wetzt und sie ersticht, sagte Nell sich. Er wird seine Hände nicht gleich um ihren Hals legen und zudrücken. Oder etwa doch? Jemand hatte Lady Saddler erdrosselt. Sie richtete schnell die Taschenlampe auf ihn.

Er lächelte. „Je m'apelle Jean-Paul Girarde."

Er hatte eine schlanke Figur, trug dunkle Hosen und dunkle Arbeitskleidung, hatte dunkles Haar und war etwas größer als sie mit ihren eins sechzig. Er musterte sie aufmerksam und wartete, dass sie etwas sagte, also tat sie genau das.

„Je m'apelle Nell Drury, Köchin –"

„Von Wychbourne Court. Mes amis Joe und Frederick Carter haben mir von Ihnen erzählt."

„Und Lady Clarice mir von Ihnen."

„Je m'excuse?" Er sah sie erschrocken an.

„Lady Clarice von Wychbourne Court glaubt, Sie seien der Geist ihres verstorbenen Verlobten, Jasper. Der sind Sie wohl nicht, nehme ich an?"

„Nehmen Sie meine Hand, Madame Drury."

Tu, was er sagt, befahl Nell sich. Seine Hand war fest, aber feingliedrig und geradezu elegant, und Nell entspannte sich langsam. „Ich glaube nicht, dass Sie ein Geist sind", sagte sie ihm. „Was machen Sie in den Gärten von Spitalfrith Manor, dass sie Lady Clarice zu falschen Hoffnungen verleiten?"

„Ich sah Ihren Wagen am Tor und fragte mich, wo Sie hin wollten. Das Zuhause meiner Freunde liegt in jener Richtung, also folgte ich Ihnen. Aber ich bedauere die Enttäuschung dieser Lady Clarice."

„Sie wird nicht enttäuscht sein. Sie glaubt an Sie", erzählte Nell ihm. Das war also der Freund der Carters und alles war geklärt. Oder war es das? War es bloßer Zufall, dass er sie besuchte?

„Dann ist alles gut. Ich habe eine Illusion eines Geistes aufgeführt, ohne es zu beabsichtigen, obwohl ich von Beruf Zauberkünstler bin. Mein Bruder und ich, wir arbeiten zusammen, doch nun hat er Wychbourne verlassen, darum können wir nicht Geister für Lady Clarice sein.“

Das erklärte es. „Sie haben die Hände eines Magiers“, sagte sie.

Er machte eine Verbeugung. „Ich danke Ihnen, Madame Drury. Mein Leben ist voller Magie und ich reise überall mit meinem Bruder Jacques hin. Wir reisenden Zauberkünstler verdienen nicht viel Geld, also arbeiten wir während der Ernte, aber nun ist mein Bruder abgereist, denn die Getreideernte ist fast vorüber.“

Sie nahm allen Mut für die wichtigste aller Fragen zusammen: „Waren Sie es, den Lady Clarice letzten Samstag am Abend in den Gärten von Spitalfrith sah?“

„Ah, der Mord an Lady Saddler, Madame. Ich habe mit meinen Freunden Joe und Freddie darüber geredet. Non. Ich bin nicht ihr Mörder. Ich war am frühen Abend dort und ging mit Freddie und Joe zu Madame Goldings Haus, zu Joes Schwester. Bis in die späte Nacht redeten wir über die zerstörten Vögel und dann gingen wir schlafen. Mein Bruder ging auf der Suche nach uns zum Cottage, erzählte er mir später, doch er konnte uns nicht finden – nur Mr Briggs und den zerstörten Garten. Es brachte meinen Bruder zum Weinen und er kehrte zu unserer Hütte zurück. Aber da war es noch nicht dunkel, also war er nicht Lady Clarices Geist. Die arme Lady Clarice. Es ist eine traurige Angelegenheit, Madame Drury.“

Kapitel 9

„Bist du gerade beschäftigt, Nell?" Sie riss den Kopf hoch. Die ehrliche Antwort wäre ‚Ja' gewesen. Wie sollte man es anders als beschäftigt bezeichnen, wenn man ein Auge auf das Filet haben musste, die Salate überwachen, die Entremets finalisieren und Pralinen für die Soufflés machen musste? Doch als Alex in der Küchentür stand und das Küchenpersonal ihn angaffte, gab es nur eine mögliche Antwort, die definitiv nicht ‚Ja' lautete – besonders weil sie vorgehabt hatte, ihn nach der morgendlichen Arbeit aufzusuchen, wenn sie die Küche unter Kontrolle hatte. Sie brannte nicht nur darauf, ihm von ihrem Treffen mit Jean-Paul Girarde am Vorabend zu erzählen, sie hoffte außerdem auf gute Neuigkeiten über Mr Briggs, die es nach dem Beweis der Witwe Lady Enid und Muriels Geschichte nun sicherlich geben würde.

Sie und Jean-Paul (wie sie ihn in Gedanken zu ihrer eigenen Überraschung schon nannte) hatten sich eine Weile unterhalten, bevor Nell zu Lady Clarice zurückgekehrt war, die sich zum Glück nicht bewusst schien, dass Nell eine gute halbe Stunde weg gewesen war. Jean-Paul hatte gesagt, dass er nichts dagegen einzuwenden hatte, mit der Polizei zu sprechen, doch seine Hauptsorge galt Freddie. Er schlug vor, dass sie ihn am Abend zu den Carters begleitete, da sie ihr letzter Besuch gefreut hatte. Das war ihr neu, doch sie verwarf rasch jegliche Bedenken, was Alex zu einem weiteren Besuch sagen würde. Es könnte als Routinebesuch der

Nachbarn gezählt werden, sagte sie sich und konnte so ihre quälenden Zweifel unterdrücken.

„Ein paar Minuten kann ich erübrigen“, sagte sie gnädig und huschte an Alex vorbei, wobei ihnen sicherlich einige erstaunte Augenpaare folgten. „Komm mit in den Kochtopf.“

„Bei dem Namen habe ich immer das Gefühl, dass du vorhast, einen Eintopf aus mir zu machen.“

„Das habe ich, sagte die Kannibalenkönigin“, gab Nell zurück und deutete auf seinen gewohnten Platz, „außer du bringst gute Neuigkeiten.“

„Wer kann das unter den gegebenen Umständen ermessen? Aber sie sind zumindest teilweise gut. Briggs könnte auf Grundlage mangelnder Beweise freigelassen werden, doch –“

„Könnte?“, unterbrach sie ihn schockiert. „Selbst mit den Beweisen, die Muriel und Lady Enid vorgebracht haben?“

„Inspektor Farrell hat trotzdem um eine Verlängerung gebeten und obwohl es nun mein Fall ist, kann ich ihm nicht widersprechen. Der Arzt ist zu besorgt, dass wenn Briggs nun freigelassen wird und er später wieder festgenommen werden muss, der Schock zu viel für ihn wäre.“

Schweren Herzens musste sie ihm recht geben. „Du wirst Lady Enid beschwichtigen müssen. Sie sieht sich als Mr Briggs’ Retterin.“

„Das glaube ich gern. Das Problem ist, dass er gestanden hat und bisher haben wir keine Beweise, die auf einen anderen Täter hindeuten.“

Bitten und Flehen würden hier nicht helfen und Nell rang mit ihrer Ungeduld. „Ich habe eine neue Spur“, sagte sie. Als sie Alex' argwöhnischen Blick sah, fügte sie schnell hinzu: „Und ich bastle mir keinen neuen Ermittlungsansatz zurecht. Ich habe wirklich einen neuen Zeugen und einen möglichen Verdächtigen gefunden."

„Du selbst?" Alex seufzte. „Schwierig, Nell. Sei vorsichtig."

Nicht schon wieder eine Warnung! Alex musste doch verstehen, dass das Letzte, was sie wollte, war, dass sie die leidige Grenze zwischen Zeugenverhör und Informationen, die ihr zufällig zugetragen wurden, überschritt. Das hatte schließlich in den vorherigen Fällen gut funktioniert. Wieso klappte es also jetzt nicht? Sie hatte das ungute Gefühl, die Antwort darauf zu kennen. Es war nur ein Wort: Liebe. Sie standen einander nur näher. Doch trotzdem musste es einen Weg geben, wie sie ihm wichtige Informationen zukommen lassen konnte, die er sonst vielleicht nicht erfasst hätte. Und das schloss die gestrige Begegnung mit ein.

„Ich war gestern Abend mit Lady Clarice auf Geisterjagd", setzte sie vorsichtig an.

Das brachte ihn zumindest zum Lächeln. „Wir könnten also wirklich einen Geist in den Zeugenstand bringen."

„Ein lebendiger Zeuge. Ein Franzose. Jean-Paul Girarde und sein Bruder Jacques, den ich nicht getroffen habe. Sie sind Freunde von Freddie und Joe Carter."

Alex' Gesicht war teilnahmslos – was immer ein Warnsignal war –, aber davon ließ sie sich nicht abhalten. Er blieb ungerührt, während sie die ganze Geschichte erzählte. „Jean-Paul verbrachte mit Freddie und Joe die Nacht bei Joes Schwester, Mrs Golding. Er blieb bei ihnen, also ist er ein Zeuge, dass sie nichts mit dem Mord zu tun haben. Und genauso wenig er.“

Zumindest hörte Alex ihr zu, auch wenn sie nun mit einem finsteren Blick belohnt wurde. Was soll's. Mr Briggs' Freilassung war wichtiger als ein Stirnrunzeln.

„Dieser Jean-Paul war am Samstag auch eine Weile da?“

„Ja, er ging am frühen Abend zum Cottage der Carters und sah die zerstörten Vögel. Mr Briggs war auch dort. Wegen des Schocks schlug er vor, dass sie alle die Nacht woanders verbringen sollten, aber Mr Briggs sagte, er müsse nach Wychbourne Court zurückkehren, weil Lord Ansley ihn bräuchte. Er ging wahrscheinlich nicht, schließlich sah ich ihn später und er wird nicht nach Wychbourne und wieder zurück geeilt sein. Jean-Paul blieb über Nacht bei Mrs Golding, aber in der Zwischenzeit war sein Bruder Jacques zum Cottage der Carters gegangen und hat nach ihnen gesucht. Das war gegen neun Uhr und er traf niemanden bis auf Mr Briggs, der die Überreste der zerstörten Vögel bewachte. Er überredete Mr Briggs zum Gehen (oder zumindest dachte er das) und er selbst ging zurück zur Hütte, die er sich auf dem Spital-Hof mit seinem Bruder teilt. Es scheint“, sagte Nell abschließend, „als könnte Jaques Lady Clarices' Geist in jener Nacht gewesen sein.“

„War er ein sprechender Geist?“, fragte Alex nüchtern.

„Nein.“ Nahm Alex sie nicht ernst? „Lady Clarice hätte mir erzählt, wenn Jasper etwas gesagt hatte, an jenem Abend oder letzte Nacht.“ Nell zögerte. „Ich werde Freddie und Joe heute Abend mit Jean-Paul besuchen. Sie wollen mich gerne sehen. Kann ich ihnen erzählen, dass die Neuigkeiten über Mr Briggs Hoffnungen machen?"

„Nein, Nell."

Genau wie sie befürchtet hatte. „Du kannst mich nicht davon abhalten, mit Leuten zu reden", erwiderte sie verärgert.

„Ich kann dich jedoch davon abhalten, ihnen von Mr Briggs zu erzählen. Du und ich sprechen immer im Vertrauen und ich kann dich nicht davon abhalten, deinem alltäglichen Leben nachzugehen. Doch ich muss dir davon abraten, zu viel über den Fall zu sprechen." Er brach ab, dann rief er plötzlich aus: „Verdammt noch mal, Nell! Diese Situation bringt uns wirklich in die Bredouille."

„Bredouille bedeutet ursprünglich Dreck im Französischen."

„Nicht du, meine Herzallerliebste. Es ist die Situation."

Herzallerliebste? Nell schluckte, sie war kurz aus dem Gleichgewicht geraten. Einen winzigen Moment lang hatte er wie ihr Alex gewirkt, nicht wie der Chefinspektor von Scotland Yard. Doch nur flüchtig. „Aber alle glauben, dass Mr Briggs ein Mörder ist. Ich muss tun, was ich kann", versuchte sie zu erklären.

„,Aber' ist dein Lieblingswort, Nell."

„Nur wenn ich es mit dir zu tun habe", feuerte sie zurück.

Nun war er eindeutig wieder Chefinspektor Melbray und typisch barsch. „Erzähl mir alles, was du über diesen Jean-Paul weißt."

„Und seinen abgereisten Bruder?"

„Und seinen abgereisten Bruder. Ich bin dankbar für die Information, Nell, ehrlich. Vielleicht hat es mit dem Fall zu tun, vielleicht auch nicht. Lady Saddler wurde definitiv später ermordet, als sie behaupten dort gewesen zu sein. Trotzdem ist Jean-Paul relevant für das Alibi der Carters und sein Bruder Zeuge der Aufenthaltsorte von Mr Briggs. Hat Jean-Paul erzählt, woher er die Carters kennt?"

„Nein", gab sie zu.

„Dann lass mich das herausfinden."

Sie hörte die leichte Betonung auf ‚mich'. „Natürlich, mein liebster Alex", säuselte sie.

Ja, Bredouille traf es wirklich gut. Aber wieso? Wenn Mr Briggs erst mal frei war, würde es ein Ende haben, oder nicht? Möglicherweise nicht, stellte Nell fest. Mr Briggs würde weiterhin Freddies Freund sein und dann waren da noch die singenden Vögel. Lady Saddler hatte Freddie am frühen Nachmittag getroffen und es war wahrscheinlich, dass sie die Vögel da zerstört hatte oder später am Nachmittag und wahrscheinlich in Anwesenheit der Carters. Wie sollten sie sie aufgehalten haben? Lady Saddler war die neue Herrin von Spitalfrith Manor.

War es nicht ihre Pflicht Mr Briggs gegenüber, überlegte Nell, dabei zu helfen, zu beweisen, wer die Kreationen seines Freundes zerstört hatte, da dies möglicherweise (wahrscheinlich?) mit Lady Saddlers Tod zusammenhing? Ja, entschied sie. Wenn jemand etwas relevantes während ihres Besuchs am Abend sagte, würde es ihr auffallen. Darüber konnte Alex nicht die Stirn runzeln. Außerdem konzentrierte er sich sicherlich auf die Clerries auf Wychbourne Court, wenn Mr Briggs frei war. Der Mörder musste unter ihnen sein, da Lady Saddler nicht gerade die beliebteste Person in ihrem Kreis war, so wie Nell es erlebt und gehört hatte. Und das bedeutete, dass es nicht schaden konnte, wenn sie mit den Carters sprach – und es konnte nicht schaden, wenn sie noch mehr über die Clerries erfuhr, vorausgesetzt sie machte sich nicht wirklich auf die Suche danach.

Sie musste nicht lange warten. Kaum waren Mittagessen und die Vorbereitungen für das Abendessen unter Kontrolle, da offenbarte sich nach einem energischen Klopfen an der Tür zum Kochtopf niemand weniger als die Witwe Lady Enid selbst, die wie üblich einen bodenlangen Rock und einen altmodischen Hut trug und trotz des eleganten Gehstocks eine königliche Haltung hatte. Lady Enid hatte die Schwelle zum Ostflügel der Bediensteten überschritten und wurde von Mr Peters zum Kochtopf geführt, der genauso entsetzt über den unangekündigten Besuch aussah wie Nell. Ihr fehlten die Worte, um ihren Gast zu begrüßen. Hatte sie einen Fehler gemacht? War der Familie ein schreckliches Unglück zugestoßen, das die aktuelle Krise übertraf?

„Guten Tag, Miss Drury. Ich hoffe, ich halte Sie nicht von der Arbeit ab?"

„Nein", brachte Nell stotternd hervor. „Bitte, kommen Sie herein." Sie warf ihren Zettelstapeln und Ordnern auf dem Tisch einen gequälten Blick zu und nahm schnell die Kochbücher vom Besucherstuhl, um diesen anzubieten.

„Vielen Dank, Miss Drury. Ich habe Neuigkeiten mitzuteilen." Lady Enid sah sich um. „Was für ein angenehmes Zimmer."

„Vielen Dank. Kann ich Ihnen einen Kaffee anbieten?" Zu Nells Überraschung nahm die Witwe das Angebot dankend an und Nell gab die Anweisung an die Speisekammer durch, wobei sie darüber sinnierte, wie die Zeiten sich doch geändert hatten. Hier trafen sich eine Gräfin und eine ehemalige Straßenhändlerin auf scheinbarer Augenhöhe.

„Vielen Dank. Die Ermittlungen sind mühsamer, als ich sie mir vorgestellt hatte. Lassen Sie mich rasch auf den Punkt kommen, Miss Drury. Wenn Mr Briggs nicht vor morgen Mittag des Mordes an Lady Saddler angeklagt wird – und dank der Beweise, die ich der Polizei eigens übermittelt habe, ist dies höchst unwahrscheinlich –, wird morgen am Freitag eine Untersuchung stattfinden. Ich bin äußerst erpicht darauf, dass Mr Briggs nicht noch weitere Torturen erleiden muss."

Es herrschte kurzes Schweigen während eines der Dienstmädchen sich bemühte, auf Nells hastig frei geräumtem Tisch den Kaffee zu servieren, dann sprach Lady Enid weiter: „Eine Untersuchung könnte jedoch auch zu dem Urteil kommen, dass es in der Tat einen unbekannten Mörder gibt, was die Vermutung nahelegt, dass einer unserer aktuellen Gäste auf Wychbourne Court schuldig ist. Ich habe daher beschlossen, der Polizei weiter zu helfen."

Sie lehnte sich zurück und Nell hätte beinahe applaudiert, da Lady Enids stolze Haltung danach zu verlangen schien. Dieses Angebot mochte jedoch seine Tücken haben. Selbst wenn die Witwe nicht direkt die

Clerries verhören konnte, war sie jedoch zugegebenermaßen in einer besseren Position als Nell selbst. Nell konnte ihre Zweifel am hochmütigen Pierre Christophe hegen – er war zu herablassend und arrogant, um nicht etwas zu verbergen –, doch bisher waren weder er noch die anderen Gäste aus dem Schatten getreten und hatten die Rolle des Mörders angetreten. Außerdem, rief sie sich ins Gedächtnis, würde Alex ihnen schnell auf die Spuren kommen, wenn sie das taten.

„Das ist sehr großzügig, Lady Enid", brachte Nell hervor.

Die Witwe neigte den Kopf. „Sie sind selbst eine hervorragende Ermittlerin, Miss Drury, doch ich bin mir im Klaren darüber, dass Ihr Handeln aus praktischen Gesichtspunkten begrenzt ist. Doch die Zeit drängt, und der Gedanke, dass die Familie Ansley einen Mörder unterbringt, ist mir zuwider."

„Solch Arbeit könnte heikel, ja, sogar gefährlich sein, Lady Enid", sagte Nell skeptisch.

„Das stimmt, Miss Drury, aber ich schlage nicht vor, dass ich mich mit Lupe bewaffnet in dunkle Ecken vorwage. Ich habe andere Methoden. Ich habe die Bewegungen unserer Gäste an jenem Abend und der Nacht überprüft. Ich glaube das Wort dafür lautet ‚Alibi'."

„Die Polizei wird das tun", merkte Nell an.

„Daran habe ich keine Zweifel, aber ich vermute, dass ich diplomatischer bin als die Polizei."

Diplomatisch? Lady Enid? Nell versuchte, ernst zu gucken, doch vor ihrem inneren Auge sah sie bereits Alex Lady Enid erklären, dass sie kein Recht hatte, die Alibi der Gäste zu prüfen. Das Geniale daran war jedoch, dass Alex nichts dagegen tun konnte. Sie würde tun, wonach ihr war. Die verwitwete Marchioness, Mutter von Lord Ansley, einem hochgeschätzten Mitglied des House of Lords und jeder Londoner Vereinigung, konnte ungehindert von einem bloßen Chefinspektor tun, wie es ihr beliebte.

„Das ist ein gutes Argument, Lady Enid", sagte sie.

„Ich bin froh, dass Sie mir zustimmen, Miss Drury. Lassen Sie mich Ihnen von meinen bisherigen Erkenntnissen berichten."

„Sie haben sie schon angesprochen?" Nell war erstaunt.

„Aber gewiss. Sie können gerne notieren, was ich zu sagen habe. Zweifelsohne hat die Polizei viele der Informationen, aber wenn ihnen etwas fehlt, kann ich es vielleicht bestätigen. Ich hoffe, es hilft bei Ihren eigenen Bemühungen, Mr Briggs' guten Ruf wieder herzustellen."

„Ich danke Ihnen, Lady Enid." Und Nell meinte es so. Das war ein Geschenk des Himmels. Alex hätte ihr den Kopf abgerissen, wenn sie selbst ermittelt hätte und sie hatte sich große Mühe gegeben, sich an Alex' Regeln zu halten. Sie hatte gehofft, wenn auch nicht besonders optimistisch, dass ein Gespräch mit den Carter ihr weitere Hinweise liefern würde, was wirklich in jener Nacht vorgefallen war. Nun war sie die Kollaborateurin der einen Person, die den Clerries problemlos auf den Zahn fühlen konnte. Und auch wenn es Ärger bringen konnte, würde dieser kaum von Alex ausgehen.

„Zunächst ist da Vinny Finch", setzte Lady Enid an. „Er erzählte mir, dass er sah wie Lady Saddler kurz nach elf Uhr das Herrenhaus verließ, als er selbst von einem Spaziergang auf dem Anwesen zurückkehrte. Er fand es merkwürdig und erwähnte es gegenüber Mrs Hayward, der Hausdame von Spitalfrith Manor, die er etwa zehn Minuten später den Tisch abräumen sah. Sie wusste nicht, wieso Lady Saddler so spät ausging, da Sir Gilbert sich bereits zurückgezogen hatte. Auch Mr Finch zog sich dann zurück. Daher können wir festhalten, Miss Drury, wann Lady Saddler ausging und außerdem Mr Finchs Bewegungen."

„Das ist sehr nützlich", murmelte Nell und notierte alles rasch, während Lady Enid ihre eigenen Notizen mithilfe ihrer Lorgnette studierte.

„Monsieur Christophe und seine Verlobte schlenderten durch die Gärten und kehrten vor Mitternacht auf ihre Zimmer zurück", führte Lady Enid fort. „Sie sahen niemanden in den Gärten, was ein schwaches Alibi ist, Miss Drury, und vielleicht verdächtig, da ..." Lady Enid schwieg einen Moment lang, bevor sie weitersprach. „Ich gestehe, ich weiß nicht, wie man sich an die Etikette hinsichtlich der Offenheit gegenüber der eigenen Gäste hält."

„Unter diesen Umständen sollte man die herkömmliche Etikette außen vorlassen, insbesondere um Mr Briggs helfen zu können." Nell drückte die Daumen, dass sie Lady Enid so überzeugen konnte.

Es klappte, denn Lady Enid sprach ernst weiter: „Ich stimme Ihnen zu, Miss Drury. Ich sagte verdächtig, als ich über Monsieur Christophe sprach, da mir scheint, dass es einen Wandel gab, was ihn und Miss Thora Huntley-Doran angeht. Sie sind nicht mehr das zugetane Paar, das sie noch beim Fest am letzten Samstag waren. Ich frage mich, was dazu geführt hat."

„Dann ist da noch Miss Radley“, sprach sie weiter. „Eine äußerst ungewöhnliche Dame, die sich in Hosen kleidet. Sie erklärte, sich kurz nach zehn Uhr auf ihr Zimmer zurückgezogen und es bis zum nächsten Morgen nicht verlassen zu haben. Sie behauptete, „Krieg und Frieden“ gelesen zu haben, was ich aufgrund ihrer bolschewistischen Tendenzen für unwahrscheinlich halte. Sie hat allerdings noch erwähnt, dass sie einen Streit in der Bibliothek mitbekommen hat, als sie sich auf ihr Zimmer zurückzog. Sie glaubt, es waren Lady Saddler und Mr Lance Merryman.“

„Hat er dies bestätigt?“

„Mr Merryman ist ein höchst eigenartiger Mann. Sehr künstlerisch. Zunächst bestritt er in der Bibliothek gewesen zu sein, doch während meiner beharrlichen Befragung gab er es schließlich zu. Er gestand, mit Lady Saddler über eine Angelegenheit der Artistes de Cler diskutiert zu haben. Er sprach für sie alle und erklärte, wie wichtig die Ausstellung für die Künstler war, die offenbar abgesagt wurde oder abgesagt werden sollte. Er erklärte, Lady Saddler hätte sich angemessen verhalten und versprochen, sie würde die Entscheidung überdenken. Er war jedoch nicht sicher, wann sie ging. Er glaubte, es sei kurz nach elf Uhr gewesen und er selbst habe sich kurz darauf zurückgezogen.“

„Ohne seinen Mitstreitern die frohen Neuigkeiten zu überbringen?“ Das kam Nell unglaubwürdig vor.

Lady Enid sah sie zustimmend an. „Ohne dies zu tun. Verdächtig, finden Sie nicht auch, Miss Drury?“

„Jeder ist ein Verdächtiger, bis das Gegenteil bewiesen ist“, sagte Nell. Keines dieser Alibis war wasserdicht, aber galt das nicht für alles im Leben? Unschuldige Menschen ahnten nicht vorher, dass sie ihre Bewegungen genau festhalten sollten. Trotzdem waren es wertvolle Informationen, die helfen konnten, sich ein Bild von dem zu machen, was sich in jener Nacht ereignet hatte. „Sie haben wirklich viel erreicht, Lady Enid", fügte Nell hinzu. Sie meinte es ernst. „Wie haben Sie sie überzeugt, Ihnen all das zu erzählen?"

Die Witwe sah überrascht aus. „Ich habe mit jedem von ihnen gesprochen und erklärt, dass Wychbourne Court keinen Mörder unterzubringen wünscht und ich daher sichergehen müsse, dass keiner von ihnen in Tatverdacht geraten könne."

Was würde Alex nur von so einem Ansatz halten? Nell lachte. „Sie sind wahrlich eine Diplomatin, Lady Enid."

„Vielen Dank. Sir Gilbert war höchst amüsiert, als ich ihm davon berichtete. Sir Gilbert ist ein guter Mann. Ganz im Gegensatz zu meinem Nachbarn, Mr Fontenoy." Sie sah Nell mit scharfem Blick an. „Welch ein Glück, dass er noch in Schottland ist."

Mr Briggs hatte gestanden. ‚Ich war es.‘ Immer wieder kehrte sie zu den drei kleinen Worten zurück und sie konnte sich beim besten Willen nicht ausmalen, wieso er sie gesprochen hatte. Kopf hoch, sagte sie sich. Angenommen, ein Rezept glückte nicht. Würde sie dann nicht ihr Bestes geben, es zu retten? Und wenn das scheiterte, dann fing sie schließlich neu an. Wo musste sie in dieser Situation also neu anfangen?

Bei Constable Gurney.

Er war es, der Mr Briggs' Geständnis gehört hatte und genau wie alle anderen glaubte sie an Constable Gurney. Sie wusste, dass er es sich nicht ausgedacht oder einen Fehler gemacht hatte. Er musste es genau so gehört haben. Und trotzdem wollte Nell es gerne noch einmal hören. Vielleicht würde sie dabei noch etwas herausfinden. Aber wenn Alex herausfand, dass sie Constable Gurney aus diesen Grund aufgesucht hatte, würde er ihr definitiv nicht zu ihrer Initiative gratulieren. Was konnte sie also stattdessen tun?

Denk nach, Nell. Robin Gurney wohnte zu Hause bei seiner verwitweten Mutter. Nell kannte Mrs Gurney, da sie manchmal nach Wychbourne Court kam. Sie übernahm die Näharbeiten, die Jenny Smiths Fähigkeiten überstiegen oder wenn die Zeit drängte. Es würde nichts ausmachen, wenn sie Mrs Gurney besuchte – und vielleicht welche der Viktoriapflaumen mitbrachte, die gerade reif wurden oder welche der Pfirsiche, wenn Mr Fairweather einige wiederwillig herausgab.

Die Gurneys wohnten in der Mead Lane. Robins Vater war ein Schuhmacher gewesen und seit seinem Tod hatte Robin den hellen, freundlichen Verkaufsraum im vorderen Teil des Cottages für seine Polizeiarbeit umgebaut. So würde seine herausragende Position abschreckend auf alle wirken, die böses im Sinne hatten, so argumentierte er zumindest. In Wychbourne gab es jedoch glücklicherweise kaum Bagatellvergehen.

Der frühe Nachmittag war eine gute Zeit für einen Besuch, entschied Nell – Robin würde in seiner Dienststelle sein, Mrs Gurney mit den morgendlichen

Einkäufen fertig und das Abendessen der Ansleys würde vorbereitet sein.

Mrs Gurney begleitete sie in die hintere Stube, wo Nell ihr das Geschenk überreichte, das bei der Beschenkten gut ankam, bis auf die eine überreife Pflaume, die Mrs Gurney mit einem leichten Schnauben quittierte. „Sie müssen die Hände voll mit dem Kommen und Gehen zu tun haben", bemerkte Nell im Plauderton, laut genug, damit sie sicher war, dass Robin sie hörte.

Mrs Gurney strahlte. „Mein Robin ist richtig berühmt."

Robin streckte den Kopf aus seinem Büro. „Guten Tag, Miss Drury. Haben sie mein Bild in der ‚Sevenoaks Times' gesehen?"

„Mein Robin war der erste, der die Leiche der armen Frau gefunden hat", sagte Mrs Gurney stolz.

„Abgesehen von Mr Briggs", sagte Robin zögerlich. „Aber ich war dort. Sie erinnern sich, Miss Drury? Sie kamen danach dazu. Ich sah all die zerstörten Vögel und Blumen und Mr Briggs stand mitten drin, also ging ich zu ihm und sagte, ‚Was soll das alles?'. Und dann sah ich den Körper. Tot. Ich wusste, was zu tun ist – fühlte nach dem Puls, prüfte, ob sie atmet. Nichts. Sie war tot. Kam mir bekannt vor, aber ich war nicht sicher. Also habe ich Briggs gefragt, ‚Was soll das alles?'. Er wirkte nicht wie sonst, sah ganz durcheinander aus. Wohl nachvollziehbar, wenn er sie gerade erwürgt hat. Also fragte ich wieder: ‚Was soll das alles?' und er antwortete wieder nicht. ‚Wie ist es passiert?', fragte ich. Nichts. Eine Weile sagte er nichts, sah sich nur um, als wäre er gar nicht da und die Leiche auch nicht. Und dann sagt er: ‚Ich war es.‘ ‚Warst was?‘, habe ich vorsichtig gefragt. Aber er sagte es wieder. ‚Ich war es.‘ Armer Kerl. Er ist nicht recht bei Verstand. Also bin ich hoch zum Haus und habe sie über den Vorfall auf dem Anwesen informiert und den Chef in Sevenoaks angerufen. Dann war viel Geschrei, weil sie begriffen, wer es war. Lady Saddler selbst, die Arme. Also habe ich aus Respekt meinen Hut gezogen.“

„Du warst schon immer ein guter Junge, Robin“, sagte seine Mutter liebevoll.

Das war er, daran bestand keinerlei Zweifel, dachte Nell deprimiert. Das war genau, was Mr Briggs gesagt hatte. „Werden Sie morgen bei der Untersuchung aussagen?“

„Das werde ich“, sagte Robin stolz. „Ich erzähle Ihnen also nichts, was Sie nicht morgen erfahren.“

„Sind wir niedergeschlagen?“, murmelte Nell vor sich hin, als sie ging. Ja, das war sie. Sie hatte nichts Neues erfahren. Vielleicht – flackerte erneut Hoffnung in ihr auf – aber am Abend. Jean-Paul würde heute Abend bei den Carters sein und sie würde vielleicht herausfinden, wer Lady Saddler umgebracht hat.

Das Abendessen der Familie Ansley (und ihrer Gäste) um sieben Uhr zog sich so lange dahin wie sonst nie. Angespannt beobachtete Nell, wie der Plumpudding mit der Rum-Zabaione ankam und danach konnte sie endlich gehen. Sie fuhr den Weg im Abendlicht entlang und der Optimismus kehrte zu ihr zurück. Am Tor stand Jean-Paul und wartete auf sie, als ihr plötzlich Zweifel kamen. Sie hatte ihn für einen Freund gehalten, aber was, wenn er ein Feind war? Konnte sie seinen Worten trauen? Woher sollte sie es wissen, besonders wenn man seinen Beruf bedachte. Wenn es um Zauberkünstler ging, konzentrierte man sich zumeist auf das lächelnde Gesicht und bemerkte die Magie nicht. Er mochte ein Freund sein, entschied sie vorsichtig, aber er verfolgte ein Ziel. Würde aus dem Zeugen ein Tatverdächtiger werden? Sie würde den Stier bei den Hörnern packen müssen ...

„Wieso wollten Sie, dass ich heute Abend herkomme, Jean-Paul?", fragte sie, als er neben ihr im Ford Platz nahm.

Das erheiterte ihn. „Um Gerechtigkeit zu sehen, Miss Drury. Ich bin Magier. Ein Houdini. Ich will Mr Briggs aus den Fesseln befreit sehen."

Sehr geschickt, dachte Nell. Alex hin oder her, sie konnte noch ein wenig nachforschen. „Wie wirkte er, als Sie ihn am Samstag sahen?"

„Untröstlich. All die armen Vögel, alle tot, wie traurig. Ich sagte Freddie und Joe, sie sollten besser wie Nacht woanders verbringen, um sich von dem Schock zu erholen und am nächsten Tag fänden wir heraus, wer das getan hat. Aber ich erzählte ja schon, dass Mr Briggs nicht mitkommen wollte und als mein Bruder Jacques ankam, war er noch immer dort. Die Polizei versucht nun, den armen Jacques zu finden. Ich weiß, dass er Angst haben wird, wenn sie es tun. Ich habe der Polizei daher ein Bild von uns beiden gegeben, damit er weiß, dass ich es ihnen gegeben habe und er sich nicht sorgen muss. Dieser Polizist, Monsieur l'Inspecteur Melbray, bat mich darum. Er ist wirklich sehr freundlich."

„Wie lange kennen Sie Freddie und Joe?“, fragte sie, als sie den Wagen am Wegrand parkten und zum Cottage der Carters hinaufgingen.

„Seit einigen Jahren.“

„Schon während des Kriegs?“

„Danach.“ Er hielt ihr das Tor auf. „Voilà, Miss Drury, da sind wir schon.“

War das Einbildung oder war er froh, dass er nicht mehr sagen konnte, als Joe ihnen die Tür öffnete und sie hereinbat? Freddie saß am Tisch und vor ihm stand ein Glas Apfelwein. Zuerst erschien ihr alles ganz normal, aber nichts war hier normal, ermahnte sie sich.

„Freddie und ich, wir wollen Ihnen etwas erzählen, Miss Drury“, blaffte Joe ihr entgegen, als sie alle saßen und er Apfelwein angeboten hatte. „Die Polizei war hier. Erzähl es ihr, Freddie.“

Freddie nickte energisch, griff über den Tisch und berührte ihr Haar sanft, schwieg jedoch.

„Marie-Hélène“, sagte er.

Seine Freundin, die starb, erinnerte Nell sich. Sie stellte eine Vermutung an. „Erinnert Sie mein Haar an sie?“

Er nickte. Dann sah er zu Jean-Paul.

„Charlie Briggs, Corporal, Tenth Battalion, God Save the Queen’s Own the Royal West Kents“, platzte Freddie heraus. Dann grinste er breit.

„Was ich Ihnen nicht erzählt habe, Miss Drury“, sagte Jean-Paul bedächtig, „ist, dass Marie-Hélène meine Schwester war.“

Das erklärte es also. Das war die Verbindung und vielleicht kannte Mr Briggs sie auch, wenn er im selben Bataillon wie Freddie war.

„Ich erfuhr nach dem Krieg von Freddie“, sagte Jean-Paul. „Ich war ein Kriegsgefangener, mein Bruder in der Armee. Als der Krieg vorüber war, kehrten wir nach Beaudricourt im Norden Frankreichs zurück, wo unsere Schwester bei unserer Tante lebte. Es war unsere Tante, die uns erzählte, dass Marie-Hélène tot ist. Sie wurde 1918 in der etwas entfernten, zerstörten Stadt Bapaume umgebracht. Meine Tante war es auch, die uns von Freddie berichtete, der ihr Briefe geschrieben hatte. Und nun haben wir ihn getroffen.“

Jean-Paul erzählte die Geschichte so nüchtern, doch Nell konnte sich die Schrecken, die sich dahinter verbargen, gut vorstellen. „Es ist eine tragische Geschichte“, sagte sie schlicht. „Es tut mir so leid. War das, wieso Sie wollten, dass ich heute Abend hierher komme?“

„Nein“, sagte Joe sofort. „Es sind die Vögel. Ihre Ladyschaft hat sie zerstört. Nicht wahr, Freddie?“

Keine Antwort.

„Sie kam am Nachmittag her und stiftete Unruhe“, sprach er weiter. „Sagte, dass sie keine Erinnerungen an den Krieg auf ihrem Anwesen will, nicht wie Freddie es für Marie-Hélène mit all den Vögeln getan hatte. Sagte uns, dass wir verschwinden müssen und sie dafür sorgen würde. Die Vögel und wir. Wir erinnerten sie zu sehr an das, was sie erlebt hatte. Wollte mich aus meinem eigenen Haus werfen, in dem ich über vierzig Jahre hier in Spitalfrith gewohnt habe! Habe ihr gesagt, wir reden mit Sir Gilbert darüber, nicht mit ihr. Das gefiel ihr gar nicht, also sagte sie, sie würde wiederkommen und die Vögel zerstören. Wir konnten nichts dagegen tun, nicht wahr, Freddie?“

„Und, kam sie zurück?", fragte Nell in die merkwürdige Stille, die sie nicht recht verstand.

Plötzlich wurde die Stille durchbrochen. Freddie
sprang mit tränenüberströmtem Gesicht auf. „Nein, Pa.
Ich war es."

„Nein, Freddie", rief Joe. „Das stimmt nicht, Junge."

„Ich war es, Pa. Ich habe sie zerschlagen. Ich habe es
getan. All die kleinen Vögel, alle tot."

Kapitel 10

Nell saß kerzengerade. Draußen war der Himmel sternenklar und auch wenn ihr Zimmer einem Kampffeld glich, doch ihr Verstand war klar. Sie war am Abend entmutigt, verwirrt und entsetzt zu Bett gegangen. Es hatte sich keine weitere Gelegenheit geboten, mit Jean-Paul weiterzureden. Er war ihr entwischt, bevor sie das Gartentor der Carters erreicht hatte und nach Wychbourne allein zurückgefahren war. Wo lag die Wahrheit? Hatte Freddie die Vögel selbst zerstört oder war er verwirrt? Könnte Mr Briggs vielleicht tatsächlich Lady Saddler umgebracht haben, weil er glaubte, sie habe die Vögel zerstört?

Nun wusste sie die Antwort und sie war so unglaublich einfach. Freddie hatte ‚Ich war es‘ gesagt und auch Mr Briggs hatte ‚Ich war es‘ gesagt.

Sie versuchte, die Freude durch logische Überlegungen zu mäßigen. Mr Briggs hatte in den Ruinen des zerstörten Gartens über Lady Saddlers Leiche gestanden, als PC Gurney ihn angetroffen hatte. Er hatte sich umgesehen, nicht hinab. Mr Briggs lebte zumindest zum Teil noch immer in der Vergangenheit und die Schrecken der Schützengräben begleiteten ihn noch immer. Er war daran gewöhnt, Leichen zu sehen, seine Freunde und Fremde auseinandergerissen zu sehen. Lady Saddler war für ihn eine Fremde und angesichts seiner Kriegserfahrungen bedeutete ihr Tod, so schrecklich er auch war, ihm wenig. Er hatte nicht sie angesehen, sondern den Garten, den er so gut kannte und dessen Zerstörung er überall um sich herum sah.

Freddie könnte ihm erzählt haben, dass er es war, nicht Lady Saddler, der verantwortlich war – und mit großer Wahrscheinlichkeit hatte er haargenau diese Worte gesagt – ‚Ich war es‘.

Könnte Mr Briggs daher glauben, dass die wahre Straftat nicht Lady Saddlers Tod, sondern – in seiner Welt – der Mord an all den Vögeln, weshalb er Freddies Worte auf Robin Gurneys Frage wiedergab: ‚Ich war es‘. Er meinte die Vögel und nicht den Mord.

Sie schwang die Beine aus dem Bett und wollte gerade loslaufen, um es jemandem zu erzählen, ganz gleich wem. Sei nicht albern, Nell, sagte sie sich. Es ist mitten in der Nacht und jetzt kannst du nichts unternehmen. Du brauchst Schlaf, bevor du Alex konfrontierst.

Doch sie schlief unruhig. Der Gedanke an Alex ließ ihr keine Ruhe. Nach einer durchwälzten Nacht und den Arbeiten in der Küche soweit vorbereitet, dass sie sich nach ihm auf die Suche machen konnte, war sie nervös und stellte ihre Theorie bereits selbst infrage. Dass sie unablässig an Alex denken musste, beeinträchtigte vielleicht auch ihre Arbeit, denn ihr kam die Atmosphäre in der Küche weniger freundlich als sonst vor, auch wenn sie von kurzen Gefühlsausbrüchen aufgelockert wurde. Sicher bildete sie es sich ein. In jedem Fall musste sie für Mr Briggs ihr Bestes geben. Die Anhörung fand heute statt und entsprechend würde Alex mit ihrer Geschichte kurzen Prozess machen. Trotzdem konnte Nell ihre Theorie nicht abschütteln.

Als sie das *Coach and Horses Inn* erreichte, war es später Vormittag. Kitty und Michel hatten ihr meuterische Blicke zugeworfen, als sie ihnen das Schiff überlassen hatte, um das Mittagessen zu beaufsichtigen und sie zur Gaststätte geeilt war. Ihre Theorie schien ihr schwammig und löchrig. Als sie ankam, sah sie Alex draußen an einem Tisch sitzen und sie war kurz davor, ihre Mission abzubrechen, aber sie riss sich doch zusammen. So musste sich Wellington schließlich auch gefühlt haben, bevor er in Waterloo auf Napoleon traf und dann erinnerte sie sich daran, dass Wellington Unterstützung gehabt hatte, bevor er die Schlacht gewann.

Und dann blickte Alex auf und lächelte. Und Wellington zog in die Schlacht, ob mit Hilfe oder nicht. Die Sätze purzelten ungeordnet und in einem unverständlichen Wirrwarr heraus, aber erstaunlicherweise schien Alex ernsthaft über ihre Worte nachzudenken.

Schließlich sagte er: „Wenn du recht hast und er Freddie Carters Worte wiederholt hat, wie weißt du dann, dass Freddie Carter von den Vögeln gesprochen hat, als er ‚Ich war es‘ gesagt hat, ganz abgesehen davon, ob er es zu Briggs gesagt hat. Er könnte sowohl die Vögel als auch Lady Saddler gemeint haben oder dass er Lady Saddler umgebracht hat, weil sie die Vögel zerstört hat und nicht Freddie.“

Nell suchte händeringend nach einer Antwort. „Freddie und Mr Briggs sind die Vögel wichtiger als alles andere. Du weißt, wie sehr der Krieg die beiden mitgenommen hat. Und außerdem starb Lady Saddler frühestens gegen halb elf, als Freddie und sein Vater beide fort waren.“

Alex seufzte. „Wenn wir das weiterspinnen, verlassen wir uns auf Aussagen von Nutznießern – Jean-Paul Girarde, Freddies Vater und Joes Schwester. Und da

Mrs Golding vermutlich nicht die ganze Nacht wach war, um ihre Gäste zu bewachen, könnte jeder von ihnen nachts nach Spitalfrith zurückgeeilt sein und Lady Saddler umgebracht haben, nur um vor Sonnenaufgang wieder zurück bei Mrs Golding zu sein."

So musste es Alfred dem Großen ergangen sein, als er Däumchen drehend das Brot verbrennen ließ, dachte Nell verärgert. Sicherlich konnte Alex es sich genau vorstellen, wie es sich zugetan hatte. „Außerdem ist da noch Jean-Pauls Bruder Jacques. Er könnte mehr gesehen haben, als Jean-Paul uns erzählt hat."

„Mit deinem Jean-Paul habe ich geredet und eine Suche nach dem Bruder gestartet. Wir haben jede Menge Plakate mit dem Bild der beiden aufgehängt. Trotzdem, wenn Monsieur Girarde die Wahrheit sagt, dann war der Bruder auch zu früh am Samstagabend dort, um dabei zu helfen, Mr Briggs freizusprechen. Daher sind deine Informationen insgesamt hilfreich, aber vor einem Richter werden sie nicht standhalten."

„Dann müsste der Richter ein Idiot sein", erklärte Nell und bereute die Worte sogleich.

Alex erstarrte. „Ich muss zuerst an das Gesetz denken. Ich werde deine Theorie berücksichtigen und sie zu den anderen Hinweisen hinzufügen, die gegen Briggs Schuld sprechen, aber der Fall ist noch immer schwach. Ich werde noch einmal mit Freddie Carter sprechen."

„Kann ich mitkommen?", fragte sie gleich. „Er muss Angst vor dir haben. Er wird sich wohler fühlen, wenn ich dabei bin."

Alex zögerte. „Das geht nicht", sagte er dann. „Ich werde meinen Sergeant mitnehmen, wenn dich das beruhigt. Er war selbst im Krieg."

„Ich würde mich nicht einmischen“, flehte sie. „Aber ich bin sicher, Freddie wäre entspannter, wenn ich dabei wäre.“

„Sein Vater wird anwesend sein.“

„Aber er wird voreingenommen sein – er konnte Lady Saddler nicht leiden.“

„Also gut.“ Alex sah noch immer unwillig aus. „Aber bleib still. Wir fahren jetzt gleich und wir nehmen den Arrol-Johnston. Den habe ich im Hof geparkt und die Zeit reicht gerade, um hinzufahren und zur Untersuchung zurück zu sein.“

Als das altehrwürdige Gefährt (wie Nell über Alex’ geliebtes Automobil dachte) auf Spitalfrith ankam, war Freddie weder in seiner Werkstatt noch im Vorgarten zu finden, aber Joe trat angelockt vom Lärm aus dem nächsten Schuppen und sah streitlustig aus.

„Ich arbeite.“

„Ich auch“, sagte Alex freundlich. Er hatte seine Chefinspektorstimme aufgelegt, merkte Nell. „Ich würde gerne mit Ihrem Sohn sprechen.“

„Er ist nicht da.“ Einsatzbereit nahm Joe die Heugabel in die rechte Hand.

„Das sehe ich. Würden Sie mich bitte zu ihm bringen? Ich möchte, dass Sie dabei sind“, fügte Alex hinzu.

Das hatte den gewünschten Effekt, denn wenn auch grummelnd, führte Joe sie zum Haus.

„Freddie, wo steckst du?“, rief er. „Der Inspektor will dich sehen.“

Es kam keine Antwort und Joe trampelte die Stufen hinauf. Mit den Worten, „Keine Spur von ihm, Inspektor“, kam er zurück.

„Versuchen Sie es noch mal“, sagte Alex.

Dieses Mal tauchte ein immer noch griesgrämiger Joe mit Freddie auf den Fersen auf. Doch Freddie erblickte sie und drehte direkt um, um wieder hinaufzulaufen.

„Er ist ein Freund, Freddie", rief Nell, obwohl Alex sie wütend ansah. Freddie blieb jedoch stehen.

„Ich möchte Sie nach Charlie Briggs fragen", setzte Alex an.

„Ist im Gefängnis." Freddie stieg ein paar Stufen hinab.

Weder er noch Joe machten Anstalten, sich von der Treppe zu entfernen – offensichtlich Joes Methode, um sie rasch loszuwerden.

„Das stimmt, Freddie", sagte Alex. „Wollen Sie ihm helfen?"

Das munterte ihn auf und er nickte. „Ja." Er sah noch immer nervös aus.

Alex versuchte es noch einmal. „Miss Drury hat mir erzählt, dass Sie all Ihre Vögel zerstört haben – die mechanischen Singvögel, die Sie geschnitzt hatten."

„Nein", mischte sich Joe ein. „Das hat er nicht gesagt. Was reden Sie da, Miss Drury? Das hat er nicht. Es war Ihre Ladyschaft."

„Du hast gesagt, dass du die Vögel umgebracht hast, nicht wahr, Freddie?", fragte Nell ihn, das Versprechen zu schweigen, ganz vergessen.

„Miss Drury!", sagte Alex in warnendem Ton.

„Ich habe sie umgebracht." Wieder kullerten Tränen über Freddies Wangen. „Aber sie hat es nicht getan."

„Wer, Freddie?", fragte Alex scharf. „Lady Saddler?"

Freddie sah ihn verwirrt an. „Marie-Hélène."

„Halt den Mund, Freddie“, schrie Joe. „Ich habe dir doch gesagt, dass du es falsch verstehst. Es geht um die Vögel. Ihre Ladyschaft hat sie zerstört.“

„Freddie?“, fuhr Alex dazwischen, der sah, dass Freddie nach oben flüchten wollte. „Erzählen Sie mir von Marie-Hélène.“

Freddie hielt inne und Nell biss sich auf die Zunge, um nichts zu sagen.

„Freddie weiß nicht, wovon er redet“, knurrte Joe wütend. „Sie sind auf dem falschen Weg, Inspektor. Ihre Ladyschaft hat die Vögel angegriffen. Hat uns am Nachmittag bedroht und kam später mit dem Hammer zurück und hat alles zerstört.“

„Um wie viel Uhr?“, fragte Alex scharf.

„Vielleicht gegen vier Uhr.“

„Dann waren Sie also hier?“

„Mussten dabei zusehen, nicht wahr? So eine Frau lässt sich nichts sagen.“

Freddie schluchzte nun, aber Alex drängte gefasst weiter. „Ich bin nicht nur wegen der Vögel hier, Freddie, sondern hauptsächlich wegen Lady Saddlers Tod. Haben Sie und Mr Briggs sie dafür bestraft, dass sie die Vögel umgebracht hat?“

Nell musste ihren unfreiwilligen Aufschrei unterdrücken.

„Nein, hat er nicht“, schrie Joe.

Freddie sah inzwischen völlig verängstigt aus. „Ihre Ladyschaft kommt her. Sagt mir, dass sie es getan hat“, brachte er stockend heraus.

Joe sprang schnell ein. „Ganz genau, Freddie. Sie hat es getan. Hat all die Vögel zerstört.“

Nell sah Alex' Gesichtsmuskeln arbeiten, aber seine Stimme blieb ruhig. „Was hat Lady Saddler getan, Freddie? Und wer ist Marie-Hélène?"

Wieder war es Joe, der für ihn antwortete. „Freddie ist ganz durcheinander. Marie-Hélène hat nichts damit zu tun. Sie war seine Freundin im Krieg und sie war die Schwester von diesem Jean-Paul und seinem Bruder. Jean-Paul kam her, um Freddie zu treffen und jetzt ist Freddie wegen Ihrer Ladyschaft ganz durcheinander. Sie war es. Ist das nicht so, Freddie?"

Freddie nickte. „Marie-Hélène hat es nicht getan, aber ich habe die Vögel umgebracht."

„Sie haben gerade gesagt, dass Ihre Ladyschaft sie zerstört hat", sagte Alex.

„Ich war es", sagte Freddie kläglich. „Weil ich dachte, dass sie es getan hat."

Nein, nein, nein. Irgendwas ist hier völlig falsch, dachte Nell, aber Alex drängte weiter. „Wollen Sie sagen, dass Sie Lady Saddler umgebracht haben?", fragte er.

Nell hielt es nicht länger aus. „Er denkt an Marie-Hélène", rief sie.

„Miss Drury!", ermahnte Alex sie.

„Deutsche, Spione", heulte Freddie auf.

Marie-Hélène war eine Spionin? Nell war entsetzt. Hatte sie Freddie betrogen?

„Ich habe Ihnen doch gesagt, dass der Krieg ihn ganz verwirrt hat", rief Joe und starrte sie feindselig an. „Der Krieg hat hiermit nichts zu tun, Freddie. Die Frau mochte einfach nur deine Vögel nicht, oder?"

„Vielen Dank", sagte Alex ruhig. „Ich belasse es dabei."

Was sagte man da? Alex schwieg, als sie zu seinem Wagen zurückgingen, um nach Wychbourne zu fahren. Dann würde sie eben das Schweigen brechen, entschied Nell.

„Kam es dir merkwürdig vor, dass Joe Carter darauf bestand, dass es Lady Saddler war, die die Vögel zerstört hat, obwohl das ihm und Freddie ein Motiv gibt, sie umzubringen?"

Stille. Dann antwortete er: „Vielleicht hatte er einen anderen Grund. Und vielleicht wusste er auch, dass er und Freddie sicher sind."

„Wie das? Ihr Alibi ist nicht besonders überzeugend."

„Weil wir inzwischen wissen, dass die Leiche aus einem der anderen Gärten von Spitalfrith hierher bewegt wurde, können wir uns relativ sicher sein, dass weder er noch Freddie sie umgebracht haben können. Alibi hin oder her."

„Wie bitte?" Nell blinzelte verwirrt. „Ist das denn festgestellt? Wieso hast du mir das nicht erzählt?"

Alex hielt den Wagen mit einem Ruck an. „Nell, wir haben uns festgefahren", sagte er schließlich. „Die Antwort auf deine Frage lautet, dass es keinen Grund gibt, wieso ich dir davon hätte erzählen sollen."

„Aber ich dachte –" Doch Nell verstummte, wohl wissentlich, auf welch dünnem Eis sie sich bewegte. Doch die Erkenntnis, dass er ihr nicht davon erzählt hatte, obwohl es gewiss einen Einfluss auf Mr Briggs' Lage hatte, schmerzte.

„Und ich dachte, wir hätten vereinbart, dass du dich nicht einmischst."

„Aber Freddie wurde ganz verwirrt."

„Nur deiner Meinung nach – und es ist meine Aufgabe, herauszufinden, was er meint.“

„Aber du bist ein Polizist und er hat Angst.“

„Deiner Meinung nach.“ Er lehnte sich im Sitz zurück. „Es funktioniert so nicht, Nell.“

Sie wusste sofort, worauf das hinauslief. Sie musste es wiedergutmachen. „Ich werde mich von deinem Fall fernhalten, sobald Mr Briggs zurück ist.“

„Selbst wenn du das tun würdest, würde es nicht funktionieren“, sagte er verzweifelt. „Ich liebe dich, Nell. Daran besteht kein Zweifel. Aber du wirst immer einen Schritt weitergehen. In diesem Fall und genauso in Zukunft. Ich müsste dich komplett ausschließen und wir sind zu weit gegangen, als dass ich das tun kann. Sowohl in der Vergangenheit und auch jetzt.“

Sie versuchte, mit fester Stimme zu sprechen. „Zu weit? Willst du Lebewohl sagen, Alex?“ Das konnte er nicht wirklich meinen.

„Ich kann so nicht weitermachen“, sagte er ausdruckslos. „Es ist hart genug, bei dir zu sein, aber nicht als Paar. Doch so wegen eines Falls zu zanken, beweist, dass wir zusammen nicht funktionieren würden. Mach es nicht schlimmer, Nell.“ Er brachte ein leichtes Lächeln zustande. „Du kennst doch das alte Gedicht: Da gibt es nichts mehr zu tun, ein Kuss und ab! Nur, dass ich glaube, heute den Kuss nicht zu verkraften. Ich weiß nicht, wo das enden würde. Aus irgendeinem verfluchten Grund haben wir entschieden, nicht zu heiraten oder miteinander zu schlafen, bis wir das Problem Liebe und Arbeit voneinander zu trennen gelöst haben, doch das haben wir nicht. Vielleicht ist es besser so.“

Wankend stieg Nell aus dem Wagen und rannte zurück nach Wychbourne Court, ohne einmal zurückzublicken. Nur schnell zum vertrauten Zuhause. Alte Gedichte? Ja, sie erinnerte eines, das Alex ihr zitiert hatte und nun würde sie niemals in seinen Armen und seinem Bett liegen. Sie hatte zu lange gewartet. Der Eintopf war hinüber, das Interesse verloren, das Gelee war zerlaufen und der Kakao war kalt. Sie fühlte sich wie ein ausgewrungenes Geschirrtuch. Weinte sie? Scheinbar ja. Kämpf gegen die Tränen an, dachte sie verzweifelt. Sie war selbst schuld und musste sich dem stellen. Nein, es war nicht ihr Fehler, verbesserte sie sich. Es war ihre Entscheidung. Aber nun musste sie damit leben. Aber wie sollte sie das nur tun? Arbeiten? Kochen? Ja, das würde helfen. Und besser noch, sie konnte sich die allergrößte Mühe geben, dass Mr Briggs freikam. Sie klammerte sich an dem Gedanken fest und überlegte, wie sie es anstellen sollte. Konzentrier dich, befahl sie sich.

Sie strengte sich an. Abgesehen von Freddie und Joe Carter, würde Alex die Clerries oder einen dahergelaufenen Landstreicher für den Fall untersuchen. Zählten Jean-Paul und Jacques Girarde? Wenn sie doch nur – nein! Zurück zum Fall Lady Saddler. Der Bruder hatte kein Alibi, aber Jean-Paul sehr wohl. War ihr etwas entgangen? War es ein Zufall, dass sie gleichzeitig auf dem Spital-Hof arbeiteten, während die Clerries zu Besuch waren? Sie dachte an Freddies entsetzte Aussage, dass seine Freundin für die Deutschen gearbeitet hatte. Wäre es möglich, dass Lady Saddler zu ihnen gegangen war, um zu erzählen, dass Marie-Hélène eine

Verräterin war – und deshalb hatte Freddie die Vögel zerschlagen, die er für sie gefertigt hatte?

Da erinnerte Nell sich, dass die Untersuchung gleich beginnen würde. Wie konnte sie jetzt dort hingehen? Aber wie konnte sie es nicht tun, wenn sie Mr Briggs weiterhelfen wollte? Geh hin, sagte ihr Kopf ihr. Doch ihr Herz widersprach und verlor den Kampf. Also machte Nell sich gefasst und ging den Weg wieder zurück. Sie tröstete sich damit, dass die Untersuchung ihre Gedanken von Alex abbringen würde, da sie nicht in seiner Nähe saß. Außerdem würde er mit den anderen Polizisten reden und sie konnte sich in den Stuhlreihen für die Öffentlichkeit verstecken, die im *Coach and Horses Inn* für solche Veranstaltungen immer ganz hinten aufgebaut waren.

Als sie dort ihren Platz eingenommen hatte, kam ihr der Schmerz erträglicher vor. Das rituelle Eintreffen des Untersuchungsrichters und all die darauffolgenden Formalitäten waren ihr bereits bekannt, sodass sie gleichgültig zusehen konnte, wie das Eintreffen des Untersuchungsrichters den Beginn des Verfahrens verkündete. Nicht einmal die Zeugen und Reden konnten sie fesseln, wobei sie zusammenzuckte, als Constable Robin Gurney seine Geschichte erzählte.

„Wieso sind sie in den Garten gegangen, wo Sie die Leiche gefunden haben?", fragte der Untersuchungsrichter ihn.

„Miss Petra Saddler rief mich an, Sir, gegen halb acht am Morgen und sagte, dass ihre Stiefmutter vermisst würde. Sie hatte nicht in ihrem Bett geschlafen. Also habe ich zuerst das Anwesen überprüft und dann habe ich ein Heulen hinter dem Zaun des Gärtners gehört.

‚Was hat das zu bedeuten?', habe ich mich gefragt, also bin ich hineingegangen und dort stand Mr Briggs. Hat nichts gesagt, als ich ihm zurief, also bin ich zu ihm gegangen und habe dann die Leiche gesehen. ‚Meine Güte! Was hat das zu bedeuten?', habe ich gerufen. Er sagte, er war es. Damit war es also klar."

Und immer weiter ging es mit den Zeugenaussagen und Beweisen, so wie der Tatsache, wie Nell nun wusste, dass die Leiche nach dem Tod bewegt worden war. Mr Briggs war nirgendwo im Gericht zu sehen. Ein Arzt sagte aus, dass es ihm nicht gut genug ging, um anwesend zu sein. Das waren schlechte Neuigkeiten. Er musste schreckliche Qualen im Gefängnis leiden. Sie erfuhr, dass eine Schubkarre im Wäldchen, welches ein Dschungel gewesen war, gefunden wurde, ein Stück Seil gestohlen wurde und eine Damensandale aufgetaucht war – wohl ein ziemlich offensichtliches Beweisstück, dachte Nell. Der Polizeiarzt sagte aus, dass Lady Saddler erstickt war und Ligaturen von dem Seil vorwies. Joe Carter wurde aufgerufen, aber Freddie nicht. Hatte Alex das arrangiert, fragte sie sich. Joes Schwester, Mrs Golding, eine sanftere Version von Joe, wurde auch in den Zeugenstand berufen. Dann trotteten die Clerries einer nach dem anderen zur Zeugenbank.

Bisher schien nichts Mr Briggs zu helfen und Nells Niedergeschlagenheit verschlimmerte sich. Dann trat Jean-Paul in den Zeugenstand und sofort war Nell wachsam. Sie hatte ihn nicht im Raum bemerkt, aber da war er plötzlich. Er trug einen Straßenanzug und wirkte ganz anders als die ranke und schlanke, unkonventionell gekleidete Gestalt, an die sie sich gewöhnt hatte.

Er sagte aus, dass er am letzten Samstag mit Joe und Freddie bei Mrs Golding gewesen war und seines Wissens nach hatte sein Bruder das Cottage der Carters gegen neun Uhr aufgesucht, jedoch nur Mr Briggs angetroffen und war zu ihrer Unterkunft auf dem Hof zurückgekehrt. Soweit war das in etwa, was Nell bereits wusste.

Aber es kam noch mehr. „Mon frère Jacques ging zu den Gärten des Anwesens zurück. Er hoffte, uns dort zu finden, denn er war über den Schaden sehr verärgert. Wir waren jedoch nicht dort. Doch als er durch den Wald, in dem das Fest stattfand, ging, fand er dort Lady Saddlers Leiche. Das war gegen Mitternacht."

Wie auch den anderen Anwesenden, verschlug es Nell den Atem. Das war ihr neu. Jean-Paul hatte es ihr gegenüber nicht erwähnt. Und Alex gegenüber offensichtlich auch nicht. Sie schaute an den Leuten vor sich vorbei und konnte ihm ansehen, dass er nichts davon gewusst hatte. Wie würde das mit den Alibis der Clerries zusammenpassen, die Lady Enid so sorgfältig zusammengetragen hatte?

„Mein Bruder kannte Lady Saddler", sprach Jean-Paul weiter, „also brachte er sie in den Garten mit den Vögeln und ließ sie dort."

Nell konnte nicht glauben, was sie da hörte. Und der Untersuchungsrichter ganz offensichtlich genauso wenig.

„Wieso hat er das getan?", fragte er ruhig.

„Er mochte Lisette Rennard – Lady Saddler – nicht."

„Das erklärt sein Handeln nicht", antwortete der Untersuchungsrichter. Wäre dies ein Prozess gewesen, hätte er keine solche Frage stellen können, dachte Nell, aber hier war es möglich, obwohl ein Blick auf Jean-Pauls Gesicht verriet, dass er mit der Geschichte bewusst bis zu diesem Moment zurückgehalten hatte. Er zeigte keine Gefühlsregung und die Emotionen gingen hauptsächlich vom Publikum aus, insbesondere den Clerries, wie Nell feststellte. Vielleicht fühlten sie mit Sir Gilbert.

„Er – wir beide – glauben, dass sie für den Tod unserer Schwester während des Kriegs in Frankreich verantwortlich ist."

Marie-Hélène. Die verstorbene Schwester, die für die Deutschen gearbeitet hatte. Ist das der Grund für ihren Tod? War Lady Saddler ihr auf die Schliche gekommen und hatte Mitbürger gewarnt? Doch Marie-Hélène hatte in einem Ort namens Beaudricourt gelebt, nicht in Lille, wo Lady Saddler gewesen war. Trotzdem könnte es der Grund sein, wieso sie Freddie und Joe am Nachmittag besucht hatte. Nell war ganz schwindlig von diesem neuen Blickwinkel auf den Fall und der Erkenntnis, dass Jean-Paul ihr so etwas verschwiegen hatte. Schlimmer noch, es sah danach aus, dass er die Information auch Alex vorenthalten hatte.

„Und wo ist Mr Jacques Girarde jetzt?", fragte der Untersuchungsrichter.

„Ich weiß es nicht", sagte Jean-Paul. „Er ist ein Vagabund. Ich werde versuchen, es herauszufinden."

„Bitte tun Sie das. Und ich schlage vor, dass Sie, Chefinspektor Melbray, dasselbe tun."

„Geht es Ihnen gut, Miss Drury?", wagte Kitty zu fragen.

„Natürlich." Nell lächelte gezwungen.

„Es ist nur so, dass Sie gerade Salz zu den Stachelbeeren gegeben haben und nicht Zucker.“

Erschrocken sah Nell in den Kochtopf hinunter. Gestern war nicht gerade ihr bester Tag gewesen, aber zumindest hatte sie sich auf ihre Arbeit konzentriert. Ihre echte Arbeit als Köchin. Einen schönen Ärger hatten ihre Ermittlungsversuche ihr eingebrockt. Was hätte Monsieur Escoffier nur gesagt, wenn er sie heute Morgen bei der Arbeit gesehen hätte? Reichte die Zeit noch, um die Stachelbeeren durch Pflaumen zu ersetzen? Oder vielleicht durch Feigen? Das könnte funktionieren. Doch leider kam ausgerechnet Mrs Fielding in die Küche geeilt, mit der eindeutigen Absicht, wichtige Informationen zu verkünden, die man nur ihr anvertraut hatte.

„Die Gäste bleiben länger“, verkündete sie. „Alle fünf. Und sie brauchen Mittag- und Abendessen.“

Damit waren Nells Hoffnungen, dass die heutige Lieferung Fisch bis Dienstag reichen würde, für die Katz. Sonntags wurde nicht gefischt, sodass es montags keine Lieferung gab.

„Hat Inspektor Melbray sie gebeten zu bleiben?“, fragte sie.

Sie bekam nur eine bissige Antwort. „Das weiß ich nicht, Miss Drury. Fragen Sie ihn doch selbst.“

„Ja, vielleicht sollte ich das tun.“ Wenn sie doch nur könnte. Doch sie hatte kein Wort von Alex gehört. Nur Stille nach einer schrecklichen, beinahe schlaflosen Nacht. Der wenige Schlaf, den sie bekommen hatte, war von Albträumen geplagt, in denen Alex darauf versessen war, Jean-Paul niederzumachen und sie schien ihm dabei zuzujubeln.

Kaum waren die Pläne für das Mittagessen abgeändert, überbrachte Mr Peters ihr die Nachricht, dass man sie auf Dower House erwarte. Die Zusammenarbeit mit Lady Enid! Nell hatte gehofft, dass die Witwe die Abmachung einfach vergessen würde, aber Fehlanzeige.

Lady Enid musterte sie aufmerksam, als sie in das Tageswohnzimmer trat, dank des Butlers Mr Robins, der sie ankündigte, als sei Nell die Königin von Saba und nicht eine gewöhnliche Köchin. Ein flüchtiger Gedanke erinnerte sie daran, dass das ein schlechter Vergleich war. Trennten sich König Salomo und sie nicht schon nach wenigen Tagen?

„Miss Drury, es ist höchste Zeit, dass wir über Mr Briggs' Lage sprechen. Ich nehme an, dass wir in diesem unglücklichen Fall noch zusammenarbeiten?"

Lady Enid fuhr fort, ohne auf eine Antwort zu warten. „Nun, da die Untersuchung ergeben hat, dass Lady Saddler unrechtmäßig gestorben ist, bin ich ein wenig erleichtert. Ich fürchtete, Mr Briggs könnte erwähnt werden. Jedoch –", sie warf Nell einen neugierigen Blick zu, „habe ich gestern Abend mit Chefinspektor Melbray gesprochen. Er blieb höflich, aber ich habe den Eindruck gewonnen, dass meine Bemühungen diese traurige Angelegenheit aufzuklären nicht gerade begrüßt werden."

Nell zwang sich zu lächeln. „Ich fürchte, dass mag auch mich betreffen."

Sie musterte sie mit offener Neugierde. „Das ist bedauerlich, aber nicht verheerend. Das könnte uns in die Karten spielen."

Ach ja? So hatte Nell es noch nicht betrachtet, aber vielleicht lag Lady Enid richtig. Wenn sie nicht zu offensichtlich in ihren Ermittlungsmethoden vorgingen, konnte die Situation Vorteile haben. „Ich vermute, Sie haben bereits gehört, dass die Artistes de Cler vorerst weiter Gäste meines Sohns bleiben?"

Nell fing sich wieder. „Ja. Auf Wunsch von Inspektor Melbray."

„Nicht ganz, auch wenn er meinem Sohn sehr dankbar ist, dass er seinem Wunsch zugestimmt hat. Der Chefinspektor ist für einige Tage nach London zurückgekehrt, um sich um andere Geschäfte zu kümmern, aber er wird zur rechten Zeit zurück nach Wychbourne kommen. Die Artistes de Cler bleiben aus einem ganz anderen Grund hier. Sir Gilbert hat sie darum gebeten, nachdem er die Angelegenheit mit meinem Sohn besprochen hat."

Nell war fasziniert. „Glaubt er, dass einer der Clerries der Mörder seiner Frau ist?" Bei all den neuen Beweisen war es entscheidend, nicht die Rolle, die einer oder mehrere von ihnen in Hinblick auf Lady Saddlers Tod gespielt haben könnte, abzutun. Sie hatten genügend Gründe.

„Das kann ich nicht sagen. Sein Grund ist jedoch ein eher praktischer. Wie ich höre, wünscht er die Ausstellung im nächsten Jahr trotz allem stattfinden zu lassen, jedoch unter gewissen Bedingungen, die er mit den Artistes de Cler besprechen wird."

Das versetzte Nell in Staunen. „Angesichts der Tatsache, dass Lady Saddler die Werke nicht mochte, hätte ich erwartet, dass die Ausstellung gestrichen bleibt."

„Gilbert ist ein bemerkenswerter Mann", sagte Lady Enid selbstgefällig, als sei all dies ihr Verdienst. „Ich glaube, er plant eine Art Hommage an sie, wobei ich mir nicht vorstellen kann, wie das zur Kunst der Clerries – mit all den Dreiecken, Kreisen und was weiß ich nicht alles – passen soll."

„Ist Miss Saddler mit dieser Hommage einverstanden?"

Die Witwe schwieg einen Moment lang. „Das muss sie Ihnen selbst beantworten. Aber zurück zu unserem Thema, Miss Drury. Was planen Sie? Wir haben schließlich noch immer einen Mörder unter uns." Sie sprach schnell weiter. „Es schockiert mich, dass Mr Briggs trotz meiner Beweise noch immer in Haft ist und ich habe beschlossen, alle Anstrengungen zu unternehmen, mich mit den Artistes de Cler vertraut zu machen, solange sie bei uns sind. Einer von ihnen ist zweifellos des Mordes schuldig."

Die Worte der Witwe spiegelten ihre eigenen Gedanken wider, doch eine andere Frage beschäftigte Nell noch mehr. Sollte sie etwas sagen und Lady Enids Missmut riskieren? Nell traf eine spontane Entscheidung. „Ich stimme Ihnen zu, Lady Enid. Die von Ihnen geprüften Alibis deuten darauf hin, doch ich kann die Rolle der Carters in dieser Angelegenheit nicht außen vorlassen. Sie haben beide ein Alibi und ich weiß, dass Lady Saddlers Leiche nach ihrem Tod in den Garten geschafft wurde, was ihre Schuld so gut wie unmöglich macht. Trotzdem haben sie eine Rolle gespielt, die ich nicht begreife."

„Aber ich tue es, Miss Drury. Wie wir nun wissen, sind diese zwei eigenartigen Franzosen, die kommen und gehen, daran beteiligt. Sie sind jedoch für uns bloß eine reine Ablenkung. Die Tatsache, dass öffentlich zugegeben wurde, dass einer von ihnen die Leiche bewegt hat, deutet darauf hin, dass er oder beide von den Artistes de Cler bestochen wurde, damit die Schuld nicht auf sie fällt. Ein Franzose verschwindet, doch der Bruder bleibt, um die Aufmerksamkeit von den Künstlern wegzulenken. Doch wenn die Spur erkaltet, wird auch er verschwinden. Nun, Miss Drury", sprach die Witwe weiter, "was halten Sie davon? Der Chefinspektor mag die Künstler nicht verstehen, aber ich sehr wohl. Was ihre Motive Lady Saddler umzubringen, anbelangt sehe ich unter den Künstlern reichliche Möglichkeiten."

Lady Enid lehnte sich in ihrem Sessel triumphierend zurück. Nell versuchte noch, ihre Gedanken zu dieser erstaunlichen Theorie zu sammeln, als der hereintretende Butler Mr Robins sie rettete.

"Lady Clarice, Ihre Ladyschaft."

"Danke, Robins. Clarice –"

Aber was auch immer Lady Enid hatte sagen wollen, ging im Wortschwall von Lady Clarice unter, als diese den Raum betrat.

"Mutter, du wirst niemals erraten, was passiert ist. Es ist alles so fürchterlich aufregend."

"Clarice, ich bitte dich, hör damit auf", antwortete Lady Enid ungeduldig. "Wir können beim Mittag über Jasper sprechen."

"Oh, Mutter, es ist nicht Jasper", gab Lady Clarice zurück.

"Dann –"

"Es ist Mr Briggs. Er ist zurück."

Kapitel 11

Wo zur Hölle war er nur? Lady Clarice hatte ihr erzählt, dass Mr Briggs am Haupteingang von Wychbourne Court angekommen war, nicht am Eingang der Bediensteten am Ostflügel. Mr Peters guckte sie jedoch nur verwirrt an, als sie nach Mr Briggs fragte, obwohl Lady Clarice behauptet hatte, er habe ihn höchstpersönlich nach drinnen begleitet. Ratlos kehrte Nell in den Bedienstetenflügel zurück, aber auch dort war von Mr Briggs keine Spur und auch kein Zeichen von Aufregung. Hatte vielleicht noch niemand davon gehört? Also noch mal zu Mr Peters in die große Halle, entschied sie.

Auf dem Weg dorthin sah sie Jenny Smith die große Prunktreppe hinunterlaufen und rief, „Ich habe gehört, Mr Briggs ist zurück. Haben Sie ihn gesehen?"

Jenny hatte keine Zeit zu verlieren und eilte herbei, obwohl sie aussah, als wolle sie gar nicht stehen bleiben. Wie merkwürdig, dachte Nell. Jenny rief ihr jedoch eine Antwort zu. „Er ist noch bei Lord Ansley und Seine Lordschaft hat nach Ihnen gefragt. Er will Sie so schnell wie möglich in seinem Arbeitszimmer sprechen."

Leicht verdutzt gehorchte Nell. Das Arbeitszimmer nahe der privaten Räumlichkeiten der Ansleys war Lord Ansleys persönliches Arbeitszimmer, im Gegensatz zum Arbeitszimmer, in dem er das Anwesen verwaltete. Worum konnte es also gehen? Mr Briggs? Sie hoffte es. Als er sie auf ihr Klopfen hereinbat, waren nicht nur Lord und Lady Ansley anwesend, sondern auch Mr Briggs.

Doch Nell erkannte ihn kaum. Selbst in den wenigen Tagen hatte er Gewicht verloren und sein Gesicht war verhärmt und hatte einen ungesunden Gelbstich von der Erschöpfung. Noch besorgniserregender war jedoch sein hohler Blick, der noch schlimmer war als sonst. Lass dir nichts anmerken, befahl Nell sich.

Sie sprach mit so warmer, freundlicher Stimme, wie sie nur konnte. So, als sei nun alles gut. „Willkommen zu Hause, Mr Briggs."

Er antwortete nicht, doch er schien sie zu erkennen, doch – ach, wie verändert er war.

Lady Ansley blickte so besorgt drein, wie Nell sich fühlte. „Mr Briggs geht es nicht gut", sagte sie. „Daher haben wir vorerst arrangiert, dass er die ehemaligen Gouvernantenzimmer beziehen wird, die dichter am Haupthaus liegen."

Das war überraschend, selbst unter den gegebenen Umständen. Die Zimmer der Gouvernante lagen zwischen dem Bedienstetenflügel und dem Haupthaus und gingen auf die Zeiten zurück, als die Hierarchie noch strenger war als heutzutage. Eine Gouvernante war nicht wirklich eine Bedienstete, aber auch der Familie und deren Gästen nicht gänzlich ebenbürtig. Was sollte Mr Briggs also dort? Auch wenn er krank war, würde er in seinen gewohnten Räumlichkeiten im Ostflügel besser dran sein.

„Wäre nicht –", setzte sie an, doch als sie Lady Ansleys warnenden Blick sah, verstummte sie rasch. Warum, verstand Nell nicht, aber die Nachricht kam an. „Wie wunderbar, Mr Briggs", sagte Nell dann. „Wir werden uns um Sie kümmern, bis Sie sich wieder an uns alle gewöhnt haben." Sie musste auf dem richtigen Weg sein, denn Lord Ansley nickte zustimmend.

„Briggs wird seinen Aufgaben ganz normal nachkommen, nicht wahr, Briggs?", sagte er.

Mr Briggs wurde einen Moment lang lebendig. „Cutaway, einreihige Weste. Sechs Knöpfe, Sir." Dann verfiel er wieder in Schweigen.

„Soll ich Mrs Fielding bitten, den Zimmerwechsel zu organisieren?", fragte Nell.

Bildete sie es sich ein oder zögerte Lord Ansley, bevor er antwortete? „Vielen Dank, Miss Drury, aber Mrs Fielding wird in den nächsten Tagen nach seinen Mahlzeiten, nach seinem Zimmer und so weiter sehen."

Nell war sprachlos. Seine Mahlzeiten hätten normalerweise sie selbst oder Mrs Squires ihm gebracht. Sie erhob keine Einwände, so komisch es ihr auch vorkam.

Als könne sie Nells Verwirrung spüren, erklärte Lady Ansley die Situation. „Wir wollten Sie ins Bild setzen, Nell, damit Sie es Ihrem Küchenpersonal weitersagen können. Es wird nur für ein paar Tage sein – eine Zweckdienlichkeit, Ihnen über die Nachwirkungen der Tortur hinwegzuhelfen, Mr Briggs." Sie lächelte ihn an.

Nell kehrte noch immer verwirrt in den Ostflügel zurück. Es musste um mehr als Sorgen um Mr Briggs Wohlergehen gehen. Sie würde es im Bedienstetensaal verkünden müssen, schließlich freuten sich alle darauf, ihn zurück zu begrüßen, jetzt wo er nicht mehr unter Mordverdacht stand. Sie würde es beim Nachmittagstee ansprechen, denn das Mittagessen war gerade vorüber und die Vorbereitungen für das Abendessen an der Reihe.

Alle waren beschäftigt, wohl wahr, doch trotzdem kam ihr etwas am Nachmittag falsch vor. Es war nicht, dass etwas Komisches gesagt wurde. Es war die Tatsache, dass nichts gesagt wurde. Sogar als sie sich zum Nachmittagstee setzten, schwiegen alle zum Thema Mr Briggs.

Da reichte es ihr. Nell versuchte einen neuen Schachzug. „Sind das nicht gute Neuigkeiten, dass Mr Briggs nach Wychbourne zurückgekehrt ist? Er wird allerdings einige Tage nicht bei uns verbringen, weil es ihm nicht gut geht."

Sie sah, wie Michels und Muriels Mienen sich erhellten, aber sie erhielt keinerlei Zustimmung. Ganz im Gegenteil. Missmutige Gesichter drehten sich zu ihr um. „Das sind doch gute Neuigkeiten, oder?", wiederholte sie unsicher.

Die Stille wurde schließlich von Robert durchbrochen. „Das kommt darauf an, Miss Drury. Na, woher wissen wir, dass wir nicht in unseren Betten ermordet werden?"

Hatte sie ihn das gerade wirklich sagen gehört? Sollte das ein Witz sein? Nell sah sich erstaunt um. Es war eindeutig kein Witz.

„Halt den Mund, Robert", zischte Muriel. „Mr Briggs wurde freigelassen."

„Woher sollen wir das wissen? Der Kerl ist ein Verrückter", konterte er und fand dabei Zustimmung.

Sie musste sofort etwas unternehmen. „Wir reden hier über Mr Briggs", mischte sich Nell rasch ein. „Er arbeitet seit sechs oder sieben Jahren hier. Wir wussten immer, dass er unter seinen Kriegserfahrungen leidet, aber er ist sicher kein Verrückter."

„Wir wissen gar nichts über den Kerl." Robert sah sich am Tisch um und suchte offenbar nach Unterstützung. „Keiner kann wissen, was ein Typ in seinem Zustand tun könnte."

„Das reicht", rief Nell, entsetzt wie alle am Tisch in erbitterte Diskussionen verfielen. „Die Polizei hat Mr Briggs freigelassen, was bedeutet, dass sie wissen, dass er unschuldig ist."

Aus dem Augenwinkel sah Nell Mrs Fielding mit einem Ausdruck der Überlegenheit einer Hausdame in den Bedienstetensaal treten. „Ich bin ganz Ihrer Meinung, Miss Drury", verkündete sie. „Mr Briggs ist einer von uns und sollte auch so behandelt werden. Die Polizei hat ihn freigelassen."

Niemand antwortete. Nachdem sie den Schock, mit Mrs Fielding auf einer Seite zu sein, verdaut hatte, erkannte Nell die schreckliche Wahrheit. Viele der hier versammelten Bediensteten mussten glauben, dass die Polizei – Alex? – Mr Briggs bloß auf Lord Ansleys oder vielleicht ihr eigenes Drängen hin freigelassen hatte. Wenn sie doch nur wüssten, wie wenig Einfluss sie beide auf Alex hatten. Nun war der Bedienstetensaal gespalten. Nimm das Heft in die Hand, Nell, befahl sie sich selbst. Schnell.

„Chefinspektoren von Scotland Yard erreichen eine solche Position nicht, indem sie ihren eigenen Wünschen nachgehen oder denen anderer", sagte sie kühl. „Sie tun dies basierend auf Beweisen. Ist das klar?"

Die gemurmelten Antworten ‚Ja, Miss Drury' überzeugten sie kaum.

Und auch nicht Mrs Fielding, wie es schien. Ihre Brust hob sich entrüstet. „Miss Drury hat recht", erklärte sie ihnen mit geröteten Wangen. „Und wir werden Mr Briggs alle unterstützen. Ist auch das klar?"

Das ‚Ja, Mrs Fielding', das darauf folgte, war genauso erzwungen. Es war offensichtlich, merkte Nell, dass Mrs Fielding und sie ein Gefecht am Hals hatten, das sie noch nicht gewonnen hatten. Es würde mehr brauchen als die Kraft der Hierarchie, um dieses Problem zu lösen.

Sie schnappte sich Mrs Fielding sofort, als sie den Bedienstetensaal verließen. „Ist das der Grund, wieso Mr Briggs die Gouvernantenzimmer zugeteilt wurden?"

„Ich weiß es mit Sicherheit, Miss Drury. Es ist wohl besser so, hat mir Lady Ansley gesagt. Nur bis die Wogen sich glätten."

„Was ist mit Mr Peters ..." Nell hielt inne, als sie Mrs Fielding rot werden sah. Was hatte sie Falsches gesagt?

Dann kam ihr ein beängstigender Gedanke, als Mrs Fielding herausplatzte: „Mr Peters – er glaubt, dass Mr Briggs schuldig ist. Aber das will ich nicht wahrhaben. Nein, ich will es nicht."

Nell starrte sie entsetzt an. „Oh, Mrs Fielding, das tut mir schrecklich leid. Aber die Polizei weiß sicher, dass Mr Briggs kein Motiv hatte, Lady Saddler umzubringen. Es war Freddie Carter, der den Garten zerstört hat. Die Polizei weiß das und außerdem ist Mr Briggs nicht vor Tagesanbruch fortgegangen."

„Mr Peters sagt, dass Mr Briggs dachte, dass Lady Saddler für all die Zerstörung verantwortlich ist und auf sie losgegangen ist. Ganz egal, ob sie es war oder nicht."

Mrs Fielding war nun in Tränen ausgebrochen und Nell sagte schnell entschlossen, „Kommen Sie mit in

meine Stube auf eine Tasse Tee. Wir sprechen dort darüber.“

Was für eine schöne Bescherung, dachte Nell am
Abend niedergeschlagen. Darüber zu reden, hatte Mrs
Fielding etwas aufgemuntert und sie hatten einen Plan
geschmiedet, wie sie mit der Küche und den Hausangestellten umgehen würden, doch Nell war nicht glücklicher als vorher. Keiner der Bediensteten würde wirklich von Mr Briggs’ Unschuld überzeugt sein, bis Lady
Saddlers wahrer Mörder gefasst war und er oder sie
konnte hier in Wychbourne stecken.

Nell fühlte sich, als hätte sie ihre letzte stärkende
Stütze verloren. Zuerst Alex und nun zerfiel ihr bishe-
riger sicherer Zufluchtsort – Wychbourne Court. Das
Herrenhaus hatte das Dorf jahrhundertelang be-
schützt, hatte einen Weg geboten, die Probleme anderer zu lösen und nicht eigene hervorgebracht. Wenn
Wychbourne nicht zusammenhielt, wie konnte das
Dorf es dann tun? Und wie ironisch es doch war, dass
bis auf die Familie Ansley ausgerechnet Mrs Fielding
ihre stärkste Verbündete war. Alle hatten erwartet,
dass Mr Peters und Mrs Fielding heiraten würden,
nachdem sie ihre Zuneigung im letzten Jahr öffentlich
gemacht hatten, doch noch immer fand keine Hochzeit
statt. Und nun würde es vielleicht niemals dazu kommen – weder für Mrs Fielding noch für Nell Drury.

Der Ärger beschränkte sich auch nicht auf den Bedienstetensaal. Mrs Fielding hatte ihr anvertraut, dass
Lady Helen aus London nach Hause gekommen war.
Sie war so trostlos wie eh und je und wer weiß aus welchen Gründen, hatte sie entschieden, dass Mr Briggs

schuldig war. Ihr Verehrer, Mr Beringer, hielt ihn für unschuldig, was zu Krach zwischen ihnen geführt hatte, besonders da Lady Sophy sich auf Mr Beringers Seite schlug. Auch Lord Richard verteidigte Mr Briggs, doch was das restliche Dorf dachte, war schwer zu sagen.

Das stellte ein Problem in Nells Arbeitsalltag dar. Sie wusste, dass sie mit Misstrauen zu kämpfen hatte und dann kam noch ihre eigene Mission, Mr Briggs zu helfen, dazu, die noch nicht getan war, wenn man die aktuelle Stimmung bedachte. Wenn nichts mehr geht, steh auf und kämpfe, pflegte ihr Vater immer zu sagen, wobei er häufig mit blutiger Lippe, blauem Auge oder Schrammen von einer Schlägerei auf dem Markt nach Hause wankte. Er hatte sich verteidigt und was hatte es ihm gebracht? Trotzdem war es wohl eine gute Einstellung, überlegte Nell. Nur nicht unterkriegen lassen und eines Tages hat man vielleicht Glück.

In diesem Fall weiterzumachen, brachte sie jedoch in eine Zwickmühle. Mr Briggs war freigelassen worden, aber nicht gerade zu jedermanns Zufriedenheit. Sie würde sich trotzdem nicht unterkriegen lassen. Alex auf der anderen Seite jagte vermutlich noch den wahren Täter, brauchte dabei allerdings keine Hilfe seiner ehemaligen Liebsten, Nell Drury. Seine Verdächtigen waren geschickt auf Wychbourne Court zusammengepfercht, ob nun auf Sir Gilberts oder seine Veranlassung hin – Nell war sich da nicht sicher. Insgesamt erschien ihr die Welt ein düsterer Ort. Vielleicht sollte sie wie Alice durch den Spiegel klettern, wo alles andersherum war. Also gut. Beschäftige dich nicht damit, ob Mr Briggs unschuldig ist oder nicht, sondern ob die

Clerries schuldig sind – und definitiv nicht damit, ob Alex mit deinem Handeln einverstanden wäre.

Jetzt, wo sie den Teig richtig geknetet hatte, hob sich ihre Laune etwas. Die erste Möglichkeit, hinter die Spiegel zu schauen, ereignete sich am nächsten Morgen. Auf der Suche nach Mr Fairweather, der nicht im Küchengarten zu finden war, führte sie am Teich vorbei, wo Lance Merryman einen der jungen Gärtner zeichnete, der liegend posierte. Sie ergriff die Chance, mit ihm zu sprechen.

„Welch Inspiration, finden Sie nicht auch?", rief Lance ihr fröhlich zu, als sie sich näherte. „Welch Anmut und Eleganz. Die Pose könnte ich für eine der Damenzeitschriften anwenden."

„Ich bin sicher, es wird hervorragend aussehen", antwortete Nell ernst und hoffte, dass Jimmy der Lampenjunge ihm nicht ähnliche Gelegenheiten geboten hatte.

Lance kicherte. „Irgendwie muss man die Tageslichtstunden füllen, bis der nette Inspektor sagt, dass wir ins schöne London zurückkehren dürfen. Er glaubt, dass dies bald der Fall sein wird, aber da wir noch hoffen, Sir Gilbert umzustimmen und die Pläne der Ausstellung im nächsten Jahr wieder aufleben zu lassen, könnte es sein, dass wir Lady Ansleys gütige Gastfreundschaft noch ein wenig länger ausreizen werden."

„Sie sind noch immer von der Ausstellung begeistert?"

„Aber ja. Vielleicht nicht die Ausstellung, die wir uns ursprünglich ausgemalt hatten und die von der verstorbenen Lady Saddler so unhöflich abgesagt wurde. Doch die Kunst der Clerries wird mit Sicherheit gewürdigt werden können. Wir warten auf Sir Gilberts Bekanntgabe. Es hängt daher davon ab, ob –"

„Wovon?", fragte sie neugierig, als er zögerte.

„Ob dieser scheußliche Mordfall gelöst werden kann. Es scheint, jetzt, da Briggs wohl für unschuldig erklärt worden ist, könnte ein jeder von uns schuldig gesprochen werden." Er warf Nell einen scheuen Blick zu. „Doch einige von uns sind daher", betonte er, „nicht gänzlich von seiner Unschuld überzeugt und drum würde ich vorschlagen – nicht, dass es mich etwas angeht –, dass man ihn davon abhalten sollte, im Westflügel umherzuwandern, wo wir armen Emigranten aus Spitalfrith untergebracht sind. Einige von uns", wieder kicherte er, „sind bloß ein winziges bisschen nervös."

„Nicht nötig, Mr Merryman", antwortete Nell bemüht freundlich, was ihr schwerfiel. „Aber ich werde Ihre Bitte weitergeben." Sie entschied, nicht genauer auszuführen, an wen. Mr Peters könnte vielleicht Verständnis für eine so unverschämte Forderung haben.

„Ich habe bloß mit dem charmanten Peters gesprochen – dem Butler, vermute ich – und er ist ganz meiner Meinung."

Nell biss die Zähne zusammen. Ausgerechnet Mr Peters, der selbst in der Vergangenheit unter Verdacht gestanden hatte, wäre ihr nie als so voreingenommen in den Sinn gekommen.

„Nicht alle von uns Clerries denken so", fügte er dann hinzu. „Der liebe Vinny glaubt, dass Briggs unschuldig ist und Gert stimmt ihm zu. Pierre, unser Anführer, ist jedoch überzeugt, dass er des Mordes schuldig ist. Natürlich muss man auch die Carters als Verdächtige berücksichtigen, trotz ihrer Alibis. Herrje, jetzt klinge ich selbst schon wie ein Polizist, nicht wahr? Und man darf die mysteriösen französischen Herren nicht außer Acht lassen, von denen einer verdächtig schnell vom Tatort verschwunden ist. Trotz alledem kann man den Fakt nicht ignorieren, dass Briggs bei der Leiche angetroffen wurde und kein wirkliches Alibi zu haben scheint.“

Nicht schon wieder. „Er war während der Nacht hier auf Wychbourne Court“, entgegnete Nell.

„Natürlich. Aber die ganze Nacht lang?“

Zügle dein Temperament, sagte Nell sich. „Er wurde gesehen, als er Wychbourne Court lange, nachdem der Mord geschehen war, verließ.“

„Aber ja, das hat uns die entzückende Lady Enid erzählt. Sie ermittelt selbst in dem Fall, habe ich gehört. Doch wieso sollte sie den Aussagen eines Bauernjungen Glauben schenken?“

Ein bloßer Bauernjunge sollte das implizieren. „Wenn ihr uns stecht, bluten wir nicht?“, murmelte Nell.

Lance Merryman musterte sie mit scharfen Augen. „Shakespeare. Und der arme Jude Shylock. Natürlich sind wir alle aus Fleisch und Blut. Sie sind eine wahre Gelehrte, was, Miss Drury? Ich sollte meine Mitverdächtigen warnen, dass Sie ihnen auf der Spur sind, wie Sie es vermutlich sind.“

Nell wollte gerade kontern, hielt sich jedoch zurück. Stattdessen rang sie sich ein Lächeln ab. „Ich bin auf der Spur nach Ihren Wünschen für Mittag und Abendessen, Mr Merryman. Ich werde Sie von meiner Liste von Verdächtigen streichen, wobei ich gehört habe, dass Sie mit Lady Saddler gesprochen haben, bis diese das Haus um kurz nach elf verließ. War es ein interessantes Gespräch?"

Seine Gutmütigkeit verschwand schlagartig. „Eine Arbeitsangelegenheit. Inspiration für das „À-La-Mode"-Magazin, für das die gute Lisette vielleicht hätte Modell stehen wollen."

„Das ist etwas überraschend", sagte Nell so beiläufig wie möglich, „denn es gibt auch Hinweise darauf, dass sie bereits etwas früher ging. Sind Sie zusammen gegangen?"

„Um Himmels willen, nein. Ich habe mich zur Ruhe begeben", sagte Lance wie nebenbei.

Sein Blick wanderte zum Gärtner, der sich davonmachte. „Und das leider Gottes allein", fügte er hinzu.

Petra war verzweifelt. Sie hatte ihr Bestes gegeben, doch ihr Vater blieb unnachgiebig. Madame Lisettes Beerdigung würde morgen in London im kleinsten Kreise stattfinden. Er hatte schon alle Vorkehrungen getroffen. Trotz seiner freundlichen und unbeschwerten Art, wusste sie, dass er einen eisernen Willen haben konnte. Und es war eindeutig, dass dies einer dieser Fälle war. Außerdem war ihr auch klar, dass ihm etwas anderes durch den Kopf ging.

„Was ist mit Madame Lisettes Familie?", hatte sie gefragt.

„Sie stehen einander nicht nah. Sie erzählte mir, dass sie mit den deutschen Besatzern in der Stadt zusammengearbeitet haben, was sie ihnen nicht vergeben konnte, besonders mit Blick auf ihre eigene großartige Arbeit."

„Werden die Clerries nicht anwesend sein wollen?"

„Nein, Petra."

Er nannte ihr keinen Grund. Unzufrieden damit hatte sie es fertiggebracht, mit dem Franzosen Jean-Paul Girarde nach der Untersuchung über Madame Lisettes Familie zu sprechen. Sie mussten doch darüber informiert werden, selbst wenn sich die Familie entfremdet hatte. Vielleicht wusste er, wie die Familie aufzuspüren war, schließlich hatte er behauptet, Madame Lisette nach dem Krieg gekannt zu haben.

Er lächelte ihr charmant zu. „Ich bezweifle, dass sie ihre Familie gesehen hat, nachdem sie Lille verließ. So viele Menschen starben damals an Influenza. Abertausende. Mademoiselle, wenn ich Ihnen einen Rat geben darf: Bleiben sie in der heutigen Welt. Es ist für uns alle einfacher. Vergessen Sie Lille, vergessen Sie Paris, vergessen Sie die traurigen Tage des Kriegs."

Sie hatte versucht, ihrem Vater zu erklären, dass die Clerries gewiss die Beerdigung besuchen sollten, da Madame Lisette für sie alle Modell gestanden hatte.

Doch er schüttelte den Kopf. „Lisette sah das Leben mit all seinem Leid und den Freuden manchmal deutlicher als die Clerries. Als sie sie zeichneten, gefiel ihnen nicht immer, was sie sahen. Die Werke offenbarten die eigenen Schwächen der Künstler. Ich glaube nicht, dass sie morgen teilnehmen möchten."

Sie hatte allen Mut zusammengenommen und gefragt, „Könnte einer von ihnen sie umgebracht haben, nun da wir wissen, dass Mr Briggs nicht schuldig ist?"

Schweigen. „Nein", sagte ihr Vater schließlich und wich nicht von der Stelle.

Sie war noch immer überzeugt, dass er über etwas anderes nachdachte, aber sie entschied, noch einen letzten Versuch hinsichtlich der Vorkehrungen für die Bestattung vorzunehmen. „Was ist mit Lord und Lady Ansley? Solltest du ihnen vielleicht vorschlagen, zu kommen? Sie waren sehr großzügig."

„Nein, mein liebes Kind. Du kannst Lord Richard mitbringen, wenn du magst. Aber niemanden sonst."

„Aber etwas bereitet dir Sorgen, Vater. Was ist es?"

Er lächelte. „Ich denke darüber nach, die Ausstellung im nächsten Jahr trotz der Ereignisse stattfinden zu lassen."

„Was?" Das war das absolute Gegenteil von dem, was sie erwartet hatte. Petra fasste sich rasch. „Das sind grandiose Neuigkeiten."

Ihr Vater sah leicht überrascht aus. „Es wird nicht die übliche clerrische Kunst sein, wobei sie Teil dessen wäre. ‚Von Krieg zu Frieden' ist das Thema. Jeder bedeutende Künstler könnte dort ausstellen, die Clerries einbegriffen, wenn sie möchten."

Das waren atemberaubende Neuigkeiten, aber ihr kamen sofort Zweifel. „Sind die Menschen es nicht leid, an den Krieg zu denken?"

„Das war viele Jahre lang der Fall, aber nun glaube ich, dass die Zeit reif ist, die Vergangenheit neu zu hinterfragen. Wenn wir einen weiteren Krieg verhindern wollen, müssen wir die Wahrheit des letzten kennen."

Nell war froh, eine Ausrede zu haben, um ins Dorf zu gehen. Nicht nur die Stimmung in der Küche war noch immer sehr angespannt und das Frühstückstablett für Mr Briggs am Montagmorgen war nur mit deutlichem Widerwillen zubereitet worden, sondern auch die Familie Ansley schien gleichermaßen angespannt. Lady

Ansley hatte die Menüs kaum eines Blickes gewürdigt, als Nell sie ihr brachte. „Wir werden nicht an der morgigen Beerdigung teilnehmen, Nell. Wir haben keine Notiz darüber erhalten und Richard sagt, es wird eine kleine Zusammenkunft in London geben und dass er uns vertreten wird."

„Ist das eine Erleichterung?", hatte Nell frei heraus gefragt.

Lady Ansley hatte gelächelt. „Ich fürchte schon, denn wie ich es verstehe, hält Sir Gilbert Briggs noch immer für schuldig. Lady Enid ist darüber nicht erfreut, wie Sie sich vorstellen können. Ich glaube, sie hat Sir Gilbert gegenüber gesagt, dass ihre Hinweise bewiesen haben, dass Briggs gewiss nicht schuldig sein kann. Auch Lady Clarice ist nicht erfreut. Ich fürchte, sie sieht ihre Chancen, auf Spitalfrith nach Jasper zu suchen, in Gefahr."

Nell dachte noch immer über das gespaltene Haus und seine Gäste nach, als sie das Dorf erreichte. Konnte sie etwas unternehmen, um die Situation zu verbessern? Die Clerries würden unter sich bleiben und Alex würde sie nun gewiss als Hauptverdächtige ins Visier nehmen. Lady Enid war noch immer in einer besseren Situation als Nell, um neue Beweise auszumachen, die ihm entgingen – auch wenn es unwahrscheinlich war. Da Lady Saddlers Leiche auf dem Anwesen gefunden wurde, deutete alles auf die Clerries – wenn Jean-Paul die Wahrheit sagte. Und trotzdem zog das Rätsel um die Carters sie in ihre Richtung.

Sie konnte die Polizeiplakate nun sehen, die den vermissten Jacques Girarde zeigten und Nell blieb stehen, um sich eines vor dem Postamt genauer anzusehen.

Jacques war klar als Jean-Pauls Bruder zu erkennen, doch er sah älter und ernster aus. Sie hatten jedoch genau die gleiche Nase.

„Wir sehen uns ähnlich, oder?" Ganz unauffällig hatte er sich ihr von hinten genähert und stand nun neben ihr. „Jacques ist zwei Jahre älter als ich. Er ist jetzt neunundzwanzig."

„Ihr scheint aber unterschiedliche Charakterzüge zu haben", bemerkte sie.

„Er nimmt das Leben ernster als ich. Aber wir haben alle verschiedene Seiten, oder nicht? Er ist stürmischer, als ich es bin. Er ist der Welt gegenüber aufgeschlossener als ich, vielleicht weil ich im Krieg ein Gefangener der Deutschen war. Jacques erlebte die Schlacht um Verdun. Wir haben beide gelitten."

„Und Ihre Schwester Marie-Hélène wohl auf ihre eigene Weise." Auch Verräter mussten leiden.

Stille. „Sie haben recht, Miss Drury. Auch sie war ein Opfer des Kriegs."

„Kannten Sie Lady Saddler?"

„Nicht während des Kriegs. Lisette Rennard war in Lille, wo unsere Familie gelebt hatte und wo Marie-Hélène, Jacques und ich geboren sind. Als er und ich nach Kriegsende zurückkehrten, waren Marie-Hélène und unsere Eltern tot. Meine Schwester war aus dem besetzten Lille nach Beaudricourt zu unserer Tante geflohen. Es ist ein Dorf etwa zwanzig Kilometer von Doullens entfernt, wo 1918 eine große Verhandlung zwischen den alliierten Streitkräften stattfand. Beide Dörfer lagen nicht im besetzten Gebiet, aber Lille lag etwa fünfzig Kilometer nördlich und war schnell erobert, als der Krieg ausbrach."

„Aber wenn Ihre Familie früher in Lille gelebt hatte, könnten Marie-Hélène und Lady Saddler sich durchaus während des Kriegs gekannt haben, auch wenn Jacques und Sie nicht dort waren", drängte Nell weiter. „Sie sagten bei der Untersuchung, dass sie für den Tod Ihrer Schwester verantwortlich ist und ich glaube, der Grund, weshalb sie Freddie und Joe an jenem Tag, an dem sie starb, besuchte, brachte Freddie dazu, all die Vögel zu zerstören. Lady Saddler erzählte ihm von der Rolle Ihrer Schwester während des Kriegs. Es tut mir leid –" Sie verstummte. „Das muss sehr schmerzlich für Sie sein."

Jean-Paul antwortete nicht – oder zumindest nicht direkt. „Heute Abend werde ich Freddie wieder besuchen. Ich möchte, dass Sie dabei sind – und Mr Briggs auch."

Kapitel 12

Zu Nells Entsetzen wirkte Mr Briggs verwirrt, als sie ihm gegenüber Jean-Paul Girarde erwähnte. Sie hatte mit Mrs Fielding arrangiert, dass sie Mr Briggs sein Mittagessen bringen durfte. (Dieses neue Wohlwollen zwischen Mrs Fielding und ihr selbst würde gewiss nicht lange anhalten.) Sie hatte gehofft, ihm vorschlagen zu können, dass er sie am Abend zu Freddie begleitete, doch er sah verängstigt aus, als sie es erwähnte. Unter den gegebenen Umständen war das verständlich, doch es konnte nicht schaden und vielleicht war es genau, was er brauchte, um aus seiner Stille herausgelockt zu werden, ohne sich dem gesamten Bedienstetensaal stellen zu müssen. Das wäre aktuell in jedem Fall ein Fehler. Er ging normal seinen Aufgaben für Lord Ansley nach, aber danach kehrte er auf sein Zimmer zurück und blieb dort. Als Jenny Smith am Morgen angeboten hatte, ihn bei einem Spaziergang durch die Gärten zu begleiten, hatte er nur heftig den Kopf geschüttelt.

„Es wird einige Zeit dauern, bis er sich davon erholt, Nell. Besonders wenn die Bediensteten so gespalten sind", hatte Lord Ansley gesagt. Dass er sie Nell nannte, war immer ein sicheres Zeichen, dass er sich Sorgen machte. Normalerweise hielt die Familie sich streng an die Formalitäten, außer es ging um etwas Nichtdienstliches. „Soviel ich weiß", hatte er weitergesprochen, „sind sich Mr Peters und Mrs Fielding darüber uneins. Wychbourne war noch nie so abweisend, seitdem ich hier zuständig bin. Die Anwesenheit unserer Gäste, die Artistes de Cler, ist auch nicht hilfreich. Ich muss zugeben, mein Sohn hätte sie nicht hierher eingeladen, insbesondere da sie uns nicht nur fremd sind, sondern möglicherweise einer ein Mörder ist."

„Gäste können nie zu früh eintreffen oder zu bald abreisen", zitierte Nell.

Lord Ansley lachte beschämt. „Dem muss ich zustimmen. Einer oder zwei von ihnen haben aus den Gästezimmern im Westflügel provisorische Ateliers gemacht. Gertrude war nicht gerade erfreut darüber. Mir ist klar, dass meine Haltung über die Regeln der Gastfreundlichkeit hinausgehen, aber die Situation verstößt gegen jede Etikette. Es war schlimm genug, als wir Anfang des Jahres mit einer ähnlichen Situation konfrontiert waren, doch zumindest hatten wir unsere Gäste da selbst gewählt. Nun müssen wir versuchen, diese Clerries wie geschätzte Gäste zu behandeln, was schwierig ist. Der halbe Haushalt scheint überzeugt, dass der arme Briggs schuldig ist und dass Gertrude und ich Tadel verdienen, dafür dass wir ihm Unterschlupf gewähren. Auch meine eigene Familie ist in jener Hinsicht gespalten. Ich vertraue darauf, dass Melbray die Angelegenheit rasch klärt, doch zurzeit ist er in London."

Nell dachte über Lord Ansleys Bemerkung hinsichtlich der Situation der Gäste nach, als sie in den Kräutergarten ging, um etwas mehr Basilikum zu beschaffen. Sie hatte Mr Briggs nicht gedrängt, sie am Abend zu begleiten und entschieden, dass sie ihn ein oder zwei Stunden später noch einmal ansprechen würde, um zu sehen, ob er anders darauf reagierte. Als sie ihr Ziel erreichte, sah sie Thora Huntley-Doran und Gert Radley in ein Gespräch vertieft auf einer Bank in der

Gartenlaube sitzen. Selbst nebeneinander sitzend gaben sie ein merkwürdiges Paar ab. Eine war groß und ähnelte Edith Sitwell mit ihren langen Gewändern und gefühlvollem Ausdruck, die andere stämmiger und in Hosen gekleidet, was Nell reichlich amüsierte. Sie hatte sich oft danach gesehnt, die Beine durch mehr als dünne Strümpfe bedecken zu können. Dem Himmel sei Dank, dass zumindest das Korsett aus der Mode gekommen war, ein weiteres Zeichen der neuen Freiheit der Frau. Schon bald würden sie sicher alle wählen können, nicht erst jene, die älter als dreißig Jahre waren. Das wurde auch Zeit.

Miss Huntley-Doran stand auf und schwebte zu ihr herüber. „Miss Drury – die Köchin, nicht wahr? Sie sind genau die Person, die wir treffen wollten."

Solch adlige Güte verlangte Anerkennung. „Ich fühle mich geehrt, Miss Huntley-Doran." Nell knickste gedanklich.

Miss Huntley-Doran neigte den Kopf bestätigend.

„Gibt es Neuigkeiten von Mr Briggs? Miss Radley und ich sorgen uns um sein Wohlergehen."

„Wir und Vinny scheinen jedoch die Einzigen zu sein", grummelte Gert Radley. „Der arme Tropf. Wird freigelassen und nun wird er nach Hause geschickt, nur um nicht beachtet zu werden, wenn man den Bemerkungen der Bediensteten nach geht."

„Und auch unter uns Künstlern", betonte Miss Huntley-Doran entrüstet.

Was sollte sie nun tun? „Im Moment ist er glücklicher, wenn er sich aus dem normalen Leben zurückziehen kann", sagte Nell diplomatisch. „Er braucht Zeit, um sich wieder an Wychbourne zu gewöhnen."

„Im Krieg braucht jeder einen Zufluchtsort und für ihn ist das hier Krieg", sagte Gert. „Es klingt, als habe er hier Zuflucht gefunden. Die Unschuldigen leiden am meisten."

„Ich habe Monsieur Christophe von Mr Briggs Unschuld berichtet", sagte Miss Huntley-Doran mit Nachdruck, „doch er ignoriert mich. Ich verstehe das nicht. Ich habe gehört, Sie haben Erfahrung mit solchen Situationen, Miss Drury. Mr Briggs Rückkehr muss bedeuten, dass er unschuldig ist, doch der Chefinspektor hat uns nichts erzählt. Verdächtigt er uns stattdessen? Wenn ja, sind wir alle Verdächtige. Monsieur Christophe versteht nicht, dass Mr Briggs daher genauso ein Opfer ist, wie wir es sind. Der Dichter Lovelace lag falsch, als er schrieb, ‚Steinmauern machen kein Gefängnis'. Dieses Verbrechen hat uns eindeutig hier ein Gefängnis erbaut. Ich selbst flüchte mich in meine Gedichte. Emotionen sind wichtig, Miss Drury, aber sie müssen skelettartige Emotionen sein. Die nackte Wahrheit."

Nell nickte ernst, obwohl Miss Radley schroff einwarf: „Gilbert ist derjenige, der uns hier gefangen hält, nicht der Inspektor. Er hat eine neue Idee für die Ausstellung und wir dürfen raus, um ihn zum Mittag auf Spitalfrith zu treffen und diese Idee zu diskutieren."

„Hierzubleiben ist ein weiterer Wunsch des Inspektors, keine Frage", sagte Miss Huntley-Doran düster. „Wie kann er ernsthaft glauben, dass der wahre Täter unter uns, den Artistes de Cler, ist? Ich hörte, Sie kennen die Pläne des Inspektors, Miss Drury?"

Nell verkrampfte sich. „Bedauerlicherweise genieße ich sein Vertrauen nicht."

Miss Radley warf ihr einen kurzen Blick zu. „An einem Sommertag wie diesem, muss einem im Kräutergarten ein Mord so fern scheinen", sagte sie schnell.

„Lass die Polizei ihre Arbeit machen, Thora."

„Das werde ich. Schließlich ist keiner von uns schuldig", sagte Miss Huntley-Doran bestimmt. „Monsieur Christophe und ich sind am Abend durch die Gärten von Spitalfrith spaziert, aber Lisette war weit und breit nicht zu sehen, also sind wir unbestreitbar unschuldig."

„Außer ihr handeltet gemeinschaftlich", warf Miss Radley fröhlich ein. „Und jeder von uns könnte aus dem Bett gesprungen und in den Garten geeilt sein, um Lisette umzubringen. Wir hatten alle genug Gründe, da nur sie den Weg zu unser aller Ruhm bei der Ausstellung verbaute. Nun sieht es so aus, als würde sie doch auf andere Weise stattfinden. Ich muss schon sagen, ich bewundere den alten Gilbert. Er ist steht doch nicht so sehr unter ihrer Fuchtel, wie wir alle dachten. Tatsächlich habe ich mich oft gefragt ..."

„Was hast du dich gefragt, Gert?", fragte Miss Huntley-Doran kühl, als sie zögerte.

„Ob ich das Thema des Kriegs und seiner Folgen in meinen Kunstwerken angehen sollte", antwortete Gert vage.

„Das stellt für mich kein Problem dar", antwortete Miss Huntley-Doran überheblich. „Die Folgen sind die Zukunft, die uns zuwinkt. Poesie ist der Leiter, sie marschiert voran – das ist die Folge des Kriegs."

Miss Radley schnaubte. „Während du vorwärtsmarschierst, Thora, könntest du daran denken, dass wir als Clerries immer noch wissen müssen, wer die Frau umgebracht hat, bevor wir uns deinem lustigen Marsch anschließen können. Geht der Mord aus unseren Reihen hervor und wenn ja, war der Beweggrund aus den Prinzipien der clerrischen Kunst erzeugt? Sie könnten sich dasselbe fragen, Miss Drury und so auch die Ansleys. Entstammt das Motiv dem privilegierten Leben, das Sie hier führen? Sie scheinen sich mit den genauen Einzelheiten beschäftigen, was zu tun ist und wie ein jeder sich zu verhalten hat.“

Nell schluckte schwer. Auch wenn sie solche Diskussionen mit Lady Sophy, der begeisterten Sozialistin, gewohnt war. „Das System funktioniert.“

„Das System gleitet über die Frage hinweg, wer Lisette ermordet hat“, gab Miss Radley zurück.

Miss Huntley-Doran fühlte sich offensichtlich wohler. „Zunächst dachte ich, Vinny oder Lance haben sie umgebracht“, platzte sie heraus, „aber nun nicht mehr. Ich glaube, ich weiß, wer sie umgebracht hat und das habe ich dem Inspektor auch gesagt. Es war der Bruder des merkwürdigen Franzosen. Das kann man schon auf dem Bild auf dem Plakat erkennen. Das Böse steckt in diesem Gesicht, wohingegen Jean-Paul eigenartig, aber ganz anders wirkt. Wenn die Polizei den Schurken gefangen genommen hat, werden wir alle wieder sicher sein.“

Nell zögerte, entschied sich jedoch etwas dazu zu sagen. Nach Jean-Pauls Auftritt bei der Untersuchung, war die Verstrickung der Brüder im Fall kein Geheimnis mehr. „Es ist möglich, dass Jacques Girarde ein Motiv hat“, sagte sie. „Lady Saddler lebte im besetzten Lille, doch die Brüder, gleichwohl sie dort geboren sind, waren während des Kriegs nicht dort. Sie waren beide bei der Armee, einer geriet in Gefangenschaft. Ihre Eltern starben im Krieg."

„Vor Hunger oder wurden sie von den Deutschen umgebracht?", fragte Miss Radley verhalten.

Oder vielleicht arbeiteten die Eltern für die Deutschen, überlegte Nell, als sie an ihre Theorie dachte. Nicht nur Marie-Hélène, sondern auch die Eltern.

„Beides ist möglich", antwortete Miss Huntley-Doran Miss Radley. „Es war eine schreckliche Zeit, das hat Lisette uns erzählt. Sie half natürlich dem Geheimdienst, als Teil des Alice-Spionagerings bis Louise de Bettignies gefangen genommen wurde. Danach arbeitete sie als Agentin für La Dame Blanche. Es muss noch immer viele Kollaborateure in Lille geben, die ihre Enthüllungen genug fürchten, um sie umbringen zu wollen, wenn sie ihnen damit gedroht hat."

„Wenn der galante Chefinspektor Melbray zurückkehrt, wird er uns Clerries sicherlich trotz deiner Hilfe im Auge behalten, Thora", gab Miss Radley zurück.

„Dann irrt er sich gründlich", blaffte Miss Huntley-Doran. „Pierre ist törichterweise genauso im Irrtum – das gebe ich zu –, aber er ist kein Mörder. Auch nicht Lance. Und ich" – sie starrte Nell und Miss Radley wütend an – „auch nicht.

Für die Deutschen gearbeitet. Nell ließ es sich durch den Kopf gehen, als sie ihr Basilikum zupfte und wieder in die Küche ging. Sie war sich ihrer Theorie nun sicher. Marie-Hélène und vielleicht auch ihre Eltern mussten in Lille für die Deutschen gearbeitet haben, bevor Marie-Hélène nach Beaudricourt ging, vermutlich weil Lisette Rennard ihre Landsleute informiert hatte. Freddie hatte am Samstagnachmittag von den Taten seiner damaligen Liebsten erfahren und daraufhin all die Vögel zerstört, die er so liebevoll in Andenken an sie erschaffen hatte. Er musste seinem Freund, Mr Briggs, davon erzählt haben. Nicht nur, dass er die Vögel zerstört hatte, sondern auch, warum.

Sie zwang sich, einen Schritt weiterzugehen. Marie-Hélènes Brüder mussten die Wahrheit über ihre Schwester gekannt haben. Aber hatten dann Freddie und die Brüder nicht ein Motiv? War es nicht allzu praktisch, dass Freddie, sein Vater als auch Jean-Paul die Nacht bei Mrs Golding verbracht hatten? Wieso nicht auch noch Jacques? Aber welchen Grund hatten sie, Lady Saddler umzubringen? Nur weil sie nicht wollten, dass die Wahrheit über ihre Schwester ans Licht kommt? Die Unterdrückten vergessen so schnell nicht und die Emotionen in ihrer Heimatstadt kochten sicherlich noch immer hoch.

So richtig stellte es sie jedoch nicht zufrieden. Es konnte noch weitere Gründe geben. Rache, dass Lady Saddler den Namen Marie-Hélènes als deutsche Spionin verbreitete? Sie konnte keine Wahl gehabt haben und zum Schutz ihrer Mitmenschen war sie dazu verpflichtet gewesen, sie zu warnen.

Alles Vermutungen, rief Nell sich ins Gedächtnis. Nichts weiter als Vermutungen. Trotzdem würde sie sich am Abend vorsichtig verhalten.

Zeit für Mr Briggs spät nachmittäglichen Tee. Nell trug das Tablett mit den Sandwiches, Kuchen und außerdem ein Schälchen mit Pfirsichen und Sahne hinauf, das sie versucht hatte, ansprechend anzurichten. Die Pfirsiche hatte Mr Fairweather nur widerwillig herausgegeben, doch Nell wusste, wie gerne Mr Briggs sie mochte. Es lenkte sie davon ab, über Alex Melbray zu grübeln. Solange er fort war, fiel es ihr leichter so zu tun, als existiere er gar nicht, aber der Kloß in ihrem Hals schwoll jedes Mal an, wenn sie an ihn dachte – was bewies, dass er sehr wohl existierte. Liebe war nur schwer verdaulich.

Sie hatte erwartet, Mr Briggs alleine anzutreffen, doch zu ihrer Verwunderung traf sie Lady Clarice bei ihm. Schien er dadurch aufgebracht? Nein. Er saß aufrecht auf seinem Stuhl, als wäre er im Dienst, vermutlich weil sie die Schwester Seiner Lordschaft war. Er schien ihr aufmerksam zuzuhören, wobei natürlich offen blieb, was er damit anfangen konnte.

„Ach, Nell", begrüßte Lady Clarice sie gut gelaunt, „ich habe Mr Briggs von Jasper erzählt und er ist sehr interessiert daran, nicht wahr, Briggs?"

Zu Nells Überraschung und auch Erleichterung, antwortete er ihr, was ein deutliches Zeichen war, dass er sich wieder auf Wychbourne Court einlebte. „Geister. Dort. Glücklich", sagte er.

Nell hatte keinen Schimmer, was Mr Briggs damit meinte, aber es war ein Schritt in die richtige Richtung. Sie war sich relativ sicher, dass er nicht an Jasper oder irgendwelche anderen Geister von Wychbourne Court dachte, auch wenn Lady Clarice von ihnen erzählt haben könnte. Es war eher, als füllten die Geister seiner Vergangenheit seine Gedanken.

„Ich habe Briggs versprochen, dass ich ihm eine Führung der Geister von Wychbourne gebe – eine ganz besondere, die die meisten Menschen nicht zu schätzen wissen", erklärte Lady Clarice. „Ich bin sicher, Briggs wird es jedoch sehr wohl. All die Jahre hat er hier gearbeitet und nie die Vorfahren der Ansleys getroffen. Aber ich habe ihm versichert, dass es ist, als würde man alte Freunde treffen.

War das so? Nell war nicht sicher, ob Mr Briggs den unglückseligen Sir Thomas, den ein mittelalterlicher Minnesänger umgebracht hatte, gerne treffen wollte. Oder das Milchmädchen, das am Efeu hinauf zum 4. Marquess auf ein mitternächtliches Rendezvous geklettert war, oder die viktorianische Marchioness, die von eben jenem Marquess umgebracht worden war. Geister – ob sie nun existierten oder nicht – entstanden aus unglücklichen Ereignissen, dachte Nell. In Lady Clarices Repertoire tauchten nicht viele kichernde Gestalten auf und das Letzte, das Mr Briggs gebrauchen konnte, war ein trauerndes Gespenst.

Wie zum Beweis fing Mr Briggs plötzlich an, ein Kriegslied zu singen: „We are Fred Karno's army, the ragtime infantry ..."

Aber ja, Gemeinschaftsgeist! War das, woran Mr Briggs dachte? Die Lieder, zu denen sie marschiert waren oder die Abende in den Estaminets. Vermisste er das Beisammensein mit den anderen Infanteristen, von denen die meisten wohl gestorben waren? Sie wollte gerade in seinen Gesang einstimmen, als Lady Clarices erstklassige Altstimme sie kurz überraschte. „And when we get to Berlin, the Kaiser he will say ..."

Dies war der richtige Moment, entschied Nell. „Ich habe einen alten Freund getroffen, der Sie gerne sehen möchte, Mr Briggs. Monsieur Jean-Paul Girarde. Sollen wir zusammen zu Freddies Haus gehen?"

Sie hielt den Atem an, wohl wissentlich, dass es ein Risiko war, doch sie hoffte, keinen Fehler gemacht zu haben. Einige Momente lang sah es danach aus und ihr sank das Herz in die Hose.

Doch es war Lady Clarice, nicht Mr Briggs, die die Stille durchbrach. „O ja, Briggs, gehen Sie. Vielleicht wird Jasper auftauchen, wenn ich mitkomme.“

Keine Bange! Nell erschrak. Konnte es einen unpassenderen Moment als diesen für eine Geisterjagd geben? „Vielleicht morgen, Lady Clarice“, antwortete Nell taktvoll. „Wenn wir warten, Jasper zu sehen, könnte es zu spät für den Besuch werden.“

Lady Clarice stimmte ihr glücklicherweise rasch zu. „Aber natürlich“, sagte sie. „Vielleicht wird Jasper nach Wychbourne kommen, wenn es Ihnen besser geht, Briggs.“

Gert war überrascht, Lance anzutreffen. Sie hatte vorgehabt, im provisorischen Atelier im Westflügel kurz ein Wörtchen mit Vinny zu wechseln. Im Gegensatz zu Pierre und Lance, die darauf bestanden hatten, Zimmer von Wychbourne Court umzubauen, hatte Vinny sich entschlossen, draußen in einem Zelt sein Atelier aufzubauen. Zumindest würde sie nicht Vinnys Arbeit unterbrechen, denn als sie ins Zelt schaute, war Lance offensichtlich bereits dabei, gerade dies zu tun. Vinny hockte auf einem Schemel und sah mit verschränkten Armen zu Lance, mit dem er in ein Gespräch über Gilberts Idee für die Ausstellung in nächsten Jahr vertieft war. Immerhin würde es eine Ausstellung geben, auch wenn nicht sicher war, dass Gilberts Plan aufgehen würde.

„Arbeitet ihr schon an eurer ‚Von Krieg zu Frieden‘-Perspektive?“, scherzte sie, als sie die weiße Leinwand neben ihm erblickte. Lance wedelte aufgeregt mit einer

Zeichnung eines abscheulichen Kleides, das so viele dusselige Frauen derzeit mochten, obwohl sie darin wie Raupen aussahen.

„Ein kompliziertes Projekt hat Gilbert uns da gegeben." Vinny grinste sie an. „Hängt nicht alles mit Krieg und Frieden zusammen?"

„Genauso gut könnte man eine dürftige Brotzeit zeichnen", grummelte Gert. „Bei all der Rationierung und Notdurft eignen sie sich als Symbol jedenfalls bestens."

„Ja, warum nicht, Darling?", rief Lance unbekümmert. „Da wird Matisse gelb vor Neid. Denk nur an seinen ,Esstisch'."

„Das stimmt." Gert musste lachen. Eigentlich hatte sie auf das Thema von Lisettes Mord zu sprechen kommen wollen, aber Lance lenkte sie ab. Bei Lance konnte man sich nie auf sein Wort verlassen, wohingegen Vinny das Herz auf der Zunge trug. Nun musste sie schon wieder über die verfluchte Ausstellung reden.

„Ich bin ganz deiner Meinung, dass es schwer vorstellbar ist, wie die ,Krieg zu Frieden'-Geschichte klappen soll", sprach sie weiter. „Ich vermute, ich könnte meine Pinsel malen", sagte sie träge. „Das Werkzeug, um Krieg darzustellen und das Hilfsmittel, um sich davon zu erholen."

„Bravo, Gert." Vinny grinste. „Farbe ist, was für Krieg und Frieden wirklich wichtig ist."

„Meine Lieben, das muss doch wohl ganz klar Schönheit sein", sagte Lance träge. „Und was ist es für dich, Vinny?"

„Haben wir nicht für die grünen Felder Englands gekämpft? Freiheit?"

„Ja, aber wie stellen wir das in Zusammenhang mit der clerrischen Kunst?“, fragte Gert. „Gilbert hat leicht reden. Er hat einen Ruf, zu dem er zurückkehren kann, wenn die Artistes de Cler sich auflösen. Den haben wir jedoch nicht und neben uns werden noch andere ausstellen.“

„Das wird unsere Herausforderung, meine Lieben“, sagte Lance.

„Ich bin zu alt für Herausforderungen“, sagte Gert rundheraus.

„Bevor wir zu unseren Pinseln greifen und Gilberts Herausforderung annehmen“, sagte Vinny sanft, „müssen wir aus diesem bezaubernden Gefängnis ausbrechen, indem wir die Angelegenheit von Lisettes Mord regeln. Ich bezweifle, dass noch irgendeiner von uns glaubt, dass Briggs schuldig ist.“

Lance versteifte sich. „Das ist die Aufgabe der Polizei.“

„Und auch unsere“, führte Vinny an. „Schließlich ist es gut möglich, dass ihr Mörder unter uns ist.“

Jetzt geht das schon wieder los, dachte Gert und erinnerte sich an Thoras Theorie. „Wahrlich, aber da gibt es noch diese Franzosen, die hier umhertrieben. Lisette war Französin. Ist es nicht wahrscheinlicher, dass sie sie umgebracht haben? Wir wissen nicht viel über Lisettes Leben, bevor sie anfing, für uns Künstler Modell zu stehen, außer ihrer Haltung während des Kriegs.“

„Das ist wahr, aber vergiss nicht“, sagte Lance süffisant, „dass einer von uns Clerries Lisette sehr viel besser kannte als der Rest von uns. Ganz Paris weiß, dass Lisette Pierres Geliebte war. Unsere Lisette war eine ziemliche Herumtreiberin, was die Herren anbelangt.“

„Sei still, Lance", sagte Gert. „Thora mag noch immer ihre Zweifel an Pierre haben und das Letzte, was wir jetzt brauchen, ist, dass du ihr noch mehr schmutzige Details lieferst."

„Und wie gern ich das täte. Ich frage mich, ob die arme Thora unter den Umständen nicht aus ihrem Elend befreit werden sollte und sich der vergangenen Liebesabenteuer ihres Zukünftigen nicht bewusst sein sollte – die so günstig für ihn aus dem Weg geräumt wurden."

„Gehen wir doch durch das Frühstückszimmer hinaus, Mr Briggs", schlug Nell gescheit vor. Sie wollte nicht das Risiko eingehen am Bediensteteneingang oder dem Haupteingang auf Mr Peters zu treffen. An beiden Türen warteten vielleicht feindselige Reaktionen, wenn sie zusammen gesehen wurden und Nell war sich dessen bewusst, dass die Anspannung zunahm, jetzt da die Neuigkeit von Mr Peters' Überzeugung seiner Schuld sich verbreitet hatte – ganz zu Mrs Fieldings Wut und Kummer.

„Wenn sie Mr Briggs schlecht behandeln, bekommen sie es mit mir zu tun", hatte sie zu Nell gesagt.

Mr Briggs erhob keine Einwände gegen Nells Vorschlag, obwohl er zögerte, als sie sich der Tür des Frühstückszimmers der Familie Ansley näherten, statt seinen gewohnten Weg einzuschlagen.

„Wir kommen wieder hierher zurück", versicherte sie ihm, falls er glaubte, dass er wieder zur Polizeistation in Sevenoaks musste. „Wir treffen Jean-Paul und dann gehen wir zu Freddies Haus."

Den Spaziergang würde er hoffentlich angenehmer finden, als wenn sie ihn in ihrem beengten Wagen fuhren. Erleichtert stellte Nell fest, dass Jean-Paul ihnen schon entgegen kam.

„Mon cher Monsieur Briggs." Jean-Paul ergriff seine Hände, ganz zu Mr Briggs' Überraschung – wobei, nein, es war Freude, erkannte Nell. Und Mr Briggs schien Jean-Paul zu erkennen. „Ich freue mich, Sie wiederzusehen. Ich habe Sie seit Samstagabend nicht gesehen."

Das versetzte Nell in Angst. War Mr Briggs schon bereit dafür? „Seien Sie vorsichtig", flüsterte Nell Jean-Paul zu, doch er lächelte nur.

„Wir erinnern uns zusammen daran, Monsieur Briggs", sagte er. „Freddie, sein Vater und ich übernachteten bei der charmanten Mrs Golding, aber Sie wünschten, auf Spitalfrith zu bleiben. Mein Bruder sah Sie später dort."

Mr Briggs sah genauso verwirrt aus, wie Nell es war. Warum erinnerte er ihn an diesen schrecklichen Tag?, fragte sie sich verärgert. Sein Bruder Jacques war so schwer zu finden, wie Jean-Paul selbst zu verstehen war. Freilich, es war erst eine Woche vergangen, seitdem er den Spital-Hof verlassen hatte, aber er war ein entscheidender Zeuge und obwohl er schon vor ihr im Garten mit den singenden Vögeln gewesen war, könnte er etwas Relevantes zum Mord an Lady Saddler mitbekommen haben. Oder aber er war spät abends zurückgekehrt und war ihr Mörder. Es war schwer vorstellbar, dass Jean-Paul an einem solchen Mord schuld sein könnte, aber der Bruder war eine ganz andere Angelegenheit. Trotz Miss Huntley-Dorans Überzeugung, dass der vermisste Jacques Girarde zweifellos Lady Saddlers Mörder war, vermutete Nell, dass die Clerries noch immer im Mittelpunkt der Aufmerksamkeit standen.

Doch das war Alex' Bereich. Oder zumindest hauptsächlich. Sie war sich sicher, dass irgendwo eine fehlende Zutat steckte, die diese gewöhnliche Speise in eine ganz herausragende verwandeln würde, und bis diese Zutat entdeckt war, würde Wychbourne nicht es selbst sein. Das Dorf würde so gespalten bleiben, wie es jetzt wegen Mr Briggs war.

„Morgen um halb elf", sagte Jean-Paul aus heiterem Himmel, als sie nach Spitalfrith gingen, „werde ich im Gemeindesaal von Wychbourne eine Vorstellung geben – sie ist für Kinder gedacht, aber vielleicht mögen Sie auch kommen? Und Sie auch, Mr Briggs?"

Mr Briggs lächelte und schüttelte den Kopf, doch Nell war neugierig. „Ich werde versuchen, da zu sein", sagte sie und fragte sich, was Jean-Paul auf die Idee gebracht hatte, auch wenn sie ihr gefiel.

„Wann haben Sie Mr Briggs kennengelernt?", fragte sie.

„Erst nach dem Krieg. Zuerst ging ich nach Lille zurück, dann nach Beaudricourt, zusammen mit meinem Bruder, dort erfuhren wir von unserer Tante vom Tod unserer Schwester – und von Freddie und Mr Briggs. Sie waren im selben Bataillon und Freddie schrieb über ihn in seinen Briefen an meine Schwester. Er erfuhr erst nach dem Krieg, dass sie gestorben war."

Da lebte Mr Briggs auf. „Marie-Hélène", sagte er plötzlich.

Hatte er sie auch gekannt?, wunderte Nell sich. Und wenn ja, wusste er auch von ihrer landesverräterischen Rolle während des Kriegs?

Mr Briggs war stehen geblieben und starrte zum Cottage, wo Freddie lebte. „Dirty Half Hundred“, verkündete er. „Corfe.“

Was bedeutete das? Nell war völlig perplex. Das waren neue Worte für ihn und seinem Gesichtsausdruck nach zu schließen, waren sie eindeutig wichtig.

„Irregulars. Private Frederick Cater. Corporal, Sir.“ Er salutierte und ohne sie eines Blicks zu würdigen, lief er auf das Cottage zu. Nell wollte ihm gerade folgen, doch Jean-Paul griff nach ihrem Arm.

„Jetzt, da ich Mr Briggs wiedergesehen habe, ist es besser, wenn wir sie alleine lassen. Wir werden nicht gebraucht, Miss Drury.“

„Aber es geht ihm noch nicht gut genug“, antwortete sie bestürzt.

„Doch. Freddie und er leben beide in der Vergangenheit. Sie werden sich unterhalten, aber nicht solange wir anwesend sind. Kommen Sie, Nell. Setzen wir uns und warten. Wir können uns auf den Baumstumpf setzen, der zu Lady Clarices Tal führt – wer weiß, vielleicht gesellt sich Jasper zu uns.“

„Oder Ihr Bruder“, gab sie unsicher zurück und zögerte, ob sie sich zu ihm setzten sollte. Er hatte recht, aber trotzdem könnte etwas aus ihrer Unterhaltung für den Mordfall relevant sein. Sie musste jedoch zugeben, dass es angenehm war, in der Abendsonne zu sitzen, auch wenn der Baumstumpf nicht besonders gemütlich war.

„Jacques könnte tatsächlich aus jener Richtung kommen. Er wird in seinem eigenen Tempo zurückkommen, nicht auf unseren Wunsch hin. Doch stattdessen werde ich Ihnen die ganze Geschichte von Freddie,

Marie-Hélène und Charlie Briggs erzählen, wenn Sie wünschen, Miss Drury, denn darüber werden die beiden reden."

„Sehr gerne." Das wünschte sie tatsächlich, auch wenn sie sich im Gedächtnis behalten musste, dass sie sich Jean-Pauls Geschichte oder seiner Motivation gegenüber Freddie selbst nicht so sicher war. Und wieso hatte er ihr diese Geschichte nicht früher erzählt?

„Im Frühjahr 1918 waren Freddie und Charlie in der einundvierzigsten Division der British Army", erzählte er nüchtern. „Sie waren im zehnten Bataillon des Queen's Own Royal West Kent Regiment, das vor langer Zeit in der englischen Geschichte auch Dirty Half Hundred genannt wurde. Es war ein Witz. Sie kämpften in vielen Kriegen und den großen Schlachten des letzten Kriegs. Sie kämpften in der Schlacht an der Somme und in der Dritten Flandernschlacht. Sie litten stark. Dann wurde das Bataillon nach Italien geschickt, um dort zu kämpfen und im Februar 1918 kehrten sie nach Frankreich zurück."

„Was meinte Mr Briggs mit Corfe? Waren sie dort stationiert?", fragte sie.

„Nein. Es ist der Name ihres damaligen Colonel, als das Bataillon beinahe ausgelöscht war. Er hatte das elfte Bataillon, ein sehr besonderes Regiment, angeführt, das als Corfe's Irregulars bekannt wurde und ist erst eine oder zwei Wochen, bevor die deutsche Offensive versuchte, die britische Linie nach Amiens zurückzudrängen, zum zehnten Bataillon gestoßen. Als Freddie und Charlies Bataillon aus Italien zurückkehrte, brauchte es Schonung und dazu kamen sie nach Beaudricourt. Es war in diesen Wochen, dass Freddie Marie-

Hélène kennenlernte und sich verliebte. Unsere Eltern blieben in Lille, das von den Deutschen besetzt war. Es gab nicht genug Essen oder Geld, um alle Menschen zu ernähren und so entschieden unsere Besatzer, Tausende Menschen aufs Land zu schicken, ohne jede Unterstützung. Wir fanden nie heraus, was aus vielen unserer Freunde geworden ist.“

Also waren die Girardes keine Spione für die Deutschen gewesen, wenn Jean-Paul die Wahrheit sagte. „Hat Ihre Schwester für die Deutschen in Beaudricourt spioniert?“, fragte sie vorsichtig.

„Non“, antwortete er unvermittelt. „Beaudricourt lag hinter der Frontlinie und als die Deutschen im März mit solcher Gewalt in die Schlacht zogen, war Freddies und Charlies Bataillon auf dem Weg nach Albert, eine Stadt, die auch hinter der Front lag. Ihr Zug wurde gestoppt und das Bataillon wurde nach Achiet-le-Grand gebracht, eine Eisenbahnkreuzung dichter an der Front. Sie marschierten in ein Dorf in der Nähe von Bapaume und in der Nacht weiter in ein Tal in der Nähe von Morchies, wo sie neue Gräben buddelten, denn die Frontlinie bewegte sich immer weiter zurück. Das Gefecht begann um acht Uhr und zog sich über Tag, jedoch immer erbitterter. Freddie und Charlie hatten Pech, dass sie im zehnten Bataillon waren. Anordnungen zum Rückzug erreichten die Truppen zu ihrer Linken und Rechten, doch das zehnte Bataillon erhielt keine Anordnungen und so standen sie dem deutschen Angriff allein gegenüber. Freddie und Charlie kämpften bis sechs Uhr in jener Nacht und bis dahin war der Großteil ihres Bataillons gefallen und die Überlebenden, so auch Colonel Corfe, hatten sich ergeben. Es war sehr traurig. Einige wenige des Bataillons waren in der Lage, sich hinter die britische Front zu schleppen, so auch Freddie und Charlie. Sie waren verletzt, körperlich wie geistig."

„Und Ihre Schwester?", fragte Nell von der Geschichte erschüttert.

„Marie-Hélène hörte von der Schlacht und versuchte, Neuigkeiten von Freddie in Bapaume herauszufinden, doch dort hatte das Bombardement bereits begonnen. Unsere Tante erfuhr erst nach dem Krieg, dass unsere Schwester dort gestorben war."

Nell wollte weitere Fragen stellen, doch es war sicherlich zu schmerzhaft für Jean-Paul, so ausführlich von seiner Schwester zu sprechen. Also fragte sie stattdessen: „Was wurde aus Lady Saddler nach dem Krieg?"

„Lisette Rennard, wie sie damals hieß, verließ Lille und ging nach Paris. Sie stand dort Modell für die Künstler und den Rest kennen Sie oder können ihn sich zusammenreimen. Nell, es ist besser, diese Geschichte zu vergessen. Vergiss die Vergangenheit. Wir leben in der Gegenwart." Stille machte sich breit. „Haben Sie einen Liebhaber, Nell?"

Ein Schlag direkt ins Herz und wie das schmerzte. „Es gibt jemanden, den ich liebe."

„Quel dommage. Liebt er Sie, Nell?"

„Das dachte ich. Aber er tut es nicht. Jedenfalls nicht genug."

„Dann sollten Sie jemand anders lieben. Sollten wir uns verlieben?"

Das brachte sie zum Lächeln. „Vielleicht zu einer andere Zeit, Jean-Paul. Aber nicht jetzt."

„Nein", sagte er. „Nicht jetzt."

Kapitel 13

Der Gemeindesaal, in dem Jean-Pauls Kinderaufführung stattfand, war ein neuer Zuwachs in Wychbourne und Neuland für Nell. Sie war daran gewöhnt, dass Veranstaltungen entweder im *Coach and Horses Inn* stattfanden oder im kleinen Gebäude, das der Kirche gehörte und nicht größer war als ein Gartenhäuschen. Durch einen Nachlass wurde jedoch vor einigen Monaten eine Scheune auf der Ightham Road in einen beachtlichen Saal umgebaut.

Auf der einen Seite gab es eine Bühne, sodass der Saal für eine Kinderaufführung bestens geeignet war. Es war noch immer Ferienzeit, die Schule war noch geschlossen. Nicht, dass in den Ferien viel Zeit übrig war, bei all der Ernte und dem Obst, das gepflückt werden wollte. Da viele Höfe rund um Wychbourne familiengeführt waren, waren die Kinder im Sommer meist komplett mit eingespannt.

Nell sah sich das aufgeregt schnatternde Publikum an und erwartete Mr Briggs zu erblicken, doch er war nirgendwo zu sehen, obwohl er angedeutet hatte, dass er die Aufführung besuchen würde, als Mrs Fielding ihm an Morgen sein Frühstück gebracht hatte. Vielleicht hatte ihn im letzten Moment der Mut verlassen bei der Vorstellung, von lachenden, jubelnden Menschen umgeben zu sein oder vielleicht hatte Lord Ansley ihn länger als sonst an seiner Seite gebraucht. Trotzdem war sie verwundert.

Als die Lichter im Saal ausgingen und die Vorstellung begann, vermischte ihr Unbehagen sich mit kindischer

Begeisterung. Die Vorhänge gingen auf und das Publikum jubelte begeistert, als Jean-Paul mit spitzem Zaubererhut und langem Umhang vortrat. Auch ihre Begeisterung wuchs, wobei sie sich trotzdem fragte, wieso er gewollt hatte, dass sie herkommt. Auch wenn sie das Mittagessen unter Kontrolle hatte, gab es genügend Arbeit auf Wychbourne Court, die auf sie wartete und doch war sie hier, um sich ohne guten Grund einen Zauberer anzusehen, abgesehen davon, dass sie neugierig war und er charmant. Sein Charme mochte jedoch seine weniger wünschenswerten Eigenschaften überwiegen.

Jean-Paul arbeitete allein, nicht mit einem Assistenten, außer natürlich, man zählte das riesige Stoffkaninchen mit, der fast anderthalb Meter groß war und breit grinsend neben ihm saß. In der Seitenbühne fungierte Tom Waites, ein Hilfsarbeiter vom Hof Wychbourne als ‚Inspizient‘, obwohl seine Aufgabe eigentlich nur war, am Bühnenrand zu stehen und den Vorhang auf- und zuzuziehen.

Ihre Zweifel an Jean-Paul lösten sich in Luft auf, als er seinem jubelnden Publikum zulächelte.

„Seht her, s'il vous plaît. Je suis un magicien. Mit diesem Zauberstab kann ich sowohl wunderschöne als auch schreckliche Dinge verschwinden lassen, aber es ist wichtig, an die schönen Dinge zu glauben, weil sie immer da sind, um die schlimmen Dinge zu verjagen. Sollen wir sie also verschwinden lassen, mes enfants?“

„Ja“, riefen sie im Chor. Jean-Paul schien sie genau anzusehen, oder bildete sie sich das ein? Vielleicht war eines der schlimmen Dinge, die er erinnerte, die Rolle seiner Schwester im Krieg. Sie fragte sich, ob sein Bruder auch ein Spion gewesen war und nicht in der Armee, wie Jean-Paul gesagt hatte. Nein. Das waren bloß Spekulationen, genau wie die Vorstellung, dass Jean-Paul selbst ein Verräter war. Er war ein Zauberkünstler und zwar ein guter, redete sie sich ein.

Das bewies er dann auch: Vögel flogen aus seinem scheinbar leeren Hut und wurden prompt wieder eingefangen, nur um wieder zu verschwinden. Taschentücher wurde in jeder Regenbogenfarbe herbeigezaubert, Blumen tauchten aus dem Nichts auf, wurden zerstört und auf magische Art und Weise wiederhergestellt. Das freche Stoffkaninchen meldete sich mit französischen Akzent gelegentlich zu Wort und die Kinder grölten jedes Mal. Jean-Paul war eindeutig nicht nur ein Zauberkünstler, sondern auch ein Bauchredner.

Hubert, so hieß das Kaninchen, verkündete schließlich dem Publikum, dass er müde sei und wünschte, nach Hause zu gehen, woraufhin der Magier entgegnete, dass das Unfug sei und wenn er wirklich gehen wolle, er ihn verschwinden lassen würde.

„Setz dich auf den Hocker, wenn ich bitten darf, Hubert", sagte er missbilligend und deutete auf einen unscheinbaren Hocker, auf den er Hubert helfen musste. Es sah ungemütlich aus, doch das Kaninchen grinste noch immer breit. Ein großes Tuch wurde dann über Hubert und den Stuhl geworfen.

„Fühlst du dich wohl, Hubert?", fragte Jean-Paul besorgt und justierte das Tuch.

Ein dumpfes Quieken zur Bestätigung.

„Dann, voilà, nach Hause, Hubert. Verschwinde." Er zog das Tuch weg und warf es zur Seitenbühne – und Hubert war nicht mehr zu sehen. „Bist du wirklich verschwunden?", rief Jean-Paul. „Dann werde ich dir folgen. Au revoir et merci, mes amis. Wo steckst du, Hubert?"

Die Antwort ertönte vom anderen Ende der Bühne. „Ich bin im meinem Kaninchenbau. Weit, weit weg." Doch Hubert sprach ins Nichts. Jean-Paul war verschwunden.

Es blieb Tom Waites überlassen, auf die Bühne hinauszukommen. Er kratzte sich verwundert den Kopf. „Du meine Güte, er ist verschwunden", verkündete er. „Keine Spur von ihm weit und breit. Aber er hat mir zugeflüstert, dass sein letzter Trick war, Lutscher und Eiscreme für euch Kinder hinten im Saal dazulassen."

Nell folgte dem Andrang der Kinder auf das Eis nicht, sie war noch immer verblüfft von Jean-Pauls Verschwinden. Lag das an ihr?, fragte sie sich frustriert und vermutete, dass er nicht nur von der Bühne verschwunden war, sondern auch vorhatte, aus Wychbourne zu verschwinden. Aus Neugier schlich sie sich hinter die Bühne, doch dort war nichts zu sehen, das darauf hindeutete, dass er jemals dort gewesen war – keine Verkleidung, keine Requisiten und alles, was von Hubert geblieben war, war das Tuch, das ihn verdeckt hatte. Wie um alles auf der Welt hatte Jean-Paul es geschafft, Hubert loszuwerden? Sein eigenes Verschwinden war klar genug. Es war ein uralter Trick, mit dem er sie alle in die Irre geführt hatte und dann schnell hinter die Kulissen getreten war und von dort zum Ausgang des Saals. Und Hubert? Wo war er hin? Nicht einmal Jean-Paul konnte mit dem großen Stoffkaninchen und den restlichen Dingen ungesehen abhauen.

Und warum so ein abrupter Abschied? Was Jean-Paul anbelangte, hatte sie sich vom Zuckerguss ablenken lassen und nicht genug auf den Kuchen darunter geachtet, stellte Nell fest. Sie musste über sich selbst lachen, dass sie sich so leicht hatte reinlegen lassen, aber was bedeutete das nun für sie? Die Pflicht rief, doch vorher würde sie diesen Nachmittag damit verbringen, sich dumm und dämlich nach ihm zu suchen – und nach Hubert!

Die Suche war zwecklos. Nell suchte die umliegenden Felder ab und fragte einen der Arbeiter, wo die Hütte der Girardes war. Als sie dort ankam, stand die Tür offen und die Hütte war bis auf zwei Betten leer. Keine Spur von Kleidung oder anderen Habseligkeiten. Sie hatte sich täuschen lassen und hatte keine Zweifel, dass das auch Jean-Pauls Absicht gewesen war. Um sie herum waren fast nur noch gelbe Stoppelfelder. Das waren vielleicht gute Neuigkeiten für die Vögel, doch nicht für sie.

Warum hatte Jean-Paul entschieden, dass es Zeit zu gehen war? Hatte er Alex Melbray gewarnt, dass er abreiste? Sie bezweifelte das stark. Sie hatte den Eindruck, dass Alex ihn nicht als einen Verdächtigen ansah, aber hatte er da recht? Es war nicht nur sein Verschwinden, das wohlgeplant wirkte. Nein, seine ganze Anwesenheit hier: wie er oder sein Bruder ihr nicht nur einmal, sondern gleich zweimal in Lady Clarices Gegenwart erschienen waren und ihr Versteckspiel gespielt hatten. Nun hatten Jean-Paul und Jacques ihren Abgang gemacht. Bedeutete das, dass sie das Ziel, mit dem sie hergekommen waren, erreicht hatten? Waren sie hergekommen, um mit Freddie über ihre Schwester zu reden und ihm vielleicht zu erzählen, dass sie eine Spionin war – oder waren sie hergekommen, um Lady Saddler zu treffen? Hatte einer von ihnen sie umgebracht? Und wenn ja, warum?

So viele Fragezeichen und keine Antworten, waren ein klares Zeichen, dass ihr eine wichtige Zutat fehlte und Jean-Paul wusste vermutlich, was das war. Rechtfertigte das wirklich seine ausgeklügelte Stofftier-Vorstellung? Und schließlich die vielleicht wichtigste Frage: Warum, oh, warum sollte sie sich noch darum sorgen, die Wahrheit über den Mord an Lady Saddler herauszufinden.

Die Antwort lautete noch immer Mr Briggs.

Sie konnte Mr Briggs und Freddie nicht in Ungewissheit lassen. Selbst wenn Alex die verästelten Rollen der Clerries im Mordfall entwirrte, würden auf Wychbourne Court weiter viele Menschen Mr Briggs verdächtigen. Jean-Paul musste den Schlüssel in der Hand halten, dachte sie frustriert. Wie konnte er es wagen zu verschwinden?

Was konnte sie also dagegen tun? Ihn finden.

Doch wie stellte sie das an? Sie atmete tief ein. Erster Schritt: ein Besuch auf dem Spital-Hof, den der Bauer Pearson betrieb.

Das Bauernhaus war im Tudorstil erbaut, doch über die Jahre hatte es viel seiner alten Pracht eingebüßt. Nell kannte den Bauern Pearson nur flüchtig und ihre Beziehung war nicht gerade herzlich. Das galt jedoch wohl für all seine Beziehungen.

„Was wollen Sie hier?“, begrüßte er sie.

„Sie nach Lady Saddlers Mord fragen.“

„Was soll damit sein? Die laden einen Haufen verrückte Künstler ein und das haben sie nun davon.“

Nell ignorierte das. „Wir glauben, dass die Hilfsarbeiter Jean-Paul Girarde und Jacques Girarde etwas darüber wissen, aber sie sind beide verschwunden. Wussten Sie, dass sie abreisen?“

„Nein, aber vielleicht hat er es den Bienen erzählt.“ Er lachte.

„Aber Ihnen müssen sie es doch auch gesagt haben“, sagte Nell bestimmt. „Wir müssen wissen, wo sie hin sind.“ Die Andeutung, dass nicht nur eine bloße Köchin, sondern ganz Wychbourne Court involviert war, war ihr lästig, zeigte bei Pearson jedoch Wirkung.

„Sind zusammen wo hin. Hab sie nur selten gesehen, nur hin und wieder. Beides ziemliche Träumer.“

Sie griff seine Worte auf. „Aber wo genau sie hin sind, wissen Sie nicht?“

Er legte die Hand vielsagend auf den Türgriff. „Nein, das weiß ich nicht, Miss. Keiner von beiden hat mir irgendwas erzählt.“

Da Pearson vermutlich ein Pachtbauer war und den Ansleys Rechenschaft pflichtig, versuchte sie eine altmodische Taktik und setzte einen besorgten Blick auf. „Zu schade. Seine Lordschaft wird Ihnen wahrscheinlich die gleichen Fragen stellen, da er Mr Briggs entlasten muss.“

Schweigend grübelte er. „Dieser Jean-Paul sagte, dass er eine andere Arbeit hat“, antwortete er schließlich. „Vielleicht stößt er zu seinem Bruder. Wollte ein bisschen Meeresluft, sagte er.“

Na endlich. Bohr weiter. „Erntearbeit auf einem anderen Hof?", fragte sie.

„Die beiden verstehen nichts vom Ernten. Sie geben ihr Bestes, aber sie sind solche Zauberer-Typen." Er schwieg. „Redeten was von", er zögerte, „irgendeinem Engagement."

Nell holte tief Luft. „Vielen Dank. Sie wissen nicht zufällig, wo genau?"

„Nein. Und Sie können Seiner Lordschaft ausrichten, dass ich Ihnen alles gesagt habe. Helfe, wo ich kann." Er grinste sie anzüglich an und Nell war froh, als sie wieder frische Luft atmete. Ein Engagement – nun, das war zumindest etwas.

Und dann folgte der nächste Verschwindetrick. Scheinbar war auch Mr Briggs verschwunden. Nell eilte mit zwei Absichten nach Wychbourne Court zurück. Sie musste mit Lord Ansley darüber reden, freigestellt zu werden, um nach Jean-Paul zu suchen und vielleicht auch nach seinem Bruder. Und außerdem wollte sie herausfinden, wie es Mr Briggs nach seinem gestrigen Besuch bei Freddie ergangen war. Jean-Paul und sie hatte am Abend am Cottage nach ihm gefragt, doch er hatte noch nicht gehen wollen, also war Jean-Paul dort geblieben und sie war heimgekehrt, um sich am nächsten Morgen früh an die Arbeit zu machen. Mrs Fielding hatte berichtet, dass Mr Briggs nur wenig zum Frühstück und Mittag gegessen hatte und Nells eigenen Aufgaben hatten sie verhindert, selbst mit ihm zu reden.

Nun gab es keine Spur von ihm und keiner hatte ihn gesehen – und es schien auch niemanden zu interessieren. Sogar Mr Peters war abweisend, als sie ihn in Pug's

Parlour zusammen mit Mrs Fielding ausmachte. Um fair zu sein, hatte sie vermutlich gerade einen zärtlichen Moment zwischen ihnen unterbrochen. Doch alle Zärtlichkeit verschwand, als Mr Briggs' Name fiel.

„Ich bin nicht für Mr Briggs zuständig", schnob Mr Peters.

Mrs Fielding war sofort in Aufruhr. „Er ist einer von uns höhergestellten Bediensteten. Es ist deine Pflicht, dich um ihn zu kümmern, Mr Peters. Nun, meiner Meinung nach wird er wieder zu Freddie Carter gegangen sein, Miss Drury. Er kam gestern Abend spät zurück und heute ist er wieder hin."

„Noch solche Mörder", murmelte Mr Peters.

„Ich weiß wirklich nicht, was nur mit dir nicht stimmt", rief Mrs Fielding. „Sie sind unschuldige Kriegsopfer, alle beide."

„Denen sollte mal jemand den Kopf waschen", antwortete er zu Nells Entsetzen.

„Ich bin schockiert, Mr Peters." Mrs Fielding wirkte den Tränen nah.

Mrs Fielding mochte jedoch recht haben, was Mr Briggs Verbleib anbelangte, dachte Nell, nachdem sie ihr versicherte, dass alle unter großer Anspannung standen. Sie hatte gerade genug Zeit, um nach Spitalfrith zu fahren, bevor sie sich ihren Aufgaben in der Küche widmen musste. Wenn er tatsächlich dort war, würde sie Mr Briggs vielleicht noch rechtzeitig zu seinen Pflichten am frühen Nachmittag zurückbringen können.

Als sie das Cottage erreichte, konnte sie Mr Briggs zum Glück sehen. Er stand mit Freddie und Joe auf der Veranda. Und zu ihrer Überraschung waren auch

Vinny Finch und Gert Radley bei ihnen. Sie sah, dass Freddie etwas, das wie ein langes Stück Holz aussah, in der Hand hielt – war das ein gutes Zeichen? Wohl nicht, denn er ließ es sofort fallen, als er sie erblickte, was sie sich wie einen Eindringling fühlen ließ. Sie entschied sich, standzuhalten.

„Ich wollte Ihnen berichten, dass Ihr Freund Mr Girarde Spitalfrith verlassen hat“, sagte sie unsicher.

Ihren Gesichtern nach zu urteilen, waren das für Freddie, Joe und auch Mr Briggs keine Neuigkeiten, jedoch für Mr Finch und Miss Radley.

„Sind Sie sicher?“, fragte Vinny Finch überrascht. „Er hat mir erzählt, er sei für die gesamte Erntezeit hier.“

„Ganz sicher. Seine Hütte ist verlassen und der Bauer Pearson hat es mir bestätigt. Er hat einen hervorragenden Verschwindetrick am Ende seiner Kindervorstellung vollführt. Vermutlich hat er sich seinem Bruder angeschlossen.“

„Hat er Ihnen davon erzählt, Freddie? Oder Ihnen, Briggs?“, fragte Mr Finch und als Freddie nickte, fügte er hinzu: „Dann wird er sicherlich zurückkehren.“

Mr Briggs schwieg jedoch, wie Nell bemerkte und sah von einer Person zur nächsten. Dann ging er an Joe vorbei und stellte sich neben Freddie, als würde er ihn beschützen.

„Corporal G/26420, Sir!“, rief er und salutierte. Freddie tippte ihm auf den Arm.

„Komm mit, Charlie“, sagte er und führte ihn weg. Joe warf den dreien einen scharfen Blick zu und folgte Freddie.

„Da bin ich wohl in eine ziemlich peinliche Lage geraten“, sagte Nell verwirrt. Was hier vor sich ging? „Ich habe nur nach Mr Briggs gesucht, denn er hat sich gleich um Lord Ansley zu kümmern."

„Peinlich hin oder her, Sie haben geklärt, wozu wir hergekommen waren", sagte Gert Radley ironisch. „Wir wollten wissen, wo wir den Franzosen Jean-Paul finden. Auch sein Bruder ist spurlos verschwunden – es ist alles sehr verdächtig. Ich glaube, sie kannten Lisette lange, bevor die Clerries mit ihrer schlangenhaften Art Bekanntschaft machten und darüber wird unser Chefinspektor Melbray ihren Mörder finden."

„Es ist eine riskante Situation für Briggs, Freddie und den Franzosen so nahe zu stehen", fügte Vinny hinzu.

„Riskant? Aber er wurde entlassen", sagte Nell entrüstet.

„Aber er könnte noch immer ein Risiko für den wahren Mörder darstellen", antwortete Gert Radley.

Nell zitterte. Daran hatte sie noch nicht gedacht. Die Girarde-Brüder konnten sehr wohl Alex ins Netz gehen, wenn er nach den Rollen der Clerries hinsichtlich des Mords an Lady Saddler fischte. Je weiter er fischte, desto wahrscheinlicher, dass der wahre Mörder ins Netz ging und sich daraus befreite, indem er sich von ihm gefährlichen Zeugen befreite. Oder versuchte Gert Radley nur, sie in die Irre zu führen und von ihrem eigenen Streit mit Ihrer Ladyschaft abzulenken?

Als könne sie Gedanken lesen, sprach Miss Radley das Thema selbst an. „Diese Angelegenheit belangt uns alle an, Miss Drury. Die Ausstellung, die Lisette absagen wollte, mag nichtig im Vergleich mit dem Krieg zu sein, doch es besteht kein Zweifel daran, dass Chefinspektor Melbray uns deshalb auf die Finger guckt. Unserer Künstlerleben waren ihretwegen in Gefahr. Wir müssen den Tag so gut nutzen wie möglich, denn uns bleibt nur wenig Zeit, bis unsere großartige Bewegung ihre gebührende Anerkennung erfährt. Ich hoffe noch immer, dass Gilbert seinen neuen Plan vergessen und zu der ursprünglichen alleinigen Ausstellung der Artistes de Cler zurückkehren wird. Zum Krieg zurückzukehren, egal aus welchem Blickwinkel, bedeutet für die Kunst zurückzublicken, wohingegen wir nach vorne schauen müssen."

Vinny Finch nickte. „Es scheint jedoch, dass Gilbert fest entschlossen ist, entweder weil er ein offizieller Kriegsmaler war oder wegen Lisette."

„Was uns wieder zu den Messieurs Girarde zurückführt", sagte Gert Radley verächtlich.

Alles führte auf die Brüder zurück. Da war Nell sich sicher. Und morgen würde sie auf Biegen und Brechen dafür sorgen, dass sie den Zug nach Folkestone nahm. Wieso Folkstone? Weil der Bauer Pearson die Meeresluft erwähnt hatte und sie hatte überlegt, dass Jean-Pauls Ziel vermutlich nicht weit entfernt lag, selbst wenn sein Bruder woanders war. Wo würde ein Franzose am liebsten für Seeluft hinfahren? Zu einem der Häfen, die von Nordfrankreich zu erreichen waren, wo die Brüder herkamen. Dover? Ramsgate? Beides war denkbar, doch sie hoffte, dass er sich für Folkstone entschieden hatte, schließlich bot es eine große Attraktion: das Theater im Lustgarten, das für seine vielfältigen Theatervorstellungen bekannt war. Würde Jean-Paul dort auftreten? Ein Anruf würde genügen, um zu erfragen, was aktuell gespielt wurde.

Die Küche von Wychbourne Court, ihr Paradies, wo jeder seinen Platz hatte und wundervolle Gerichte kreiert wurden, war wieder einmal mächtig durcheinandergebracht. Das Abendessen war in genau einer Stunde zu servieren und im Moment schlugen ihr keine einladenden Düfte entgegen, kein Zeichen, dass ihre Angestellten bei der Arbeit waren. Und es war ihr Fehler. Daran hatte Nell keine Zweifel. Sie hatte den Topf aus dem Auge gelassen und egal, wie viel sie auch versucht hatte, vorzubereiten, bevor sie fuhr, sie hatte kläglich versagt. Die gesamte Küchenmannschaft stand um Mrs Squires herum, die vor Entrüstung ganz gerötete Wangen hatte und von allen belagert wurde.

„Ich kenne Mrs Golding seit dreißig Jahren“, sagte sie abwehrend. „Sie ist eine ehrliche Frau und wenn sie sagt, dass Joe und Freddie Carter die ganze Nacht da waren, und der französische Typ auch, dann waren sie das. Und sie waren alle zum Frühstück da.“

Ein Teil von Nell wollte schreien, dass das Abendessen Vorrang hatte, aber gleichzeitig wollte sie die Aussage infrage stellen. Sie entschied sich für Letzteres. „Woher will sie das wissen?“, fragte sie. Sie hatte sich dazugesellt in der Hoffnung, die Situation schnellstmöglich zu klären.

Mrs Squires sah sie an, als hätte sie vergessen, die Kartoffeln zu kochen. „Natürlich weiß sie das. Sie lebt ja dort.“

„Aber sie kann es nicht sicher wissen.“ Nell dachte an die Untersuchung zurück. War die Beweisführung angefochten worden? Sie konnte sich nicht mehr erinnern, aber es musste so gewesen sein. „Sie kann sich nur sicher sein, wenn sie den einzigen Schlüssel zum Haus hatte und keiner ohne ihr Wissen kommen und gehen konnte und" – sie hob die Hand, um Michels Protest abzuwehren – „wenn sie alle in einem Zimmer geschlafen haben."

Eine feindselige Pause trat ein und dann holte Mrs Squires wieder zu ihrem Totschlagargument aus. „Wenn jemand zum Frühstück da ist, ist zu erwarten, dass er die Nacht dort verbracht hat." Sie hätte genauso gut noch „Da habt ihr es also!" dranhängen können, so angriffslustig klang sie.

Nell dachte über diese Behauptung nach. Ergab das Sinn? Nein. Für einen jungen Mann wie Freddie, der wahrscheinlich gerade erst erfahren hatte, dass die Liebe seines Lebens eine deutsche Spionin war, stellte das kein Hindernis dar. Noch würde es einen Vater abhalten, der bestrebt war, seinen Sohn um jeden Preis zu beschützen. Genauso wenig Jean-Paul. Was seinen Bruder Jacques anbelangte, er hatte die Nacht alleine in ihrer Hütte verbracht und niemand konnte seine Bewegungen bezeugen konnte, außer es gab einen Zeugen unter den Erntearbeiter. Hatte sich einer von ihnen als Zeuge gemeldet? Alex würde es wissen, doch sie hatte nichts davon gehört.

Die Alibis, die Mrs Golding in gutem Glauben geliefert hatte, waren wohl nicht so stichfest, wie sie angenommen hatte. Sie würde das berücksichtigen müssen – vorausgesetzt sie bekam Lord Ansleys Erlaubnis – und sie schaffte es Jean-Paul Girarde und vielleicht auch seinen Bruder ausfindig zu machen. Und außerdem würde sie berücksichtigen müssen, dass es weitere Verdächtige neben den Girarde-Brüdern gab und theoretisch konnte ein jeder von ihnen Lady Saddler umgebracht haben. Eine schöne Detektivin war sie, dachte sie ärgerlich. Ging es Alex genauso? Sie bezweifelte es.

Soviel zu ihren eifrigen Plänen. Ihr Anruf beim Lustgarten-Theater entpuppte sich als Erfolg und Jean-Paul trat dort als Zauberer aus Frankreich auf. Sie hatte Lord Ansleys Erlaubnis erhalten und die Küche war soweit versorgt, dass sie am Dienstagmorgen nach Folkstone aufbrechen konnte. Und dann funkte ihr das Schicksal dazwischen. Lady Enid wollte Miss Drury um elf Uhr sehen, so stand es in der Notiz, die Jimmy überbrachte. Worum ging es wohl dabei?, fragte Nell sich erschöpft. Würde Lady Enid sie tadeln, weil sie so wenig Fortschritte gemacht hatte?

Sie wollte gerade an der Tür klingeln, da öffnete sich diese.

Es war Alex Melbray und er sah genauso erschrocken aus wie sie.

Und um die Situation noch schlimmer zu machen, sie hatte das Treffen nur hinter sich bringen und zum Zug eilen wollen, hörte sie sich sagen: „Guten Morgen, Chefinspektor."

Er lüftete seinen Hut. „Miss Drury." Dann ging er mit großen Schritten an ihr vorbei.

Kapitel 14

„Mir scheint, Miss Drury, ich bin zum Mittelpunkt dieser Wippe geworden."

Lady Enid sah mit ihrer neuen Rolle äußerst zufrieden aus, was Nell noch mehr beunruhigte. Was für eine Wippe? Sie hatte das ungute Gefühl, dass sie auf ein heikles Thema zusteuerten.

„Ich rede natürlich", sprach Lady Enid munter weiter, „vom Tod von Lady Saddler. Doch auch wenn ich selbst den Weg der Liebe nicht mehr beschreite, merke ich es doch anderen an."

Sie hatte recht gehabt, doch Nell gelang es, die schmerzhafte Initiative zu ergreifen. „Vielen Dank, Lady Enid." Die Witwe sprach tatsächlich über Alex und sie. Das konnte ihren Argusaugen nicht entgangen sein. Nells Liebesgeschichte mit Alex war nicht gerade ein Geheimnis auf Wychbourne Court gewesen, aber das Thema war nie offen von der Familie Ansley oder den Bediensteten angesprochen worden. Und nun war der denkbar schlechteste Zeitpunkt dazu.

„Mir scheint", fuhr Lady Enid fort, „dass die Wege, die Sie und Scotland Yard – oder wenn ich es persönlicher ausdrücken darf, Chefinspektor Melbray – eingeschlagen haben, ihn in eine Richtung bringen und Sie folgen unverwandt einer anderen. Sie beide haben zweifelsohne ihre eigenen Gedankengänge." Geschickt wechselte sie selbst die Richtung. „Sie haben die Familie Carter im Blick, während der Chefinspektor an den Artistes de Cler zu kleben scheint."

Nell ergriff die Rettungsleine, die sich ihr bot. „Nicht so sehr die Carters wie Mr Briggs, Lady Enid. Bis Lady Saddlers Mörder gefunden ist, wird sich für ihn nichts bessern." Das war ein Fehler, rudere schnell zurück, dachte sie sich. „Die Küche ist gespalten, ob Mr Briggs schuldig ist, doch -" Sie zögerte, als ihr einfiel, dass sie schlecht die Anwesenheit der Clerries als Grund nennen konnte, aber die Witwe konnte ihrem Gedanken folgen.

„Ich stimme Ihnen zu, Nell. Solange die Artistes de Cler bei uns sind, wird nichts normal sein. Kurz gesagt, es müssen Geheimnisse auf beiden Seiten aufgedeckt werden. Die Künstler verheimlichen etwas, aber ich glaube, dass das auch für die Carters gilt. Der Auftritt des ehemaligen Verlobten meiner Tochter, Jasper Montjoy, so nah am Cottage deutet auf eine kaum geisterhafte Erscheinung hin, eher auf einen menschlichen Besucher wie diesen mysteriösen Franzosen. Es gibt daher eindeutig zwei Ermittlungsansätze für den Mord an Lady Saddler – was für eine unparteiische Ermittlerin wie mich höchst erfreulich ist. Gibt es vielleicht Verbindungen zwischen den zwei Ansätzen?"

Nell fühlte sich nun wieder etwas sicherer. „Das Nachkriegsfrankreich möglicherweise. Außerdem waren die Karrieren der Künstler in Gefahr."

„Das mag stimmen." Die Witwe nickte wissend. „Es gibt fünf Verdächtige auf dem Artistes de Cler-Weg und vier auf der Seite der Carters, wenn man den armen jungen Mann, der die automatisch singenden Vögel schnitzt, mitzählt." Sie korrigierte sich. „Ich sollte sieben, nicht fünf sagen, wenn wir Sir Gilbert und seine

Tochter mit einschließen. Ohne Bauern kann man schließlich kein Schach spielen."

Überrascht musste Nell lächeln und ihr war weniger flau im Magen. „Theoretisch", sagte sie.

„Einigen wir uns darauf. Was ist Ihr nächster Zug in unserem Schachspiel, Nell?" Die Witwe sah verärgert aus, dass sie Nell beim Vornamen angesprochen hatte. „Meine liebe Miss Drury, bitte verzeihen Sie mir. Ich erlaube mir Freiheiten."

„Aber Wychbourne ist mein Zuhause." Nell war erstaunt, dass sie mit der respekteinflößenden Witwe so sprach. „Ich mag es, Nell genannt zu werden. Und was meinen nächsten Zug anbelangt ..." Sie musste sich zusammenreißen. Egal wie sehr sie wegen Alex litt, musste sie um Mr Briggs Willen weitermachen. „Der nächste Zug ist am Nachmittag nach Folkstone zu fahren", erklärte sie.

Die Witwe zog die Augenbrauen hoch. „Ein angemessenes Ziel, wenn Sie glauben, dass die Antwort in Frankreich wartet."

„Nein, im Lustgarten-Theater von Folkstone", fuhr sie fort. „Dort tritt Jean-Paul Girarde auf. Ich habe mithilfe des Bauern Pearson herausgefunden, wo er sich aufhält und ich will seiner Beziehung zu den Carters auf den Grund gehen."

Die Witwe musterte sie. „Wunderbar, Nell. Sie sind eine hervorragende Schachspielerin und ich glaube, man muss im Schach oft Mut beweisen und das Risiko entsprechend des Gegners einschätzen. Ich glaube, dass das auch für die Gefühle zutrifft. Sie müssen ein Schachmatt riskieren, aber die Dame muss zu ihren

König stehen, ist es nicht so? Und ohne sie ist der König verloren.“

Für jemanden, die eine so lang andauernde Fehde mit ihrem Nachbarn, dem guten Arthur Fontenoy, aufrechterhielt, dachte Nell, was komplett auf ihrer beide konkurrierende Liebe zu ihren Ehemann zurückging, schien Lady Enid erstaunlich pragmatisch und bewandert in Liebesdingen. Ihr Mann war vor mehr als dreißig Jahren verstorben, doch ihr Hass auf Arthur war unermüdlich.

Schließlich erreichte sie Folkestone. Der Gedanke, nicht von Nell als ihre Chefköchin ihrer Abendessen zu profitieren, hatte weder bei den Clerries noch ihr sonderlich für Verstimmung gesorgt und um halb eins war sie mit ihrem Ford zum Bahnhof Tonbridge gefahren.

Mit nur einem Umsteigen erreichte sie ihr Ziel. Es war eine wunderbare Art, durch die Landschaft von Kent zu reisen, wenn man von der einen oder anderen Kuh absah, die entschied die Gleise zu überqueren und so ihre Fahrt verzögerte.

Wie viele Soldaten wohl diese Eisenbahn während des Kriegs genommen hatte, durch die Hopfenfelder und Kirschgärten gerumpelt waren, die viele von ihnen nie wieder gesehen haben? Das alles, um ans Meer zu kommen, das einige vielleicht noch nie zuvor gesehen hatten, dann weiter über den Ärmelkanal nach Frankreich. Es hieß man habe die Schüsse der Schützengräben auf den Felskuppen von Folkestone hören können. Die Stadt und die darumliegenden Dörfer hatten schrecklich unter der Bombardierung gelitten, besonders durch eine Gotha im Jahr 1917, als die Einkaufsgegend auf der Tontine Street den Erdboden gleich gemacht wurde und über neunzig Menschen starben und hunderte verletzt wurden. Der Wiederaufbau konnte die Erinnerungen nicht so einfach vergessen machen.

Vom Hauptbahnhof aus ging Nell zum Hafen hinunter und stellte sich vor, wie es während des Kriegs ausgesehen haben musste, als Freddie Carter und Charlie Briggs dort waren. Sie konnte beinahe die Schritte der Soldaten hören, die die Straße hinab zur Kliff marschierten, wo die Truppen stationiert waren. Im Hafen, der so viele belgische Flüchtlinge zu Kriegsbeginn empfangen hatte, waren etliche Kolonnen Soldaten an Bord der wartenden Schiffe gegangen.

Als sie den Lustgarten erreichte, sah sie überall Gruppen von jungen Kindern, deren Eltern und Kindermädchen sie beobachteten sowie das Theater mit seinen Türmen und imposanten Eingangssäulen mitten im Garten. Draußen sah sie Plakate des Zauberers, wegen dem sie hergekommen war – ob nun mit seinem Bruder oder Hubert dem Kaninchen als seinen Assistenten. Die Nachmittagsvorstellung lief noch, also entschied sie sich, zum Künstlereingang zu gehen und dort zu warten, bis er herauskam. Außer natürlich, er erblickte sie vorher und verschwand auf der Stelle. Ein Detail bereitete ihr jedoch Freude – die Tatsache, dass er für solche Auftritte gebucht wurde, bewies dass er und Jacques mit einer bestimmten Absicht nach Wychbourne gekommen waren und das hatte nichts mit Erntearbeit zu tun. Womit also dann?

Es war höchste Zeit, dass Jean-Paul ihr die ganze Geschichte erzählte, dachte Nell, als sie ungeduldig wartete. Dieser Pudding musste ordentlich durchgerührt

werden. Der Bühnenportier hatte gesagt, dass die Aufführung in einer halben Stunde vorbei sei, aber obwohl
sie das Publikum allmählich das Theater durch den
Haupteingang verlassen sah und auch andere Darsteller durch den Künstlereingang herauskommen – von
Jean-Paul keine Spur. Sie wurde nervös. Blieb er für die
Abendvorstellung im Theater? Sie drückte die Daumen,
dass er nur später herauskam - und tatsächlich tauchte
er wenige Minuten später auf. Mit einem Schal um den
Hals und einer Fischermütze auf dem Kopf sah er sehr
leger aus.

Er war eindeutig erschrocken, sie zu sehen, doch Magier agierten rasch und er war schnell wieder der Alte.

„Madame Nell?" Er nahm ihre Hand, die wie sie zu
spät bemerkte, eventuell vom Sandwich, das sie zuvor
gegessen hatte, noch leicht klebrig war.

„Sie sehen erstaunlich erfreut aus, mich zu sehen",
sagte sie freundlich. „Lernen Zauberer, sich nichts anmerken zu lassen, wenn etwas schiefgeht?"

„Fuchteln Köche mit den eingefallenen Kuchen
herum, wenn in der Küche etwas danebengeht?"

„Sie verschleiern es", gab sie zu.

Er lächelte. „Zauberer auch. Lassen Sie uns ein Eis essen. Es ist immer gut, die Sonne zu ehren."

„Ist Ihr Bruder bei Ihnen?" Sie versuchte, die Frage
beiläufig klingen zu lassen, als er zwei Kugeln Eis
kaufte, ihr eine reichte und sie zu einer freien Bank
winkte.

„Das ist er nicht, Madame Nell", antwortete er beim
Eisessen. „Sind Sie in der Hoffnung, ihn anzutreffen, zu
mir gekommen? Wie schade."

„Nein, ich bin Ihretwegen hier."

„Dann erzählen sie mir bitte, warum.“

„Ich glaube, dass es etwas gibt, das Sie mir verschweigen. Vielleicht den Grund, wieso Sie nach Spitalfrith kamen. Etwas, das mit Ihrer Schwester, Freddie Carter und Mr Briggs zusammenhängt.“

„Und wenn es so wäre, wieso sollte ich Ihnen davon erzählen, Madame Nell?“

„Weil Mr Briggs niemals den Schatten der Schuld loswerden wird, der über ihm liegt, bis der Mordfall gelöst ist und er komplett freigesprochen ist.“

Er dachte darüber nach und aß sein Eis. „Oui, vielleicht mag das sein, aber wie kann ein einfacher Magier die Lösung kennen, wenn ich nicht selbst in Beaudricourt war, wo die Geschichte begonnen hat?“

So leicht würde sie ihn nicht davonkommen lassen. „Aber sie sind in Lille geboren, wo Lady Saddler lebte.“

Einen Moment lang verdüsterte eine Wolke sein Gesicht, als sein Lächeln erstarb. „Bis ich zur Armee ging, ja.“

Er war jetzt verhaltener und sein Blick wachsam. Gut. Sie würde ins kalte Wasser springen müssen. „Es gibt noch immer etwas, das Sie mir über Marie-Hélène nicht erzählt haben. Ich weiß, dass sie für die Deutschen spioniert hat und dass Freddie es vermutlich von Lady Saddler erfahren hat, woraufhin er die singenden Vögel zerstört hat. Aber da ist noch etwas, nicht wahr?“

Sein Gesicht war ausdruckslos, das Lächeln verschwunden. „Singende Vögel nennen Sie sie. Vogelautomaten. Ich werde Ihnen davon erzählen und dann sehen wir weiter, Madame Nell. Singende Vögel können zwei Bedeutungen haben, welche trifft es nun? Die meisten Singvögel verschönern unser Leben und erfüllen unsere Herzen mit Freude. Freddies waren aus Liebe geschnitzt. Doch wie schnitzt man sie und bringt sie zum Singen? Das erfordert jede Menge Geschick. Als Freddie aufwuchs, war der Besitzer von Spitalfrith ein Herr, der lange Zeit in Frankreich gelebt hatte. Er arbeitete für die Familie Bontem. Sagt sie Ihnen etwas?

„Ja.“ Nell erinnerte sich daran, dass Joe Carter ihr von ihnen erzählt hatte.

„Dann wissen Sie, dass die Familie im letzten Jahrhundert die führenden Hersteller in der Kunst der Singvogelautomaten war und der Herr die Fähigkeit von ihnen gelernt hat. Als er Spitalfrith von der Familie Montjoy kaufte, war er schon alt und hatte Freude daran, Freddie die Mechanismen der Singvögel beizubringen, denn Freddie war bereits ein geübter Holzschnitzer. ‚Ich werde dir einen Garten singender Vögel anlegen‘, hatte Freddie meiner Schwester verliebt geschrieben. Doch der Singvogel hat noch eine weitere Bedeutung: den Verrat eines Freundes, was zu dessen Tod führen kann. Singvögel mauern vier Wände um einen, bis man dem eigenen Gefängnis nicht mehr entfliehen kann.“

Nell hörte bestürzt zu. Hatte Marie-Hélène bereut, was sie getan hatte und sich selbst ein Gefängnis erbaut? Was haben ihre Brüder gedacht, als sie nach dem Krieg nach Hause kamen und erfuhren, dass Ihre Schwester nicht nur tot, sondern als Verräterin verhasst war? Doch sie war so weit gekommen, dass Nell einfach weiter fragen musste. „Wie haben Ihre Schwester und Freddie sich in Beaudricourt kennengelernt? Hat er ihr gutgläubig Informationen weitergegeben, die sie an die Deutschen überlieferte?“

Jean-Paul seufzte. „Es ist kompliziert, Nell. Wollen Sie das wirklich wissen?"

„Ja", antwortete sie. Bis sie die Wahrheit kannte, würde sie keine Möglichkeit haben, herauszufinden, wie die Geschichte mit den Ereignissen in Wychbourne zusammenhing. Und ob Jean-Paul ein Freund oder Feind war.

„Dann werde ich es Ihnen erzählen. Nein, Marie-Hélène hat keine Informationen von Freddie oder Charlie Briggs verwendet. Die Spionage fand in Lille statt. Ich habe Ihnen davon erzählt, dass Lille besetzt war und das Leben war dort sehr hart. Jacques und ich waren schon in der Armee. Die Steuern waren hoch, sie hatten kein Essen und kein Geld. Meine Schwester, wie auch Lisette Rennard, war Sängerin und arbeitete oft in den Cafés, die die Deutschen besuchten. Es gab viel Widerstand gegen die deutschen Besetzer in Lille, angeführt von großen Patrioten wie Léon Trulin und Louise de Bettignies, später dann den Agenten der La Dame Blanche, einer belgischen Bewegung, die sich nach Nordfrankreich ausbreitete. Jeder verdächtigte seine Nachbarn. Meine Schwester machte sich Feinde, weil sie zu freundlich mit den Besatzern umging und darum zog sie, wie Sie wissen, nach Beaudricourt, das nicht besetzt war und wo niemand ihre Vergangenheit kannte. Dort sang sie für die britischen Truppen in der Dorfkneipe und lernte Freddie und Charlie Briggs kennen, die in der Nähe kampierten. Freddie - der wie meine Tante mir berichtete, damals noch nicht der arme Invalide war, der er heute ist – verliebte sich in sie und sie sich in ihn."

„Und vermutlich war sie dort nicht als Spionin bekannt."

„Non. Nun werde ich Ihnen mehr über das Ende der Geschichte erzählen. Nach der schrecklichen Schlacht, in der das zehnte Bataillon beinahe ausgelöscht wurde, waren Freddie und Charlie beide verwundet und wurden in verschiedene Krankenhäuser gebracht. Freddie kämpfte weiter mit den Royal West Kents und erlebte das Kriegsende in Belgien, erholte sich jedoch geistig nie vom Gefecht, wie Sie wissen. Da er länger im Krankenhaus war, traf Charie Briggs dort auf den Bruder von Lady Ansley. Das ist, so habe ich mir sagen lassen, der Grund, weshalb er zum Kammerdiener ihres Ehemannes auf Wychbourne Court wurde."

Das war also die Verbindung. Nell hatte seine Geschichte nie gekannt – doch dann merkte sie demütig, dass sie sich nie danach erkundigt hatte. „Und Ihre Schwester?", fragte sie leise. „Sie sagten, sie starb in Bapaume."

„Freddie und Charlies Schlacht war am dreiundzwanzigsten März und am darauffolgenden Tag geriet Bapaume unter Beschuss und wurde von den Deutschen besiegt. Wie ich Ihnen gesagt habe, hatte Marie-Hélène gehört, dass die Deutschen sich zurückziehen und da sie nichts von Freddie gehört hatte, reiste sie dorthin, so schwierig das auch war. Keiner weiß, was aus ihr geworden ist, bis auf die Tatsache, dass sie als tot gelistet wurde."

Und nun die schwierigste Frage, denn sie war entschlossen, die ganze Geschichte zu erfahren: „Woher wusste Lady Saddler, dass Marie-Hélène eine Verräterin war?"

Jean-Paul schien die vorbeigehenden Menschen zu beobachten, statt sich auf ihre Frage zu konzentrieren, aber es war ein heikles Thema, drum war es nur zu verständlich. „Das ist einfach zu beantworten", sagte er. „Verdacht verbreitet sich schnell, besonders in der Welt der Estaminets."

Sie holte tief Luft. „Und nun wüsste ich gerne, wieso Sie wirklich nach Spitalfrith gekommen sind, Jean-Paul."

Er ließ sich mit seiner Antwort Zeit. „Ich wollte Freddie warnen."

„Ihn warnen?"

„Dass Lady Saddler in Wirklichkeit Lisette Rennard war, über die Marie-Hélène mit ihm geredet haben muss."

Nell war nicht überzeugt. „Wieso sollte Ihre Schwester mit Freddie über ihr Leben in Lille gesprochen haben, wenn sie von dort flüchten musste, weil sie Informationen an die Deutschen weitergegeben hatte?"

„Im Krieg werden Geschichten verdreht. Wer weiß schon, was sie Freddie erzählt hat, aber meine Schwester kannte Lisette viele Jahre lang." Jean-Paul vergrub das Gesicht in den Händen. „Verzeihen Sie mir, Nell, aber ich kann nicht weiter darüber sprechen. Es schmerzt zu sehr."

Plötzlich überkamen Nell Gewissensbisse. „Ich hätte sie nicht zwingen sollen, davon zu erzählen. Es tut mir leid." Sie legte den Arm um ihn. Es war nicht viel, doch mehr konnte sie nicht für ihn tun.

„Ich werde zurückkehren, Nell. Schon bald. Je te promets. Ich verspreche es."

Nell lächelte. „Dann habe ich nur noch eine letzte Frage – keine schwierige."

„Erzähl."

„Was ist aus Hubert dem Kaninchen geworden?"

Gert Radley beäugte die anderen Artistes de Cler missmutig. Die Sonne mochte scheinen, die Sommerblumen auf Wychbourne Court waren zweifelsohne hübsch, die Gastfreundschaft der Ansleys tadellos – ja, beinahe zu großzügig –, doch trotzdem war Wychbourne ein Gefängnis, in dem sie alle in Untersuchungshaft saßen. Sie alle saßen hier fest und hatten keine Ahnung, was vor sich ging.

Einzig und allein war klar, dass weder Scotland Yard noch Gilbert sie abreisen lassen wollte. Scotland Yard, in Form von Chefinspektor Melbray und seinem zu heiteren Sergeant, statteten ihnen gelegentlich Besuche ab und theoretisch durften die Clerries sich frei bewegen und malen, wo sie wollten, vorausgesetzt sie verließen Wychbourne nicht. Sogar Gilbert machte es deprimierend deutlich, dass er die Antwort auf Lisettes Mord hier in der Nähe glaubte und bis sie gefunden war, war er ihnen äußerst dankbar, wenn sie blieben. Das bedeutete, schlussfolgerte Gert, dass er einen von ihnen für schuldig hielt.

Hier waren sie nun – fünf Clerries, die Däumchen drehten und ihre Kameraden misstrauisch beobachteten. „Warst du es?", sagten ihre Blicke, wenn sie sich freundlich unterhielten und vermutlich eines dieser Augenpaare nur zu gut wusste, wer der Mörder war. Rührte das Misstrauen von dem Mord her oder wer Lisette, in ihrem Vorhaben die Ausstellung abzusagen, unterstützt hatte? Wenn einer von ihnen es getan hatte, war die Angelegenheit nun bedeutungslos, da Gilbert die Artistes de Cler faktisch aufgegeben hatte, indem er die Ausstellung einem breiteren Künstlerfeld zugänglich machte.

„Wie viel länger müssen wir noch hier bleiben?", fragte Thora in klagendem Ton.

„Darling", antwortete Lance gereizt, „wer weiß das schon? Bis der freundliche Chefinspektor bemerkt, dass der Kammerdiener Briggs sehr wohl schuldig ist?"

„Oui, ganz recht", sagte Pierre schnell, was Gert wütend machte. Es war wohl nur zu einfach, Briggs zu beschuldigen, um der wahrscheinlicheren Wahrheit auszuweichen.

Auch Thora war damit nicht zufrieden, bemerkte sie. Sie starrte ihren ehemalig geliebten Verlobten zornig an. Die Armen hatten ihren Streit also nicht beilegen können. Sie waren in einer Pattsituation. Thora glaubte an Briggs Unschuld, genau wie Gert und Vinny, aber Pierre und Lance hielten an ihrer Überzeugung fest, dass er schuldig war. Pierres Beharren auf Briggs Schuld war merkwürdig, wenn man seine Hingabe für die Schatzkammer Thoras Familie und seine Aussichten bedachte. Natürlich war Lisette einst seine Geliebte gewesen, aber Gert konnte sich nicht vorstellen, dass Pierre sein bequemes Leben aus diesem Grund riskieren würde. Seine Unnachgiebigkeit hinsichtlich Briggs machte seine Probleme nur noch schlimmer.

„Ohne Zweifel hast du eigene Gründe, wieso du Briggs für schuldig hältst, Lance", sagte Thora überheblich. „Warum genau hast du dich mit Lisette kurz vor ihrem Tod gestritten?"

Lance erblasste. „Es war nur eine Frage der Saumlänge der nächsten Saison, Darling. Eine unbeschwerte Diskussion über meine neuesten Entwürfe. Und wo wir schon dabei sind, glaubst du an Briggs' Unschuld, nur weil dein aufrichtiges Ehrgefühl die Tatsache verschleiert, dass du genau weißt, dass jemand anderes das Verbrechen begangen haben könnte – vielleicht sogar du?"

Bevor Thora darauf antworten konnte, mischte Vinny sich ein. „Je mehr wir streiten, Lance, desto weniger erreichen wir. Wir müssen geduldig warten, bis Gilbert zufrieden damit ist, dass alles für die Ausstellung arrangiert ist."

„Das ist eine Ausrede, Vinny", sagte Gert ärgerlich. „Er will, dass wir bleiben, bis Lisettes Mörder ausgemacht ist, denn er kann kaum erwarten, dass einer von uns aufsteht und sich schuldig bekennt."

Schließlich brach Pierre das Schweigen. „Das ist vielleicht wahr, aber um der Zukunft der Artistes des Cler willen, müssen wir gemeinsam Gilberts neuen Ansatz unterstützen. Ich nehme an, wir arbeiten alle daran und dass ich euch in diese neue, aufregende Zukunft führe? Es ist wichtig, dass wir als die wichtige Bewegung, die wir sind, anerkannt werden."

Die Stille, die darauf folgte, durchbrach Gert. „Aber sicher, Pierre", sagte sie forsch. „Jedoch liefern uns die Zeitungen gerade die beste Werbung, die wir uns je erhoffen konnten – und wenn Lisettes wahrer Mörder gefasst ist, wird das unseren Ruhm verstärken." Sie zögerte. „Insbesondere, wenn es einer von uns ist."

„Miss Drury, wie viel länger werden diese Gäste denn noch bleiben?", flehte Michel am Donnerstagmorgen.

„Ich mag es nicht, wenn meine Tournedos Mistinguett auf den Tellern zurückkommen. Ich bin Franzose. Ich weiß, wie man das Gericht kocht."

„Wir setzen ihnen etwas anderes vor", sagte Nell aufmunternd. „Wie wäre es mit Iman Bayildi? Wir haben genug Rezepte für tausendundeine Nacht da, wie die Geschichten. Sei bloß froh, dass die Gäste uns nicht hinrichten können, wenn ihnen etwas nicht gefällt, wie der König, der sich der Ehefrauen entledigt. Wir probieren das Gericht heute Abend und dazu Seezunge und Hammelfleisch."

Doch Nell musste Michel zustimmen und es war eindeutig, dass auch Mrs Fielding ungeduldig wurde. Sie war besonders schmallippig, was Mrs Radleys Versuch anbelangte, den Hausmädchen zu helfen in der Annahme, sie seien unterdrückte Knechte.

„Lizzie mit den Betten helfen, also wirklich! Es ist geradezu beleidigend, anzudeuten, dass ich meinen Mädchen nicht beibringe, ordentlich die Betten zu machen."

Die Zeit verstrich und es schien sich nicht viel zu tun, ärgerte Nell sich. Alex musste offenbar hinter den Artistes de Cler her sein, um den Mörder zu finden, aber davon war nichts zu sehen. Lady Enid hatte keine weiteren Informationen über die Clerries und Nell konnte selbst nichts tun, außer Alex erlaubte es ihr. Und da bestand keinerlei Hoffnung. Nachdem sie ihn kurz gesehen hatte – es hatte sie verletzt, dass er nicht einmal stehengeblieben, sondern an ihr vorbeigelaufen war –, war sie sich sicher, dass sich nichts geändert hatte. Ihre Beziehung war vorüber. Wenn er Wychbourne verließ, würde sie wieder ihr Leben weiterleben müssen. Vielleicht tauchte ja ein Märchenprinz auf – so wie Jean-

Paul aus dem Gebüsch aufgetaucht war. Doch irgendwie konnte ihr der Gedanke keinen Trost spenden.

Das Unwohlsein im Bedienstetenflügel nahm kein Ende. Kitty hatte Mr Briggs sein Mittagessen gebracht und von seiner Abwesenheit berichtet. Nell vermutete, dass das bedeutete, dass er wieder einen Ausflug zu Freddie unternommen hatte, aber sie war überrascht, als sie ihr eigenes Mittagessen in Pug's Parlour essen wollte, dort Mr Briggs anzutreffen. Leider war auch Mr Peters anwesend, der verkrampft missbilligend dreinblickte, doch zum Glück redete Jenny Smith wie ein Wasserfall, trotz der eisigen Atmosphäre.

Nell hatte sich gerade erst hingesetzt, da kam Mrs Fielding herein und blieb jedoch im Türrahmen stehen.

„Ich habe mich schon gefragt, wo Sie alle stecken", fauchte sie.

Alle Augen richteten sich auf Mr Peters und Nell stöhnte innerlich. Ärger bahnte sich an.

„Ich will hoffen, dass ich hier noch willkommen bin, Fred", sagte Mrs Fielding verächtlich.

Mr Peters' Vorname wurde nie in der Öffentlichkeit erwähnt, was auch für die höhergestellten Bediensteten galt, sodass dies entweder ein Ausrutscher von Mrs Fieldings Seite war oder aber volle Absicht, überlegte Nell.

„Natürlich, Mrs Fielding", entgegnete Mr Peters, woraufhin Jenny Nell einen verzweifelten Blick zuwarf. „Wir essen gemeinsam, auch wenn Mr Briggs anwesend ist – und natürlich Sie, Miss Drury."

Seine Andeutung schockierte Nell. War die Situation so sehr aus dem Ruder gelaufen?

Mr Briggs sprang verängstigt auf. „Corporal –“, fing er an.

„Setzen Sie sich, Mr Briggs“, unterbrach ihn Mrs Fielding. „Und genießen Sie Ihr Mittagessen.“

Etwas unsicher fügte Mr Briggs sich.

„Pug’s Parlour sollte neutraler Grund sein, Mr Peters“, sagte Nell wütend, aber Mr Peters antwortete nicht und die restliche Mahlzeit aßen sie schweigend.

„Was zum Teufel wird nur aus Wychbourne Court?“, sagte Jenny zu ihr, als sie das Zimmer verließen. „Es ist nicht nur hier im Bedienstetenflügel so. Nichts ist mehr in Ordnung. Lady Clarice hetzt wie von einer Hornisse gestochen umher.“

„Wieder Jasper?“, fragte Nell resigniert.

„Keine Ahnung. Aber sie hat nach Ihnen gefragt.“

Lady Clarice war außer sich vor Freude, als Nell ihr Boudoir betrat.

„Da sind Sie ja endlich, Nell. Ich bin so froh. Ich wusste, Sie würden zuerst davon erfahren wollen. Ich habe am Morgen Spitalfrith besucht und mit Miss Saddlers Erlaubnis bin ich durch den Wald gestreift, wie ich es mit Jasper damals tat und – oh, Nell – Jasper war dort. Ich weiß, er war es. Er wollte mir etwas sagen.“

„Das freut mich sehr“, brachte Nell über die Lippen und suchte verzweifelt nach den richtigen Worten. „Aber es war Tag. Wie können Sie sich sicher sein, dass es Jasper war?“

„Er war es, Nell. Er hatte eine Nachricht für mich.“

Sei bloß vorsichtig, dachte Nell. Vielleicht war es ernster, als sie gedacht hatte. „Hat er gesprochen?“, fragte sie mit Bedacht.

„Natürlich nicht." Lady Clarice lächelte jedoch. „Er hat mich geleitet. Er war die leichte Bewegung in den Büschen, die Brise trug ihn zu mir. Ich konnte seine Anwesenheit förmlich spüren. Ich lief auf ihn zu, doch er tauchte nicht auf - er konnte nicht auftauchen. Stattdessen überbrachte er mir eine Nachricht. Als ich zum Waldrand gelangte, konnte ich ihn nicht mehr spüren, also blickte ich mich um. Da waren Gänseblümchen und Astern, lila-blaue Astern, genau wie die Schachtel, in der ich seine Briefe aus Afrika aufbewahre. Er hat mich dort hingeleitet. Er war im zweiten Bataillon der Queen's Own Royal West Kents und in seinem allerletzten Brief schrieb er mir, dass er an einem Ort namens Wakkerstroom gekämpft hatte und helfen würde, das belagerte Wachbataillon von Biddulph's Berg zu befreien – die Namen kenne ich auswendig, denn ich hörte nie wieder von ihm, Nell."

„Ich kann sie Ihnen nicht zeigen", sprach sie weiter, „aber in dem Brief schrieb er mir dies: ‚Eines Tages werde ich zu dir zurückkehren. Ich werde dann immer bei dir sein. Zweifle nie daran, meine liebste Clarice.' Sechs Monate dauerte es, bis der Brief ankam und es ist mein liebster Brief von allen. Nun wird mein Jasper immer bei mir sein. Ich habe ihn gesehen."

Als sie ging, musste Nell ihre Tränen zurückhalten, zum einen wegen Lady Clarice Geschichte und zum anderen wegen ihrer eigenen. Gestern hatte sie Alex gesehen, aber sie hatte keine solch tröstenden Worte wie Lady Clarice erhalten.

Lady Clarice hatte als letztes zu ihr gesagt: „Ich werde noch einmal nach Spitalfrith gehen, Nell. Deshalb wollte ich Sie unbedingt sehen. Ich weiß, dass Sie mit mir kommen wollen."

Natürlich würde sie mitgehen. Das war Nell klar. Wie könnte sie das nicht tun?

Gert Radley wägte ihren nächsten Schritt ab. Sie war des Limbos, in dem sie steckten, überdrüssig. Es musste sich etwas tun und Chefinspektor Melbray würde ihr dabei keine Hilfe sein. Er war zwar eifrig bei der Arbeit, aber er würde ihr nicht zuhören, wie sie über Lisette Saddler schwafelte. Miss Drury hingegen – oder Nell wie sie sie insgeheim nannte – war da anders gestrickt. Man munkelte, dass Melbray von Nell hingerissen war, doch Gert sah davon nichts. Zu schade, wobei die Ansleys sicherlich ihre geschätzte Chefköchin nicht verlieren wollten. Und schade auch für Nell, wenn es nicht stimmte.

Gert hatte gerade Gilberts sogenanntes Trauermahl für Lisette verlassen, das sehr befremdlich gewesen war, um es gelinde auszurücken.

„Wissen Sie, warum Gilbert dieses Trauermahl veranstaltet hat, Petra?", hatte Gert sie vorher gefragt.

„Leider nicht", antwortete Petra – und meinte es wohl ehrlich, dachte Gert, denn Gilbert gab gerne den stillvergnügten alten Herren, der in der Ecke saß, bis er sich entschloss seine Karten auszuspielen.

Vielleicht war heute dieser Tag. Alle Clerries waren dort vereint und waren natürlich angespannt, ob Gilbert wohl seine Meinung hinsichtlich der Ausstellung wieder geändert hatte. Hatte er nicht. Der arme Kerl war wirklich verrückt geworden, dachte Gert. Nichts würde ihn umstimmen können. Sie kannte ihn von früher. Er hatte vor sich hin gefaselt und verlangt zu erfahren, wie sie das Thema ‚Von Krieg zu Frieden‘ in ihren Werken für die Ausstellung umsetzen würden. Er lauschte ihren Antworten aufmerksam, dann verkündete er dramatisch: „Die Artistes de Cler stehen für Wahrheit, doch ich glaube, dass keiner von uns in seinen Werken die Wahrheit erzählt. Wir haben alle Geheimnisse.“

Das brachte die Truppe zum Schweigen, dachte Gert süffisant. Gilbert konnte natürlich damit richtigliegen.

Dann hatte er etwas noch Erschreckenderes hinzugefügt: „Ich glaube, Lisette könnte wegen ihrer gestorben sein.“

„Worauf willst du hinaus, Gilbert?“, hatte Vinny sanft gefragt.

Und da war Gilbert endgültig durchgedreht. „Wenn ich es wüsste, würde ich es dir sagen. Aber alles ist völlig durcheinandergeraten. ‚Ihr seid alt, Vater Martin‘, so sprach Junker Tropf, ‚Euer Haar ist schon lange ganz weiß; Doch steht ihr so gerne noch auf dem Kopf. Macht Euch denn das nicht zu heiß?‘ Nein, das tut es nicht, aber ich stehe auf dem Kopf, wenn ich an Lisette denke. Alles ist umgedreht und spiegelverkehrt. Sie wollte die Ausstellung absagen und einige von euch glauben, sie habe dabei meine Unterstützung. Warum sollte sie jedoch so entschiedene Ansichten darüber haben? Ich bin ganz fassungslos.“

Gilbert hatte die Arme im Appell ausgebreitet. Die Botschaft war klar. Helft mir, meine Freunde. Doch keiner von ihnen konnte ihm weiterhelfen.

Gerts unterschwellige Angst wuchs weiter. Sie musste mit jemandem darüber reden – und Nell schien ihr die letzte große Hoffnung zu sein. Es braute sich etwas zusammen und der Sturm würde bald ausbrechen. Sie wusste nicht, wo oder wie, aber es würde etwas passieren.

Kapitel 15

Was wollte Gert Radley nur mit ihr besprechen?, wunderte Nell sich, als sie ihre Besucherin am späten Donnerstagnachmittag zum Kochtopf führte. Verdächtigte sie nun langsam jeden, der mit Spitalfrith zusammenhing – bis auf Petra? Irgendeine Verbindung zu Lisette Saddlers Mord musste es geben.

„Eine schöne Stube", bemerkte Gert beifällig, obwohl Nell den Eindruck hatte, dass dies kein bloßer Besuch war.

„Nicht viel Platz für Staffeleien und Gemälde", scherzte Nell, als Miss Radley sich in den Gästestuhl zwängte.

„Jedem Tierchen sein Pläsierchen."

Vielleicht war Miss Radley ihren Künstlergefährten gegenüber genauso argwöhnisch. Nell erinnerte sich an Mrs Fieldings Geschichte, wie Miss Radley versucht hatte, den Hausmädchen zu helfen. Vielleicht ermittelte sie nun, warum die Bediensteten im Ostflügel zusammengepfercht wurden. Die Antwort darauf war einfach. Sie bildeten hier ihre eigene Familie – auch wenn es im Moment einige Zankereien und Fehden gab.

Miss Radley grinste, als könnte sie Nells Gedanken lesen. „Ich bin wegen Lisette Saddler hier, Nell."

„Wegen ihr und hoffentlich nicht wegen Mr Briggs", antwortete Nell unverblümt. Ihr war das ‚Nell' nicht entgangen – auch gut, sie nannte ihren Gast gedanklich selbst beim Vornamen.

„Beidem stimme ich zu. Was Lisette anbelangt, lauten die Fragen, wer und warum, wie Sie sicherlich wissen."

„Nun, das ist sehr geradeheraus gesprochen“ antwortete Nell, unsicher, wo diese Unterhaltung hinführte. „Entweder starb sie infolge der abgesagten Ausstellung oder es hängt mit den zerstörten Singvogelautomaten der Carters zusammen, wegen denen Mr Briggs in diese furchtbare Angelegenheit verwickelt wurde.“

Gert ließ sich mit der Antwort Zeit. „Vermutlich. Was ist jedoch mit Lisettes Leben, bevor sie Gilbert geheiratet hat? Wir kennen ihr Kriegsprotokoll, aber es sind fast acht Jahre vergangen, seitdem das Gefecht eingestellt und sieben Jahre, seitdem der Frieden beschlossen wurde. Lisette lebte in jenen Jahren in Paris. Sie stand Modell und hatte Liebhaber, einer von ihnen war unser Pierre. Ansonsten wissen wir nicht viel, außer dass sie Gilbert vor zwei Monaten geheiratet hat, nachdem Pierre sie zuvor vor die Tür gesetzt hatte. Sie richtete ihr Augenmerk auf Gilbert, um Pierre zu kränken. Gilbert bot ihr alles, was sie wollte. Ein englischer Adliger und ein fremdes Land, in dem die Feinde, die sie sich gemacht hat, ihr nichts anhaben konnten.“

„Was ist mit dem Krieg selbst?“, fragte Nell, der es gefiel, Klartext zu reden. „Wir wissen, dass sie als Agentin die Deutschen bespitzelt hat und das bedeutet, dass sie sich Feinde gemacht haben muss. Ist das der Grund, warum sie Lille für Paris verlassen hat?“

Gert zuckte mit den Schultern. „Keine Ahnung. Da kommen wir nicht voran, schätze ich. Ich kannte sie da noch nicht, aber ich bin eine Künstlerin und wir studieren die Gesichter, die wir zeichnen, sehr genau, manchmal auch unbewusst. Danach sehen wir uns manchmal die gemalten Gesichter an und wundern uns.“

„Was hat Sie an Lady Saddler gewundert?“

„Was ich hoffte, in meinem Porträt festzuhalten – jenes, das sie zerstört hat, bevor es ausgestellt werden konnte. Es zeigte zu deutlich, dass sie eine Frau war, die ihre eigenen Wege geht, wie Vinny Finch sagt. Wie Kiplings Katze. Deshalb wollte ich mit Ihnen sprechen. Chefinspektor Melbray konzentriert sich auf die Fakten und setzt sie zusammen, wie ein Kind es mit Bauklötzen macht, aber Ihnen steht es frei, anders zu spielen. Sie können sich die Klötze ansehen und davonhüpfen, wenn Sie wollen. Wenn Sie ihre Aufmerksamkeit auf Lisette richten, hoffe ich, werden sie die richtigen Antworten hervorbringen – und ich hoffe, sie schaffen es, bevor Gilbert vollkommen verrückt wird – und wir alle mit ihm. Nicht, dass ich falsche Anschuldigungen gegen ihre Gastfreundschaft äußern möchte.“

Gert lachte auf, doch es konnte ihr Unbehagen nicht verbergen. Konnte sie, Nell, wirklich den Mordfall lösen?, fragte sie sich, nachdem Gert gegangen war. Einen Sprung zu wagen, war schön und gut, aber es musste die richtige Richtung sein und augenblicklich konnte sie nur ihrem Instinkt folgen, welche das war.

Die Aufmerksamkeit auf Lisette richten, hatte Gert gesagt. Also gut. Wieso hatte sie so darauf gebrannt, die Ausstellung abzusagen? Sie mochte nicht porträtiert werden und trotzdem war sie ein Modell. Sie hatte in Lille gelegt und Jean-Pauls Verschlossenheit, wenn es um Lille ging, war ihr nicht entgangen. Sir Gilbert mochte verrückt sein, aber vielleicht war sie, Nell, es auch. Das bisschen, das sie über Lisettes Kriegsleben wusste, hatte sie von Jean-Paul erfahren, wenn er über Marie-Hélène sprach. Nein. Das stimmte nicht ganz.

Schlag die Eier vorsichtig auf, ermahnte Nell sich. Das war die Zeit als Marie-Hélène eine Spionin für die Deutschen war – das hatte Freddie gesagt und Jean-Paul hatte es nicht abgestritten. Lisette Saddler war an jenem Samstag am Nachmittag zum Cottage der Carters gegangen und hatte Freddie die Nachricht überbracht, die Freddie solchen Kummer bereitete, dass er die Vögel zerstörte. Und Freddie hatte Nell von seiner verräterischen Freundin erzählt.

Freddie!

Wie hatte er es genau ausgedrückt? Sie war auf ihn angewiesen, um herauszufinden, was wirklich passiert war. ‚Deutsche, Spione‘ waren zwei Wörter, die sie erinnerte und sie hatten sich auf Marie-Hélène bezogen. Doch im Krieg wurde der Begriff nicht nur für feindliche Agenten verwendet, sondern auch für jene, die sich dem Feind entgegenstellten. Bei einem früheren Treffen war Freddie ziemlich verwirrt gewesen und die Worte ‚Aber sie hat es nicht getan‘ gesagt. Hatte Freddie denselben Fehler wie sie gemacht und angenommen, dass Marie-Hélène eine Verräterin war, als Lady Saddler am Nachmittag zu ihnen kam und er daraufhin die Vögel zerstört hat?

Immer mit der Ruhe, sagte Nell sich. Es war möglich, aber wahrscheinlicher war, dass Lady Saddler entweder aus reiner Bosheit über Marie-Hélènes Tun gelogen oder den Klatsch aus Lille weitererzählt hatte. Doch das ging nicht auf. Jean-Paul hatte nie dementiert, dass Marie-Hélène schuldig war und das implizierte, dass ihre Schuld bewiesen war. Und trotzdem hatte Freddie zu Nell gesagt, dass ‚sie es nicht getan hat‘ – und wenn er von Marie-Hélène gesprochen hatte und nicht davon, dass Lady Saddler die Vögel zerstört hat, von wem konnte er es dann erfahren haben, außer von Jean-Paul? Warum hatte Jean-Paul ihr nicht erzählt, dass seine Schwester unschuldig war?

„Jasper wird wieder in das Tal kommen, so wie zuvor“, sagte Lady Clarice glücklich. Nell hatte sie zum Spitalfrith Manor gefahren, um Petra wissen zu lassen, dass sie da waren, bevor sie sich auf ihre abendliche Mission machten. „Oder wird er sich auf dem Pfad in den Wald zeigen?“, fragte Nell besorgt, als Petra die Tür öffnete. „Dort ist er auch einmal erschienen.“

Und dort in etwa hatte sie das Phantom gejagt, das sich als Jean-Paul entpuppt hatte, dachte Nell mit trockenem Humor. Bisher hatte sie noch nichts über seine Rückkehr aus Folkestone gehört und dabei wollte sie so dringend mit ihm sprechen.

„Ich werde Sie begleiten“, bot Petra hilfsbereit an, „dann können wir beide Möglichkeiten abdecken.“

„Wunderbar“, sagte Nell erleichtert. Zu zweit kamen sie besser mit Lady Clarice zurecht als einer allein. „Vielleicht sollte ich auf dem Pfad bleiben, falls Jasper wieder dorthin kommt und Sie könnten mit Lady Clarice im Tal bleiben, Petra? Sie sind ein besseres Medium als ich.“ Sie hatte ein schlechtes Gewissen, nicht weil sie die dunklen Pfade im Wald bei Nacht besonders liebte, aber weil sie die Vorstellung von Lady Clarices Enttäuschung nicht ertrug. Und wenn Jasper aufpasste, würde ihre Zweifel an seiner Anwesenheit ihn wohl kaum ermutigen, sich zu zeigen, beruhigte Nell ihr Gewissen.

Lady Clarice freundete sich sogleich mit dem Vorschlag an. „Wie großartig. Jasper wird die Anwesenheit von jemandem, die in seinem Stammhaus lebt, sicherlich erfreuen."

Petra stimmte mit leicht zittrigen Lippen zu. „Das wäre schön", sagte sie tapfer.

Nell war froh, dass sie die Gelegenheit bekam, Petra darüber zu informieren, wie wahrscheinlich (oder auch nicht) es war, dass sich im Tal etwas ereignete. Was die Gegend anging, in der sie ihre Runde machen würde, fühlte sie sich halbwegs wohl, besonders weil sie eine große Taschenlampe in der Hand hielt, sehr zu Lady Clarices Missfallen. Auch Petra hatte eine mitgebracht. Selbst wenn Jean-Paul zurückgekehrt war, überlegte Nell, war es unwahrscheinlich, dass er wieder in diesem Wäldchen umherstreifte.

Wenn kein streunender Wilddieb sich Spitalfrith als Opfer auserwählt hatte, würde kein Rascheln im Gebüsch Lady Clarice irreführen können, dass Jasper in der Nähe war – und leider würde die Enttäuschung heute besonders groß sein, da Lady Clarice dem Abend so viel Bedeutung zugemessen hatte.

„Aber natürlich", plauderte Lady Clarice fröhlich, „Jasper hat mir früher immer von seiner Kindheit hier auf Spitalfrith erzählt."

„Ich verstehe, warum er es so geliebt hat", versicherte Petra ihr. „Er war der Sohn von Richard Montjoy – war er nicht früher Mitglied des Parlaments?"

Gott segne dich, Petra, dachte Nell.

„Aber ja, das war er!", rief Lady Clarice erfreut. „Jaspers Mutter war eine geborene Dorling, wissen Sie." Petra hörte geduldig zu und Lady Clarice ging im langsam schwindenden Abendlicht voraus durch den Wald ins Tal.

„Sie müssen damals deutlich mehr Bedienstete gehabt haben, nehme ich an, als wir das Glück hatten, zu übernehmen?“, fragte Petra weiter.

„Sehr viel mehr“, stimmte Lady Clarice ihr taktlos zu. „Mindestens fünfzehn. Und auch Gärtner. An sechs erinnere ich mich. Sie schienen überall zu sein, weshalb unser kleines Tal Jasper und mir so wichtig war.“

Nell stellte sich das ungezügelte Liebeswerben zwischen den Baumwurzeln vor. Brombeergestrüpp und Nesseln zwischen den Narzissen und Windröschen. Genau wie im echten Leben, dachte Nell philosophisch. Selbst im süßesten Nachtisch durfte ein Hauch Zitrone nicht fehlen.

„Wie lange warten wir im Tal?“, fragte Petra höflich, als sie die Abzweigung erreichten, an der sich ihre Wege trennten.

„Bis Jasper fort ist“, antwortete Lady Clarice ihr wenig hilfreich.

„Können wir mit ihm sprechen?“, fragte Petra.

Lady Clarice dachte darüber nach. „Ich muss ihn zuerst wissen lassen, dass ich an ihn denke, aber vermutlich kann ich es dann tun. Es hängt alles davon ab, wie er gelaunt ist.“

Der abendliche Vogelgesang war fast vorbei und es wurde nun rasch dunkler. Verstohlen schaltete Nell ihre Taschenlampe ein, doch ihr Vergehen blieb nicht unbemerkt.

„Seien Sie vorsichtig, Nell“, warnte Lady Clarice sie. „Geister mögen kein Kerzenlicht, daher stellen Taschenlampen für sie eine Bedrohung dar.“

Genau wie die Dunkelheit, dachte Nell unbändig. Auf dem Weg hierher war sie über mehrere Wurzeln gestolpert. Jasper hatte eine Menge bei ihr gut zu machen. Doch sie tadelte sich für den Gedanken, als sie sich von Lady Clarice und Petra trennte. Sie musste es ernst nehmen, so schwer es ihr auch fiel. Nichts war ihr an einem warmen Sommerabend lieber als ein klammes Waldstück in der Dunkelheit, versuchte sie, sich einzureden. Was genau sollte sie jetzt machen? Auf dem Baumstumpf sitzen und die Ohren aufsperren, ob Jasper hervorkam? Oder sollte sie den Weg auf und ab gehen, falls er im Gebüsch lauerte? Nein, bleib ernst, erinnerte sie sich.

Zuerst untersuchte sie den Baumstumpf. Klamm, aber nicht unerträglich stark. Sie wartete dort und kam sich wie eine kleine Elfe vor, die einem Giftpilz saß. Sie hörte die gedämpften Stimmen im Tal, was sie wünschen ließ, sie wäre mit ihnen gegangen. Hier auf dem Pfad war alles still. Eine ganze Armee von Getier würde bald aufwachen und zu nächtlichen Einsätze auf der Suche nach Futter ausrücken, aber bisher war nichts zu sehen und zu hören.

Nach zehn Minuten entschied sie, dass es an der Zeit war, auf Streife zu gehen und zwar mit der Taschenlampe. Jasper würde sich damit abfinden müssen. Welche Richtung sollte sie einschlagen? Was erwartete sie? Die Antwort: Nichts, also konnte sie besser den Pfad zurück gehen, entschied sie und ging los. Sie war erst etwa fünfzig Meter gegangen, da hörte sie plötzlich etwas. Schritte? War das ein Tier? Ein Mensch? Das muss der Wind sein. Sie starrte in die Dunkelheit. Bewegten die Schatten sich? Sie konnte sich nicht sicher sein. Es musste Einbildung gewesen sein.

Nein, sie konnte definitiv eine Gestalt ausmachen. Ihr Atem stockte, als sie erkannte, dass dies kein Geist war. Kein Jasper. War es Joe oder Freddie – oder Jean-Paul? Doch wohl nicht schon wieder? Sie entspannte sich etwas, als die Person stehen blieb, als das Taschenlampenlicht auf sie fiel. Schlank, drahtig und groß. Wenn er es war, sagte sie sich mit klopfendem Herzen, war es zumindest ein bekanntes Gesicht, kein fremdes, was mitten in der Nacht ziemlich beruhigend war.

„Je m'excuse", rief er ihr zu. Er war es – nein, das war nicht Jean-Pauls Stimme. Sie war rauer und härter. Also nicht Jean-Paul? Wer dann? Er musste ihr Herz wild pochen gehört haben, denn er rief ihr zu: „Jacques Girarde, Madame." Spöttisch lüftete er seinen Hut, dann drehte er sich zum Gehen.

Der Bruder? Der mögliche Mörder? „Wo ist Jean-Paul?", schrie sie ihm hinterher, doch er verschwand in die Dunkelheit des nächsten Wegs.

Seine Stimme trieb zu ihr zurück. „Bei Monsieur Carter und seinem Sohn."

„Die Polizei muss Sie sprechen", rief sie und merkte dabei, wie dämlich das klang.

Doch irgendwie konnte sie sich nicht aufhalten und war entschlossen, wider gesunden Menschenverstandes mit ihm zu sprechen. Sie begann zu laufen, als er um eine Ecke bog oder ins Dickicht verschwand. Jacques Girarde hielt vielleicht den Schlüssel zu dieser entsetzlichen Situation in der Hand, den Schlüssel, um die letzten Zweifel an Mr Briggs' Unschuld aufzulösen.

Er war nicht weit, da war sie sich sicher und die Luft schien vor Gefahr zu flimmern. Sie kam um die Ecke und sofort ergriff er ihren Arm, sodass Nell die

Taschenlampe fallen ließ, als Jacques Girarde über sie
herfiel, ihren Arm noch immer festhielt und sie lüstern
in der Dunkelheit angrinste. Er war wie Jean-Paul und
doch so anders. Sein Gesicht war derb und bedrohlich.
Er verstärkte den Griff und sie schrie vor Schmerz auf.
Dann, genauso plötzlich, ließ er los, als eine weitere Gestalt in der Dunkelheit auftauchte. Ihr Angreifer verschwand in den dunklen Wald.

Ihr Ritter ohne Furcht und Tadel war Alex Melbray.

„Bist du verletzt, Nell?", fragte er grimmig.

„Nur mein Stolz und mein Arm schmerzt", brachte sie
heraus.

„Ich bin froh, dass ich dir zur Rettung eilen konnte,
aber was zum Teufel machst du hier draußen?"

„Geister mit Lady Clarice jagen", sagte sie zittrig.
„Aber das war Jean-Pauls Bruder, Jacques Girarde. Solltest du ihm nicht nacheilen?", fragte sie unsicher, als er
keine Anstalten machte.

„Meine Männer beobachten ihn."

„Du wusstest, dass er zurück ist? Wieso hast du uns
nicht gewarnt? Und was machst du hier?"

„Meine Arbeit, mein Gebiet, Nell", antwortete er
sacht.

Bezog die Aussage sich darauf, wie er den Fall bear-
beitete oder tadelte er sie?, fragte sie sich, als sie ihre
Taschenlampe aufhob und zusah, wie er fortging, ohne
ein weiteres Wort zu sagen. Das Licht seiner eigenen
Taschenlampe schwand langsam. Der Schmerz dessen
traf sie mit voller Wucht, der Arm schmerzte dagegen
kaum. Noch aufgedreht vom Schock, zwang sie sich
den Weg zurückzugehen und den Pfad ins Tal einzuschlagen.

Dort war alles still, als sie Lady Clarice und Petra erreichte.

„Jasper?", flüsterte sie, doch die Gesichter der beiden verrieten die Antwort.

„Noch nicht", sagte Petra munter.

Lady Clarice legte eine Hand auf ihre. „Er wird sich zeigen. Vielleicht habe ich den Tag verwechselt."

Am nächsten Morgen erwachte Nell aus unruhigem Schlaf. Wo war Jean-Paul? Wenn Jacques hier war, musste auch er hier sein. Sie musste ihn finden, auch wenn sie nicht erpicht darauf war, Jacques noch einmal zu begegnen.

Sie rang mit dem Problem, während sie ihren morgendlichen Aufgaben nachkam. Sie sehnte sich danach ihre Zweifel an Marie-Hélènes Schuld mit Alex zu teilen, aber sie wusste, dass sie es ihm überlassen musste. Warum sonst hatte er seine Männer spät abends nach Spitalfrith geschickt, wenn er nicht die Girarde-Brüder als Mörder im Visier hatte? Wie dem auch sei, wenn sie ihn ausfindig machte, würde er vielleicht glauben, dass sie bei ihm angekrochen kam, um eine weitere Chance zu betteln. Die Vorstellung ertrug sie nicht – und außerdem würde er ihre unbelegten Ideen nicht hören wollen.

„Mr Briggs", murmelte sie. Denk an ihn – nein, zuerst musste sie ihrer Arbeit nachkommen. Denk an die Gerichte zukünftiger Abendessen, denk daran, was du von Mr Fairweather und dem Metzger brauchst. Denk an die alltäglichen Dinge.

Doch es funktionierte nicht. Sie arbeitete die notwendigen Schritte für das Abendessen ab, aber Mr Briggs ging ihr nicht aus dem Kopf. Schlimmer noch, genauso auch Jacques Girarde. Es gab nur einen Ausweg, dachte sie schweren Herzens. Sie musste den Stier bei den Hörnern packen und Alex aufsuchen. Sie musste mit ihm sprechen, egal, was er dachte.

Vielleicht war er ja gar nicht im *Coach and Horses Inn*, dachte sie, als sie die Auffahrt entlangging. Vielleicht wohnte er in Sevenoaks oder war nach London zurückgekehrt. War es die richtige Entscheidung, mit ihm zu sprechen? Sie wusste nicht, ob sie froh oder betrübt sein sollte, dass er tatsächlich im *Coach and Horses Inn* wohnte. Er war im Extrazimmer, hatte Mr Hardcastle ihr wieder mitgeteilt und natürlich durfte eine Frau das heilige männliche Territorium nicht betreten.

Sie ging angespannt auf und ab, als Alex zum Vorschein kam, einen Blick auf sie warf und Mr Hardcastle erklärte, dass er Nell mit ins Extrazimmer nahm und niemand sonst hereinzukommen hatte.

Eins zu null für Alex, dachte Nell dankbar, doch sie hatte keine großen Hoffnungen, sich in nächster Zeit freundlich mit Mr Hardcastle zu unterhalten.

Das Extrazimmer war ein gemütlicher Rückzugsort, voller Toby-Krüge, Humpen und Drucken von Sevenoaks und Tunbridge Wells. Der Geruch von Tabakqualm saß tief in den Ledersesseln. Alex, der keine Zigaretten rauchte, nur gelegentlich Pfeife, riss das Fenster auf. „Ich vermute, es geht um den Fall Lady Saddler", sagte er neutral und setzte sich auf einen Sessel in einiger Entfernung.

„Ja." Also dachte er wirklich, dass sie zu ihm zurückgekrochen kam. Sie würde ihm zeigen, wie falsch er lag. Zuerst weigerten die Worte sich über ihre Lippen, doch dann fand sie die Kontrolle wieder. „Lady Saddler und den Krieg.“

„Sprich weiter“, sagte er.

Und das tat sie. Zu ihrer Erleichterung hörte er ihr aufmerksam zu, als sie von ihrem Besuch bei Jean-Paul in Folkestone und ihrer Theorie über Marie-Hélène erzählte.

„Könnte das möglicherweise die Rollen der Artistes de Cler beeinflussen?“, fragte er, als sie fertig war. Auf Alex war Verlass.

„Das wäre möglich“, sagte sie. „Und außerdem weißt du nun, dass Jacques Girarde zurück ist und auch Jean-Paul – oder zumindest bald. Du könntest mit ihnen reden – wenn du glaubst, dass an meiner Theorie etwas dran sein könnte“, fügte sie hastig hinzu. „Du musst wissen, wo sie leben.“

„Das tue ich“, sagte er überraschend, „aber vergiss nicht, dass Jean-Paul Girarde ein Alibi hat, das bisher unangefochten ist.“

„Glaubst du, dass sein Alibi gerichtsfest ist? Mir erschien es nicht wasserdicht“, zwang sie sich auszusprechen.

„Nein. Und ich gehe hier an meine Grenzen, Nell, aber ich will nicht, dass du in den Löwenkäfig tappst, ob die Löwen nun darin sind oder nicht. Mrs Golding, wie du mit Sicherheit bemerkt hast, ist eine einfältige Seele. Sie geht abends zu Bett und geht davon aus, dass jeder, der unter ihrem Dach schläft, das auch tut. Inzwischen hat sie zugegeben, dass das Bett, in dem Jean-Paul geschlafen haben soll, kaum zerwühlt war, obwohl er zum Frühstück da war.“

„Es war vermutlich eher sein Bruder – er hat kein Alibi und könnte zurückgekehrt sein und Lady Saddler umgebracht haben.“

„Es gibt keinen Bruder, Nell.“

„Was?“ Sie starrte ihn an. „Wir haben ihn letzte Nacht beide gesehen.“

„Wir haben Jean-Paul gesehen.“

Kapitel 16

Alex sah sie mitleidig an, als sie versuchte, diese absurde Vorstellung zu verstehen. „Hast du diesen Bruder aus der Nähe bei Tageslicht gesehen?"

„Nein", gab Nell unwillig zu, „aber du musst ihn gesehen haben."

„Das habe ich nicht. Ich war gestern zweimal auf dem Hof, nachdem Pearson meldete, dass er ihnen die Hütte wieder vermietet hatte, doch wenig überraschender Weise habe ich Jacques laut Jean-Paul knapp verpasst. Und, nein, Pearson konnte nicht beschwören, dass er sie jemals zusammen gesehen hat oder sonst irgendjemand. Wir erhielten viele Antworten, als wir das Plakat überall im Land und an die Häfen verschickten – aber das Foto war natürlich gefälscht. Und genauso wenig überraschend kamen die Zuschriften alle von Menschen, die Jean-Pauls Darbietung in ihrem Stadttheatern gesehen haben. Bis er nach Spitalfrith kam, trat er übrigens als Duo auf", fügte er hinzu.

„Aber das beweist doch –", doch Nell hielt inne. Da war doch noch mehr.

Alex nickte. „Die Sûreté hat uns bestätigt, dass es keine offiziellen Aufzeichnungen zu ihm gibt. Nell, Jean-Paul Girarde ist ein Imitator, ein Bauchredner, ein talentierter Schauspieler und vor allem ein Zauberkünstler. Seine Darbietungen basieren auf Täuschung. Er führt einen in die Irre, so wie alle Magier. Man glaubt, man passt gut auf, und dabei übersieht man dann das Wichtigste."

„So, wie als das große Stoffkaninchen bei einer seiner Vorstellungen verschwand?", fragte Nell, nicht überzeugt. „Aber im Fall der Girardes waren es zwei Menschen und nicht bloß ein Kaninchen."

„Das Prinzip ist dasselbe. Der Magier und sein Assistent. Das Publikum ist abgelenkt. Eine Person verschwindet hinter den Kulissen, man hört verschiedene Stimmen und es scheint, als würde eine ganz andere Person auftauchen. Das Ganze passiert so schnell, dass man es für bare Münze nimmt. Glaub mir, das letzte Nacht war Jean-Paul Girarde, Nell. Er hatte sein anderes Gesicht aufgesetzt."

„Dr Jekyll und Mr Hyde." Sie konnte es noch immer kaum glauben, besonders in Anbetracht seines unbarmherzigen Griffs. Sie dachte Jean-Paul gekannt zu haben, aber nun begriff sie, dass sie ihn überhaupt nicht gekannt hatte. Sie war auf seine Mundfertigkeit hereingefallen, genau wie er es beabsichtigt hatte.

„Ja. Glaubst du mir jetzt, Nell?"

Sie musste es wohl, so schwer es ihr auch fiel. „Bist du gestern ihm oder mir gefolgt?", fragte sie.

„Dir. Petra Saddler hatte mir von Lady Clarices Besuch erzählt und ich ging davon aus, du würdest sie begleiten. Miss Saddler sorgte sich um dich und ich auch. Ich wusste, dass Girarde zurück war und dass du hinter die Wahrheit, was Lady Saddler zugestoßen ist, kommen und ein Risiko für ihn darstellen könntest. Ich glaube jedoch, dass er dich eher erschrecken wollte, als dich umzubringen."

„Na vielen Dank", sagte sie sarkastisch. Sie schluckte ihren Stolz herunter und ergänzte: „Das muss sich auf deinen Fall auswirken, Alex. Es gibt keinen Jacques zu verdächtigen. War Jean-Paul es, der Lady Saddler ermordet hat?“

„Es sieht danach aus.“

„Aber warum?“, platzte sie heraus. „Selbst wenn ich mit Marie-Hélènes Unschuld richtig liege, warum sollte er Lady Saddler umbringen?“

„Manche tiefgehenden Emotionen halten lange an.“

Das ergab keinen Sinn. Es musste einen anderen Grund geben. „Wusste Lady Saddler, dass Marie-Hélène unschuldig war? Jean-Paul wusste, dass Lady Saddler es war, die die Gerüchte über seine Schwester verbreitet hatte. Warum wollte sie, dass die ganze Welt – inklusive Freddie – glaubte, dass Marie-Hélène eine Verräterin gewesen sei? Wenn sie unschuldig war, war sie dann vielleicht wirklich eine Spionin, so wie Lady Saddler selbst, eine Spionin für ihre Landsleute, nicht für die Deutschen. Mochte Lady Saddler sie nicht und ...“ Mochte? Mögen war ein Wort, das nicht zum Krieg passte. Hassen vielleicht. Jean-Paul könnte Lady Saddler dafür gehasst haben, dass sie Lügen über Marie-Hélène verbreitet hatte. Doch auch das ergab keinen Sinn. Wag den Sprung, Nell, sagte sie sich, wohl wissend, dass Alex wartete und sie beobachtete.

Sie wagte es. „Lady Saddler, Lisette Rennard – war sie die Verräterin? Keine Heldin, sonders das Gegenteil?“, spuckte sie aus.

Sie wusste, dass sie richtig gelandet war. Nun passte alles zusammen. Warum zum knallenden Knurrhahn war sie nicht früher darauf gekommen? Es blieben noch immer Fragen offen – vornehmlich, warum war Lady Saddler woanders umgebracht und ihre Leiche dann in den Garten gebracht worden? Doch sie hatte nun festen Boden unter sich.

„Zu dem Ergebnis bin ich auch gekommen", sagte Alex. „Ich habe mit den Menschen gesprochen, die La Dame Blanche geleitet haben und sie waren alle einer Meinung. Leider gab es damals wirksame Gründe, weshalb niemand es in Lille öffentlich bestätigen wollte. Trotzdem verließ Lisette Rennard Lille nach dem Krieg."

Nell dachte darüber nach und ihr kamen immer mehr Fragen. „Aber Marie-Hélène war in Beaudricourt, als sie Freddie kennenlernte und Lady Saddler war noch immer in Lille."

„Das stimmt. Marie-Hélène floh aus Lille, aber Lisette Rennard verriet ihren Namen an die Deutschen. Auch wenn sie ihren Fängen in Lille entkam, hatte der Feind ihren Namen als gesuchte Person und mir wurde gesagt, dass Lisette dafür verantwortlich war. Aufgrund dessen erwischte man sie, als sie Bapaume erreichte, und sie wurde als gesuchte Person erkannt und erschossen. Das ist Jean-Pauls Motiv, Nell."

Nell schauderte. „Wurde Jean-Paul verhaftet?"

Alex schüttelte den Kopf. „Wir haben noch keine handfesten Beweise, obwohl sein Schweigen seine Schuld so gut wie bestätigt." Er hielt inne. „Mr Briggs hatte nichts damit zu tun. Die anderen Beweise zeigen das nun eindeutig und wenn es eine Festnahme gibt, dann kannst du dafür sorgen, dass das jeder weiß."

„Danke schön." Nell stand abrupt auf. Sie hielt es nicht länger aus. Sie mochte Jean-Paul und er mochte sie, sie hatten eine Verbindung, ein eine Abmachung.

Oder zumindest hatte sie das gedacht. Sie hatte falsch gelegen.

Alex sah besorgt aus. „Nell –", fing er an und stand auch auf.

Sie hatte genug. Alex wollte vermutlich anbieten, sie nach Wychbourne zurück zu begleiten, doch sie musste allein sein. Sie musste das Gehörte verarbeiten, denn sie konnte es noch immer nicht recht glauben.

Neuer Tag, neues Glück. Nell nahm alle Kräfte zusammen und versuchte, daran zu glauben, dass alles in Ordnung war. Bald würde alles vorbei sein: Jean-Paul verhaftet, Mr Briggs freigesprochen, die Clerries abgereist und Wychbourne würde wieder wie früher sein. Es würde ihnen wie der elisabethanischen Festhalle ergehen, die Spuren davon waren auf dem Anwesen noch zu erkennen, nun jedoch war es nur noch ein reiner Zierbau, den einst der zweite Marquess im achtzehnten Jahrhundert hatte bauen lassen. Diese Festhallen hatten das Ende eines wundervollen Festmahls der Tudor-Lebemänner bezeichnet, denn sie ermöglichten einen angenehmen Spaziergang vom Herrenhaus hinüber, um an lauen Sommerabenden dort mit Zuckerwerk das Festmahl abzuschließen. Danach konnten die Speisenden dann glücklich Heimkehren und gut schlafen.

Gut schlafen? Wie sollte sie friedlich schlafen, wenn sie sich von einem so fatalen Reiz wie Jean-Paul hatte hinreißen lassen können, nur um nun zu erfahren, dass er ein Mörder war?

Es gab so viele Fragen, die sie ihm stellen wollte. Warum hatte er Freddie nicht schon vor langer Zeit erzählt, dass seine Schwester unschuldig war oder wenn er es erst erfahren hat, als er nach Spitalfrith kam, warum hat er sie weiterhin denken lassen, dass seine Schwester eine Verräterin war. Die Antwort auf die zweite Frage war besonders frustrierend. Wenn Jean-Paul ihr die Wahrheit gesagt hatte, lag sein Motiv, Lady Saddler umzubringen, auf der Hand.

Und trotzdem fiel es ihr schwer, an seine Schuld zu glauben, auch wenn es qualvoll ähnlich war zur Frage, warum das Soufflé eingefallen war. Zumindest gab es für gewöhnlich einen Grund, warum ein Soufflé einfiel, wohingegen sie vielleicht niemals alle Antworten über Jean-Paul erhalten würde.

Schau nach vorn. Das war die einzige Antwort, die Nell hatte. Vor ihr lag ihre Zukunft. Ihre Arbeit, die Familie Ansley, der freigesprochene Mr Briggs – all das war positiv, doch so leicht war das nicht. Es blieben trotzdem noch viele Fragen offen. Zum Glück würden die Clerries bald abreisen. Sie würde Gert und Vinny vermissen, doch die anderen würden ihr kein Verlust sein. Das Leben würde ohne sie weitergehen, sogar ohne Alex. Zumindest war Wychbourne ihr Zuhause. Das löste nicht jedes Problem, aber es bot ihr einen Zufluchtsort. Wie die Festhalle, bot es einen Rückzugsplatz von all den Problemen des Alltags.

Bis es Abend wurde, war Nell jedoch ganz aufgewühlt von der Enthüllung über Jean-Paul und noch immer hin- und hergerissen. Frische Luft und ein frischer Blick auf die Situation, das war es, was sie brauchte. Und sobald sie ihre gedankliche Liste an Vorbereitungen für das Abendessen abgearbeitet hatte, machte Nell sich auf den Weg nach draußen.

Ein Spaziergang würde helfen. Vielleicht würde ihr die Festhalle etwas Süße bieten nach der schwerverdaulichen Mahlzeit, den gestrigen Neuigkeiten, dachte Nell niedergeschlagen. Die Festhalle stand auf einem kleinen Hügel und bot einen spektakulären Blick auf die Landschaft. Vielleicht würde ihr das ja helfen, die Dinge ins rechte Licht zu rücken.

Als der Gedanke ihr durch den Kopf ging, kam er ihr bekannt vor. Vielleicht war es ein Zeichen, dass es ihr helfen würde, einen Weg zu finden, die ungelösten Fragen, die ihr im Kopf herumschwirrten, zu beantworten. Aber vielleicht erhoffte sie sich da zu viel. Würde sie herausfinden, wieso Alex sich erst so auf die Clerries konzentriert hatte und nun auf die Singvögel und die Carters umgestiegen war? Gab es eine Verbindung zwischen ihnen? Die bewegte Leiche musste doch eine Verbindung liefern: Hatte jemand das wahre Motiv für Lady Saddlers Mord aufzeigen wollen oder, wie Alex geglaubt haben muss, verhindern wollen, dass die Clerries in Tatverdacht geraten?

Sie versuchte es aus Alex' Perspektive zu betrachten, während sie zur Festhalle lief. Na klar, er hielt Jean-Paul nun für schuldig, aber es hatte noch keine Festnahme gegeben. Bedeutete dies, dass er glaubte, Jean-Paul könnte unschuldig sein oder dass noch jemand anders daran beteiligt war? Aber wer? Nicht sein Bruder, denn der existierte offenbar gar nicht. Und auch nicht Freddie oder Joe oder Mr Briggs, denn sie alle passten nicht ins Bild. Ihnen ging es vorrangig um die Singvögel, nicht aber um den Mord. Wenn noch jemand darin verwickelt war, überlegte sie, könnte das Jean-Pauls Verschwiegenheit erklären und wieso er sie alle hinters Licht geführt hatte, um die Polizei von der Wahrheit fernzuhalten? Der Verschwindetrick, der nichtexistierende Bruder, das Alibi und vor allem, warum er ihr nicht erzählt hatte, dass seine Schwester unschuldig war. Hatte er sich damit schützen wollen? Oder etwa jemanden anders? Das brachte sie wieder zum Bruder – nein!

Es gab keinen Bruder. Nell musste über sich selbst lachen. Jetzt drehte sie sich schon im Kreis. Aber irgendwo hin musste dieses Labyrinth doch führen. Nun konnte sie die Festhalle schon oben auf dem Hügel sehen. Zumindest war der Weg dorthin klar. Immer nur geradeaus und vielleicht lag dort die Antwort: war es die Geschichte der Singvögel oder das Streben nach Wahrheit der Clerries oder aber gab es doch eine Verbindung dazwischen?

Vielleicht hatten weder Alex noch sie die komplette Antwort. Die Geschichte der Singvögel hatte in einem Haufen zerschmetterten Holzes geendet, das Streben der Clerries zeigte sich in ihren Kunstwerken. Das war wirklich keine Hilfe. Was war mit der Verbindung? Sie erinnerte sich an Eden und die Schlange, als welche Lady Saddler Modell gestanden hatte. Sie dachte an Vinny Finchs Harlekin und seine Colombina, an Lances elegante Dame, an Gert Radleys von Lady Saddler zerstört zerstörtes Gemälde, da das Modell ihr Gesicht so porträtiert nicht ausgestellt sehen wollte. Natürlich nicht. Bei der Exposition de Paris hätten die Menschen sie vielleicht als Lisette Rennard wiedererkannt, aber – bis auf Gerts Gemälde – hatten die Werke der Clerries alle nur eines der vielen Gesichter von Lisette Rennard gezeigt.

Nell stand am Fuße des Hügels und sah zum Festsaal hoch, hin- und hergerissen, ob sie weitergehen oder dem irrsinnigen Verlangen, umzudrehen und wegzulaufen, folgen sollte. Fast vergessene Worte kamen ihr wieder in den Sinn. ‚Vielleicht brauchen wir alle einen Hügel im Leben ...‘ und – wie war das noch gleich? – ‚die stillen, ruhigen Wasser am Fuße zu betrachten‘, dort wo keine Vögel sangen. Mit angsteinflößender Klarheit erinnerte sie plötzlich, wo sie die Worte gehört hatte. Die Festhalle lag vor ihr und darunter war das stille, ruhige Wasser des Sees.

Sie musste sich zwingen, hinaufzusteigen. Sagte sich, dass sie falschliegen musste und sicherlich niemand dort oben sitzen und auf den See hinunterblicken würde. Ja, es hatten einige Gesichter beim Abendessen gefehlt, aber das kam häufig vor. Es gab überhaupt keinen Grund, warum sie nicht weiter den Hügel hinaufsteigen sollte, wenn sie das denn wirklich wollte, oder aber zum sicheren Wychbourne Court zurückkehren sollte.

Sicher? Was konnte das Unbekannte schon bereithalten? Nichts, das eine Bedrohung für sie darstellte, sagte Nell sich. Sie würde weitergehen; sie musste einfach weitergehen. Je weiter sie sich dem Gipfel näherte, desto leichter wurde es. Und sie merkte, dass sie die Wahrheit die ganze Zeit gespürt hatte, seit dem Tag, an dem sie das Fest der Clerries besucht hatte. Ein Bild nach dem nächsten kam ihr in den Sinn: die Schlange, Colombina, das elegante Modell, das unverhohlene Porträt. Doch eines von ihnen stach heraus, denn es offenbarte das Motiv hinter dem Mord. Jeder Schritt der Geschichte führte zu demselben Ergebnis. Als Nell oben auf dem Hügel ankam, war es ihr keine Überraschung, dass sie erkannte, was dort auf sie wartete.

Vinny Finch saß auf der Bank auf der anderen Seite des Hügels, von wo aus man einen Blick auf den See und die dahinterliegenden Felder hatte. Er wirkte vollkommen gelassen, dachte Nell. So, als sei seine Mission erfüllt. Fast so, als warte er auf sie. Er sah nur kurz zu ihr hinüber, als sie sich zu ihm setzte.

Sie saßen eine Weile schweigend beisammen, bis er wie im Plauderton sagte, „Drum muss ich hier sein und allein und sein so bleib und so gering, wo im verdorrten Schilf am See kein Vogel singt."

„La Belle Dame sans Merci", sagte sie leise. „Lisette Rennard."

Nell merkte überrascht, dass sie keine Angst vor ihm hatte, obwohl sie nun wusste, dass er ein Mörder war. Nicht, dass sie vor dem mythenhaften Jacques Girarde Angst gehabt hatte.

„Sehen Sie sich diesen Ausblick an", sagte er. „Die Vögel singen dort und der See ist von grünem Gras und Blumen umringt. Unser Land. Dafür haben die Menschen im Krieg gekämpft – dafür und für ihre Familien und Freunde. Zumindest die meisten. Jean-Paul tat das, ich tat das, Marie-Hélène tat das. Doch Lisette Rennard nicht."

„Aber was bringt da der Mord?", fragte Nell ruhig. Es war eine gewaltige Frage, ein Risiko. Doch es kam ihr nicht so vor. Beides schien keine Rolle zu spielen.

Vinny lächelte. „Um das beantworten zu können, hätten Sie da gewesen sein müssen. Jean-Paul und ich waren es, aber wir kannten einander damals nicht.

Warum sind Sie hergekommen, Miss Drury? Woher wussten Sie, dass ich es war, den Sie suchten?"

„Es ist mir gerade erst aufgegangen", sagte Nell. „Es war Ihr Werk. Der Harlekin, der auf seine Colombina wartete, getrennt durch böswillige Menschen. Es ist Freddies Geschichte."

„Wir alle leiden unter der Belle Dame sans Merci, die sich Schicksal nennt", sagte er nüchtern. „Am späten Samstagnachmittag erzählte ich Jean-Paul, dass seine Schwester unschuldig war und Lisette Rennard sie fälschlicherweise beschuldigt hatte. Als er nach dem Krieg nach Lille zurückkehrte, erzählte man ihm, dass Marie-Hélène eine Verräterin war, denn das ist die Geschichte, die Lisette Rennard verbreitet hatte, um ihre eigene Schuld zu vertuschen. Jean-Paul ist ein guter Mann und er hat Freddie nie vom angeblichen Verrat seiner Schwester erzählt. Lisette war es. Jean-Paul erfuhr die Wahrheit zu spät von mir, um Freddies Verzweiflung lindern zu können."

„Und" – Nell wagte es kaum, die brennende Frage zu stellen, besonders nachdem Jean-Paul sie so brutal angegriffen hatte – „hat er Ihnen geholfen, als Sie ... "

Sie brachte die Worte nicht über die Lippen, doch Vinny Finch nahm es ihr ab.

„Als ich sie erdrosselte? Nein. Ich hatte schon lange geplant, sie umzubringen und Jean-Paul erriet, was ich vorhatte. Er kam jedoch zu spät, um mich abzuhalten – wenn das seine Absicht war –, aber er hatte Angst, ich würde verhaftet werden. Mir selbst machte es nichts aus. Doch er beharrte darauf, dass wir die Leiche in dem Gemetzel, das sie in unseren Leben angerichtet hatte, platzieren sollten. Er hatte vermutet, dass ich an

jenem Abend handeln würde und hatte Freddie und Joe
überredet, bei Mrs Golding zu übernachten, damit sie
nicht unter Tatverdacht geraten würden, außerdem
war Freddie nicht in der Verfassung, das Ergebnis seines eigenen Werks zu sehen.“

„Dann haben Sie es geplant, bevor Sie herkamen?“
Nell hatte Mühe, die Frage auszusprechen.

„Schon lange davor. Ich hatte es mir zur Aufgabe gemacht, Lisette Rennard kennenzulernen. Wir trafen
uns in Paris einige Male außerhalb der Treffen der Artistes de Cler und das Glück spielte mir in die Karten,
als Gilbert Spitalfrith kaufte – ich wusste, dass er nach
einem Landhaus suchte, also schickte ich ihm die Einzelheiten. Als es Zeit wurde zu handeln, erklärte ich Lisette, dass ich wie sie wünschte, dass die Ausstellung im
nächsten Jahr nicht stattfand. Sie wollte mich daher
nur zu gerne um halb zwölf draußen auf dem Gelände
treffen, um unsere Pläne zu besprechen. Ich beendete
ihr Leben rasch, aber erklärte ihr vorher, warum sie
sterben musste. Ich sah es als Hinrichtung, Miss
Drury.“

Aber wofür war sie hingerichtet worden? Wer war
sie, den ersten Stein zu werfen?, dachte Nell. Sie hatte
im Krieg nicht so gelitten wie sie alle. „Sie sagten, Lisette Rennard hat in all Ihren Leben Gemetzel angerichtet. Wie waren Sie darin verwickelt?“

Er lächelte. „Es ist wohl an der Zeit für die Geschichte.
Ich habe nun Zeit, Ihnen davon zu erzählen, Miss
Drury. Alle Zeit der Welt – und darüber hinaus.“

„Dann erzählen Sie mir bitte davon.“

„Ich verbrachte den Krieg beim britischen Geheimdienst, stationiert in Montreuil, in der Nähe von

Boulogne. Zum Geheimdienst gehörten viele verschiedene Tätigkeiten. An Information zu gelangen, war entscheidend, und wie Sie wissen, gab es viele mutige Menschen, die sich dem Feind zur Wehr setzten. Im besetzten Gebiet passierte dies meist in Form von Informationen darüber, wo die Eisenbahntruppen sich aufhielten. Doch wenn die Informationen uns erreichten, waren sie überholt und obwohl es von entscheidender Bedeutung war, reichte es alleine nicht, daher entwickelten wir neue Methoden, von denen eine wichtige es war, Brieftauben zu nutzen. 1917 gab es eine neue Initiative Agenten in Ballons loszuschicken. Sie hatten Körbe und Brieftauben, in der Hoffnung so ein lokales Netzwerk aufzubauen, das neue Agenten nutzen konnten. Die Ballons waren nicht besonders erfolgreich, doch mein Freund Armand Caron und ich wurden für einen Flug ausgewählt. Wir landeten erfolgreich im besetzten Gebiet in der Nähe von Lille, aber die Deutschen hielten natürlich nach uns Ausschau. In der Stadt wurden wir von einer patriotischen Familie geschützt, doch wir wurden verraten."

Er hielt inne und sie konnte sehen, dass es ihm schwerfiel, es im Geiste noch einmal zu erleben. „Die Familie wurde erschossen", sprach er nüchtern weiter, „aber ich war zu dem Zeitpunkt nicht dort. Mein lieber Freund Armand hatte nicht so viel Glück. Er wurde verhaftet, gefoltert und erschossen. Ich vermisse ihn noch immer. Die Person, die uns damals verraten hat, war Lisette Rennard."

„Sie hat euch beide verraten?" Nell war entsetzt. Ihr war schwindelig von der Ungeheuerlichkeit dessen, was sie da hörte.

„Ja. Sie kannte natürlich nicht meinen echten Namen, aber ich kannte ihren. Man flüstert sich ihren Namen noch immer in Lille, weshalb sie nicht wollte, dass wir ein Porträt ihres Gesichts ausstellen lassen wollten."

„Wie sind Sie aus Lille geflohen?"

„Mit Mühe und nur dank der Familie Girarde, die mich nach Armands Tod versteckte. Monsieur und Madame Girarde wollten ihr Zuhause nicht verlassen und starben, weil Lisette dem Feind Informationen zukommen ließ. Ich entkam mit ihrer Tochter, Marie-Hélène."

Der Krieg warf seine langen Schatten noch immer. Die Clerries mochten vielleicht ihre Kunst der neuen Zeit herausposaunen, reflektierte Nell, aber jeder, der es ertragen hatte, musste auf den psychischen Trümmern des Kriegs aufbauen und vielen gelang das nicht. Einschließlich Vinny und Jean-Paul. Sie wankte nach Wychbourne zurück, überwältigt von dem, was er ihr erzählt hatte. Vinny hatte ihr sanft nahegelegt, nun zu gehen und sie hatte gehorcht. Sie ließ die einsame Gestalt auf der Bank sitzen, die in das abnehmende Licht blickte.

Er hatte Alex Melbray geschrieben, hatte er ihr gesagt. Sie würden ihn gleich verhaften kommen. Jean-Paul hatte genug für ihn gelitten und es war an der Zeit, das klarzustellen. Nell wollte bei ihm bleiben, damit er nicht alleine war, aber er hatte ihr Angebot sanft abgelehnt.

„Ich werde hier sein, wenn sie kommen, Miss Drury. Zweifeln Sie nicht daran", hatte er gesagt. „Warum sollte ich wegrennen, wenn ich mich dafür entschieden habe? Wir Artistes de Cler sehen den wahren Weg, ist es nicht so? Und dies ist mein Weg."

Nell schlief schlecht in dieser Nacht. Sie wälzte sich schlaflos im Bett herum und fragte sich, wann Alex auf Vinny Finchs Brief hin nach Wychbourne kommen würde. Vielleicht war er schon da. Vielleicht war die Küche in Aufregung nach den Neuigkeiten.

Die Küche war tatsächlich in Aufregung, aber nicht aus dem Grund, den sie erwartet hatte, als sie zum Frühstück kam. An Essen konnte sie jedoch gerade nicht einmal denken.

Mrs Fielding war ganz außer sich vor Aufregung. „Der Franzose ist zurück", sagte sie strahlend. „Ich habe es vom Milchjungen, der Inspektor Melbray mit ihm in seinem Wagen gesehen hat. Er hat ihn verhaftet, so viel steht fest. Ich habe Mr Peters die Neuigkeiten erzählt und ihm gesagt, dass das beweist, dass Mr Briggs wirklich unschuldig ist."

Was war da los?, fragte Nell sich entgeistert. Hatte Alex Vinnys Brief nicht erhalten? Glaubte er noch immer, dass Jean-Paul schuldig war? Nein, sagte sie sich. Das kann nicht sein. Vielleicht war Jean-Paul bei Alex, aber nicht verhaftet. Vielleicht nur zur Befragung.

„Hat Mr Peters etwas davon gesagt, dass die Polizei auch hier hergekommen ist?"

Mrs Fielding sah verwirrt aus. „Nein, alles ist gut, soweit ich weiß. Sie sind nach Sevenoaks gefahren. Der Milchjunge hat sie am *Coach and Horses Inn* gesehen."

Irgendetwas war hier gewaltig falsch, wusste Nell, wenn Alex noch nicht hier gewesen war, um Vinny zu verhaften.

„Ich habe es allen erzählt", sprach Mrs Fielding glücklich weiter. „Jetzt können wir Mr Briggs angemessen zurück willkommen heißen und wir können ihm einen besonderen Nachmittagstee ausrichten. Mit den Feigentörtchen, die er so gerne mag."

Nell entschuldigte sich vom wuseligen Frühstückstisch. Ihr drehte sich der Magen um, aber nicht vor Hunger. Irgendetwas stimmte nicht und sie musste Alex ausfindig machen, der hoffentlich noch nicht nach Sevenoaks gefahren war. Nachdem sie sich bei Mr Peters versicherte, dass er ihn am Morgen nicht auf Wychbourne Court gesehen hatte, lief sie mit schrecklichen Befürchtungen die Auffahrt hinunter.

„Alles ruhig, Miss Drury", hatte Mr Peters gesagt. „Nichts außer die Wilderer draußen letzte Nacht. Jethro James geht wohl wieder seinem alten Hobby nach, was?" Er hatte gelacht. Lord Ansley drückte ein Auge zu, was Jethro James anbelangte, der angeblich die Wilderer jagte, wobei er selbst einer war.

Mr Peters Worte trugen eine neue Bedeutung, als sie ihre Schritte beschleunigte und sie schaudernd Vinny Finchs Worte erinnerte: ‚Ich werde hier sein, wenn sie kommen. Haben Sie keine Zweifel daran.' Hatte er nicht gesagt, dass er alle Zeit der Welt habe – und darüber hinaus?

Alex war nicht im *Coach and Horses Inn*. Er war bei Tagesanbruch auf gewesen und jede Menge Polizeiwagen waren da, hatte Mr Hardcastle ihr begierig erzählt.

„Haben Sie ihn nach Sevenoaks aufbrechen sehen?"

„Nein, Miss Drury. Sie haben die Straße nach Ightham genommen."

Ihre Befürchtungen wuchsen. Die Straße führt am Hintereingang von Wychbourne Court vorbei, dachte sie sogleich. Das Tor liegt dichter an der alten Festhalle.

Sie bedankte sich bei ihm und kehrte nach Wychbourne Court zurück. Sie lief quer über das Gelände zur alten Festhalle, doch sie fürchtete sich davor, was sie dort erwartete.

Es waren keine großen Wagen in der Nähe geparkt, nur zwei Personenwagen, von denen sie eines als Alex' Wagen ausmachte. Sie konnte den Hügel nicht hinaufzugehen. Die Angst lähmte sie. Krank vor Sorge stand sie still da, bis sie Alex erblickte.

Er sah nicht überrascht aus, als er den Hügel herunterkam, um sie zu begrüßen. Er sah müde und fahl aus, als er die Arme um sie legte.

„Hat er sich umgebracht?", zwang sie sich zu fragen.

„Ja. Erschossen."

„Ist er noch … "

„Nein. Der Leichenwagen ist schon weg. Wir sind hier nun fertig."

„Er sagt mir, er hätte dir geschrieben", platzte sie heraus.

„Es scheint, wir waren beide auf dem Irrweg, Nell. Ich war sicher, dass die Antwort in der Kunstbesessenheit der Clerries liegt und du dachtest, dass die Vögel irgendwie damit zu tun hatten."

„Aber es war der lange Schatten des Kriegs", schloss sie. „Wird Jean-Paul –"

„Ich werde weiter ermitteln müssen, aber" – er warf ihr einen Blick zu – „hoffentlich nicht viel."

„Danke."

„Er hat dich gern, Nell. Magst du ihn?"

Sie stand am Klippenrand ihres Lebens. Stolz, Wahrheit …

Er griff ihr unter die Arme. „Zwischen uns sind strenge Worte gefallen, Nell. Sie mussten gesagt werden, aber das heißt nicht, dass es so bleiben muss. Die letzten Tage ohne dich haben mir gezeigt, dass ich nicht so stark bin, wie ich dachte. Ich liebe dich, Nell, und ich brauche dich. Für den Rest meines Lebens."

Es gab kein Gefecht, kein Ringen. Es war so offensichtlich. Er liebte sie, sie liebte ihn. So einfach war es. Sie würden eine Lösung finden. Also gut, Leben. Hier komme ich, dachte sie und ihr war schwindelig vor Glück.

Sie machte den letzten Schritt. „Wir könnten nach Paris reisen", sagte sie.

Er sah sie an, als könne er kaum glauben, was er da hörte. „Mit allem, wofür die Stadt steht?"

„Paris steht für die Liebe, oder nicht?"

Sieben Tage stiller Zufriedenheit waren vergangen und Nell hatte noch nie eine solche Ruhe, einen solchen Frieden verspürt. Die Zeit voller Angst, Schrecken und Kummer wurde nun von einem Glücksgefühl ausgeglichen, von dem sie nicht gewusst hatte, dass es überhaupt möglich war. Auch die Zukunft mochte Sorgen mit sich bringen, aber sie würde sie mit Alex teilen, wie auch die Freuden.

Die Clerries waren abgereist und hatten ihren Frieden mit Sir Gilbert geschlossen. Petra hatte entschieden, in das Herrenhaus zu ziehen und ihre Wohnung in London zu behalten, für die Zeit wenn sie an der Royal Academy of Dramatic Art studierte. Die Neuigkeiten hatte Lord Richard besonders erfreut, aber auch Lady Clarice freute sich, denn sie hoffte, Jasper so wiederzusehen. Lady Enid gratulierte sich zu ihrem Talent als Ermittlerin und die übrige Familie Ansley hatte sich darangemacht, den Weg für eine respektvolle Beerdigung für Vinny zu ebnen. Und Mr Briggs war wieder zur Herde zurückgekehrt, auch wenn Nell bemerkte, dass er beim Mittagessen der Bediensteten häufig fehlte. Besuchte er Freddie? Außerdem häufig abwesend waren Mrs Fielding und Mr Peters und man munkelte, dass sie endlich ihre Hochzeit planten.

Nur eine Sorge blieb. Nell hatte nichts von Jean-Paul gehört. War er noch immer in Haft? War er verhaftet worden? Hatte er Spitalfrith nur einfach wortlos verlassen? Und wie ging es Freddie und Joe? Wie hatte Freddie die Neuigkeiten verkraftet?

Ein Klopfen am Dienstboteneingang überraschte Nell am Nachmittag. Es war Jean-Paul.

Er reichte ihr einen Strauß Duftwicken. „Für Sie, Nell. Gehen Sie mit mir ein Stück?"

„In der Sprache der Blumen bedeutet die Duftwicke Abschied", sagte sie traurig, als sie den Strauß annahm.

„Auf Wiedersehen, vielleicht. Ich habe nach Hyazinthen gesucht, aber so spät im Sommer gibt es keine. Sie stehen für Vergebung, hat meine Mutter mir einmal gesagt und ich brauche Ihre."

„Ihr Bruder Jacques?"

„Er ist ein prächtiger Bruder in Zeiten der Not, Nell. Ich weiß, ich habe Sie verletzt und ich weiß, ich habe Sie belogen und Joe Carter hat es auch getan, doch während Sie alle dachten, Jacques habe Lisette Rennard umgebracht, sahen sie sich nicht allzu genau um. Und vor allem nicht zu Vinny."

Er war ihr in den Kochtopf gefolgt und während sie eine Vase suchte, sah er sich anerkennend um. „Ich mag dieses Zimmer, Nell. Es zeugt von Wärme und Liebe – Liebe für mehr als nur Essen.“

„Vielleicht werden Sie sie nun finden.“

„Vielleicht. Sollen wir zusammen nach Spitalfrith gehen, Sie und ich, Nell? Haben Sie keine Angst. Ich werde keinen Zauberstab schwingen und uns nach Frankreich wegzaubern. Auch wenn ich wünschte, ich könnte es.“ Er ging voraus zum Gartentor.

Nell lachte. „Im Vergleich zu Hubert dem Kaninchen werden Sie in mir eine schlechte Begleiterin haben.“

„Er ist tatsächlich ein treuer Begleiter. Er reist überall mit mir hin.“

Plötzlich verstand sie, wie er es vollbracht haben musste. „Wenn das so ist, dann muss er ...“

Er legte die Hand sacht über ihre Lippen. „Chut, chérie. Wenn du es aussprichst, verschwindet die Magie.“

„Dann werde ich es nicht tun. Sie bringen Magie mit sich, Jean-Paul. Es ist ein großartiges Geschenk.“

„Es hat Freddie oder Vinny kaum etwas gebracht“, sagte er bitter.

„Sie haben es versucht.“

„Vinny hat dir erzählt, was passiert ist? Er hat dir von Marie-Hélène und seinem Freund Armand erzählt?“ Als sie nickte, sprach er weiter: „Als ich aus dem Krieg zurückkehrte, hatte ich kein Zuhause mehr, in das ich heimkehren konnte. Meine Eltern waren tot, aber ich wusste nicht, wieso. Und es gab Gerüchte, dass meine Schwester eine Verräterin gewesen sei. Ich ging zu meiner Tante in Beaudricourt, die mir vom Tod meiner

Schwester erzählte und von dem komischen Engländer, der ihr geschrieben und dann nach ihr gesucht hatte. Er baute ihr einen Garten voller singender Vögel in England, wie er es in seinen Briefen versprochen hatte. Die singenden Vögel hatten tatsächlich zwei Bedeutungen für ihn – die aus Liebe geschnitzten Vögel und die Verräterin, die an ihr Verrat begangen hatte. Als ich Lisette nach dem Krieg in Lille traf, erkannte sie mich als Marie-Hélènes Bruder und bestätigte mir, dass meine Schwester eine Verräterin war, darum erzählte ich ihr von Freddie. Die Wahrheit über Lisette lernte ich erst an jenem Samstagnachmittag von Vinny. Er erzählt mir von der wahren Rolle meiner Schwester im Krieg.“

„Was brachte dich dann nach Spitalfrith?“

„Ich wusste seit einiger Zeit, dass Freddie hier lebte. Ich hatte ihn zuvor getroffen, als ich meine Vorstellungen in England gab. Ich habe ihm nie von dem angeblichen Verrat meiner Schwester erzählt, daher war es ein schrecklicher Schock für ihn, als Lisette an jenem Nachmittag ihre falsche Geschichte spann. Sie hatte nicht gewusst, dass er hier lebte und erfuhr es nur, weil Mademoiselle Petra es, kurz nachdem die Artistes de Cler eintrafen, erwähnte. Und was dann passierte, wissen Sie ja. Freddie handelte so schnell und als Vinny mich von der Wahrheit später am Nachmittag überzeugt hatte, war es schon zu spät. Die Füchsin hatte gesprochen.“

„La Belle Dame sans Merci“, sagte Nell vernünftig. „So hat Vinny sie genannt. Ich war bei ihm, Jean-Paul. Ich habe kurz vor seinem Tod mit ihm geredet.“

„Das muss ihm viel bedeutet haben.“

„Aber ich wusste nicht, was passieren würde. Ich wusste es nicht“, sagte sie beklemmt. „Ich hätte es ahnen sollen, aber ich ließ ihn dort allein.“

„Wie es sein Wunsch war, Nell.“

„Kann ich denn nichts tun, Jean-Paul?“, flehte sie.

„Sie können Freddie eine Freundin sein, wie Charlie Briggs es so lange war.“

Sie hatten Spitalfrith nun erreicht und als sie das Tor öffneten und die Auffahrt hinaufgingen, öffnete sich auch eine andere Tür. Joe kam zusammen mit Mr Briggs heraus. Freddie stand schüchtern hinter ihnen.

Freddie streichelte etwas, etwas, das er vorsichtig auf den Boden setzte und sich dann danebenkniete. Er blickte nervös zu seinem Vater auf.

„Er hat es heute vollbracht, Jean-Paul, Miss Drury“, sagte Joe stolz. „Mach schon, Freddie. Dreh den Schlüssel.“

Freddie drehte ihn und strich liebevoll über das Holz, als der Gesang der Amsel erklang.